KB093066

호접몽전

호접몽전

청빙 최영진 장편소설

5

저마다 세력을 다투다

폭스코너

- **전위** 빼어난 무력의 소유자로, 조조를 충실히 경호한다.

- **지다성 오용** 조조가 아끼는 책사이나, 사실 그의 정체는 위원회 서열 3위의 천강위다. 투명한 병마용군 경을 수하로 거느리고 있으며, 날씨를 바꾸는 천변만화와 대상의 마음을 단편적으로 읽는 심안 등 막강한 천기를 가졌다.

- **여건 자각** 장료의 수하로 임관했으며 뛰어난 궁술과 냉철함의 소유자. 원소와의 관도 전투 때 활약했다.

- **서황 공명** 본래 양봉의 수하였으나 그와 결별한 후, 양수에 의해 고용되어 일행을 보호하고 있었다. 우연히 중상을 입은 조운을 구하게 되어 용운과 연을 맺는다. 한 자루 대부를 무기로 쓰며 천강위에게도 뒤지지 않을 정도로 강한 무인이다.

- **양수 덕조** 후한 말기의 중신 양표의 자제로, 비범한 머리를 가진 청

년이다. 노식의 유지를 받들어, 채옹의 유일한 핏줄인 채염을 보호하는 일을 맡게 된다.

• **채염 문희** 채옹의 외동딸. 지적인 미모의 소유자로, 양수, 서황 등과 동행하고 있다.

• **장연** 십만 흑산적의 대두령. 원소를 매우 증오하여 여러 번 싸웠지만 거듭 패했다. 용운과 기이한 형태로 만나 운명을 같이하게 된다.

• **유우 백안** 유주목. 인덕을 갖춘 황실의 핏줄이며, 그 자애로움으로 천하에 명성이 드높다.

(*각 인물의 역사적 발자취에 대해서는 본문 안에 충분히 언급하고 있으므로, 여기서는 이 책 내에서의 특징만 설명하였습니다. 따라서 본래 역사와 다를 수 있습니다. –편집자 주)

차례

1

설욕하다

조운의 원군이 조조에게 패배한 지 사흘이 지났다. 조조는 연일 복양성을 맹렬히 공격했다. 그러나 성은 떨어질 듯하면서 좀체 함락되지 않았다. 부족했던 식량을 조조군의 그것으로 보충했고 독기 오른 저수까지 성안으로 들어간 까닭이었다.

'원호, 그대의 죽음을 결코 헛되이 하지 않겠네.'

저수는 필생의 노력으로 조조군의 공격을 방어하고 있었다. 그만큼 조조군도 필사적이었다. 그러나 사다리도, 수공도, 하다못해 땅굴까지 파봤지만 어떤 것도 통하지 않았다. 전풍을 살해함으로써 또 다른 천재가 눈을 뜨게 하고 만 것이다.

복양성 근처, 조조의 진영.

밤이 깊은 시간이었다. 조조는 홀로 막사에서 서성이고 있었다. 정확히는 최근에 수신호위로 삼은 전위(典韋)와 더불어 둘이었다. 그는 워낙 말이 없기에 가끔 곁에 있다는 걸 잊곤 했다. 장합과 붙여놓으면 종일 대화가 없을 것이다.

조조가 움직일 때마다 촛불이 약하게 흔들렸다.

'제길, 분명 복양성이 떨어지기 직전인데……'

조조는 분노하는 한편, 걱정스러웠다. 진용운이 보낸 지원군을 격파하는 사이, 복양성에서 또 다른 적장 태사자가 나와 군량고를 털었다. 그 바람에 병사들이 굶고 있었다. 겨울이라 현지에서 식량을 구하기도 마땅치 않았다. 부랴부랴 진류에 추가 보급을 요청했으나, 이틀은 지나야 도착할 터였다. 굶주린 몸에, 차가운 겨울바람은 뼛속까지 스며들었다.

'병사들이 얼마나 더 견딜 수 있을까.'

또 믿었던 원소가 관도에서 진용운에게 대패했다는 전갈이 왔다. 진용운의 발을 묶어놓을 존재가 사라진 것이다. 진용운은 수하를 아끼기로 유명했다. 가신 자체보다 그의 '재능'을 아끼는 조조 자신과는 또 다른 부류였다. 그런데 전풍과 조운을 죽였다. 특히, 조운은 진용운의 의형이라고 들었다. 진용운은 독기를 품고 달려들 터였다. 어쩌면 공멸(共滅)도 무릅쓰고. 그런 적이 제일 골치 아픈 법이었다.

'역시 조자룡을 사로잡았어야 했는데, 후우⋯⋯. 복양성에 동군태수 자리까지. 원본초가 건넨 것치곤 너무 달콤한 제안이다 했더니, 독이 든 먹이였나?'

조조는 내심 원소까지 원망스러웠다.

문제는 그것만이 아니었다. 여포가 진류를 노리고 진군해 온다는 소식이 방금 들어온 것이다. 현재 진류는 조조 세력의 기반이나 마찬가지였다. 당연히 방비를 소홀히 하진 않았다. 여포보다는 근처의 유대나 황건적 무리를 경계한 것이긴 했지만, 방어에 일가견이 있는 사촌 조인과 그와 상성이 좋은 우금을 남겨두고 왔다. 조조를 경애해 마지않는 제북상 포신이며 친우 장막도 있다. 또 무슨 일이 벌어진다면 근처의 개봉에 주둔하고 있는 조홍도 움직일 터였다. 그런데도⋯⋯.

'왜 이렇게 불안한가.'

조조는 이미 그 이유를 알고 있었다. 직접 체험한, 여포라는 자에 대한 두려움 때문이었다.

'과연, 진류의 아군이 버텨낼 수 있을까? 나와 하후돈, 하후연 등이 없는 상태에서? 최정예 병력도 빠진 상태에서?'

조조는 일찍이 진양에서 괴멸 직전까지 간 적이 있었다. 동탁을 추적하다가 매복해 있던 여포에게 당한 것이다. 병력 대부분을 그 한 번의 전투에서 잃었다. 조조 자신도 하마터면 그때 죽을 뻔했다. 그 피해를 복구하는 데 1년 가까이 걸렸다. 그때부터 여포는 조조에게, 현대 용어로 표현하자면 일종의 '트라우마'가 됐다. 그런 여포가 근거지로 쳐들어온다고 한다. 조조로서는 두렵지 않을 수가 없었다.

그때 문득 전위가 말했다.

"심란하십니까, 주공."

떡 벌어진 어깨에, 팔자수염이 덥수룩한 거구. 입을 다물고 있으면 한 마리 곰 같은 사내다. 전위는 홀로 친우의 복수를 하여 유명해졌다.

양읍 사람 유씨(劉氏)가 이영(李永)이란 자와 원수가 됐다. 이영은 고을의 현장을 지낸 터라 사병 수백을 거느리고 있었다. 이에 유씨의 벗이었던 전위가 복수를 대신하기로 했다. 그는 수레에 닭과 술을 싣고 가, 거짓으로 문후(問候)를 여쭸다. 문이 열리자 뛰어들어가 품고 있던 비수로 이영과 그의 아내를 죽였다. 일을 끝낸 전위는 천천히 대문을 나와, 수레에 창과 칼을 싣고 걸어서 떠나갔다. 자신을 잡으려는 자와 싸우기 위한 무기였다. 추격하는 자가 수백이었지만, 감히 덤벼들지 못하다가 사오 리를 가서야 비로소 싸움을 걸었다. 전위는 홀로 싸워 탈출했는데, 이로 말미암아 천하의 호걸들이 그를 알게 되었다.

조조는 하후돈의 소개로 처음 전위와 대면했다.

"이 친구는 전위라고 하네. 천하제일의 장사이며 의리로

도 따를 자가 없지."

그 무렵 조조는 다시 한창 세력을 키우는 중이었다. 조조가 전위와 얘기하던 그때, 마침 강풍이 불어 훈련 중이던 부대의 아문기(牙門旗, 전장에서 대장이 있는 곳을 알리는 깃발)가 쓰러지려고 했다. 아문기의 무게는 약 500근(300킬로그램)으로, 병사 여럿이 달려들어도 감당하지 못했다. 그런데 전위가 병사들을 물리고 한 손으로 세웠다.

"과연, 엄청난 힘이로구나!"

조조는 그 용력에 반하여 전위를 받아들였다. 가까이 두고 보니, 전위는 입이 무겁고 무예가 뛰어나 호위병으로 제격이었다. 그뿐만 아니라 조조가 어딜 가든 말없이 따랐다. 심지어 여자와의 잠자리 때도 문밖에서 기다릴 정도였다. 처음에는 어색해하던 조조도 곧 적응하게 됐다. 조조가 전위를 높이 평가한 점 중에는 그의 괴력과 충성심 외에도 함부로 입을 열지 않는 과묵함도 있었다. 그런데 그 사내가 심란하냐고 묻는다. 조조는 순간 자신이 너무 가볍게 행동했나 하는 마음이 들었다.

"그래 보이나, 전위?"

"주무시지도 앉아 계시지도 못합니다."

"음…… 마음이 편하진 않네. 복양성 함락을 눈앞에 둔 때에, 여포가 진류로 쳐들어온다고 하니."

"......"

"돌아가자니 다 된 밥에 재 뿌리는 기분이고 복양성 공격을 계속하자니 그 사이에 진류를 빼앗길까 불안해."

전위가 해결책을 제시하리라곤 기대하지 않았다. 답답한 마음에 하소연한 것에 불과했다.

"여포 따위는 제가 처리해드리겠습니다."

전위는 묵직한 투로 말했다. 역시 문제 해결과는 거리가 먼 대답이었다. 머리 쓰는 일과는 어울리지 않는 자였다.

"하하. 그대 혼자 진류로 보낼 수도 없지 않나."

조조는 쓴웃음을 지었다. 그래도 조금 마음이 가벼워졌다. 동시에 자기 세력의 문제점을 새삼 실감했다.

'책사가 더 필요하다.'

처음 원소의 패배 소식을 들었을 때였다. 조조는 가신을 소집하여 긴급회의를 열었다. 조운을 쫓아 강 하류 수색을 계속하려던 하후돈과 하후연이 다급히 돌아간 게 그때였다. 그러나 아무도 뾰족한 대책을 내놓지 못했다. 유일한 책사인 오용은 풍향을 바꾸는 도술을 부린 후, 자리에 누워 일어나지 못하고 있었다. 그에게 무슨 일이라도 생긴다면 어쩔 것인가. 오롯이 조조 혼자 모든 걸 생각하고 판단해야 할 터였다.

그때, 그 오용이 막사로 들어왔다.

"심려를 끼쳐드려 송구합니다, 주공."

조조는 반색하며 그를 맞이했다.

"오용! 이제 몸은 좀 괜찮은가?"

"예. 이제 괜찮습니다."

오용은 민망한 표정을 지었다. 한파에 이은 폭풍까지, 연이어 천기를 남발한 탓일까. 마비가 풀린 후에도 이틀을 꼬박 앓아누웠다. 이렇게 시간을 낭비하게 될 줄은 미처 몰랐다.

"그사이에 문제가 생겼다는 얘길 들었습니다."

"안 그래도 그대의 조언이 절실하던 참이었네."

진심으로 반기는 조조를 보자, 오용은 또 묘한 기분이 들었다. 송강의 명으로 그를 받들고 있지만, 그 후 정작 송강으로부터는 아무 소식이 없다. 반면, 조조는 늘 오용을 곁에 두고 극진히 대우했다. 마음이 흔들리지 않을 수 없었다.

오용은 머리가 좋은 만큼 생각이 많았다. 그가 보기에, 위원회의 과업을 이루기는 이미 글렀다. 단지 그 과업 아래에 함께 시공을 이동해온 형제들이 뭉쳐 있으므로 침묵하고 있을 뿐이다. 설령 처음 계획했던 대로 움직인다고 치자. 이 시대에 회의 이름으로 통일제국을 만든다. 그게 과연 얼마나 유지될 것인가?

위원회와 그들의 과업은 세 가지 고대 유적이 발견되면서 태동한 것이다. 원하는 시간대로 이동시켜주는 시공회랑. 특정 조건에 부합하는 자에게 신비한 힘을 주는 성혼마석. 초고도의 기술로 만들어진 서른여섯 개의 전투 호위병, 신병마용.

하지만 진한성의 농간으로 엉뚱한 시간대에 오게 된 순간, 사실상 모든 게 끝났다. 송강도 그 사실을 알 것이다.

'일이 이렇게 됐는데, 내가 굳이 그의 명령을 따라야 하나? 평생?'

오용은 문득 이런 생각이 들었다. 물론, 여전히 위원회의 형제 대부분이 송강을 충심으로 받들고 있다. 현대에서 몇 년에 걸쳐 행해진 교육과, 별의 힘이 가진 특성, 마지막으로 나노 머신 때문이다. 성혼마석으로부터 별의 힘을 받은 자는, 필연적으로 송강에게 복종심과 경애심을 느낀다.

그러나 그에게서 오래, 멀리 떨어져 있는 데다가 바로 곁에 조조라는 강력한 카리스마를 두고 있자니, 점차 영향력이 옅어져갔다. 오용은 그것을 똑똑히 느끼고 있었다. 단, 그는 스스로 지고의 위치에 올라 남을 호령하는 취미는 없었다. 그저 한 가지가 궁금해졌다. 자신의 능력으로 이 사내, 조조를 어디까지 끌어올릴 수 있을 것인가?

'원래 역사에서 결국 통일을 이룬 자는 조조의 가신이었던 사마의의 손자, 사마염이었다. 내 목숨이 살아 있는 동안, 그 시간 안에 조조를 천하의 주인으로 만드는 게임. 그걸 해보는 것도 나쁘지 않을 것 같다. 역사가 엉망이 되어봐야, 어차피 그때쯤 나는 죽어서 흙이 됐을 테니 무슨 상관인가?'

오용이 이런 생각을 할 수 있는 데는, 그가 몇 안 되는 성수(聖水) 미복용자인 까닭도 있었다. 즉 마인드컨트롤에서 자유로운 것이다. 오용이야말로 성수의 정체, '뇌 기생형 나노 머신'을 맨 처음에 개발한 장본인이었으니까.

"오용?"

짧은 상념에 빠졌던 오용은 조조의 부름에 정신이 들었다.

"아, 죄송합니다. 잠깐 생각 좀 하느라……."

"확실히 괜찮은 겐가?"

"예."

"그럼 다시 설명하겠네. 자네가 앓았던 사이……."

조조의 설명을 들은 오용이 말했다.

"거센 비는 피해 가라는 말이 있습니다. 지금 여포는 황제를 모신 데다 공손찬과 마등을 연이어 깨뜨려 기세가 매우 높습니다. 설령 진류에서 막아낸다 해도 큰 피해를 볼 겁니다."

"그렇겠지."

"주공께서는 진류의 땅이 필요하신 겁니까, 아니면 사람과 물자가 필요하신 겁니까?"

"그게 무슨 말인가?"

"동탁이 낙양에서 한 일을 생각해보십시오. 당시 낙양에 입성했을 때, 주공을 비롯한 제후들의 기분이 어땠는지."

조조는 오용이 말하고자 하는 바를 깨달았다.

"여포에게 내주자는 거로군. 텅 빈 진류를."

"바로 그렇습니다. 동탁처럼 불을 지를 필요까지도 없습니다. 그저 주공의 병력과 물자, 더불어 주공을 따르고자 하는 백성들만 옮기시면 그만입니다. 서두르면 여포가 도착하기 전에 싹 비워낼 수 있을 겁니다."

"하지만 어디로 옮긴단 말인가?"

"가까이에 아주 좋은 곳이 있습니다."

오용은 진류성 바로 남쪽의 허창을 추천했다. 역사에서 조조의 근거지이자, 그가 세운 위나라의 수도가 되는 도시였다.

잠시 생각하던 조조가 말했다.

"내가 허창에 자리 잡게 되면, 여포가 들어앉을 진류는 복양성과 허창 사이에 끼는 셈이네. 서로 호응이 어려워 곤란한 지경에 처할 수 있어. 진용운이 탁군을 공격받았으며, 결국 유우에게 양도한 것도 비슷한 이유에서지."

오용은 시원스러운 투로 말했다.

"복양성은 그냥 포기하십시오."

"······진심인가?"

조조의 얼굴에 미미하게 노한 기색이 떠올랐다.

"그럴 거라면 무엇을 위해 그 많은 군사와 물자를 희생했단 말인가?"

"가능성을 보고 투자했던 것이지요. 주공께서는 그 투자에 실패하셨고. 이미 군량도 떨어졌다고 들었습니다만."

"으음……."

"자칫 더 큰 낭패를 당할 수도 있습니다. 예를 들자면, 복양성을 떨어뜨리기도 전에 진류가 여포에게 넘어가는……. 그렇게 되면 그나마 갈 곳마저 없어집니다."

그러고 보니 오용은 처음부터 복양성 공략에 반대했었다. 원소가 휘두르는 대로 놀아나는 것이라는 말과 함께. 그러나 조조는 복양성과 동군태수라는 두 가지 유혹을 뿌리치지 못하고 원정을 강행했다. 그게 오용의 조언을 무시한 최초의 행위였다. 결과가 이렇게 되고 나니, 조조는 갑자기 할 말이 없어졌다.

오용은 그런 조조를 보며 생각했다.

'아, 속 쓰리네.'

오용이라고 복양성을 버리고 싶을 리가 없었다. 하지만 이는 얼마 후의 미래를 내다본 선택이었다. 그는 용운처럼 세밀하고 정확하진 않으나, 역사 선생이었던 만큼 어느 정도 역사를 알고 있었다.

'곧 연주자사 유대가 수십만의 청주 황건적과 맞서 싸우다 죽는 일이 벌어진다. 그때 출격하여 황건적을 흡수함과 동시에, 조조를 연주자사 자리에 앉혀야 한다. 그 사건이야말로 조조가 발돋움하는 결정적인 계기가 될 테니까.'

촛불이 또 약하게 흔들렸다. 그 흔들리는 불빛에 비친 조조의 얼굴이 일그러져 보였다.

오용은 차분히 생각을 정리했다.

'여기서 시간과 병력을 낭비한다면 더 큰 기회를 놓치게 된다. 차라리 늦기 전에 복양성을 포기하고 퇴각, 진류의 병력을 규합하여 허창에서 힘을 모으는 편이 낫다. 진류를 차지한 여포 또한 곧 복양성을 노릴 테니…….'

물론 여포가 텅 빈 진류를 보고 분노하여 곧장 허창으로 쳐들어올 가능성도 있다. 하지만 그러긴 절대 쉽지 않으리라. 진류와 허창의 중간쯤에 위치한 양성에는 원소의 수하인 주령이 주둔하고 있었다. 조조가 도움을 요청한다면 응할 가능성이 높다.

'진류까지 진군해 오자마자 곧장 두 갈래의 군사를 상대하긴 제아무리 여포라도 버거울 터. 그보다 우리와 싸우느라 진을 뺀 복양성을 노리는 편이 그에게도 무난하겠지. 남 좋은 일만 해준 것 같아 짜증나지만…….'

또 허창의 조조는 지금의 조조와도, 진류의 아군과도 다를 터였다. 모든 장수와 병력이 집결한 완전체가 되는 것이다. 그때는 여포가 쳐들어와도 해볼 만했다.

오용은 조조를 달래듯 말했다.

"분명 더 좋은 기회가 올 것입니다. 너무 심려치 마십시오."

잔뜩 찌푸려졌던 조조의 미간이 펴졌다.

"후, 날이 밝자마자 당장 철수해야겠군."

조조는 일단 결심하면 미련을 두지 않았다. 오용은 그의 이런 점도 마음에 들었다.

그때였다. 병사 하나가 헐레벌떡 뛰어들어왔다.

"무슨 일인가?"

어리둥절하는 조조에게 병사가 말했다.

"아룁니다! 진용운의 군사가 얼마 전 돈구현을 지났다는 소식이 들어왔습니다. 도착하자마자 바로 병력을 움직였다고 합니다."

조조가 펄쩍 뛰었다.

"뭐라고? 왜 그걸 이제야 보고하는 것이냐!"

"첩자들과 척후는 최대한 서둘러 대응했다고 하는데, 적의 움직임이 이상할 정도로 빨라서……. 게다가 지금은 행방을 놓친 상태입니다."

오용의 얼굴이 뭐 씹은 것처럼 변했다.

'진용운, 이 황당한 놈. 정보대로라면 관도에서 이긴 지 사흘도 채 지나지 않았다. 쉬지도 않고 그 길로 곧장 진격해 왔단 말인가?'

따져보니 원소에게 승리를 거두자마자 곧바로 남하하여

이틀 만에 돈구현에 도착한 셈이었다. 휴식 없이 이틀 내내 달렸다는 뜻이니 정말 믿기 어려운 강행군이었다.

'조운이 죽었다고 들었는데, 그래서 눈이 돌아가기라도 한 건가. 한 방 먹었군. 내가 앓아누워 있지만 않았어도 정보 수집이 더 빨랐을 텐데.'

물론 용운군은 서두른 만큼 지쳐 있을 터였다. 그러나 조조군의 상황도 썩 좋진 않았다.

오용이 조조에게 말했다.

"적의 병력이 얼마나 되는지는 모르겠으나, 아군은 악진 장군이 전투 불능이고 병사들의 끼니까지 여러 차례 거른 상태입니다. 반면, 적은 복수심에 불타고 있어 그 기세가 잘 벼린 칼과 같으니 피로마저 느끼지 못할 겁니다. 아군에게 불리한 상황이니 서둘러 대비를……."

그가 말을 채 끝맺기도 전이었다. 사방이 소란스러워지더니 쇠 부딪치는 소리와 비명이 요란하게 울렸다. 급한 전갈을 가져왔던 병사는 사색이 됐다. 오용과 조조의 얼굴도 경악으로 물들었다.

조조는 신음하듯 중얼거렸다.

"설마…… 벌써 본진으로 쳐들어왔단 말인가?"

그야말로 무서울 정도의 쾌진격. 용운군에게 이게 가능했던 데는 몇 가지 이유가 있었다. 첫 번째는, 원소를 대패시킨 마지막 전투에서 사실상 병력을 거의 이용하지 않았다는 것이었다. 사천신녀의 힘을 개방, 출격시킨 전투였기 때문이다. 갑자기 나타난 천강위 때문에 위기에 처하기도 했으나, 결과적으로 병사들의 체력을 아꼈다.

두 번째는 역시 등자의 위력이었다. 용운은 돈구현에서 마초 및 방덕과 조우하자마자 그들에게 철기 일만을 배분했다. 이는 두 사람이 기병에 특화됐음을 아는 까닭이었다. 또 용운군의 철기는 모두 등자를 사용한 지 오래되었다. 돈구현까지 올 때도 피로도가 훨씬 덜했다는 의미였다. 등자가 있으면, 심지어 말 등에서 자는 일도 가능했다.

마지막 세 번째는 곽가의 존재였다. 그는 용운의 망설임을 없애고 다음에 할 일을 제시했다. 당연히 시간을 낭비하지 않을 수 있었다.

"조조는 아마 아군이 이곳에 도착했다는 소식을 접한 지 오래되지 않았을 것입니다. 자룡 장군의 부대와 싸운 것도 최근이며 계속 복양성을 공격하는 중입니다. 이는 곧 피로가 극에 달했다는 의미입니다. 이때 쉴 틈 없이 곧바로 들이친다면 큰 타격을 줄 수 있을 겁니다."

"봉효의 말이 옳습니다."

진궁도 동의했으므로 용운은 그의 제안을 수용했다. 우선, 마초와 방덕이 지휘하는 일만의 철기를 선행시켰다.

"맹기 님, 그대에게 선봉을 맡기겠습니다. 최대한 빨리 진격하여 조조군의 허를 찔러주세요."

"그거야말로 제가 잘하는 일이지요."

마초와 방덕이 조조의 허를 찌르는 창이 된다. 그리고 그 틈을 나머지 부대가 밀고 들어오는 방식으로 선제공격을 가해온 것이다.

'마초는 기병을 극한까지 다루는 실력의 소유자. 아직 경험이 부족하다 하나, 그 자질이 어디 가진 않았을 거야. 그가 가진 특기만 봐도 그렇고. 곽가의 책략과도 부합한다. 그렇다면 승부수를 던지는 게 마땅해.'

이게 용운의 결정이었다. 여기에 한 가지 행운이 더 작용했다. 어쩌면 행운이 아니라, 용운이 뿌린 씨가 돌아온 것일 수도 있었다. 복양성의 백성들은 용운이 흑산적으로부터 자신들을 구해줬음을 잊지 않았다. 또 태수 왕굉이 평소 공평하게 선정을 폈으며, 그 왕굉과 용운이 동맹을 맺었다는 사실도. 태사자의 부대는 복양성에 주둔해 있는 동안, 백성들의 일을 도와주기도 했다.

용운의 부대가 돈구현에 이르렀을 때, 그 사실을 제일 먼저 안 것은 일대의 백성들이었다. 거기엔 가까운 복양현의 백성도 많았다. 주로 조조의 공격을 피해 피난 온 백성들이었다.

그중 한 약초꾼 노인이 용운을 찾아왔다.

"기주목님을 뵙고 싶습니다. 저는 이 일대에서 산을 타고 약초를 캐는 일만 수십 년을 해왔습죠. 덕분에 복양성으로 향하는 지름길을 알고 있습니다."

그는 돈구현에서 복양으로 향하는 가장 빠른 경로이면서, 조조군 진영의 뒤쪽으로 연결되는 지름길을 안내하겠다고 나선 것이다. 용운은 마지막까지 방심하지 않았다. 전풍의 죽음과 조운의 실종이 오히려 그를 신중하게 만들었다. 그는 노인에게 대인통찰을 사용, 호감도 수치를 보고 그의 말이 진실임을 알았다. 용운에 대한 노인의 호감도는 무려 85였다. 또 그 자리에 있던 곽가의 '간파' 특기도 반응하지 않았다. 이미 경험했듯, 그는 거짓말에 극히 예민하게 반응했다.

"고맙습니다, 어르신."

용운은 노인에게 고개 숙여 감사하고 큰 상을 내렸다. 그리고 그의 설명을 바탕으로, 즉시 간단한 지도를 그렸다. 마초와 방덕에게 주기 위해서였다. 두 장수는 지도를 봐가며 복양으로 진입했다.

방덕이 감탄한 어조로 말했다.

"이런 식으로 그린 지도는 처음 봅니다만, 상당히 알아보기 편하군요. 또 놀랄 정도로 정확하고. 기주목이 확실히 다재다능하긴 합니다."

마초가 그의 말에 대꾸했다.

"그 몸을 보세요. 딱 머리만 쓸 인종이지요."

처음에 좁고 험하던 길은 곧 넓어졌다. 정확히 지도에 그려진 대로였다. 마초와 방덕은 거침없이 질주했다. 두 사람이 동시에 발하는 '돌격' 특기가, 휘하의 철기를 더욱 빠르게 만들었다.

"하하하! 그래도 기주목이 생긴 것과 달리 화끈하지 않습니까? 내게 선뜻 이런 정예병을 내주고 선봉을 맡기다니!"

신이 난 마초가 외쳤다. 그는 일만의 철기를 지휘하게 되자 기분이 날아갈 듯했다.

옆에서 말을 몰던 방덕이 충고했다.

"조심하십시오. 지도대로라면 곧 조조의 부대와 조우하게 됩니다."

"흐흐, 지금쯤 조조는 혼비백산했을 겁니다. 기주목이 자고 있던 나와 영명 님을 깨워서, 지금 바로 출격하자고 했을 때는 저도 속으로 미친놈이라고 욕했을 정도니까요."

"그래도 방심하시면 안 됩니다."

"알았어요. 일단, 매복이 있을 만한 지형은 아니군요."

마초는 뒤를 힐끔 돌아보았다. 검후라는 여무사가 모는 말에 탄 소녀가 보였다. 용운을 호위 중인 청몽을 제외하고 검후, 성월, 사린은 이번 전투에도 또 참가했다. 용운의 명이 아니라 그녀들의 강력한 요구에 의해서였다. 워낙 간곡하여 용운은 거절하지 못했다. 또 그녀들의 힘이 여전히 필요하기도 했다. 조운이 변을 당했을지도 모른다는 말에, 검후는 도저히 가만있을 수가 없었다. 그녀의 마음을 어렴풋이 느낀 자매들도 마찬가지였다.

마침, 고개를 내밀던 사린은 마초와 눈이 마주쳤다. 마초는 속으로 생각했다.

'후후, 아무리 봐도 귀엽군. 잘 봐, 소녀여. 내 활약을. 그리고 내 용맹함에 반하라고.'

그의 손에 들려 있던 조개도 생각했다.

'이놈, 뭔가 들뜨고 있다. 또 시작이군.'

잠시 마초를 보던 사린이 검후에게 말했다.

"언니, 쟤가 자꾸 이상하게 웃으면서 쳐다봐."

"네가 웃긴가 보다."

"이씨. 지는 바보 주제에."

사린은 입술을 삐죽였다.

곧 조조군 진영이 보였다. 그 바보는 언제 헤벌쭉거렸냐는 듯 돌변하여 중얼거렸다.

"목표 발견."

마초의 눈이 차갑게 번쩍였다. 마치 발톱을 세우고 먹잇감을 향해 돌진하는 매처럼 창을 꼬나든 마초가 속도를 올렸다. 진한성조차 감탄하게 했던 그 움직임이었다. 조개는 자기도 모르게 놀라고 말았다.

'세상에. 이런 빠르기라니?'

특기 발동, 강습(强襲)

방덕도 거기 맞춰 반응했다. 늘 함께 싸워온 두 사람이기에 가능한 일이었다.

특기 발동, 강습(强襲)

무력 90대의 두 장수가, 동시에 강습 특기를 발하여 뛰어들었다. 그 뒤를 따르는 병력은 타 세력의 그것보다 월등하게 뛰어난 진용운군의 철기!

조조군 진영은 단숨에 선두가 와해되었다. 미처 화살을 날릴 여유조차 없었다.

"크악!"

"적이다!"

조조군 병사들이 비명과 함께 추풍낙엽처럼 쓰러져갔다. 막사에서 조조와 오용이 들은 게, 바로 그 직후의 소란이었다. 이변을 감지한 전위가 말했다.

"두 분은 저를 따르십시오."

그는 쌍철극을 양손에 나눠 들고 앞장섰다. 조조와 오용은 서둘러 그의 뒤를 따랐다.

이미 사방은 적으로 가득했다. 전위는 적병을 닥치는 대로 쓰러뜨리면서 길을 뚫었다. 갑옷도 입지 못한 상태였으나, 아무도 그에게 상처를 내지 못했다.

"돈은, 묘재는 어찌 됐을꼬."

조조가 탄식하자, 오용이 애써 그를 위로했다.

"기량이 출중한 장군들이니 병사들을 수습하여 맞서고 있을 것입니다. 설령 그게 아니더라도 제 한 몸 빼낼 실력은 충분한 분들입니다."

"으으……. 진용운 이놈. 다짜고짜 이런 식의 기습을 해 올 줄이야."

조조는 부드득 이를 갈았다. 치욕스러웠다. 사방에서 비명이 울리고 화살이 날아다녔다. 어두운 밤이라 더 정신이 없었다.

그렇게 아수라장을 헤치고 나가길 얼마 후. 은빛 갑옷에, 백마를 탄 장수가 불현듯 그들의 앞을 가로막았다. 얼굴에 피가 잔뜩 튄 마초였다. 그의 입가에 광기 어린 웃음이 떠올랐다.

"어라? 이거, 혹시 대어를 낚은 건가?"

오용은 반사적으로 천기를 발동했다. 목숨이 위험한 지경이니 아낄 여유가 없었다.

천기 발동, 심안(心眼)

곧 적장의 생각이 어지러이 머릿속에 떠올랐다.

승리, 소녀, 먹잇감, 소녀, 호감, 싸움, 싸움, 싸움, 싸움!

'이놈은 대체 뭐지?'

오용이 혼란스러워할 때, 상대의 정체를 유추할 수 있는 한 가지 단어가 비로소 떠올랐다.

—서량, 금마초

그는 자기도 모르게 신음하듯 내뱉었다.

"마초?"

"오오, 날 아나?"

최악이었다. 이 다급한 상황에 마초가 적으로 나타나다니.

'진정 무서운 놈은 진용운이다. 그 와중에 마초까지 아군으로 끌어들였단 말인가?'

그는 마치 자석처럼 인재들을 끌어당기고 있었다.

조조 일행에게 창을 겨눈 마초가 말했다.

"그래. 내가 바로 마등의 아들, 마초 맹기다. 누군지는 몰라도 꽤 지위가 있어 보이는데……. 순순히 항복하면 날 알아본 대가로 목숨만은 살려주지."

그의 창을 본 오용이 다시 한 번 중얼거렸다.

"탁탑천왕……?"

분명, 회의 장로인 조개의 본체 탁탑천왕이었다. 그걸 왜 마초가 무기로 쓰고 있는지, 또 어째서 조개의 천기인 영혼전염에 걸리지 않았는지 알 수 없었다.

마초의 말을 듣던 전위가 앞으로 나섰다. 그는 길게 말하지 않았다.

"덤벼라, 애송이."

마초의 눈에 불꽃이 튀었다.

"그래, 솔직히 항복하지 말고 싸워주길 바랐어. 이제까지는 영 상대할 만한 놈이 없었거든."

마초는 말에서 뛰어오르며, 그대로 전위를 향해 창을 내찔렀다.

"넌 좀 하는 것 같구나."

전위와 마초. 두 맹장이 격돌했다.

2

복양성을 지켜내다

칠흑 같은 어둠 속, 불타는 막사와 우왕좌왕하는 병사들, 희미한 그믐달빛. 이를 배경으로 마초와 전위의 싸움이 벌어졌다. 실제 역사에서는 없던 대결이었다.

마초는 전위와 무기를 부딪치자마자 생각했다.

'강하다!'

말에서 뛰어내릴 때 붙은 가속도에, 마초와 창의 무게까지 더해진 공격이었다. 그러나 전위는 한 손의 철극만으로 태연히 맞받아쳤다. 심지어 휘청거리지도 않았다.

전위의 눈썹이 꿈틀거렸다. 동시에 마초의 몸이 허공으로 붕 떴다. 무기가 닿은 상태에서, 전위가 마초를 위로 밀어올린 결과였다.

"우왁!"

마초는 공중에서 허리를 힘껏 비틀었다. 그를 허공에 띄운 전위가, 다른 손에 든 철극을 찔러온 것이다. 그야말로 괴력의 전위만이 가능한 무술이었다. 몸이 떠버렸으니 피할 수도 없다. 하지만 마초도 평범한 장수는 아니었다. 타고난 순발력으로 공중의 몸을 제어했다. 철극을 아슬아슬하게 흘려보낸 그는, 떨어지면서 재차 창을 내리쳤다.

"안 통한다."

전위가 막아내자, 마초는 창을 그대로 미끄러뜨려 창대 끝으로 바닥을 짚었다. 이어서 창에 몸을 지탱한 채 전위의 안면으로 힘껏 무릎을 날렸다. 뻐억! 둔탁한 소리와 함께, 전위의 고개가 확 젖혀졌다.

'끝이다!'

내려선 마초가 그의 드러난 목을 찌를 때였다. 전위는 왼쪽으로 상체를 틀어 가볍게 피했다.

"간지럽다."

비로소 마초의 얼굴에 질린 빛이 떠올랐다.

'이놈, 뭐야?'

두 장수가 잠시 대치했다. 서로에 대해 속으로 은근히 감탄하는 중이었다. 전위의 나이 올해로 서른둘. 기량이 절정을 향해 가는 시기였다. 반면, 현대로 치면 청소년인 마초는 아직 성장하는 단계였다.

이 세계에서는 일어나지 않은 일이지만, 정사에서는 한수의 부장인 '염행(閻行)'에게 일방적으로 폭행당한 마초는 생명이 위독한 지경까지 가기도 했다. 그때가 마초의 나이 열일곱이었다. 염행과 대결 중이던 마초가 그의 창을 부러뜨리자, 염행은 부러진 창 자루로 마초를 두들겨팬 것이다. 마초 일생 최대의 치욕적인 사건이었다. 전위는 마초의 실력이 절정일 때라 해도 쉽지 않을 상대이니, 밀리는 게 당연했다.

또 한 가지, 말에서 내린 것도 실수였다. 마초는 말을 탄 채 싸울 때가 훨씬 강했다. 전위가 조조와 오용을 신경 쓰며 싸우지 않았다면 승부는 금세 갈렸을지도 모른다.

"그래도 보기보다 제법이구나."

전위의 말에, 마초가 질세라 대꾸했다.

"그쪽이야말로."

곧 숨 돌린 두 사람은 재차 격돌했다. 철극과 창이 쉴 새 없이 쇳소리를 냈다. 그때쯤 조개도 오용을 알아보았다. 그는 열심히 전위를 응원했다.

'그래, 오용 형제 편의 장수! 누군지는 몰라도 강하구나. 마초 놈을 눕혀라. 그리고 날 주워! 너 정도라면 내 꼭두각시가 될 자격이 충분하다.'

오용은 전위와 마초가 싸우는 광경을 보며 생각했다.

'과연, 전위. 여기는 그에게 맡겨도 되겠어. 왜 마초가 조개 형제를 무기로 쓰고 있는지 당황스럽지만, 지금은 그걸 확인할 때가 아니다.'

사실 오용은 자기 혼자라면 충분히 탈출할 자신이 있었다. 그가 가진 세 가지 천기 중 날씨를 조종하는 '천변만화'와 대상의 마음을 단편적으로 읽는 '심안'을 제외한, 마지막 세 번째 천기 때문이다. 그게 아니더라도 지금 그의 곁에는 병마용군 '경(鏡)'이 있었다. 눈에 보이지는 않지만, 피부와 근육, 뼈는 물론 장기와 혈액까지, 모조리 빛을 통과시키는 재질로 만들어져 완벽하게 투명한 병마용군. 그것이 상위 열 개의 병마용군인 절대십천 중의 세 번째, 경의 정체였다.

호연작의 병마용군, 얼음을 조종하는 능력을 가진 칠천(七天) '백금'은 '흰 강철 같은 얼음'이라 불린다.

임충의 병마용군, 바람을 조종하는 능력을 가진 오천(五天) '미령'은 '광기에 차 웃는 바람'이라 불린다.

그리고 오용의 병마용군, 삼천(三天) 경의 별칭은 '어지러이 흩날리는 빛'이었다.

전위는 마초와 싸우는 중에도 조조와 오용의 상황을 살필 여유가 있었다. 전위의 눈짓을 받은 오용이 조조에게 말했다.

"주공, 이쪽으로."

조조는 전위의 뒷모습을 바라보다가 마지못해 오용을 따라 움직였다. 그러나 둘은 얼마 못 가 적병에게 에워싸였다.

'벌써 사방이 기주군 천지로구나.'

싸울 각오를 한 조조가 검을 빼들었을 때였다. 이상한 빛이 번쩍거리더니, 용운군의 병사들이 우르르 쓰러져버렸다.

"응? 이게……."

당황하는 조조에게 오용이 말했다.

"어디선가 아군 궁수들이 저격한 모양입니다. 이 틈에 어서 가시지요."

사실은 주변에 수백 개의 투명한 거울을 띄운 경이, 난반사하는 빛을 쏴 병사들을 쓰러뜨린 것이다. 그녀의 특기, '투명산란광'(透明散亂光, 어지럽게 흩어지는 투명한 빛)이었다. 조조는 화살이 안 보이는 게 이상했지만, 밤인 데다 워낙 경황없는 상황이어서 그런가 보다 하고 다시 바삐 달리기 시작했다.

투명한 병마용군 경의 도움과 조조 자신의 무력 등으로 아수라장을 헤치고 나간 얼마 후였다. 피투성이가 된 한 장수가 조조의 곁으로 말을 몰아왔다.

"주공! 무사하십니까!"

외치며 말에서 뛰어내리는 장수는, 부상으로 누워 있던 악진이었다. 그는 조운에게 찔렸던 자리가 터져, 목에서 피를 줄줄 흘리면서도 조조를 찾아 헤매던 중이었다.

"오오, 문겸!"

악진은 반색하는 조조의 손에 말고삐를 쥐여주며 말했다.

"주공과 군사는 어서 이 말을 타고 빠져나가십시오."

"그대는 어쩌려고 그러는가. 그 몸을 하고."

"저는 괜찮습니다. 그러나 주공께서는 털끝 하나 다치시면 안 됩니다."

오용은 그 모습을 보며 실감했다. 역시 조조에게는 수하들의 충성을 이끌어내는 뭔가가 있다고. 역사상 삼국 중 조조의 위나라에 인재가 제일 많았던 건 단순한 운이나 우연이 아니었다.

'진용운. 네가 인재들을 끌어모으며 역사를 뒤바꾸고 있는 모양이나, 한 시대를 풍미했던 영웅의 힘이란 그렇게 간단한 게 아니다. 더구나 이 남자, 조조의 옆에는 내가 있으니까. 이번 전투에서는 네가 이긴 셈이지만 다음에도 그럴 것이라 생각하지 마라!'

조조와 오용은 악진이 내준 준마를 타고 전장을 이탈하여 위기를 모면했다. 그러나 조조의 부대는 사정없이 내몰렸다. 때맞춰 태사자가 복양성에서 출격함으로써 조조군은 앞뒤로 포위된 모양새가 됐다.

"이놈들, 내 자룡의 원한을 갚으리라!"

태사자는 조운을 구하지 못한 데 대한 죄책감과 분노로 미처 날뛰었다. 그의 단극이 번쩍일 때마다 조조군 병사 몇 명이 어김없이 쓰러졌다.

검후와 사린 또한 원소군을 쓸어버릴 때 못지않은 기세로 적을 물리쳤다. 단, 그때처럼 전력을 개방하지는 못했다. 아직 기력이 다 회복되지 않았을뿐더러 행여 또 위원회의 천강위가 나타날지 몰라 힘을 남겨둔 까닭이었다. 조조에겐 다행스럽게도, 원소군에 모습을 드러냈던 천강위 상위 멤버들이 사천신녀의 억제력으로 작용하고 있었다.

용운은 조금 떨어진 언덕 위에서 돌아가는 상황을 지켜보는 중이었다. 팔짱을 낀 그의 표정은 더없이 차가웠다. 평소처럼 무기를 버리고 항복하는 자는 받아들이라는 지시도 없었다. 그 때문에 조조군은 일방적으로 살육당했다.

곽가는 용운의 숨겨진 면을 본 기분이었다.

'이건 필시 원호 님과 조자룡 장군 때문일 터. 자기 사람을 건드리면 가차 없는 분이구나.'

아니, 숨겨진 면이 아니라 처음부터 알았던 부분이었다. 이렇게까지 분노하리라고는 미처 짐작하지 못했을 뿐.

처음 전풍과 조운에 대한 소식을 들었을 때, 용운은 한낱 정보원 앞에서 눈물을 흘렸다. 그래도 위엄이 없어 보인다거나 체면을 상했다는 느낌은 들지 않았다. 그저 진심 어린 슬픔이 느껴질 뿐이었다. 이제 그 슬픔은 고스란히 분노로 변했다.

'내게 무슨 일이 생겨도 저렇게 슬퍼하고 분노해주실까?'

곽가는 문득 이런 생각을 했다.

그때, 용운의 옆에 있던 성월이 말했다.

"어? 주군. 저 마초인가 하는 소년 장수, 아무래도 위험한 것 같은데요?"

그녀는 가까이에서 용운과 책사들을 엄호하는 동시에, 초인적인 시력으로 전황을 알려주고 있었다.

"뭐, 마초가 위험하다고? 매복에라도 걸린 거야?"

"아뇨. 그건 아닌데, 누군지는 몰라도 어— 엄청 강한 상대와 마주쳤어요. 그래서 그와 싸우다가 시간을 끌다 보니, 적군에게 완전히 둘러싸였네요."

엄청 강한 상대? 성월이 저렇게 말할 정도고 마초가 밀렸다면 하후돈이나 하후연 혹은 조인과 마주친 건가?

'설마 조조가 허저나 서황을 벌써 영입한 건 아니겠지.'

생각하는 용운에게 성월이 말을 이었다.

"처음에 싸우던 그 상대는 방덕 아저씨가 도와줘서 물리쳤지만, 지금은 둘 다 적진 한가운데 완전히 포위되어 있어요."

"거느리고 있던 철기는 어쩌고?"

"조조군이 둥그렇게 뭉치면서 분리됐어요. 와, 신기하다아. 만 단위의 사람들이 어떻게 전체가 하나인 것처럼 움직이죠?"

"……이런."

용운은 한숨을 내쉬었다. 그가 보니, 과연 지휘관을 잃은 철기는 조조군 바깥쪽을 빙빙 돌기만 하고 있었다. 섣불리 공격해 들어가지 못하는 것이다.

마초와 방덕의 임무는 철기로 난입해 들어가 적 진영을 붕괴하고 나오는 것이었다. 그런데 흥이 오른 마초가 적을 헤집고 다니다가 전위를 만난 게 문제였다. 본래의 임무를 잊어버리고 그와 싸우는 사이, 조조군은 점차 대열을 갖추기 시작했다. 돌파력을 상실한 철기대는 그 과정에서 자연히 밀려났다.

'며칠 손발을 맞춰보기는커녕 이 전투가 아군 철기와 마초가 함께 싸운 첫 전투였으니……. 황건적이나 흑산적 같은 상대라면 몰라도, 조조군과 싸우니 한계가 드러나는구나.'

전장을 살피던 곽가가 말했다.

"조조군이 방패병을 바깥쪽에 세운 방원진을 만들었습니다."

방원진이란 이름 그대로, 원형으로 둥글게 모여 수비하는 진형이었다. 거기에는 하후돈, 하후연, 악진, 이전 등 뛰어난 장수들의 역할이 컸다. 전위는 방덕이 가세하고 조조가 무사히 피했음을 확인하자, 한바탕 거센 공격을 퍼부은 다음 몸을 빼냈다. 전위와 싸우느라 미처 빠져나가지 못한 마초와 그를 도우려다 뒤에 남겨진 방덕은, 그 둥근 진형 안에 갇혀버렸다. 원래 수비용인 방원진이 거대한 덫이 된 것이다.

"허둥대지 말고 뭉쳐서 후퇴하라!"

하후돈은 뛰어난 통솔력으로 병사들을 진정시키며 질서정연하게 퇴각을 이끌기 시작했다. 커다란 원형의 진이 서서히 이동했다. 거대한 게처럼, 느리지만 단단한 움직임이었다.

"우리 장군들은 어디 갔지?"

"아까 적 진영 안에 뛰어들어가던데……."

마초와 방덕이 지휘하던 일만의 철기는 통솔자를 잃고 허둥거렸다. 악진과 이전은 무섭게 눈을 부릅뜨고 그들을 후미로 내몰았다. 뒤에 합류한 용운군 보병이 그 철기와 뒤섞였다. 그 바람에 일순 대열이 흐트러졌다. 달아나는 적군을 추격하려던 용운군의 기세도 한풀 꺾이고 말았다.

성월처럼 사람 하나하나를 알아보긴 어려웠지만, 그런 큰 움직임은 곽가와 진궁에게도 잘 보였다. 둘의 시선이 마주쳤다. 곽가가 작게 내뱉었다.

"좋지 않군."

전장에 있던 검후 또한 뭔가 분위기가 변한 것을 감지했다. 사천신녀 중 유일하게 전투의 흐름을 어느 정도 읽을 줄 알기 때문이다.

'저자들이 문제야.'

검후는 뒤쪽에서 용운군을 물리치며 퇴각을 지휘하고 있는 악진과 이전을 봤다. 특히, 악진이 피투성이가 된 채 고군분투하는 모습은 병사들을 분전케 했다. 검후가 아무 말도 없이 그들을 향해 달려나가려고 할 때였다.

슉! 어디선가 한 발의 화살이 날아왔다. 화살은 정확히 그녀의 미간을 노리고 있었다.

"웃!"

검후는 반사적으로 총방도를 들어 막았다. 챙! 화살이 날카로운 소리와 함께 튕겨나갔다. 거기 실린 힘이 만만치 않았다. 성월에 비할 바는 못 되지만, 제대로 맞았다간 검후나 사린도 충분히 위험해질 위력이었다.

대열의 맨 앞쪽에 있는 하후연의 솜씨였다. 천하의 검후마저 주춤거리자, 용운군의 기세는 더욱 사그라졌다.

거기까지 보고 들은 진궁이 말했다.

"흐름이 아군에게 나쁜 쪽으로 바뀌고 있습니다. 과연, 조조군의 저력이 상당하군요."

어느 틈에 성월의 술병을 빼앗아 한 모금 들이켠 곽가도 거들었다.

"장수가 부족한 탓입니다. 마초와 방덕은 아직 우리 군과 융화하지 못했고요. 만약 지금 우리에게 자룡 장군이나 준예, 문원 장군 중 한 사람이라도 더 있었다면 조조군에게 회

생불능의 타격을 입혔을 것입니다."

용운이 두 사람의 말에 대꾸했다.

"마초와 방덕을 저대로 놔둘 순 없어요."

성월이 용운에게 물었다.

"여긴 청몽 언니가 있으니까, 제가 갈까요오?"

"아니. 이번에는 우리가 압도적으로 유리한 상황에서 시작한 싸움이야. 또 성월이 간다 해도, 저 포위망 자체를 무너뜨릴 순 없어. 결국, 셋 다 다시 갇히게 될 거야."

곽가가 두 사람의 말을 이었다.

"으음…… 저들을 구하려면 주공의 말씀대로 조조군 진형을 깨뜨리고 가운데로 밀고 들어가야 하는데……. 병력은 있지만 지휘할 사람이 없으니 속이 뒤집히는군요."

그는 정말 속이 타는 듯 다시 술을 마셨다. 그러자 곽가가 든 술병을 빼앗은 용운이 말했다.

"공대, 보급부대는 완전히 합류했죠?"

"예. 본대가 강행군하는 바람에 많이 뒤처졌었지만, 조금 전 이 언덕 아래에 집결했습니다."

"좋아요. 그리로 갑시다."

갑자기 보급부대는 왜 찾는 걸까. 곽가와 진궁은 고개를 갸웃거리면서 용운을 따라 움직였다.

조조군은 뒤로는 주춤거리는 용운군을 밀어내고 앞으로는 태사자 부대의 맹공을 버텨내면서, 조금씩 전진해가고 있었다. 그 한가운데 남겨진 마초와 방덕이 분투하고 있었으나 점차 상처가 늘어갔다. 독이 오른 조조군은 적장으로 보이는 마초와 방덕을 집요하게 공격했다. 도대체 얼마인지도 모를 적병을 쓰러뜨린 마초가 말했다.

"쳇. 역시 이용당한 건가?"

그와 등을 맞대고 있던 방덕이 물었다.

"그게 무슨 말씀이십니까?"

"어쩐지 좋은 무기를 내주고 일만의 철기까지 순순히 맡긴다 했어요. 하지만 우리가 적진 한가운데로 들어오자, 철기는 뒤따르지 않고 빠져버렸지요. 적을 기습하여 혼란에 빠뜨린다는 목적을 달성했으니, 불필요한 희생을 낼 필요가 없기 때문이겠죠."

그 전에 작은 주공이 혼자 돌아다니지 않았나, 라는 생각이 방덕의 뇌리를 스쳤지만, 그는 묵묵히 듣기만 했다. 마초의 말이 아예 일리 없는 건 아니라는 생각이 들어서였다.

"우리 둘을 버리는 패로 써서, 조조군을 쫓아내고 복양성을 구원하는 동시에 병력 소모도 줄인다. 이거야말로 일석삼조가 아니겠습니까. 크큭. 신의를 중시하는 분이라 하더니, 그건 자기 사람에게만 통용되는 모양입니다."

마초의 말을 듣던 조개는 황당해했다.

'이놈, 제가 뒤따르던 철기를 내버려두고 설치고 다니다가 포위당한 건 생각 안 하는가.'

마초는 아직 미숙했다. 무엇보다 그 정도의 병력을 직접 지휘해본 게 처음이었다. 그저 자기가 가는 대로 병력이 따라올 거라고만 생각한 것이다. 사실 이전에는 그가 아니라, 아버지 마등이나 부장 방덕을 따르던 것이었다.

방덕은 병력을 지휘하는 데도 뛰어난 장수였다. 하지만 적진 한가운데 뛰어든 마초가 사라지자, 그에게 모든 신경이 쏠려버렸다. 마등이 죽은 지금, 마초는 방덕이 몸 바쳐 지켜야 할 주군이었다. 거기다 아무래도 그가 계속 이끌던 부대가 아니다 보니 의사 전달 체계에도 문제가 있었다. 방덕이 아주 잠깐 부대와 분리됐을 뿐인데, 그 틈을 놓치지 않은 이전과 악진의 반응도 훌륭했다. 이런저런 변수들이 다 모여, 결국 마초와 방덕에게는 최악의 결과로 작용하고 만 것이다.

"진형이 점차 남쪽으로 이동하는군요."

방덕의 말에, 마초가 농을 섞어 대꾸했다.

"이러다가 이대로 고스란히 진류까지 끌려가서 붙잡히겠습니다."

그때 두 사람을 둘러싼 포위망에 변화가 일어났다. 보병들이 물러서고 그 자리를 장창병이 채운 것이다. 장창병으로 몰아넣어 무력화하겠다는 의미였다.

"전진!"

긴 창을 내세운 적이 사방에서 좁혀들었다. 가뜩이나 지쳐 있던 마초와 방덕의 운신 폭이 확 줄어들고 말았다.

'젠장, 이제 끝인가?'

어느새 해가 떠오르고 있었다. 밤새 싸워댔으니 지칠 만도 했다. 마초가 '곧 아버지를 뵙게 되겠군' 하고 생각할 때였다. 어디선가 괴상한 소리가 들려왔다. 이 세상의 것 같지 않은 아우성과 울부짖음. 기마의 그것과는 다른, 요란한 땅 울림이었다.

"이, 이게 뭐지?"

포위망을 좁혀오던 장창병들과 그들을 지휘하던 조조군 부장도 동요하기 시작했다. 그때였다. 쾅! 뿌드득!

"으아악!"

둔탁한 충돌음과 고깃덩어리가 부딪치는 파육음에 비명과 쇳소리가 마구 뒤섞였다. 이어서 장창병 대열의 한쪽이 무너졌다. 그 틈에서 미쳐 날뛰는 소 떼가 튀어나왔다. 마초와 방덕은 다급히 비켜섰다. 그들도, 장창병들도 이미 서로를 신경 쓸 상황이 아니었다. 그저 태풍처럼 몰려와 충돌하는 뭔가를 피하기에 바빴다.

마초가 눈을 휘둥그레 뜨고 중얼거렸다.

"소?"

그냥 소 떼가 아니었다. 하나같이 꼬리에 불이 붙어 있었다. 소들이 날뛰는 원인이었다. 인간도 전투마도 성난 소 떼를 감당하지 못했다. 영문을 몰라 황망해하던 마초의 귓가에, 낭랑한 외침이 들려왔다.

"마초, 백마를 잡아타요!"

퍼뜩 정신이 든 마초가 보니, 소 떼 한가운데로 네 마리의 말이 끄는 수레가 달려오고 있었다. 두 마리는 털색이 누렜고 두 마리는 하얬다. 소 떼의 정면에 서는 것은 말할 것도 없이 자살 행위이며 측면으로 끼어들기도 어렵다. 그러나 뒤를 따르거나 섞여서 함께 달리는 건 가능한 것이다. 물론 결코 쉬운 일은 아니었다. 거기에 그가 타고 있었다.

"진용운……?"

마초는 눈을 의심했다. 수레가 마초와 방덕에게 가까워졌을 때였다. 말에 타 수레를 몰던 성월이, 그중 백마들의 끈을 활대로 내리쳐 잘랐다. 용운의 의도를 알아챈 방덕이 외쳤다.

"작은 주공, 어서!"

"네!"

마초와 방덕은 남은 힘을 모두 쏟아부어 소 떼 위로 뛰어올랐다. 그리고 징검다리 건너듯 등을 밟고 뛰었다. 몇 차례 위태롭게 휘청거리기도 했지만, 기어이 각자 말을 타는 데 성공했다. 갈색에 가까운 소 떼 가운데서, 아침 햇살을 반사하는 백마는 더없이 눈에 잘 띄었다.

수레 근처에서 말을 몰던 마초가 외쳤다.

"진용운! 당신도 제정신은 아니군?"

버림받았다 여긴 순간, 한 세력의 우두머리가 직접 구하러 달려왔다. 그것도 상상조차 못한 기상천외한 방법으로. 마초는 흥분과 감동이 뒤섞여 반쯤 제정신이 아니었다. 아무도 그의 반말을 신경 쓰지 않았다.

곽가는 수레에 탄 채 잔뜩 웅크리고 있었다. 마초의 외침을 들은 그가 탄식하듯 내뱉었다.

"그러게 말이오. 이게 미친 짓이지……. 설마 보급용으로 끌고 온 소를 풀어버릴 줄이야. 하아. 사린 소저가 봤다면 땅을 치고 울었을 거야."

타 세력과 두드러지게 다른 용운군의 특징은, 병사들에게 매우 질 좋은 장비를 지급하고 밥을 든든히 먹인다는 점이었다. 부상 및 위생관리도 철저했다. 이 때문에 군에 자원하는 백성들도 많았다. 특히, 이번 원정에는 살아 있는 천여 마리의 소를 보급부대에 포함시켰다. 용운이 상인과 백성들에게서 사들인 것이다. 소는 짐을 나르는 것 외에도, 건량에 질린 병사들에게 신선한 고기를 공급하는 역할을 했다.

마초와 방덕에게 내준 철기는, 지휘관을 잃고 머뭇거리는 사이 적 진영에서 이탈되었다. 이에 용운은 장수가 필요 없으며 오직 적의 대열을 파괴하는 것만이 목적인 부대를 급조했다. 그것이 바로, 꼬리에 불을 붙인 소 떼였다. 소들에겐 미안했지만, 그보다 마초와 방덕이 훨씬 중요하니 어쩔 수 없었다.

진궁이 웃으며 곽가를 달랬다.

"수레 밑에 매달려 있는 청몽 님도 있고 말을 모는 성월 님도 있소. 어쩌면 지금 이 일대에서 가장 안전한 장소는 이 수레 안이오."

"그러는 공대 님도 안색이 창백하신데요?"

"멀미가 나서……."

용운 일행과 마초 등은 소 떼에 섞여 순식간에 조조군의 허리를 돌파하고 지나갔다. 이게 결정타였다. 겨우 모양새를 갖춰가던 조조군의 진형은 다시 한 번 무너져 엉망이 됐다.

"이익, 허둥대지 마라! 자리를 지켜…… 으악!"

목이 터져라 외치던 하후돈의 입에서 갑자기 비명이 터졌다. 어디선가 날아온 한 발의 화살이 눈에 꽂힌 것이다. 태사자의 솜씨였다. 그런데 보통의 장수라면 그대로 낙마했을 충격이었지만, 하후돈은 이를 악물고 화살을 뽑아냈다.

"흐으, 감히……."

화살촉에 안구가 딸려 나왔다. 하후돈은 화살을 팽개치더니, 텅 빈 한쪽 눈에서 피를 철철 흘리는 귀신 같은 형상으로 청광기에게 덤벼들었다. 오히려 거기 질린 청광기가 물러서는 진풍경이 벌어졌다.

태사자 옆으로 말을 몰아 온 저수가 말했다.

"장군, 쥐도 궁지에 너무 몰면 고양이를 문다고 했소. 달아날 길이 없어지면 죽기 살기로 싸우는 법이나 살 구멍이 있으면 기세가 죽으니, 한 갈래를 열어줍시다!"

저수의 말대로, 섬멸하기보다는 쫓아내는 게 중요한 상황이었다. 태사자는 아쉬웠지만 우회하여 부대를 물렸다.

조조군은 만신창이가 되어 남쪽으로 달아났다. 태사자의 부대는 퇴각하는 조조군의 뒤를 한동안 쫓아, 또 큰 피해를 주었다. 그러다 복수(濮水) 가에 이르러서야 추격을 멈추었다. 이미 조조가 멀리 달아난 후였으며, 휘하의 병사들도 많이 지쳐 있었기 때문이다.

"조조놈, 이제 당분간 도발해오지 못할 것이다."

복양성으로 철수하던 태사자와 저수는, 성문 앞에 서 있는 용운의 수레를 보았다. 두 사람은 그 앞으로 달려, 뛰어내리듯 말에서 내리자마자 무릎을 꿇었다.

"주공!"

"송구합니다, 주공……."

특히, 참패를 겪은 저수는 눈물을 쏟았다. 전풍과 조운의 죽음이 자기 탓인 것만 같았다. 용운은 두 사람 앞에 앉아 눈

높이를 맞추었다. 그리고 양팔로 둘의 어깨를 동시에 감싸 안았다.

"정말 고생하셨어요. 무사하셔서 다행입니다."

"주공……."

태사자와 저수는 전신이 흙먼지와 피투성이였다. 하지만 용운은 조금도 개의치 않았다. 두 사람은 크게 감격했다.

뒤에 혼자 떨어져서 그 모습을 보던 마초가 코를 훌쩍였다. 조개는 창 안에서 어이없어했다.

'응? 이놈, 우는 건가?'

방덕은 마초보다 부상이 심했기 때문에 곧장 치료를 위해 화타에게 간 차였다. 마초는 특유의 순발력으로, 난전 중에도 위험한 공격은 대부분 피했던 것이다. 방덕이 그를 필사적으로 보호한 까닭도 있었다. 덕분에 긁힌 상처와 타박상이 전부였다. 이에 마초는 혼자 남아 성문 앞에 서 있었다. 창대를 지팡이 삼아 선 마초가 중얼거렸다.

"금마창아……."

'누가 금마창이냐! 이상한 이름 붙이지 마라.'

"부럽구나. 저런 모습이."

마초는 갓 용운에게 의탁하여 방덕 외엔 아는 사람이 아무도 없었다. 그런 그에게는 창 정도가 대화 상대의 전부였다. 뭔가 아주 조금 안쓰러워진 조개가 대꾸했다. 어차피 들리진

않을 테지만.

'저게 다 진용운이라는 놈의 술수다.'

"후, 나도 저런 주군이 될 수 있을까. 사실 진 기주목이 날 구하러 직접 달려왔을 때는 좀 감격했다. 독립하기 전까지는 그의 밑에 있는 것도 나쁘진 않을 것 같아."

'네놈도 걸려든 것이냐!'

마초의 눈길이, 용운의 뒤에 서 있는 사린에게 꽂혔다.

"저 소녀도 있고 말이야."

시선을 느낀 사린이 고개를 돌렸다. 그녀는 마초와 눈이 마주치자 혀를 내밀어 보였다.

"뭘 봐. 바보."

마초는 씩 웃으며 중얼거렸다.

"후후, 수줍어하는 걸 보니 나의 활약을 봤나 보군."

'……'

조개는 잠시나마 동정한 자신이 어리석었다고 생각했다.

용운은 원군이 격파당하자, 직접 구원군을 이끌고 복양으로 향한 끝에 조조군을 물리쳤다. 조조는 반 이상의 병력을 잃고 진류로 달아났다. 그 과정에서 용운은 천하를 놀라게 한 과감한 진군을 선보였다.

용운은 수백의 병사와 천여 마리의 소를 잃었다. 그래도 조조군의 그것에 비하면 미미한 수준이었다. 또한 마초와 방덕이라는 두 맹장을 거뒀다. 포위된 자신들을 직접 구하러 왔으며, 부상당한 방덕을 매일 찾아와 살피는 용운의 태도에 감명받아 충성을 맹세한 것이다. 대신, 마초의 동생들인 마휴, 마철과 사촌 마대, 그 밖에 마등을 섬기던 장수들의 행방을 찾아 거둬달라는 조건을 달긴 했다.

용운은 기꺼이 그 조건을 수용하고 둘을 받아들였다. 특히 정사에서 마초의 사촌 마대는, 훗날 유비의 촉나라를 떠받치는 주요 장수로 성장한다. 용운이 마다할 이유가 없었다.

"진 기주목, 도움에 진심으로 감사드립니다. 이를 어찌 보답해야 할지……."

수척해진 왕굉은 직접 성문 밖으로 나와 용운에게 감사를 표했다. 사실 조운이 이끌고 온 첫 번째 구원군이 패퇴했을 때 왕굉은 반쯤 포기했었다. 그런데 불과 사흘 후에 용운이 직접 진격해올 줄은 꿈에도 몰랐다. 그렇기에 더 감격했다.

용운은 겸손한 태도에 좋은 말로 그를 위로했다.

"도움이 늦어 죄송합니다. 태수님이야말로 그간 고초가 많으셨습니다."

"자의 장군이 있어 버틸 수 있었습니다. 진 공이 왜 자의 장군을 남겨두고 갔는지 잘 알았습니다."

전투에서는 이겼지만, 용운의 표정은 밝지 않았다. 복수 일대를 수색한 병사들이 아무 성과를 거두지 못했기 때문이다. 조운의 시신은커녕 흔적조차 발견할 수 없었다.

'형님은 분명 살아 계실 거야.'

용운은 그의 시체가 발견되지 않았다는 데 한 가닥 희망을 품고 업성으로 돌아갔다. 복양성에는 그대로 태사자를 남겨 주둔하도록 했다. 장합이 중독에서 회복하면 교대시킬 생각이었다. 마초와 방덕은 아직 호감도가 70대였으며 미덥지 못한 점이 있었다. 또 따로 수색대를 편성하여, 매일 조운을 찾도록 명했다. 방을 붙이고 상금도 내걸었다.

돌아온 용운에게, 승전을 축하하던 순욱이 뜻밖의 소식을 전했다.

"네? 공손찬이 구원을 요청해왔다고요?"

"그렇습니다. 도와준다면 백마 천 필과 황금을 주고 높은 관직도 주겠다고 합니다."

"관직이야 의미가 없는 것인데……."

용운은 고민에 빠졌다. 백마와 황금이 탐나서가 아니라 과거에 공손찬에게 입은 은혜 때문이었다. 어쨌거나 그와 사천 신녀가 정착할 장소를 마련해주고 녹봉을 주었으니까.

"일단 자간 님과 원호 님의 장례식부터 치르고 생각해볼 게요. 사신에게는 기다리라고 하세요."

순욱이 매우 조심스럽게 물었다.

"저, 자룡 장군은……."

"형님은 돌아가시지 않았어요. 수색을 계속하며 기다릴 겁니다."

용운의 단호한 말에 순욱은 입을 다물었다.

연주, 진류군은 조조의 통치 아래 안정되어 있었으나 최근 분위기가 흉흉했다. 낙양을 점령한 여포가 쳐들어올 거라는 소문 탓이었다. 거기에 조조의 패전 소식이 더해지며 민심이 더욱 흔들렸다.

진류군에 속한 봉구현의 분위기도 비슷했다. 봉구현은 복수 강가에 있어 많은 사람들이 어업으로 생계를 유지했다. 그러나 본격적인 겨울로 접어들자, 어부 대부분은 개점휴업 상태로 주막에서 시간을 보냈다. 그들은 모이기만 하면 여포 얘기였다.

"쳐들어간 곳은 여자, 아이 할 것 없이 아예 씨를 말려버린다며?"

"눈만 마주쳐도 목을 쳐버린다는구먼."

"늦기 전에 피난이라도 가야 하나……."

과거 동탁을 따르던 시절의 행적에다 여포의 용맹에 대한 두려움이 더해져 과장된 얘기가 대부분이었다.

그 틈에서 묵묵히 소문을 들으며 혼자 술을 마시던 사내 하나가 일어섰다. 큰 키에 체구가 당당하여 잠깐 이목을 끌었다. 얼음낚시를 하다가 몸을 녹이러 왔는지, 긴 낚싯대를 메고 있었다. 삿갓을 쓰고 다른 손에는 물고기가 든 항아리를 들었다. 사내는 술값을 내고 주막을 나섰다. 하늘에선 눈발이 날리고 있었다.

성큼성큼 걸음을 옮기던 사내가 중얼거렸다.

"여포라……. 살기 좋은 고을이었는데, 여기도 곧 전쟁터가 되겠구나. 그 전에 아가씨와 양 공을 피신시켜야 하는데 그자가 통 눈을 뜨지 못하니……."

그의 이름은 서황(徐晃)이라고 했다.

3

뜻밖의 인연

서황은 작지만 정갈한 움집 안마당에 들어섰다. 그의 기척에, 한 청년이 방문을 열고 고개를 내밀었다. 이마가 반듯하고 눈빛이 맑아 총명해 보였다.

서황을 본 청년이 반가운 기색을 보였다.

"공명(公明, 서황의 자) 님!"

"덕조(德祖) 공, 물고기를 좀 잡아왔습니다."

"날도 추운데 고생하셨습니다. 그보다 공이라니요……. 말단 벼슬에 있던 애송이일 뿐입니다. 말씀 편하게 하세요."

"폐하를 가까이에서 모셨던 분이자, 지금은 제 고용주입니다. 어찌 함부로 대하겠습니까."

서황의 말에, '덕조'라 불린 청년의 눈에 아쉬움의 빛이 스쳤다. 그의 이름은 양수. 덕조는 자였다. 올해로 열여덟 살이 되었다. 후한의 태위(太尉, 군사 부문 담당의 재상으로, 현대로 치면 국방부 장관급에 해당)였던 양표의 아들이며 그의 어머니는 원술의 누이였다.

원소와 마찬가지로 양수 또한 명문가 출신이다. 그는 어린 시절부터 천재로 명성이 자자했다. 정사에서는 조조의 책사를 지냈으며, 그 유명한 '계륵(鷄肋)' 고사의 주인공이기도 했다.

양수의 천재성을 보여주는 몇 가지 일화가 있다.

조조가 승상에 오른 후의 일이었다. 어느 날, 조조는 부하들에게 정원을 하나 만들라고 명했다. 얼마 후 정원이 완성되자 살펴보러 왔는데, 아무 말도 하지 않고 정원 문에 '살 활(活)' 자만 덩그러니 써두고 돌아갔다. 가신들은 의미를 몰라 전전긍긍했다. 그때, 정원 문을 본 양수가 말했다.

"문(門)에다 활(活) 자를 써놓았으니, 문 안에 활 자가 있는 형상. 이는 곧 '넓을 활(闊)' 자요. 승상께선 정원이 너무 넓다고 말씀하신 거요."

그의 말대로 수하들은 정원의 크기를 줄였다. 나중에 다시 와서 본 조조가 흡족해하며 물었다.

"누가 나의 뜻을 이해하였느냐?"

그런데 양수가 뜻을 맞혔다고 하자, 그는 언짢은 표정을 지었다.

하루는 어떤 사람이 조조에게 '낙(酪)'이라는 명주를 한 병 선물했다. 조조는 그 술을 한 모금 마시고 병에 합(合)이라 써서 옆의 신하들에게 돌렸다. '合' 자를 본 신하들은 의미를 몰라 쭈뼛거리며 병을 다음 사람에게 넘겼다. 그렇게 술병이 돌아 양수의 차례가 되었다. 그러자 그가 말했다.

"합(合) 자를 나눠 풀이해보면 일인구(一人口), 즉 한 사람당 한 모금이라는 뜻이오."

말을 마친 양수는 술을 한 모금 마셨다.

"과연, 덕조로다!"

조조는 손뼉을 치며 양수를 칭찬했으나, 낯빛은 썩 밝지 못했다.

계륵의 고사는 조조와 유비가 한중(漢中) 땅을 놓고 치열하게 싸울 때 나왔다. 조조는 유비에게 여러 번 패한 데다, 먼 한중 땅에서 식량마저 떨어져 초조해졌다. 자연히 생각이 많아지지 않을 수 없었다. 조조가 저녁식사를 하고 있을 때, 하후돈이 들어와 물었다.

"오늘 암호는 뭐로 하면 되겠는가?"

조조는 밥상 위에 있던 닭갈비탕을 보며 말했다.

"계륵(鷄肋), 계륵이다."

계륵이란 닭의 갈비라는 뜻이다. 하후돈은 밖의 병사들에게 오늘의 암호는 계륵이라고 말했다. 병사들은 계륵의 뜻을 알 수 없어 수군댔다. 정확한 의미를 모르긴 하후돈도 마찬가지였다. 그러자 양수가 하후돈에게 말했다.

"장군께서는 곧 철수 준비를 하셔야겠습니다."

"철수라니? 그게 무슨 말이오?"

"계륵, 즉 닭의 갈비는 버리기는 아까우나 먹을 만한 살이 없습니다. 승상께서는 한중을 계륵에 비유하신 겁니다. 유비에게 내주긴 아까우나 이득을 취할 게 없으니, 철수하게 될 것입니다."

과연 그 말은 적중하여, 머지않아 철수 명령이 내려졌다. 《삼국지연의》에서는 이 사건으로 말미암아 조조가 양수를 참하였다고 묘사하고 있다. 평소 재주만 믿고 오만했으며 억측으로 군의 사기를 저하했다는 것이다. 정사에서는 조조가 한중에서 돌아온 몇 달 후에 군기 누설을 이유로 양수를 처형했다고 기록되어 있는데, 계륵 사건과 관계가 있는 것인지는 확실하지 않다.

조조는 재능을 아끼는 사람이었으므로 처음엔 양수를 신임했다. 훗날 조조는 아들 중 장남 조비(원래 조비는 셋째 아들이었으나 첫째 조앙이 조조를 지키다 전사했으며 둘째 조삭은 일찍 죽어서, 조비가 장남 노릇을 했다)와 오남 조식을 두고 누구를 후계자로 정할지 고민했다. 가신들도 조비파와 조식파로 갈라졌다.

양수는 문재(文才)가 뛰어난 조식을 보좌했다. 그가 조식을 후계자로 만들기 위해 온 힘을 다하자 조조는 점점 거슬리기 시작했다. 특히, 조식에게 공공연히 처세술을 알려준 게 조조의 분노를 샀다. 자신의 판단력을 흐리게 하여 공정한 경쟁을 방해했다고 여겼기 때문이다.

마침 조조는 후한의 충신이었던 양표 가문을 축출할 때라고 생각했다. 이에 양수가 무슨 일을 일으켰을 때 제거해야겠다고 마음먹었다. 그러다 계륵 사건이 일어나자 그것을 빌미로 양수를 참하였다는 설이 있다. 양수의 어머니는 앞서 언급했듯이 원술의 누이였다. 따라서 양수는 원술의 외조카가 된다. 양수가 적이었던 원술의 조카라는 점도 조조가 그를 죽인 이유가 될 수 있다.

그러나 이미 이 세계의 역사는 바뀌었다. 그에 따라, 양수의 운명도 많이 달라졌다. 그는 아버지 양표가 동탁에게 살해당한 뒤 숙부 원술에게 도망쳤다가, 왕윤과 여포가 동탁 세력을 숙청하자 황제가 있는 장안으로 향했다. 왕윤의 부름으로 그를 돕기 위해서였다.

여포는 정치에 무관심하여 왕윤에게 일체를 맡기고 낙양으로 출진했다. 그사이 왕윤은 제 감정대로 사람들을 다뤘다. 대표적인 일이 채옹을 죽인 사건이었다. 동탁의 죽음에 애도를 표했다는 이유에서였다.

'혼란해진 조정을 수습하고 한 제국을 이끌 청렴한 관리라고 생각했는데, 권력을 이용해 감정적으로 사람을 죽인다면 동탁과 무엇이 다른가!'

크게 실망해 있던 양수는 노식의 서신을 받았다. 채옹이 죽은 것을 슬퍼하며, 그의 유가족을 보살펴줄 수 있겠냐는 내용이었다. 양수는 마침 왕윤에게 정이 떨어진 데다, 한의 충신인 노식이 어린 자신을 기억하고 일을 부탁한 데 감동했다.

채옹의 가족이라 봐야 딸 하나뿐이었다. 비록 양수의 나이가 젊긴 했으나, 가문의 유산이 많았고 인맥도 있었다. 덕분에 여자 하나를 보살필 여력은 충분했다. 양수는 그녀를 데리고 채옹의 고향인 진류로 피해왔다. 왕윤이 그녀마저 해칠 가능성이 다분했기 때문이다. 또 더는 왕윤을 도와 일하고 싶지 않았기 때문이기도 했다.

단, 워낙 세상이 흉흉한 데다 길까지 멀었다. 이에 둘이서만 움직이기에는 무리가 있었다. 그때 인연이 닿아 고용한 사람이 바로 서황이었다.

서황(徐晃), 자는 공명(公明). 처음에는 이각의 부하인 양봉을 섬겼으나, 그의 몰락 후 조조에게 귀순하였다. 검소하고 신중한 성격에, 장군이 된 후에도 항상 직접 멀리까지 척후 활동을 했다. 또 조조의 수하가 된 후에는 우연히 현명한 군주를 만났을 뿐이라 하며 사람을 가려 사귀었다. 다만, 관우와 장료와는 친하게 지냈다고 한다. 자루가 긴 도끼의 명수였으며 여포 토벌, 관도대전, 마초 토벌 등 여러 굵직한 전투에 참가하여 공훈을 세웠다.

단, 이 세계에서 서황은 양봉을 만나지 못했다. 정사대로라면 서황이 양봉에게 황제를 모시고 낙양으로 돌아갈 것을 진언했으며, 또한 조조에게 귀순할 것을 권유하게 된다. 그러나 양봉은 여포가 동탁의 수하들을 몰살할 때 달아나, 태행산 근처에서 노략질을 하고 있었다. 그렇다고 여포에게 임관하자니 줄이 없고 왕윤은 정치적인 일 처리에 바빠서 무관 등용에 관심이 없었다.

'내 실력을 알아줄 이가 없구나.'

서황은 하릴없이 장안을 배회하던 중, 명문 양씨 가문에서 호위무사를 구한다는 얘길 들었다. 이에 우선 밥벌이나 하자는 생각으로 양수를 찾아왔다가 뜻밖에 의기투합하였다. 양수는 서황의 진중한 성품과 뛰어난 무예가 마음에 들었다. 서황도 아직 정치에 물들지 않아 순수한 양수의 혈기와 뛰어난 머리에 호감이 갔다.

호위무사로 고용된 서황은, 양수와 채옹의 딸을 지키며 무사히 이곳 봉구현에 도착했다. 도중에 도적 떼를 몇 번 만났으나 그가 모조리 물리쳐버렸다. 그 후로도 두 사람을 떠나지 않고 돌보는 중이었다.

"아씨는?"

서황의 물음에 양수가 답했다.

"그자를 간호하고 있습니다."

"아직 정신을 차리지 못했습니까?"

"예. 죽어도 이상하지 않을 정도의 부상에다, 한겨울에 물에 빠지기까지 했으니……."

"신원을 알 수 없어서 의원도 함부로 부르지 못하고……. 문희 아씨가 아니었다면 예전에 황천을 건넜을 겁니다."

얼마 전, 서황은 얼음낚시를 하러 갔다가 한 남자를 구했다. 처음에는 영락없이 시체인 줄 알았는데 미미하게 숨이 붙어 있었다. 이에 차마 버리고 갈 수 없어 집으로 데려왔다.

움집은 두 개의 방으로 나뉘어 있었다. 그중 하나를 서황과 양수가 함께 쓰고 다른 하나를 서황이 '아씨'라 부르는 채옹의 딸이 썼다. 의식불명의 남자는 그 아씨의 방에서 극진한 간호를 받고 있었다.

"오셨습니까, 공명 님."

마침 두 사람의 대화를 들은 채옹의 딸도 방문을 열고 인사를 건넸다.

서황은 어쩐지 눈부신 듯한 표정으로 그녀에게 마주 인사했다.

"예, 문희 아씨."

채옹의 딸은 채염(蔡琰)이라 했으며 올해로 열여섯 살이 되었다. 서황이 말한 문희(文姬)는 그녀의 자였다. 그녀는 용모가 아름다울 뿐만 아니라, 매우 영특하여 한 번 본 것을 다 외웠고 시재에 능했다.

채문희는 서황이 데려온 신원미상의 남자를 헌신적으로 간호했다. 그에게서 반드시 살아야 한다는 어떤 집념 같은 게 느껴졌기 때문이다. 보통 사람이라면 죽고도 남았을 부상에 저체온. 그러나 남자는 경이로운 생명력으로 버텼다. 아버지가 살해당한 후, 채문희 자신도 갖은 고초를 겪었다. 오직 살겠다는 생각 하나로 견뎌왔다. 그런 동병상련 외에도 남자를 본 순간 예감했다. 자신과 깊은 운명으로 얽힐 자라는 것을.

채문희는 곱게 웃으며 말했다.

"눈까지 내려 날이 추웠는데, 따뜻한 생선탕을 먹을 수 있겠네요. 정말 공명 님이 아니었다면 어찌했을지……."

서황의 귓불이 조금 붉어진 것은 추운 날씨 때문만은 아니었다.

"그런 말씀 마십시오. 이런 일을 하려고 고용된 몸입니다."

"조금만 기다리세요. 탕은 제가 끓이겠습니다."

채문희가 방에 들어간 후였다. 갑자기 그녀의 비명이 들려왔다. 양수와 서황이 동시에 반응했다. 양수는 버선발로 뛰어나왔으며 서황은 툇마루의 도끼를 집어들었다.

"문희!"

"아씨! 무슨 일입니까?"

채문희의 방에 뛰어든 두 사람은 깜짝 놀랐다. 문제의 사내가 일어나 앉아 있었던 것이다. 그의 얼굴에는 혼란스럽다는 기색이 떠올라 있었으나, 눈빛만은 고요했다.

채문희는 부끄러운 표정을 지었다.

"아, 이분이 갑자기 눈을 뜨고 일어나시기에 놀라서 그만……."

"문희, 이리 오렴."

채문희를 불러 제 등 뒤로 감춘 양수가 말했다.

"정신이 드셨소? 귀공은 어디의 누구신지?"

의식불명 상태였을 때는 그냥 환자지만, 사내의 내력을 아무도 몰랐다. 어쩌면 흉악한 자일 수도 있었다. 서황도 사내를 지그시 바라보며 도끼를 잡은 손에 힘을 주었다.

방 안을 둘러본 사내가 천천히 입을 열었다.

"먼저 한 가지만 여쭙겠습니다. 혹 여러분은 조맹덕의 사람입니까?"

양수가 답했다.

"아니오."

"그럼 원본초의 사람입니까?"

"그것도 아니오. 그저 난세를 피해 숨어 사는 이들일 뿐이오."

사내는 비로소 포권을 취하며 예를 표했다.

"구명지은에 감사드립니다. 저의 이름은 조운, 자는 자룡이라 합니다."

양수의 등 뒤에서 사내, 조운을 훔쳐보던 채문희의 뺨이 살짝 붉어졌다. 의식을 잃고 있을 때도 느꼈지만, 실로 기품 있고 잘생긴 남자였다. 거기에 양수와는 또 다른, 사내다운 분위기가 풍겼다.

'목소리도 낮고 멋있네.'

서황이 조운의 말에 답했다.

"조자룡 님이었구려. 나는 서황, 자는 공명이라 하오. 이 두 분을 모시고 있소. 여기 도련님은……."

양수가 그의 말을 잘랐다.

"나는 양 서생이오."

혹시나 조운이란 사내가 왕윤과 연관이 있을까 염려됐던 것이다. 그의 생각을 짐작한 서황은 별말 않고 화제를 돌렸다.

"며칠 전, 내가 낚시하러 갔다가 복수 하류에서 그대를 발견하여 데려왔소. 그 후 내내 의식이 없더니 이제야 정신을 차린 거라오."

"그러셨군요. 큰 폐를 끼쳤습니다."

"감사는 문희 아씨에게 하시오. 아씨가 지난 며칠 동안 잠도 제대로 안 자고 그대를 간호했소. 의원을 부를 상황이 못 돼서⋯⋯. 아씨가 아니었다면 내가 구해왔어도 그대는 죽었을 거요."

조운의 시선이 채문희에게 가서 멎었다. 그는 엷은 미소를 띠고 말했다.

"진심으로 감사합니다. 이 은혜는 반드시 갚겠습니다."

채문희의 얼굴이 더욱 달아올랐다. 그녀는 기어들어가는 목소리로 말했다.

"마땅히 해야 할 일을⋯⋯ 한 것뿐입니다."

이들이 위험하지 않다고 판단한 조운은 비로소 자신의 내력을 밝혔다.

"저는 기주목 진용운 님을 모시는 장수입니다. 명령을 받아 복양성을 구원하러 왔다가, 조조에게 패하여 화살을 맞고 강물에 빠졌습니다."

양수가 깜짝 놀라 되물었다.

"그대가 기주목을 모시는 장수라고요? 그럼, 노자간 님을 아십니까? 중랑장을 지내신 노식 님 말입니다."

"당연히 알지요. 매우 가까운 사이였습니다. 지금은 돌아가셨습니다만⋯⋯."

조운이 말끝을 흐렸다. 그는 복양성을 공격하던 중, 노식의 비보를 전해들은 바 있었다. 이에 더욱 분개하여 공격을 감행했으나 번번이 막히다가 패하고 말았다.

'그런 데다 나까지 이런 일을 당했으니, 지금쯤 용운이가 얼마나 걱정하고 있을까? 빨리 내가 무사함을 알려야 할 텐데……..'

양수는 노식이 자신에게 보낸 서신을 가져와 조운에게 보였다. 거기에는 채옹의 딸을 부탁한다는 말과 함께, 장안을 떠나면 용운에게 의탁하는 게 어떻겠냐는 내용이 쓰어 있었다.

조운은 감탄해 마지않았다.

"아! 자간 님의 추천서로군요. 이런 인연이……."

혹 이것은 안타깝게 눈을 감은 노식이 용운에게 남긴 유산이 아닐까. 조운은 문득 이런 생각이 들었다.

조운의 반응에 자신감을 얻은 양수가 말을 이었다.

"원래는 문희를 이곳에 데려다준 후, 기주목님을 찾아가 볼 생각이었습니다. 한데 막상 백개(伯喈, 채옹의 자) 님의 고향에 와보니, 채씨 가문의 일족들이 화를 입을 것을 두려워하여 모두 달아났거나 잠적한 후라……. 문희 혼자 두고 갈 수가 없어 머무르던 중에, 자간 님께서 돌아가셨다는 얘기까지 들려 고민하던 차였습니다."

조운은 양수가 자신을 그저 양 서생이라 칭했으나, 실은 노식이 채옹의 딸을 부탁하며 용운에게 임관할 것을 권할 정도의 인재임을 알아보았다. 더구나 이것은 죽은 노식의 유지를 받드는 일. 그는 자신 있는 어조로 말했다.

"주공께서는 반드시 여러분을 받아들여 후대할 것입니다. 저와 함께 업으로 가시지요."

"오, 그래도 되겠습니까?"

대화를 듣고 있던 서황이 거들었다.

"안 그래도 곧 전란이 일어날 것 같다는 얘기를 듣고 오는 길입니다. 여포군이 진류로 진격해오고 있다고 하더군요. 이곳을 떠나야 할 듯했는데 잘된 일입니다. 그럼 저는 두 분을 업성까지 모셔다 드리는 일로 소임을 마치도록 하겠습니다."

조운은 곧 어떻게 된 일인지 알아챘다. 용운은 조조를 견제하기 위해, 여포와 유대에게 사신을 보낸 바 있었다. 그중 여포가 이제야 움직인 모양이었다.

"공명 님, 소임을 마치시다니요……."

양수가 서황을 만류하려는 차였다. 별안간 문밖에서 소란이 일었다. 무수한 사람이 움직이고 외치는 소리였다. 서황은 무슨 일인가 하고 문밖으로 나섰다. 보따리를 이고 진 수많은 이들이 어디론가 바삐 가고 있었다.

"허어……."

서황이 그중 한 사람을 붙잡아 물었다.

"이게 대체 웬 난리입니까?"

"웬 난리이기는……. 여포군이 마침내 쳐들어왔소! 이미 원무현과 양무현은 떨어졌고 곧 여기로 들이닥친다고 하여 달아나는 참이오. 댁도 어서 떠나는 게 좋을 거요."

그 말에 서황은 깜짝 놀랐다. 양무현이 떨어졌다면 봉구현까지는 코앞이었다. 방으로 되돌아온 그가 양수에게 말했다.

"이왕 이리된 것, 떠날 채비를 서둘러야겠습니다. 여포가 이미 원무현과 양무현을 점령했답니다. 아시다시피 여포는 왕윤과 한패이니, 덕조 공과 문희 아씨를 보면 가만두지 않을 겁니다."

"하지만 갑자기 어디로……."

그때였다. 소란이 갑자기 아우성으로 바뀌었다. 비명이 울리고 부녀자들이 울부짖었다. 이어서 누군가 뛰어오는 기척이 느껴진 직후, 문이 벌컥 열렸다. 병사 두 명이 눈을 번들거리며 방 안을 둘러보았다. 손에 창을 쥐고 몸에는 피를 묻힌 채였다. 채문희는 입을 틀어막아 비명을 삼켰다.

"어쭈, 이게 뭐야? 수상쩍은 놈들이 한가득……."

말하던 병사의 시선이 채문희에게서 멎었다. 놈의 얼굴이 순식간에 욕정으로 물들었다.

"촌구석에 이런 미인이 있었다니."

"다 죽여버리고 여자만 끌고 가자고."

병사 둘이 흙발로 방 안에 들어섰을 때였다. 써컹! 뭔가가 번쩍하더니, 앞서 나선 병사의 목이 날아갔다. 서황이 도끼를 휘둘러 단숨에 목을 친 것이다. 그는 평소엔 온화하나, 일단 마음먹으면 단호했다.

"어, 어?"

다른 한 놈이 놀라 뒷걸음질 치다가 등을 돌려 달아나려 했다. 그러자 창이 번개처럼 날아와 그의 등판 한가운데 꽂혔다. 조운이 병사가 떨어뜨린 창을 주워 던진 거였다. 그 모습을 본 서황이 눈을 빛냈다.

'역시 한가락하는 자였군.'

죽어 나자빠진 병사들을 살핀 양수가 입술을 깨물었다.

"장안에서 본 여포군의 복장입니다. 이미 물은 엎질러졌습니다. 어서 피해야 합니다."

서황은 채문희를 업어, 마치 아기를 포대기로 싸듯 천으로 자신과 그녀를 한꺼번에 동여맸다.

"아씨, 무례를 용서하십시오."

"아닙니다. 부디 조심하세요, 무사님."

"그대는 괜찮겠소? 겨우 정신 차린 터인데."

서황의 물음에, 조운은 고개를 끄덕였다.

"걱정하지 마십시오."

서황이 채문희를, 조운이 양수를 보호하면서 네 남녀는 좁은 길을 달렸다. 뛰는 와중에, 조운이 서황에게 물었다.

"혹시 복양성이 어찌 됐는지 아십니까? 조조에게 넘어갔나요?"

"조맹덕이 크게 패배했다는 얘기로 봐서, 그건 아닌 것 같소. 그 일이 아니었다면 여포가 쳐들어온다고 해서 이렇게 허둥지둥 달아나지도 않았을 거요. 제아무리 조맹덕이라 해도, 복양에서 대패한 충격을 추스르기도 전에 그 여포를 상대로 싸우게 됐으니 진류를 지켜내기는 어렵지 않겠소?"

조운의 얼굴에 언뜻 기쁨의 빛이 스쳤다. 기어이 복양성을 지켜낸 것이다.

'장합 장군이나 장료 장군이 해낸 것인가? 어쨌거나 용운이가 이겼구나. 정말 다행이다!'

듣고 있던 양수가 숨찬 소리로 말을 이었다.

"여포군의 책사는 가후라는 자인데, 정확한 판단력과 정보력에 더해 비정한 일면이 있습니다. 지금만 해도 조조군의 패배 소식을 듣자마자 출병한 게 분명합니다."

조운이 서황에게 말했다.

"일단 북쪽으로 방향을 잡아주십시오. 복수를 건너기만 하면 일은 반쯤 성사된 거나 마찬가집니다."

"그러고 보니 기주목을 모신다고 했지! 알겠소."

그렇게 얼마나 달렸을까. 일행이 막 복수 강가에 도착했을 때였다. 서황이 평소 알고 지내던 뱃사공을 찾아 두리번거리는데, 한 무리의 군사가 다가왔다. 바로 여포군의 선발대였다. 서황과 양수의 얼굴에 낭패한 빛이 떠올랐다.

선발대의 지휘관으로 보이는 자가 말했다.

"거기 멈춰라! 너희는 누군데 강을 건너려고 하는가?"

서황이 나서서 말했다.

"저는 어부인 서 모라고 합니다. 은인의 따님께서 심한 열병에 걸렸는데, 의원은커녕 마을 사람들까지 모조리 달아나 버렸습니다. 이에 치료해줄 만한 사람을 찾아 오소로 가려던 참입니다."

"열병에 걸렸다고?"

지휘관이 서황의 등 쪽을 날카롭게 살폈다. 과연 꽁꽁 싸맨 포대기 밖으로 여인의 팔과 손이 드러나 있었다. 지휘관은 양수와 조운에게로 시선을 옮겼다.

"이 둘은?"

서황이 막 변명거리를 떠올릴 때였다. 병사 중 하나가 양수를 가리키며 큰 소리로 외쳤다.

"저자는 양덕조입니다! 제가 근위병 출신이라 분명 본 적이 있습니다."

"양덕조? 그 양수?"

지휘관은 입가에 비틀어진 미소를 떠올렸다.

"양수라 하면 장안에서 관직을 팽개치고 말도 없이 달아나, 사도(관직명. 여기서는 왕윤을 의미)께서 현상금을 내건 자가 아닌가?"

일이 글렀음을 알아챈 서황은 일언반구도 없이 도끼를 휘둘렀다. 미리 경계하고 있던 지휘관은 간신히 도끼를 피하면서 큰 소리로 외쳤다.

"여기 역도들이 있다. 모조리 붙잡아라!"

일행은 순식간에 수백의 병사들에게 둘러싸이고 말았다. 서황과 조운은 양수를 가운데 둔 자세로 서로 등을 돌리고 섰다. 서황이 조운에게 빠른 투로 말했다.

"돌파하고 갈 수 있겠소?"

"그쪽이 당하지만 않는다면 가능합니다."

"거 든든하군."

이어서 한바탕 격렬한 싸움이 벌어졌다. 서황은 대부(大斧, 긴 자루가 달린 큰 도끼)를 닥치는 대로 내리찍고 휘둘렀다. 그 기세가 어찌나 흉험한지 병사들이 감히 접근조차 하지 못했다.

"등, 등을 노려라!"

악에 받친 지휘관이 외쳤다. 서황의 움직임을 둔하게 하려는 의도였다. 그러나 조운이 서황의 뒤를 빈틈없이 보호했으므로 그마저도 여의치 않았다.

양수는 두 사람이 싸우는 모습에, 다급한 와중에도 감탄을 금치 못했다.

'함께 싸워보는 게 처음인데도 저리 완벽한 호흡이라니. 아니, 공명 님이 마음껏 싸울 수 있는 건 저 조운이라는 사내가 뒤를 지켜주는 덕이다. 문희가 안전해서 공명 님의 평정심이 흐트러지지 않는 것이다.'

사실 조운은 몸 상태가 완전치 못했다. 죽다 살아난 데다 며칠 동안 혼수상태로 누워 있었으니 당연했다. 등의 상처도 아직 다 낫지 않았다. 그러나 자신의 은인들이 변을 당하게 할 순 없었다. 눈치로 보아 양수라는 젊은이는 여포 쪽 세력과 악연이 있는 듯했다. 채문희도 마찬가지고.

'나 또한 다르지 않다.'

예전에 여포와 용운은 사수관에서 적으로 맞선 적이 있었다. 그 여포의 수하와 맞닥뜨린 것이다. 이에 조운은 이를 악물고 온 힘을 다해 싸웠다.

서황과 조운이라면 《삼국지연의》에서 둘 다 용맹하기로 둘째가라면 서러울 장수들이었다. 용운이 즐기는 게임에서도 에스(S) 등급으로 분류된다. 비록 조운의 상태가 성치 못하고 서황은 채문희를 업었다 하나, 그런 두 사람이 죽기 살기로 싸우고 있는 것이다. 도저히 일반 병사들이 감당할 상대가 아니었다.

서황은 싸우는 중에도 냉정하게 상황을 파악했다.

'좋아. 병사들의 사기가 떨어지고 있다. 이제 저 우두머리

를 죽이기만 하면 순식간에 뿔뿔이 흩어질 것이다.'

서황은 뒤쪽에서 병사들을 독려하고 있는 여포군 지휘관을 노려보았다. 포위망이 엷어진 사이, 그는 한 소리 기합과 함께 단숨에 뛰어나갔다. 이어서 도끼를 지휘관의 정수리로 내리쳤다. 쩡!

'막았어?'

서황의 눈에 놀란 빛이 떠올랐다. 단숨에 끝낼 양으로, 그가 온 힘을 다해 내리친 일격을 지휘관이 막아낸 것이다. 하지만 충격을 다 해소하진 못했는지, 그만 들고 있던 창을 떨어뜨리고 말았다.

"죽어라!"

서황이 재차 도끼를 휘둘렀을 때였다. 굉음과 함께, 또 한 차례 도끼가 튕겨나갔다. 이번에는 갑자기 끼어든 창날에 의한 것이었다. 보통 창이 아니다. 뾰족한 창날 양옆에 초승달 모양의 베는 날이 달려 있었다.

방천화극. 조운은 저런 모양의 무기를 쓰는 자를 딱 한 사람 알고 있었다.

"여포……."

그의 입에서 신음과 같은 소리가 흘러나왔다.

4

새로운 목표

　말 위에서 방천화극을 내밀어 서황의 도끼를 쳐낸 여포가
말했다.

　"위험했구나. 장패."

　"봉선 형님!"

　여포군 선발대 지휘관은 장패(臧覇)라는 장수였다. 자는
선고(宣高)이며, 올해로 스물일곱이었다. 장패의 아버지 '장
계'는 연주 태산군 화음현의 '옥연(獄掾, 수사를 맡고 법을 집행하
는 관리)'이었다. 어느 날, 장계가 담당한 사건의 죄수에게 사
형을 집행하라는 명이 떨어졌다. 장계는 의아함을 느꼈다.
죄인이긴 하나, 그의 기억에 사형을 받을 만한 일은 절대 아

니었기 때문이다. 이에 조사해보니 문제의 죄수는 예전에 태산 태수의 원한을 산 적이 있었다.

'사적인 감정으로 사형을 내린 건가.'

장계는 태수의 행위가 부당하다 여겨 거부했다. 그러자 노한 태수는 장계를 체포하도록 명했다. 옥에 가둬뒀다가 은밀히 죽여버릴 셈이었다. 그 소식이 아들인 장패의 귀에 들어갔다.

"뭐? 태수놈이 아버지를 죽이려 한다고?"

"예, 형님."

"쌍, 누구 맘대로. 하지만 태수의 병력은 일만을 넘으니, 정면으로 쳐들어갔다가는 승산이 없다. 맘 같아선 암살이라도 하고 싶으나 그랬다간 후환이 따를 테고."

무예가 뛰어났던 장패는, 자신을 따르는 식객 수십 명을 거느리고 일종의 자경단 노릇을 하고 있었다. 아버지 장계는 아들이 제대로 관직에 나가지 않고 불량배처럼 사는 걸 못마땅해했다. 그래도 장패는 아버지를 존경했다.

'절대 이대로 둘 순 없다.'

고심하던 그가 식객들에게 말했다.

"난 아버지를 구한 뒤 다른 땅으로 갈 테다. 네놈들, 함께 할 테냐?"

"저희 모두 형님을 따르겠습니다!"

"좋아. 그럼 호송 수레를 습격하자. 거기엔 기껏해야 수십

명의 병력을 붙여놨을 테니, 충분히 처리하고 아버지를 빼낼 수 있다."

장패는 식객들과 함께 호송수레를 덮쳐 아버지를 구출하는 데 성공했다. 그리고 다 같이 서주의 동해국으로 망명했다. 태산 태수는 동해국에 망명해버린 장패 일행을 붙잡지 못하고 닭 쫓던 개 신세가 됐다.

새 터전에 안착한 장패는 황건적의 난 때 서주자사 도겸을 따라 난을 진압했다. 그 공으로 마침내 기도위(騎都尉, 2천 석의 녹봉을 받는 기병 지휘관)라는 관직도 받았다. 그 후 서주 근처에서 소규모 군벌(군사력을 배경으로 정부에 대해 독자성을 가진 군인 집단)이 되어 계양에 주둔하고 있었다. 여기까지 장패의 행적은 대체로 역사와 같았다. 그 무렵, 주무와 고순이 여포에게 장패를 거둘 것을 진언하였다.

"장패는 비록 세력은 작으나 용맹하고 꾀도 있으니, 필시 도움이 될 것입니다."

"제 생각도 같습니다. 쓸 만한 장수가 하나라도 더 필요할 때입니다."

여포는 두 사람의 조언을 수용하여, 진류를 치기 전에 직접 계양으로 찾아가 장패를 만났다. 장패는 여포의 당당한 태도와 투기에 감복했다. 이에 그 자리에서 의기투합하여 여포를 섬길 것을 맹세했다.

단, 거기에 한 가지 조건을 걸었다. 상관과 부하의 관계가 아닌, 형과 동생 사이를 원한 것이다. 여포의 기질이 변했으니, 그를 대하는 장패의 마음과 태도도 역사와 다르게 바뀌었다. 여포도 그런 장패가 싫지 않았다. 그는 제안을 흔쾌히 수락했다.

"좋다. 오늘부터 내 아우다. 너는."

"으하핫! 이 장패, 드디어 형님으로 모실 분을 찾았소이다."

여포는 그렇게 얻은 장패를 선봉장으로 삼아 진류로 쳐들어온 것이다.

원래 장패는 여포 사후 조조에게 귀순했다. 훗날 그 지위가 집금오(執金吾, 후한시대에 수도의 치안을 맡은 관직) 겸 위특진(位特進, 위나라의 특진 벼슬. 특진은 제후의 공덕이 높을 때 내리는 관직으로, 삼공의 바로 아래인 높은 벼슬이다)에 이르렀다. 그만큼 전공을 많이 세웠다는 의미다. 서황의 도끼를 막아낸 건 절대 요행이 아니었다.

'이자가 여포?'

서황은 자기도 모르게 한 발 뒤로 물러섰다. 도끼 손잡이를 쥔 손이 저릿했다.

적토마에 탄 여포가 조운 일행을 훑어보았다.

"뭔가?"

눈길만 닿았는데도 전신이 오싹해졌다. 일이 어려워질 듯한 기분에 서황의 표정은 어두워지고 조운은 어금니를 악물었다.

'더 강해졌구나.'

문제는 여포만이 아니었다. 여포는 예전에 조운이 본 적 없는 장수들을 거느리고 있었는데, 하나같이 강해 보였다. 그중에는 처음부터 여포의 밑에 있다가 두각을 드러내어 부장으로 승급한 자도 있었고, 낙양을 탈환하고 연주로 쳐들어오는 과정에서 여포에게 합류한 자도 있었다. 그들이야말로 주무가 새로이 구성한 여포의 팔건장(八健將, 용맹한 여덟 장수) 중 일부였다.

본래 팔건장이란《삼국지연의》에서 장료를 필두로 한 여포의 용맹한 부장들을 일컫는 말이었다. 장료(張遼), 장패(臧霸), 학맹(郝萌), 성렴(成廉), 송헌(宋憲), 위속(魏續), 조성(曹性), 후성(侯成)이 그 여덟이었다.

하지만 장료는 이미 용운의 장수가 됐다. 또한 정사에서 원술과 손잡고 여포에게 반란을 일으키는 학맹과 훗날 여포를 배신하는 위속, 송헌, 후성 등은 주무의 교묘한 이간질에 의해 여포와 멀어진 상태였다.

주무는 무예 솜씨뿐만 아니라, 마음 또한 여포에게 진심으로 충성할 팔건장을 원했다. 마치 고순처럼. 그는 위원회 지살위의 멤버이자 일찍부터 여포의 호위 노릇을 했던 팽기와 초정, 초선 역할을 하고 있는 호삼랑 등을 포함시켰다. 거기에 《후한서》에서도 '건장(健將)'이라 표현하여 용맹함을 강조한 부장 위월(魏越), 여포의 의동생이 된 장패를 더했다.

이렇게 변동된 팔건장은 고순을 필두로 장패, 성렴, 위월, 조성, 팽기, 초정, 초선이었다. 그중 현재 여포와 동행한 이는 성렴, 위월, 조성이었고, 팽기, 초정, 초선은 고순의 지휘 아래 후군에 있었으며, 주무가 후군 참모를 맡았다. 즉 장패가 선봉을, 여포가 중군을, 고순이 후군을 거느린 편재였다.

장패는 서둘러 여포에게 고해바쳤다.

"형님, 왕 사도가 현상금을 건 양수라는 놈이 저기 있소. 그래서 붙잡으려고 했더니 그 일행이 다짜고짜 공격해오지 뭐요."

"왕자사(子師, 왕윤의 자)가?"

여포는 슬쩍 눈살을 찌푸렸다. 왕윤이 정치라는 골치 아픈 일을 맡아 처리해주는 건 좋았다. 하지만 권력을 함부로 휘둘러 평판이 나빴다. 물론 그는 사욕을 위해 권력을 쓰진 않았다. 오히려 지나친 결벽증이 문제였다.

동탁과 손잡았던 사람 중에도 여러 유형이 있다. 적극적으로 나서서 황실을 핍박한 사람. 동탁의 협박에 어쩔 수 없이 따른 사람. 겉으로는 따르는 척하면서 암살을 노린 사람 등.

왕윤은 원칙만 따지며 그 모두를 벌주려 했다. 당연히 반발이 일어나지 않을 수 없었다. 왕윤이 하고 있는 행동은, 왕의 길에 어긋난다. 이게 여포의 생각이었다. 그래도 일단 손을 잡은 사이니 모른 척할 순 없었다.

'양수라. 어차피 현상금이 걸렸다면 동탁의 잔당이거나 뭔가 죄를 저지른 자겠지.'

양수는 양수대로, 복잡한 심정으로 여포를 노려보았다.

'저게 여포…….'

그에게 여포는 아버지를 죽인 동탁의 수하이면서, 동시에 그 동탁을 참살하여 복수해준 은인이기도 했다.

'죄를 지은 애송이치곤 눈빛이 살아 있군.'

양수를 보던 여포의 눈은 자연스레 그 옆에 서 있는 남자에게 향했다.

"음?"

분명, 본 적, 아니 싸운 적이 있는 사내였다. 전력을 다한 자신의 공격을 끝까지 막아낸, 몇 안 되는 상대. 여포는 기억 속에서 그의 이름을 끄집어냈다.

"넌 조운 자룡?"

"……오랜만이오. 여봉선."

"네가 왜 여기에 있나? 조조와 손잡기라도 한 것인가?"

"천만에. 그 조조와 싸우던 중 부끄럽게도 패해서 사경을 헤매던 걸 이분들이 구해주셨소. 이에 은인들을 모시고 주공께 돌아가려던 참이었소."

"복양성 전투였나."

여포는 용운이 복양성에 보낸 첫 번째 원군이 조조에게 격파당했다던 정보를 떠올렸다.

'그 지휘관이 조운이었던 모양이군.'

그나저나 일이 귀찮게 되었다. 저 조운이란 자의 성정으로 보아, 구명지은을 입은 자들을 결코 못 본 체하지 않을 터. 결국 양수를 체포하려면 조운을 쓰러뜨려야 한다는 결론이었다.

'내키지 않는다. 양수를 잡는 것도, 조운을 죽이는 것도.'

조운이 조금 마음에 들기도 했거니와, 자칫 진용운마저 적으로 삼게 된다. 진용운. 자신과 가후에게 패배를 안겼던 상대. 조조에 이어 그의 동맹인 원소, 거기다 진용운까지. 아무리 여포라도 부담스러운 구도였다. 더구나 마침 조조와 싸우는 중이라지 않은가.

'아군인 셈이다. 적의 적은.'

1대 3에서 1대 2. 잘하면 2대 2로 만들 기회였다. 여포는 옆에 있던 군사 가후에게 물었다.

"뭔가? 양수의 죄목이."

"멋대로 관직에서 이탈하여 죄인의 딸을 데리고 달아났다고 합니다."

"죄인의 딸? 누구지, 그게?"

"채옹의 무남독녀인 채문희입니다."

"나도 알고 있다. 채옹의 일이라면. 동탁의 죽음을 애도했다가 체포되어 죽은 자가 아닌가."

"맞습니다."

"하지만 그는 죽음으로써 이미 죄를 갚았는데, 그의 잘못이 일족에게까지 미칠 만큼 중한가?"

"그렇지는 않습니다."

가후가 알기로, 채문희는 상당한 재주를 지녀서 채옹이 집필 중이던 저서를 모두 암기하고 있다고 들었다. 비록 여자의 몸이지만, 그 재주를 바탕으로 채옹의 역사서를 이어서 쓸 가능성이 높았다.

'그랬다간 왕윤은 역사에 악인으로 이름을 남기게 될지도 모른다. 훌륭한 학자였던 제 아비를 사소한 죄로 결국 죽인 왕윤에 대해 채문희가 좋게 쓸 리가 없으니까.'

가후의 입꼬리가 슬쩍 올라갔다.

'크큭. 그의 결벽증으로 봐선 절대 참기 어려운 일이겠지. 동탁이라는 희대의 역적을 죽인 위업을 이루고서도 오명을 남겨야 한다니. 그러니 왕윤은 채문희까지 붙잡으려고 안달하는 것일 게다. 그게 전부는 아니겠지만.'

가후는 여기서 채문희를 놔줘야 한다고 생각했다. 왕윤의 흠이 커질수록 그와 함께 일을 도모한 여포는 돋보이게 된다. 꼭 그게 아니더라도 슬슬 왕윤을 견제해야 했다. 최고의 자리는 둘일 수가 없으니까.

'또 나 개인적으로도 완성된 채옹의 역사서를 보고 싶기도 하고.'

가후는 이런 사정까지는 굳이 여포에게 설명하지 않았다. 양수의 재주가 아깝긴 했으나, 아직 애송이였다. 또 어차피 여포의 곁에는 자신과 주무가 있다. 아직 왕윤에게 속셈을 들켜서는 안 된다. 그와 벌써 대립해가면서까지 양수를 영입할 필요는 없었다.

"채옹의 죄는 연좌제(連坐制, 한 사람의 죄에 대해 가족 등 특정 범위의 사람들까지 함께 처벌하는 제도)를 적용할 만한 것은 아닙니다. 양수 또한, 관직패와 그 전까지 받았던 녹봉을 창고에 다 쌓아두고 떠났다 하니 죄라고 보긴 어렵습니다."

가후의 말을 들은 여포는 마음을 정했다. 그는 방천화극을 들어 조운을 겨눴다.

"몸이 정상이 아니다. 죽는다, 조운. 그러다가."

용운을 지키려고 나서서 여포의 맹공을 견뎌낼 때도 들었던 소리였다. 그때 일이 떠올라, 조운은 자기도 모르게 쓴웃음을 지었다.

"어차피 이분들이 아니었다면 죽었을 몸. 눈앞에서 은인이 변을 당하는 모습을 보느니, 차라리 끝까지 지키다가 죽는 게 낫겠소."

"……."

그 우직함은 조금도 변하지 않았구나. 잠시 조운을 바라보던 여포는 말머리를 돌렸다.

당황한 장패가 말했다.

"형님? 어찌해야 하는 거요?"

"장패. 누구의 아우냐, 넌?"

"예?"

"왕사도냐, 이 여봉선이냐?"

"당연히 형님의 아우지요. 왕사도 따위……."

"그렇다면 저자를 놔줘라. 내가 보기에 그리 크지 않다. 양수의 죄는. 장안에서 쫓아낸 걸로 충분하다. 채문희는 말할 것도 없다."

"형님께서 그러시다면야 뭐……. 알겠소. 다른 자들은 어찌할까요? 내 부하 몇이 죽었는데."

그 답은 옆에 있던 가후가 대신했다.

"조운 자룡은 기주목 진용운의 가신이오. 장군도 알겠지만, 현재 기주목은 원소며 조조와 칼을 맞댄 상황이오. 따라서 우리와 같은 적을 상대하는 셈이오. 수하들의 희생은 안타깝지만 여기선 저들을 놔주는 게 어떻겠소?"

여포가 고개를 끄덕여 보였다.

"뭐, 그럽시다."

장패는 두말없이 병사들을 거둬 물러났다.

여포가 이렇게 나올 줄 몰랐던 조운은 잠깐 당황했으나, 곧 정중히 포권을 취했다.

"봉선 장군의 도움에 감사하오. 이 일은 잊지 않겠소."

"치워라."

여포는 천천히 적토마를 몰아, 조운을 지나쳤다. 순간, 조운이 눈을 부릅떴다. 적토마의 안장에 매인 머리를 본 까닭이었다. 뭐가 원통한지 죽어서도 다 감지 못하고 반쯤 뜬 눈에 혀를 길게 빼문 끔찍한 몰골. 그가 너무도 잘 아는 사람의 머리였다.

'공손찬······!'

조운은 여포가 낙양을 거쳐, 진류로 진격해오는 도중에 하내가 위치했음을 기억해냈다. 공손찬은 원소의 명을 받은 하내태수 왕광에게 붙잡혀 격전 중이라고 들었다. 그게 제일 최근에 입수한 공손찬에 대한 마지막 정보였다. 거기에 여포가 들이친 것이다.

'낙양에서 오랫동안 싸우다 지쳐 퇴각하는 차에, 왕광과 그의 장수 한호에게까지 발목을 잡혔다. 그런 상태였으니 사기충천한 여포군의 공격을 막아내긴 무리였겠지.'

더구나 여포는 처음부터 황제의 칙령을 명분 삼았다. 옥새를 입수하여 스스로 왕을 칭한 공손찬은 최우선 척결 대상이었을 터. 지나는 경로에 있는 그를 가만 놔뒀을 리가 없다. 결국 하내태수 왕광은 제 임무를 다한 셈이었다. 단 한 가지, 공손찬에게서 옥새를 빼앗는 것만 제외하고.

'그럼, 지금 옥새는 여포의 수중에 있다는 건가.'

충분히 예상되는 결과였으나, 한때나마 모셨던 자의 비참한 말로를 보니 마음이 착잡했다. 그렇다고 여포를 탓할 일도 아니다. 용운의 세력은 이미 공손찬과 결별한 지 오래였다. 오히려 조운 자신과 일행에게 자비를 베푼 걸 감사해야 할 처지 아닌가. 그저 한때 북부의 패자라 불리며 반동탁연합군 총사령관까지 맡았던 공손찬의 말로가 너무도 초라해 감상적이 됐을 뿐이다.

'그래. 죽음은 누구에게나 공평한 것이다.'

조운은 자기도 모르게 가벼운 한숨을 내쉬었다. 그때 여포가 문득 말(馬)을 멈춰 세웠다. 잠깐 망설이던 그는 고개를 돌리고 나직한 목소리로 물었다.

"자룡, 그녀는…… 청몽은 잘 있나?"

조운은 조금 의아했으나 순순히 답했다.

"예. 잘 있습니다."

"흠."

여포는 그 말을 듣자마자 적토마에 박차를 가했다.

조운은 고개를 갸웃거렸다.

'설마 방금 웃은 거야?'

적토마의 뒤를 따라 여포군이 돌진했다. 장패가 특유의 걸걸한 목소리로 외쳤다.

"크하하! 자, 가자. 이 녀석들아!"

그들의 목표는 진류성이었다. 그 뒷모습을 바라보던 서황이 고개를 저었다.

"진류는…… 지켜내기 어렵겠군."

눈보라가 더욱 거세지고 있었다.

진류성이 함락되고 조조가 간신히 퇴각한 건 이로부터 열흘 후의 일이었다.

업성에 돌아온 용운은 바쁘게 움직였다. 제일 먼저 한 일은 전사자 가족에 대한 예우였다. 싸우다 죽은 병사의 가족에게 위로금을 내림과 동시에, 매달 일정량의 곡식을 지급하기로 했다. 또 그 자식 중 관리가 되길 원하는 자가 있으면 태학(太學)에 입학시키고, 병사가 되기를 원하면 청무관(靑武館)에 입관시키기로 했다.

태학은 용운이 사마랑과 최염에게 명해 만든, 일종의 공립학교였다. 실무가 가능한 관리를 양성하기 위해 만든 기관이라, 배우는 과목도 행정, 법, 산학(수학) 등 업무와 관련된 것들 위주였다. 그러나 나중에는 유학부터 시작하여 수준 높은 학문까지 가르치는 학당을 세울 계획이었다.

'그래야 사마랑의 동생들 교육까지 책임지겠다는 약속을 지킬 수 있지. 노식이 장래를 부탁한 육이도 있고……'

사마랑의 여덟 형제 중《삼국지연의》에서 제갈공명의 가장 강력한 적수로 등장하는 사마의. 정치와 군무에 두루 능했던 사마부. 각각 열두 살과 열세 살의 그들은 현재 용운 진영에 와 있었다. 하지만 두 사람이 정사대로 성장하리란 법은 없다. 환경이 달라졌기 때문이다. 예를 들어, 용운이 어린 여포를 데려왔다고 가정하자. 그에게 열 살 이후로 말을 타기는커녕 무기조차 잡지 못하게 하고 책만 읽혔다면? 천하무쌍인 여포가 그저 그런 문관으로 성장하지 말란 법은 없는 것이다. 용운이 염려하는 것도 그런 부분이었다.

'이미 성인이 되어서 자기 성장의 기반을 갖춘 곽가나 순욱하곤 얘기가 달라. 사마 형제들은 이제 한창 인성과 지성이 형성되어가는 시기다. 이 시기를 무의미하게 보냈다간 자칫 평범한 인물이 되어버릴지도 모르지. 선천적인 천재가 아니라 노력형의 인재라면 더더욱.'

태학은 그런 전문 교육기관을 만들기 전에 세운 일종의 시범 기관이었다. 태학이 직업학교라면 청무관은 논산훈련소였다. 용운이 보니, 기초 군사훈련조차 받지 못하고 전장에 내몰리는 농민이 태반이었다. 그 사실에 용운은 적잖은 충격을 받았다.

'이래서야 단순히 머릿수 채우고 화살받이, 칼받이로 쓰려는 것밖에 안 되잖아!'

용운은 스치듯 본 얼굴이라도 한 번 보면 기억했다. 그가 가진 천형(天刑)의 재능, 순간기억능력 때문이다. 전투를 앞두고 겁에 질렸던, 그러면서도 용운을 보고 웃음 짓고 경애를 표했던 얼굴들이 싸움이 끝나고 돌아오면 사라지고 없었다. 남은 가족들은 대개 어떤 혜택도 받지 못했다. 그런 사실을 깨달을 때마다 가슴이 아렸다. 마치 자신이 그들을 사지로 내몬 듯한 기분. 망각은 인간의 죄책감을 덜어주는 작용도 한다. 병사 하나의 죽음이라도 용운에게는 다른 사람보다 훨씬 크게 다가왔다.

이에 용운은 백인장 출신의 경험 많은 병사들을 교관으로 두어, 창술 등을 가르치게 했다. 또 화타로 하여금 똑똑한 젊은이들에게 간단한 의술과 응급처치법 등을 전수하게 했다. 의무병이나 군의관 개념으로 복무할 자들이었다. 삼베로 만든 붕대와 도수 높은 술을 끓여 만든 소독약 따위가 들어 있는, 개량된 구급 키트도 생산 및 보급을 시작했다.

안 그래도 용운군 병사들은 타 세력보다 생존율이 높은 편이었다. 창과 갑옷 등 기본 장비가 우수하고 밥을 배불리 먹여 체력과 저항력이 높은 덕이었다. 이제 그 생존율은 더욱 올라갈 터였다.

그런 한편으로는 현대에서 들었던 지식을 최대한 짜내, 농업기술이나 간단한 수공업을 가르치는 기관도 만들었다. 업성의 생산력을 높이기 위해서였다. 물론 이 모든 게 며칠 사이에 이뤄진 건 아니었다. 업성을 차지하자마자 구상했던 것들을 몇 개월에 걸쳐 시행토록 한 결과였다.

'조금씩, 꾸준히 바꿔나가자. 적어도 나를 따르는 사람들만은 안심하고 편하게 지낼 수 있도록. 어쩔 수 없이 싸워야만 한다면, 최소한의 희생으로 끝낼 수 있도록······.'

사린은 입술을 삐죽 내민 채 걷고 있었다. 겨울에다 전쟁 후인데도 업성은 활기찼다. 그녀는 불만스럽게 중얼거렸다.

"주군이 너무 바빠서 얼굴 볼 틈도 없네. 큰언니는 자룡 오라버니 때문에 계속 저기압 상태로 검술 수련만 하고. 둘째 언니는 주군 호위하느라 덩달아 바쁘고. 셋째 언니는 요즘 장합 오라버니랑 친해져서 걸핏하면 둘이 술 마시러 다니고."

문득 유비, 관우, 장비 삼형제가 떠올랐다. 갑자기 그들이, 그중에서도 관우가 특히 보고 싶었다.

'수염 아찌는 지금쯤 어디서 뭐하려나. 잘 지내고 있겠지?

엄청 세니까 어디 가서 괴롭힘당할 일도 없을 거야.'

금방이라도 비가 쏟아질 것처럼 하늘이 흐릿한 게 사린의 기분을 더 우울하게 했다.

'이럴 때는 시장 구경을 하다가 맛있는 거라도 먹는 게 최고지.'

사린은 업성에서 제일 큰 중앙 시전, 그중에서도 먹자골목으로 향했다. 당연히 피자, 햄버거, 아이스크림 등 그녀가 기억하는 음식들은 눈 씻고 봐도 없다. 하지만 이곳에도 나름 맛있는 먹거리는 많았다. 일단 당과 하나를 산 사린은, 다른 손에 양고기 꼬치구이를 들고 먹으며 저잣거리를 돌아다녔다.

'그래도 심심하다. 맛있는 건 누구랑 같이 먹거나, 옆 사람 거를 뺏어 먹어야 더 맛있는데……'

그녀가 이런 생각을 할 때였다. 맞은편에서 낯익은 누군가가 한 손에 당과를, 다른 손에는 고깃덩어리 하나를 든 채 걸어오고 있었다. 은빛 갑옷을 벗고 솜옷 차림을 한 마초였다. 그러나 탁탑천왕은 여전히 몸에서 떼놓지 않았다. 천으로 잘 감싸서 등에 메고 있었다.

"엇!"

사린과 마주친 마초가 놀라서 우뚝 멈춰 섰다. 곧 그의 놀라움은 더욱 커졌다. 자신을 본 그녀가 갑자기 달려오기 시작한 것이다. 짧은 순간 많은 생각이 마초의 뇌리를 스쳤다.

'역시 저 소녀도 날 좋아했던 거야. 그런데 이제까지는 주변에 그 무서운 언니들이랑, 보는 눈들이 많아서 드러내질 못했던 거지. 이 넓은 업성, 그것도 복잡한 시전에서 이렇게 마주친 건 역시 우리가 천생연분이라는……'

마초는 양팔을 넓게 벌려 사린을 맞을 자세를 취했다. 하지만 달려온 사린은 입을 크게 벌리더니 으앙 하고 마초의 오른손에 들린 고깃덩어리를 크게 한 입 베어 물었다. 마초는 비명을 질렀다.

"으앗, 내 고기!"

잠시 후, 두 사람은 한 식당에 마주 앉아 있었다. 식당이라고 해봐야 판잣집 안에 여기저기 탁자와 의자를 놓은 게 전부였다. 그러나 타지에서 온 사람이 보기엔 놀라운 광경이었다. 업성은 용운의 영향으로 옷장, 탁자, 의자 등의 가구를 만드는 기술이 급격히 발전하고 보급도 늘었다. 다른 지역은 여전히 맨바닥에 갈대를 엮어 만든 삿자리를 깔아서 생활했다. 그리고 가게 구석에는 식사 전후 손을 씻을 물이 든 항아리도 놓여 있었다. 용운이 늘 청결을 강조하는 까닭이었다. 이런 간단한 것들만으로도 전염병 발생이 크게 줄었다.

"소저도 먹을 것을 좋아하는구려."

마초가 싱글싱글 웃으며 말했다.

두 사람 사이에는 이제 업성의 특산품이 된 만두 네 접시,

삶은 돼지고기, 소면 두 그릇, 볶은 채소 등이 놓여 있었다.

사린이 마초의 말에 대꾸했다.

"너, 몇 살이야?"

"음? 아, 본인은 올해로 열여덟 살이 됐소만."

"뭐야, 그럼 나랑 동갑이네. 말 편하게 해. 소저 어쩌고 하는 거 느끼해."

"느끼……."

마초는 당황했다. 엄밀히 말하면 그는 존댓말을 썼다기보다 '정중한' 형식으로 말했다. 그게 사린에게 번역되면서 존댓말처럼 바뀌어 들리는 것이다.

'처, 처음 접하는 종류의 여인이다.'

북방의 여인들이 중원에 비해 거칠다 하나, 사린처럼 언행이 자유분방하진 않았다.

쭈뼛거리는 마초에게 사린이 말했다.

"우리 밥 먹으면서 술이나 마실래? 셋째 언니 보니까 같이 술 마시면서 금방 친해지던데."

"좋소."

"반말!"

"……그래, 좋아."

대략 한 시진 후, 식당 안의 시선은 온통 마초와 사린에게 쏠렸다.

'괴물들이다.'

'사린 소저가 대식가인 건 익히 알았지만, 저 청년도 만만치 않군.'

'짚신도 짝이 있다더니…….'

산더미 같은 음식이 나오는 족족 사라졌다. 접시 틈을 술병들이 가득 메우고 있었다.

혀가 꼬인 사린이 중얼거렸다.

"구우래서, 나는, 요즘, 히끅. 너무 심심하고, 외롭단 말이야. 내가아, 좋아하던 아저씨는, 갑자기 나한테 칼을 내리치더니 떠나버렸다고."

"거참, 이상한 작자로군. 여인에게 대뜸 검을 휘두르다니."

"수염 아찌 욕하지 마!"

"……어쩌라고."

"힝, 주군이, 히끅. 점점 유명해지고 강해지는 건 좋은데에. 딸꾹. 그러다 보니까 바빠져서, 잘 만나지도 못해. 나한테는 이제 언니랑 주군뿐인데……."

듣고 있던 마초가 갑자기 눈시울을 붉혔다.

"나는……."

"헐, 야아, 넌 갑자기 또 왜 울어?"

"난 아버지를 눈앞에서 잃었다. 상대가 너무 강해서 아버질 지킬 엄두조차 못 냈어."

"……."

"게다가 믿었던 사람에게 배신당해서 이제 돌아갈 곳도 없어졌어. 어머니와 형제들은 무사한지 걱정이지만, 나 하나 살자고 여기 의탁해버렸으니 마음대로 가볼 수도 없고……."

이 시대에서 18세면 어엿한 성인이다. 게다가 한 세력의 후계자에 무인. 누군가에게 응석 부리거나 어리광을 부린다는 건 생각조차 못했다. 하지만 자신을 누구보다 편하게 대하는, 좋아하는 여자 앞에서 술까지 들어가니 억눌러왔던 감정이 폭발했다. 마초는 부끄럽다는 생각도 못하고 눈물을 줄줄 흘렸다. 한번 터진 눈물은 걷잡을 수 없었다.

"어, 우, 울지 마……."

안절부절못하던 사린이 마초 옆으로 와 앉았다. 손등으로 그의 눈물을 훔쳐주던 그녀가 말했다.

"이제 바보가 아니라 울보라 해야겠네."

"……놀리지 마라."

"울보 너, 나 좋아해?"

"응."

갑작스런 물음에, 마초가 본심을 말했을 때였다. 사린의 부드러운 입술이 그의 뺨에 와 닿았다.

"⋯⋯!"

마초는 눈을 휘둥그레 떴다.

"헤헤, 이제 안 운다."

헤실거리던 사린은 쾅 하고 탁자 위에 엎어졌다. 그러더니 작게 코를 골기 시작했다. 마초는 여전히 얼어붙은 것처럼 꼼짝도 못하고 앉아 있었다.

'뭐지? 방금 뭐가 지나간 거지?'

흥미진진하게 두 사람을 구경하던 식당 안의 사람들이 환호성을 질렀다.

"오오, 대단한데! 철벽인 사천신녀의 입맞춤을 받아내다니. 여기 업성에는 고백했다가 칼 맞을 뻔한 놈들도 많다고!"

"잘해보게, 울보!"

멍해진 마초의 등 뒤에서 조개가 한탄했다.

'이런 바보도 연애를 하는데⋯⋯.'

모처럼 평화로운 업성의 어느 겨울 오후였다.

5

불안한 언약

어느덧 해가 바뀌어 192년이 되었다.

스물한 살에 접어든 용운은 더욱 수려한 용모를 뽐냈다.
외모뿐만 아니라, 여러 가지 일을 겪으면서 눈빛도 더욱 깊어
졌다.

새해를 맞이해 용운은 모든 가신이 참여하는 대회의를 열
었다. 현재 진행 중인 사업을 확인하고 앞으로의 방향성을 결
정하기 위해서였다. 원탁을 둘러보던 용운은 새삼 씁쓸해졌
다. 여기저기 보이는 빈자리 때문이었다. 타지에 있는 태사
자와 장료는 그렇다 치고, 이제 다시 채워질 수 없는 노식과
전풍의 자리가 계속 눈에 밟혔다. 여전히 행방불명인 조운도

용운의 마음을 아리게 했다. 그는 속으로 다짐했다.

'이제 절대 공석을 만들지 않겠어.'

그래도 전체적인 가신의 수는 늘었다. 곽가와 사마랑, 순유 등 순욱의 인맥에 더하여, 진림도 탁군에서 돌아온 덕이었다. 거기에 마초와 방덕도 빼놓을 수 없었다.

원탁회의에 처음 참여하는 마초는 벌어진 입을 다물지 못했다.

"우와, 이렇게 앉는 거구나."

신기하긴 방덕도 마찬가지였다.

'예전의 우리와 분위기가 많이 다르군.'

누가 발언하더라도 그 순간만큼은 그가 회의의 중심이 된다. 주로 전 주인인 마등이 말하고 나머지는 거기 따르는 모습만 봤던 방덕에겐 낯선 광경이었다.

밀린 논공행상이 먼저 행해졌다. 태사자와 저수는 끝까지 복양성을 지켜낸 공으로 승진하고 상을 받았다. 관도에 주둔한 장료와, 부상에서 회복하여 군사를 조련 중인 장합도 지위가 올랐다. 마초, 방덕은 새로이 교위직을 받고 모든 가신에게 정식으로 소개되었다. 그 밖에도 많은 가신이 크고 작은 상을 받았다. 이어서 본격적인 회의가 시작되었다. 제일 먼저 발언한 사람은 살림꾼 최염이었다.

"주공께서 여러 우수한 정책을 행하신 덕에 민심은 완전히 안정됐습니다. 아니, 연이은 전투 후임에도 불구하고 칭송의 소리만 드높을 지경입니다. 다만, 그에 따라 필수적인 문제가 생겼습니다."

최염과 더불어 내정 및 교육 부문을 담당하고 있던 사마랑이 조용히 말했다.

"세수의 부족이군요."

"그렇습니다."

용운은 원래부터 다른 제후보다 세금을 적게 거뒀다. 병사들에게 보급도 차고 넘치도록 주었다. 거기에 더해, 돈과 곡물을 펑펑 써대는 정책을 남발하고 있었다. 예산이 부족하지 않는 게 오히려 이상했다.

최염이 계속 말을 이었다.

"그렇게 되지 않도록 하는 게 저희 임무입니다만, 변명을 하자면 지난번 가을 수확을 포기하고 복양성에 원군을 보낸 게 타격이 컸습니다. 이대로라면 봄에 수확한다 해도 그 구멍을 메우기가 어렵습니다."

잠시 생각하던 용운이 말했다.

"우선 이번에 부족한 부분은 장세평과 소쌍에게서 곡물을 싸게 매입하여 메우세요."

장세평과 소쌍은 업성의 곡물 및 말 매매에 독점권을 갖고 있었다. 용운을 지원해주는 대가로 얻은 것이었다. 대신, 업성의 소상인들이 주로 판매하는 채소와 약초, 수공예품 등은 다루지 않았다. 그래도 충분히 흑자였으니까.

'이번 전투에서도 전투마와 무기를 독점 공급해서 상당한 이익을 봤지. 이 정도는 부탁해도 괜찮을 거야.'

단, 이는 어디까지나 임시방편에 불과했다. 근본적으로 부족한 세수를 메울 방도가 필요했다. 그렇다고 세금을 다시 올리기도 어려웠다. 자칫 백성들의 집단 반발을 불러올 수 있기 때문이다.

'전예와 최염의 조사에 의하면, 현재 상황에서 세율을 2할 더 올려도 반발은 거의 없을 거라곤 했지만……'

2할을 더 올려봐야 업성의 세금 비율은 총 수확물의 4할(약 40퍼센트)에 불과했다. 기본적으로 절반, 더 나아가 6~7할까지 세금으로 걷는 다른 제후들과 비교해볼 때 파격적일 정도로 세율이 낮았다.

아무튼 세율을 올리지 않겠다면 방법은 한 가지뿐이었다. 세금을 낼 인구를 늘리고 수확할 경작지를 넓히는 것. 즉 영토를 더 차지하는 것이었다. 업성이 살기 좋다는 소문을 들은 이주민들이 꾸준히 찾아오고 있었으나 그걸로는 부족했다.

'싸우지 않기 위해, 싸울 수밖에 없는 건가.'

잠깐 생각에 잠겼던 용운이 다시 입을 열었다.

"그리고 초여름에 원소를 정벌합니다. 앞으로 대략 6개월

후라고 생각하면 됩니다. 이는 노자간(노식)과 전원호(전풍)의 복수이기도 하지만, 우리 세력을 넓히기 위해서이기도 합니다. 혹 다른 의견이 있는 분은 말씀해주세요."

눈만 멀뚱거리는 마초를 제외한 가신 대부분이 미미하게 고개를 끄덕였다. 예상하던 행보였기 때문이다. 원소가 이대로 포기하고 물러날 리 없었다. 더욱 철저히 준비하여 재차 도발해올 가능성이 컸다. 그럴 바에는 먼저 공격하는 것도 나쁘지 않았다.

순욱이 모두의 마음을 대변하여 말했다.

"전선이 관도까지 전진했으니, 이 기회를 노려 싸우는 것도 나쁘지 않다고 봅니다. 단, 원소가 비록 패하여 물러나긴 했으나 그에게는 아직 상장 문추와 이번에 활약했다는 임충, 호연작 등의 장수가 있으며 몇 만에 달하는 병사도 건재합니다. 원가의 명성을 흠모하여 천하에서 모여드는 장정과 재사들도 여전합니다. 충분히 준비해야 할 것입니다."

용운이 그의 말을 받아 답했다.

"물론 철저히 대비한 후 공격할 겁니다. 그리고 그 전에 탁군으로 사신을 보내 유주목(유우)과 우의를 다짐으로써 북쪽의 위태로움을 없앨 생각입니다. 남쪽은 다행히 여포가 움직여줬으니……."

용운은 며칠 전, 여포가 진류를 함락했다는 소식을 들었다. 복양성을 먹으려다 졸지에 근거지를 빼앗긴 조조는 휘하 장수들을 이끌고 패국으로 후퇴해 있었다. 패국을 다스리는 패국상 '진규(陳珪)'는 조조야말로 한 황실을 부흥시키고 혼란을 가라앉힐 영웅이라 생각하여 그에게 호의를 품었다. 이에 기꺼이 조조를 맞아들였다고 한다. 정작 조조를 부추긴 원소는 제 앞가림에 바빠서 그까지 챙기지 못했다.

진궁이 손을 들고 말했다.

"그러나 여포는 이리와 같은 자이니, 언제 복양성을 목표로 삼을지 모릅니다. 마땅히 대비해야 할 것입니다."

실제 정사에서는 여포에게 마지막까지 충성한 진궁이 저리 말하니, 용운의 입장에서는 아이러니했다.

"물론 복양성 쪽도 방어할 겁니다. 그렇다 보니 장수가 매우 부족합니다. 다행히 맹기(마초) 님과 영명(방덕) 님이 아군에 합류하여 큰 힘이 됩니다만, 그래도 모자란 게 사실이에요. 혹 주변에 쓸 만한 인재가 보인다면 적극적으로 추천해주세요."

역사가 바뀌면서 사람들의 움직임과 인간관계에도 어떤 변화가 일어났을지 몰랐다. 용운은 거기에 한 가닥 기대를 품고 물었다.

순욱이 기다렸다는 듯 말했다.

"주공께 몇 사람을 더 천거하려 합니다. 아쉽게도 무인은 아닙니다만⋯⋯."

사실 무장이 더 절실했으나 그렇다고 용운이 순욱의 천거를 거절할 정도로 멍청하진 않았다.

"얼마든지 환영이에요."

순욱이 천거한 사람은 종요(鍾繇)와 희지재(戲志才)였다. 희지재는 원래 정사에서 곽가보다 앞서 조조를 섬긴 모사다. 지략이 뛰어나 조조의 총애를 받았으나 병으로 일찍 죽었다. 조조는 "희지재가 죽으니 계략을 논할 자가 없다"고 한탄하였고, 이에 순욱이 후임으로 추천한 인물이 바로 곽가였다. 그런데 이 세계에서 순욱은 조조가 아닌 용운을 택했고, 흑산적과의 전투를 앞둔 까닭에 곽가를 먼저 추천했다. 그리고 뒤를 이어 희지재까지 천거한 것이다. 참으로 묘한 인연이라 할 수 있었다. 《삼국지》나 정사에서는 기록이 적어 많이 알려지진 않았으나, 조조의 평가로 보아 뛰어난 인물임이 분명했다.

'어쩌면 곽가에 버금갈지도 몰라. 내게 온 이상 병으로 죽는 일은 없게 만들 테다.'

종요는 그야말로 거물이라 할 만한 정치가였다. 정사에서 원래 후한의 신하로서 헌제를 섬겼다. 그러다 순욱의 천거로 조조의 밑에 들어온 후, 옹주 및 장안 지역의 통치와 내정에서 큰 공적을 세워 자그마치 위나라의 상국(相國, 일반 관리들이 최고로 오를 수 있는 승상의 위치보다도 한 단계 높은 특수직. 폭군 동탁이 스스로 상국이 되기도 했다)에까지 올랐다.

'종요가 내게 온다면, 그에게는 업성 정도가 아니라 하북 전체를 맡겨도 될 정도다. 그렇다면 순욱을 완전히 군무(軍務) 쪽으로 돌릴 수 있다. 거기에 희지재까지 더해지면, 참모진은 거의 완벽하다고 봐도 된다. 물론 곽가에 순유, 진궁만으로도 엄청나지만, 여포에게는 가후가 있고 원소에게도 봉기, 곽도, 신비 형제, 거기다 순욱이 경계하는 그의 형 순심까지 있으니. 뛰어난 책사는 많을수록 좋아.'

이후로도 몇 시진에 걸쳐 이어진 회의에서는 아래와 같은 사항들이 결정되었다.

첫째, 조운 자룡의 행방에 대한 수색을 계속한다. 둘째, 유주목 유우, 복양태수 왕굉 등 우호적인 세력과 친교를 강화하며 여포와 조조 등의 움직임 또한 주시한다. 셋째, 원소 말살을 목표로 군비를 확충한다.

또 한 고비를 넘긴 용운의 세력은 본격적으로 날개를 펼 준비를 시작했다.

192년 2월, 양주.

여기서 양주는 마초의 근거지인 북부 양주가 아니라, 여강군, 단양군, 오군, 회계군 등이 포함된 남쪽 양주를 말한다. 남부에 위치한 양주는 습도가 높고 기온이 따뜻하여, 한겨울인 2월에도 영상 10도 정도를 유지했다.

양주 단양군의 성내에는 특별한 가옥 한 채가 있었다. 민간인으로 위장한 병사들이 보호하는 곳이었다. 그것으로도 모자라서 진법까지 펼쳐져 있었다. 바로 손책의 대부인 진한성과 그의 비서 이랑이 거주하는 집이었다.

진한성은 여느 때와 마찬가지로 이랑의 허벅지를 베고 대자로 누워 있었다. 이랑은 가느다란 손가락으로 그런 진한성의 머리카락을 쓸어 넘겼다.

"머리가 많이 길었네요. 좀 자르셔야겠어요."

"여긴 내가 다니던 미용실이 없어서 안 돼. 스타일 망가져."

"어련하시겠어요."

퉁명스럽게 말했지만, 이랑은 마음이 아팠다. 그녀에게는 진한성의 주름이 늘어난 게 보였다. 지난번 이규와의 싸움에서 시공역천을 쓴 탓이었다. 모두를 구하는 대가로, 또 그에게만 얼마의 시간이 흘렀을까? 5년? 10년? 머리카락을 넘기는 척하면서 자꾸 이마의 주름을 펴보았지만, 당연히 없어지지 않았다.

'내가 더 강했다면 시공역천을 안 쓰시게 할 수 있었을 텐데…….'

이 남자는 가슴속에 한 사람만 품고 있음을 안다. 그래도 그에게 향하는 마음을 어찌할 수 없었다. 어차피 잃을 게 없는 몸이라는 것, 또 그가 품은 여자는 이 세상에 존재하지 않는다는 사실이 그녀의 짝사랑을 더욱 부채질했다.

진한성은 진한성대로 내심 고민 중이었다. 왜냐하면 그가 후견인이 되어주고 있는 손책의 장래 때문이었다.

'후…… 내가 어디까지 관여해야 하나.'

현재 진한성을 비롯한 손책의 일행은 모두 단양에 머무르고 있었다. 천강위의 폭군, 이규의 급습으로 여강군에 있던 근거지가 파괴된 탓이었다. 주변 사람이 다칠 것을 우려한 진한성은 그 김에 아예 손책의 세력 전체를 단양으로 옮겼다. 그의 외숙, 즉 손책 어머니의 오빠인 오경(吳景)이 단양태수였기 때문이다.

'어차피 단양까지의 행보는 정사와 비슷하니.'

이규 사건은 성혼단의 도발이라고 말해뒀다. 덕분에 손책은 단양에 입성하자마자 성혼단을 색출하여 씨를 말려버리다시피 했다. 가뜩이나 사교, 도술 따위를 싫어하는 그였다. 차라리 자신을 노렸다면 괜찮은데, 후견인인 진한성과 이랑 그리고 어머니와 손권 등을 공격한 게 그의 불같은 성격을 건드린 것이다. 평소에는 쾌활하고 싹싹하나, 일단 눈이 돌아가면 보이는 게 없었다.

강남 쪽은 상대적으로 성혼단의 세력이 약한 편이라, 완벽하게는 아니더라도 어느 정도 정리가 됐다. 손책은 오경의 비호 아래 연일 병사와 물자를 모으며 세력을 키워가고 있었다.

"책이는 뭘 하고 있더냐?"

진한성의 물음에 이랑이 답했다.

"병사들 훈련하는 중이에요."

"오늘도 열심이군."

"아 참, 그리고 능조라는 사람이 아들을 데리고 찾아왔어요. 손책을 따르고 싶다고요."

"그래, 능조가……."

역사는 변화한 테두리 안에서 어김없이 원래대로 움직이고 있었다. 마치 흐르는 물과 같았다. 중간에 뭔가를 쌓아 물길을 막거나 방향을 다소 바꿀 수는 있어도, 결국 바다를 향해 흘러간다. 그렇게, 큰 틀 자체는 바뀌지 않는다고 진한성은 생각했다. 그런데도 위원회를 놔둘 수 없는 이유가 있다. 강에 비유하자면 흐름을 억지로 바꾸려는 과정에서 홍수가 나거나 생태계가 파괴되는 까닭이다. 강이 시간 그 자체라면, 인간은 그 안에 융화되어 사는 물고기요 식물이었다. 따라서 그 여파는 치명적일 수도 있었다.

능조(凌操)는 손책의 군영에서 언제나 선봉에 서서 싸웠다. 오나라의 기반이 된 강동 평정 때도 많은 공을 세워 신임받던 장수였다. 특히, 그의 아들 능통(凌統)은 불과 열다섯 살

때부터 별부사마로서 병사를 거느려, 훗날 오나라를 지탱하는 기둥의 하나로 성장한다. 손책에게 능조는 반드시 얻어야 할 인재였다.

이랑이 고개를 갸웃거리며 말했다.

"그래 봐야 책이는 이제 겨우 열여덟 살인데, 그 부하가 되겠다고 찾아오는 게 신기해요."

"너와 나한테나 장난꾸러기 책이지, 역사적으로는 오나라 장사환왕(長沙桓王)이야. 짧고 굵게 살다 간 영웅이라고. 분명 사람을 끌어당기는 힘이 있지. 문대가 생전에 강남에서 얻은 명성도 한몫했고."

"아무튼 손책이 엄청 기뻐했어요."

"그랬을 거야. 친구인 주유를 제외하면 장수라곤 여태 아버지 대부터 섬기던 이들이 전부였으니까."

무장으로는 정보, 황개, 한당에 능조가 더해졌고 책사는 주유 외에도 얼마 전 주치가 합류했다. 한 세력으로서의 기본 전력은 갖춰진 셈이었다. 문제는 이후의 일이었다.

'어디 좀 볼까.'

진한성의 머릿속에 강철의 성이 나타났다. 용운이 '탑'의 형상으로 기억을 데이터베이스화 하듯, 진한성은 수만 개의 방을 가진 성의 형상을 이용했다. 보고 듣는 모든 것들을 기억해버리는 순간기억능력자의 특성상, 이렇게 하지 않으면 필요한 정보를 바로 끄집어내는 데 어려움을 겪는다.

'후한 말, 서기 190년에서 195년 사이. 군웅할거의 시대. 원술과 손책에 대한 자료는…… 214층 85번째 방이군.'

원래대로라면, 손책은 곧 원술의 밑에 들어간다. 손견의 사후, 아직 어린 자신의 능력만으로는 가족과 수하를 보살피며 난세에서 살아남기가 힘에 부쳐서였다. 그 대상이 하필 원술이었던 이유는 반동탁토벌전 당시 손견이 그의 수하였던 인연 때문이다. 원술은 손책을 마음에 들어하여, 손견이 생전에 다스리던 지역 일부를 내주었다. 또 손책 같은 자식이 있으면 죽어도 한이 없으리라, 하며 탄식까지 했다.

진한성은 강철의 성안에서 원술과 손책의 관계에 대한 자료를 되새기며 생각했다.

'그러나 곧 태도가 달라졌지.'

그러던 원술은, 처음에는 손책을 구강태수로 임명하겠다고 했으나 곧 진기(陳紀)로 바꾸었다. 손책은 불만스러웠지만 별도리가 없었다. 이후 여강태수 육강(陸康)이 원술의 군량 요구를 무시하는 일이 생겼다. 이에 원술은 육강을 쳐서 아예 여강을 차지하기로 마음먹었다. 그는 손책에게 이르길, 육강을 토벌하면 여강태수 자리를 주겠다고 약속했다. 손책은 이를 승낙하고 출정하였다. 그러나 막상 손책이 육강을 무찌르자 원술은 또 말을 번복했다. 제 부하인 유훈(劉勳)을 여강태수로 삼은 것이다. 결국, 손책은 원술의 처사에 실망하여 독립하기로 마음먹는다.

'그러다 손분과 오경 등이 유요(劉繇)에 의해 단양에서 쫓겨나는 일이 벌어지지. 유요는 후한의 중앙정부가 양주자사로 임명한 데 반해, 손분이나 오경은 원술이 제멋대로 관직에 앉힌 것이니까. 엄밀히 말하면 무단점거에 가깝다. 유요는 제가 정당하다고 여겼겠지.'

하지만 그런 정당성이 통하지 않는 시대였다. 중앙에서 파견한 관리를 지방의 제후가 멋대로 죽이거나 내쫓고 그 자리를 차지하는 등, 이미 천하의 정세는 돌이키기 힘든 상황이 됐다. 말 그대로 법보다 주먹이 앞서는 세상이었다.

'그러자 손책이 유요에게 핍박받는 제 외숙을 구하겠다는 핑계로 원술을 설득, 병력을 얻어내어 유요를 격파한 것이 강동평정의 시발점이 된다.'

그뿐만 아니라, 손책이 원술 밑에 있을 때 그의 수하가 된 중신들이 많았다. 특히, 오나라를 대표하는 맹장이 다수였다. 손권의 대에까지 오나라를 섬겨 대사마의 자리에 오른 여범(呂範). 적벽 대전에서 활약했으며 합비에서 손권이 장료의 기습을 받아 위기에 처하자, 분전하여 끝까지 그를 지켜낸 장흠(蔣欽). 장흠과 함께 손책의 측근이 되어, 적벽에서 공을 세우고 유수에서 조조를 막아낸 주태(周泰). 이런 쟁쟁한 인물들 모두 그때 찾아온 이들이다.

순리대로 진행되게 하려면 손책을 원술 밑에 들어가게 하는 게 옳았다. 저들과의 만남이 어긋날 수도 있으니까. 그러나 진한성은 뭔가 영 내키지 않았다. 되도록 역사대로 일이 흘러가게 하려는 그로서는 이례적인 일이었다.

원술의 사람됨도 문제지만, 원래 역사와 상황이 많이 달라졌다. 어쩐지 원술과 손책이 얽혀서는 안 될 것 같은 예감이 들었다. 이대로 힘을 키우다가 자력으로 강동을 평정케 하는 편이 나을지도 몰랐다. 어차피 훗날 원술이 스스로 황제임을 자처하고 나서면 그와 갈라설 것이기 때문이다.

'내가 조금 힘을 보태면, 원술에게 빌린 군사보다는 훨씬 더 도움이 될 테니.'

그렇다고 반드시 천하를 통일하겠다거나 백성을 구하겠다는 뜻 따위는 진한성에게 전혀 없었다. 그의 목표는 오직 하나, 위원회의 말살이었다. 위원회가 역사를 멋대로 조작하여 미래를 바꾸려는 사실을 알기 때문이다. 거기에 개인적인 원한까지 얽혀 있었다.

그러나 사람 일이 그렇게 마음대로만 되진 않는 법. 어쩌다 보니 손가와 깊은 인연을 맺었다. 진한성이 아무리 철혈의 마인이라 하나, 그도 사람이었다. 그는 눈앞에서 친우 손견의 죽음을 막지 못한 데 대한 죄책감을 느꼈다. 거기에 대한 보상으로, 손책이 사망하는 때인 서기 200년까지는 그를 보살피겠다고 마음먹었다.

'능조가 그랬듯 강한 끌림이 있을 테니 찾아올 사람은 어차피 찾아올 것 같긴 하다만, 혹시나 그게 아니라면 오나라의 장수들을 죄다 못 얻는 사태가 벌어진단 말이지.'

이렇게 손가에 묶여 있어 용운을 만나러 나서기도 쉽지 않았다. 낙양까지 갔다가 한 번 허탕 치고 나니 일이 더 꼬여버렸다. 다신 못 보리라 여겼던 아들이라 당연히 반가웠으나 문제는 녀석의 거침없는 행보였다. 그제도, 정보통 역할을 해주고 있는 손분이 새로운 소식을 전해왔다. 손분은 용운이 진한성의 아들이라는 사실을 아는 극소수의 사람 중 하나였다.

"기주목이 원소의 침공을 격퇴하고 복양성을 공격해온 조조군까지 물리쳤다고 합니다. 그 바람에 조조는 진류에 쳐들어온 여포를 막아내지 못해, 패국상 진규에게 의탁하고 있습니다."

옆에서 듣고 있던 이랑이 중얼거렸다.

"원소와 조조를 한꺼번에 막아내다니 대단하네요. 역시 교…… 아니, 마스터의 아들답다 해야 하나."

"으음……."

진한성은 기쁘다기보다 심각한 기색이었다.

손분이 계속 말을 이었다.

"여포는 진류를 차지한 후 숨을 고르는 모습이며, 기주목은 차근차근 군비를 확충하고 인재를 모으는 한편, 유주목 유우에게 사신을 보내는 등 원소와의 2차전에 대비하는 듯한 양상입니다."

원소, 조조 연합과 맞서 싸우며 유우와 동맹을 맺다니. 진한성은 자기도 모르게 혀를 찼었다.

'용운이 이 녀석, 완전히 할거한 제후 중 하나가 되어버렸구나.'

이게 그저께 있었던 일이었다. 정녕 용운이 한 세력을 만들기로 마음먹었다면 전쟁은 필수였다. 역사에 이름을 남긴 영웅들과 싸워야 하는 것도 걱정이지만, 문제는 '시간의 수호'였다. 시간의 수호란 진한성이 이 세계에 와 알게 된 현상이었다. 한마디로, 모든 일이 원래 역사대로 흘러가려는 성질이다. 거기 반하는 행위를 할 경우, 그 여파가 클수록 강력한 반작용에 부딪히게 된다. 위원회의 인물들이 죽음을 맞이하면 시신조차 못 남기고 소멸해버리는 것 또한 그 현상의 일부였다. 이 세계와 시간이 그들의 존재 자체를 인정하지 않는 것이다.

'뭐, 그건 나나 용운이도 마찬가지겠지.'

이상한 건 왜 역사에 정면으로 반하는 위원회의 인물들이 천재지변 등으로 사라져버리지 않는가 하는 점이었다.

'놈들의 행위를 상쇄할 만한 뭔가가 작용하고 있다는 뜻인데…… 하긴 그게 나일 수도 있겠군.'

이 '시간 이론'은 어디까지나 진한성의 가설이었다. 위원회 쪽에서도 알고 있는지는 모를 일이었다.

'주무 같은 똑똑한 녀석은 아마 눈치챘을 거야. 하지만 그러거나 말거나 어쩌라고? 하는 식으로 막무가내일 녀석들이 많아서 통제가 어려울 거다. 지살위에 한해서라면 몰라도, 이규의 등장으로 보아 천강위들까지 넘어온 게 확실하니.'

손책의 장래와 용운의 행보에 더해, 바로 이게 진한성의 세 번째 고민거리였다. 본격적인 천강위들의 등장. 물론 일대일 대결이라면, 진한성은 천강위 중 누구와 붙어도 자신이 있었다. 하지만 둘 이상이 되면 수세(守勢)가 되고 셋 이상은 답이 안 나왔다. 그런 천강위들이 무더기로 넘어왔다. 대면한 건 이규 하나뿐이지만, 서른여섯 명이 다 넘어왔다고 보는 편이 옳았다.

'놈들이 용운이를 가만 놔뒀을 리 없다. 아마 지금쯤 내 자식이라는 사실도 알아냈을 거다. 그렇다면 무턱대고 죽이기보다 붙잡아서 인질로 쓰려고 할 가능성이 높다. 하지만 만약 방해물로 규정하고 총력을 다해 없애려 든다면?'

천강위는 단순히 서른여섯 명이 아니었다. 거기에 천강위만 거느릴 수 있는 병마용군을 더해야 한다. 진한성 자신이

빼돌렸다가 이 세계로 넘어오면서 분실한 넷에, 함께 있는 이 랑까지 더해 다섯을 제외하더라도 무려 서른하나의 병마용 군이 더 있다.

'이규도 흑랑이란 녀석을 거느리고 있었지. 그런 괴물이 자그마치 예순일곱 명.'

생각만 해도 절로 한숨이 나왔다.

이랑이 진한성의 이마를 찰싹 때렸다.

"방바닥 꺼지겠어요."

"아, 인생이 왜 이렇게 고달프냐, 이랑아."

"그거야 힘든 길을 자초하시니까 그렇죠."

"매정하긴. 위로해달란 말이다."

결론은 어떻게든 용운을 빨리 만나서 경고해주고 힘을 합 쳐야 한다는 건데, 상황이 좀체 허락하질 않았다.

그때였다. 누워 있던 진한성이 눈을 빛내더니, 순식간에 천장으로 솟구쳐 올라 팔을 뻗었다. 콰득! 천장이 부서지며 누군가가 그의 손에 목을 붙잡혀 끌려나왔다. 검은 의복과 복 면으로 전신을 감싼 남자였다.

이랑이 작게 중얼거렸다.

"으아, 깜짝이야."

진한성은 스산한 목소리로 말했다.

"어쩐지 좀 전부터 뭔가 거슬린다 했더니. 누가 보냈나?"

"······!"

남자는 필사적으로 진한성의 손을 가리켰다. 숨통을 제대로 잡혀 말을 할 수 없었던 것이다.

보다 못한 이랑이 말했다.

"저, 목을 잡고 계시니까 소리를 못 내는 것 같은데요?"

"아아."

진한성이 약간 힘을 빼자, 숨을 몰아쉬며 기침하던 복면의 남자가 간신히 입을 열었다.

"저는 기주목, 진용운 님을 모시는 자입니다. 진한성 님의 행방을 찾아 접촉하라는 명을 받고 움직이는 중이었습니다."

"용운이의?"

"혹 뵙게 되면 이걸 보여드리라고 했습니다."

복면의 사내는 팔뚝에 새긴, 나비 모양의 문신을 보여주었다. 진한성이 움찔했다.

'이건 분명 내가 용운이에게 선물한 벽옥접상.'

위원회는 알 수가 없는 물건이었다. 손목 안쪽에 회의 멤버들이 새긴 별 문양과 숫자도 없었다. 그러고 보니 목을 잡을 때부터 저항하려는 기색이 전혀 느껴지지 않았다. 진한성은 경계심을 풀고 남자를 놔줬다. 애초에 공격부터 한 이유는 남자의 뛰어난 은신술 탓이었다. 누군가 쳐다보는 듯한 기분에 계속 찜찜했는데, 남자의 기척이 살짝 잡힌 것이다.

손분이 키우는 정보원들의 실력도 만만치 않았다. 그런데 이자는 그들 모두의 눈을 속인 것도 모자라 진법까지 뚫고 잠입했다. 그런 자가 몰래 지켜보고 있으니, 진한성은 영락없이 위원회의 지살위 중 한 놈이라고 여긴 것이다.

"용운이 휘하 정보 조직의 일원이오?"

"예."

"미안하게 됐소. 내가 적이 좀 많아서."

"천만의 말씀입니다."

진한성은 살짝 고개를 끄덕였다. 위원회는 이런 식으로 복잡하게 연기하는 스타일은 아니다. 또 이자에게는 성혼단원 특유의 넋 나간 눈빛이나 부자연스러운 언행도 없었다.

'정말 용운이가 보낸 사람인 것 같군. 녀석, 제법이구나. 정보의 필요성을 잘 알고 있어.'

수하의 능력만 봐도 용운의 세력이 어느 정도인지 짐작이 갔다. 그나저나 용운 또한 아버지의 건재를 알아챈 게 분명했다. 이렇게 사람을 푼 게 그 증거였다.

'하긴 내 아들이니 그 정도는 유추해냈을 테지. 본의 아니게 흔적을 좀 남기기도 했으니까.'

복면의 사내, 흑영대원이 조심스레 말을 이었다.

"뵙게 되면 반드시 모셔오라고 분부하셨습니다."

"……그 녀석은 지금 업성에 있소?"

"그렇습니다."

"날 찾아내서 여기 오기까지 시일이 얼마나 걸렸소?"

"석 달 정도 걸렸습니다."

"그렇군. 업이라……."

진한성은 주저하는 자신을 깨닫고 놀랐다.

'보통의 아버지라면 만사 제쳐놓고 아들을 보러 갔겠지. 내가 이렇게 무정한 아비였던가?'

물론 용운을 보고 싶고 또 하루빨리 봐야 했다. 한데 막상 이곳을 떠나려니 망설여졌다. 오가는 데 걸리는 시간 때문이 아니라, 일단 갔다 하면 다시는 돌아오지 못할 듯해서였다. 어찌 보면 무정해서가 아니라, 오히려 너무 정이 깊어서 벌어진 문제였다.

'책이 녀석과 공근에게는 뭐라 말해야 하나. 아들의 행방을 찾았으니 이만 헤어져야겠다고? 그랬다간 난 문대를 두 번 배신하는 꼴이 된다. 내가 스스로 한 맹세를 저버리는 거야. 그렇다고 여기 있는 사람들을 업성으로 데려갈 수도 없고…….'

흑영대원은 조급해하는 기색 없이 묵묵히 서 있었다. 진한성이 가는 곳을 따를 뿐인 이랑도 마찬가지였다.

잠시 후, 마음을 정한 진한성이 말했다.

"가서 용운이에게 전하시오. 4월 초하루에 산양에서 보자고. 그날 하루는 북쪽 성문 앞에서 종일 기다리겠다고."

"예? 하지만……."

"내게도 사정이 있어서 바로 여길 떠날 수가 없소. 이곳의
일을 정리하고 산양까지 가는 데 필요한 시간을 두 달로 잡은
거요."

"알겠습니다. 그럼 그렇게 전하겠습니다."

진한성은 흑영대원의 난처한 기색을 알아챘다. 그는 방구
석의 탁자 위에 있던 양피지에 먹으로 글씨를 써주었다.

"이걸 증표로 주면 될 거요."

흑영대원에게는 마치 암호처럼 보이는 글자였다. 내용을
모두 한글로 썼기 때문이다.

'이랑이를 제외하고 이 세계에서 한글을 자유자재로 쓸 수
있는 사람은 아마도 나와 용운이뿐. 이걸 보면 약속한 날에
나와줄 테지. 한 번 본 건 잊지 않는 녀석이니, 내 필체도 기억
할 터. 그리고 보니 용운이와 연락하기에는 한글 서신이 딱이
네.'

진한성이 쓴 내용은 이랬다.

아버지다. 바로 가지 못해서 미안하다. 4월 1일에 산양성
에서 보자.

흑영대원은 양피지를 말아서 조심스레 품에 넣었다. 그리고 진한성에게 예를 표한 후 방을 나갔다.

"여기까지 찾아오다니. 아드님의 세력이 점점 더 강성해져가는 것 같네요."

이랑의 말에 진한성이 대꾸했다.

"그래서 걱정이야."

그가 업성이 아닌 산양을 약속 장소로 정한 데는 이유가 있었다. 용운은 기주목이 되면서 나름 천하의 이목을 끄는 존재가 됐다. 대륙 전체에 암세포처럼 퍼져 있는 성혼단원들이 그에 대해 모를 리 만무했다.

'업성에는 분명 성혼단원들과 위원회의 첩자들이 쫙 깔려 있을 거다. 내가 용운이와 접촉하는 모습을 보면 놈들이 극단적인 선택을 할 수도 있어. 언젠가 반드시 놈들을 괴멸하겠지만 아직은 힘에 부친다. 최대한 은밀하게 만나야 해.'

제일 곤란한 건 천기인 시공역천을 써야 할 상황이 왔을 때였다. 시공역천의 패널티는 영향권 내의 사람 수에 비례한다. 업성에서 일이 벌어졌다가는 한순간에 미라가 되어버릴지도 몰랐다.

'그렇다고 스마트폰도 없는 이런 상황에, 막연히 야산에서 만나자고 할 수도 없으니. 아직 어떤 세력의 손에도 들어가지 않았으면서 대충 중간 지점인 산양성 앞에서 만난 다음,

인적 없는 장소로 단둘이 이동한다. 이거 참, 아들놈과 맘 편히 해후하기도 힘들군.'

이랑이 진한성에게 물었다.

"그럼 4월 1일에 산양으로 가는 거예요?"

"응. 그렇게 됐다."

"드디어 마스터의 아드님을 보겠네요."

"싸움이나 안 나면 좋겠는데 말이지⋯⋯."

그런 두 사람의 대화를 누군가 엿듣고 있었다. 흑영대원은 물론, 이랑과 진한성도 미처 눈치채지 못했다. 이 방 안에 그들 두 사람 외에 여전히 한 명이 더 있었음을. 진한성이 느낀 찜찜함은 흑영대원이 아니라 바로 그 제3의 인물 탓이었다.

그는 정확히는 방 안이 아니라 지하에 있었다. 가옥에서 수직으로 20미터 정도의 깊이였다. 지살위에 첩보 담당으로 백승과 시천이 있다면, 천강위에는 바로 이 남자가 있었다. 서열 제 21위, 천이성(天異星) 적발귀(赤髮鬼) 유당(劉唐). 적발귀라는 별명답게 피처럼 붉은색 머리카락에 날카로운 눈매를 가진 청년이었다.

백승과 시천은 첩보에 특화되어 전투력은 보잘것없었다. 반면, 유당은 지둔술(地遁術, 땅속으로 피해 숨거나 달아나는 술법)과 은신술이 장기면서도 20위권의 서열인 만큼 강력한 힘을 자랑했다. 그래도 진한성을 이길 자신은 없어서, 이렇게 지하에 숨어 정보를 캐내는 중이었다.

'4월 1일 산양성이라.'

유당의 입꼬리가 올라갔다.

'그곳이 너희 부자(父子)의 무덤이 될 것이다, 진한성.'

6

다시 번지는 전화(戰火)

진한성을 일별한 흑영대원은 단양성을 나와 외곽지역으로 향했다.

'주공께서 얼마나 애타게 찾던 분인가. 한시라도 빨리 돌아가서 서신을 전해야 한다.'

바삐 걸음을 재촉하던 흑영대원이 멈칫했다. 단양 북쪽의 무호현으로 이어지는 샛길이었다. 제법 험한 고개를 넘어야 하는 데다 겨울인지라 인적이 드물었다. 한데 그 길 가운데 한 여인이 있었다. 어깨를 덮는, 피처럼 새빨간 머리카락을 숨길 생각도 않고 버티고 서 있었다.

그때 갑자기 눈이 내리기 시작했다. 남부에서는 드문 일이었다. 높은 산속이라 기온이 낮아 벌어진 현상이다. 새하얀 눈송이가 여인의 붉은 머리 위에 내려앉았다.

"……."

딱히 대화는 오가지 않았다. 하지만 그녀를 본 순간, 흑영대원은 본능적으로 적임을 직감했다. 빨간 머리에 청바지, 항공점퍼라는 생소한 외양이 원인은 아니었다. 그녀가 온몸에서 뿜어내는 적의 때문이었다. 흑영대원이 막 비수를 꺼내들려는 차였다.

"느려. 허접하긴."

여인의 목소리가 갑자기 등 뒤에서 들려왔다. 흑영대원은 명치 부근이 타는 듯한 통증에 아래를 내려다보았다. 가슴이 쩍 갈라져 피가 뿜어져 나오고 있었다.

'어느 틈에…….'

바람 빠지는 소리를 내며 뒤를 돌아보는 그의 목덜미를, 여인이 한 손으로 붙잡았다. 그녀의 다른 손에는 진한성이 써준 서신이 들려 있었다. 흑영대원을 베고, 품 안의 서신을 빼내는 행위를 한 호흡에 해낸 것이다. 붉은 머리의 여인은 흑영대원의 복면을 벗겨내고 얼굴을 뚫어져라 바라보았다. 흑영대원의 눈이 커졌다. 그가 죽기 전 마지막으로 본 것은, 여인의 얼굴이 자신의 얼굴로 변해가는 믿기 어려운 광경이었다.

'이 기괴한 사술은…… 성혼단? 단장님(전예)께 이 소식을

전해야 하는데……'

잠시 후, 다시 원래 모습으로 돌아온 여인은 숨이 끊어진 흑영대원을 팽개쳤다.

'유라(劉螺), 처리했나?'

붉은 머리 여인의 머릿속에서 적발귀 유당의 목소리가 울려 퍼졌다. 진한성의 가옥 지하에서 염탐하던 천강위였다.

여인도 그와 마찬가지로 사념을 흘려보냈다.

'처리했지, 그럼. 내가 누군데. 빨리 와서 시신이나 파묻어 줘. 누가 보기 전에.'

'역시 내 동생답군. 기다려. 곧 갈게.'

'몬스터한테 안 걸리게 조심해.'

'걱정 마. 땅속을 통해서 갈 테니.'

일 다경(약 15분)쯤 지났을 때였다. 유라라 불린 붉은 머리 여인의 코앞에서 유당이 불쑥 솟아올랐다. 땅 밑을 통해서 왔음에도 불구하고 그의 몸에는 모래 한 톨 붙어 있지 않았다. 그의 천기, '지둔비술(地遁祕術)'의 효과였다. 지둔비술은 이름 그대로 땅속을 빠른 속도로 자유롭게 이동할 수 있는 능력이다. 또한 지하로 50미터 이내라면 바로 위쪽 지점의 소리를 훔쳐 듣는 일도 가능했다. 단, 물은 통과할 수 없다는 약점이 있었다. 그 약점을 감안해도 응용하기에 따라 강력한 천기임에는 분명했다.

유라가 유당에게 서신을 내밀었다.

"이거 뭐라고 쓴 거야? 한글 같은데. 오빠 한글 읽을 줄 알아?"

"아니."

"아나, 한글도 안 배우고 뭐했어. 21세기에선 대세였는데."

"과업 준비 때문에 바빴지. 알면서. 가만, 그러고 보니 너도 못 읽잖아! 한류에 푹 빠져 살더니. 너야말로 뭐한 거야?"

"내가 아는 단어는 오빠, 사랑해요, 이런 것들이라고. 후후, 이 시대에서 열심히 해 과업이 성공하면, 미래에는 그 오빠들 다 우리 대중화제국 신민이 되어 있겠지? 생각만 해도 뿌듯하네."

"휴, 됐다. '복제'는 했어?"

"당연하지."

유당은 널브러진 흑영대원의 시신을 힐끗 보더니, 오른손 집게와 중지를 붙여 세우곤 아래쪽을 가리키는 동작을 취했다. 그러자 시신 아래의 땅이 쑥 꺼졌다. 시신은 곧 땅속으로 빨려들어가 흔적도 없이 사라졌다.

"며칠 진한성에게 딱 들러붙은 보람이 있어서, 뜻하지 않은 고급 정보를 입수했는데. 이제 어쩐다……. 일단 송강 님께 보고해야겠지?"

유당의 말에 유라는 고개를 갸웃거렸다.

"당연하잖아. 그걸 왜 물어봐?"

"아니, 그냥……."

유당은 입을 다물었다. 그는 최근 송강의 행보에 의구심을 품고 있었다. 그가 첩보와 정보를 맡다 보니 더욱 그랬다. 유당이 의혹을 가진 부분은 크게 세 가지였다.

첫째, 왜 송강은 지살위 멤버들과 협조하지 않는가? 비록 지살위가 전투력 면에서는 천강위에 크게 못 미친다곤 하나, 유용한 능력을 보유한 인원이 많았다. 예를 들어, 신의(神醫)라 불리는 안도전만 해도 그랬다. 그녀의 서열은 56위에 불과하지만, 천재적인 의학 기술과 지식의 소유자로 반드시 필요한 인재였다. 이 시대에는 당장 외과수술을 받을 수 있는 장소조차 없었다. 안도전의 의술로 생사가 달라질 수도 있다.

또 87위의 소패왕 주통 같은 경우, 방심하면 천강위라도 그의 손에 죽을 가능성이 있었다. 공간 자체를 뜯어내는 데는 대부분의 천강위가 대책이 없기 때문이다. 지살위와 소통이 차단된 탓에, 유당은 주통이 죽었음을 아직 몰랐다.

'한 사람의 능력이라도 더 필요한 때다. 하루빨리 연락을 취해도 모자랄 판에 무시라니…….'

둘째, 과업의 핵심인 '천자' 계획에서 송강이 추대하려는 대상은 대체 누구인가? 유당이 자체적으로 입수한 정보에 의하면, 지살위의 총수 격인 주무는 여포를 왕 후보자로 삼은 듯했다. 유당이 생각하기에 여포라면 나쁘지 않았다. 단순한 성격에 강력한 무력의 소유자였다. 주무 정도의 인재가 적당히 이끌어준다면 천하통일이 십 수 년은 빨라질지도 몰랐다.

'송강 님이 익주의 유언을 꼭두각시로 삼은 것까진 이해가 간다. 익주는 천하의 중심에서 한 발 비켜나 있으면서도 물자가 풍부하고 천혜의 요새가 될 수 있어 천강위들의 보금자리로 적합하니까. 게다가 유언이라면 역사적인 영향력도 비교적 작은 편이니 반동도 작을 테지.'

문제는 그 과정 및 그 후였다.

'그러나 굳이 오두미도를 멸절할 이유가 있었나? 그로 인해 중화 정신세계의 큰 부분을 차지할 도교는, 앞으로 발전 방향이 불투명해져버렸다. 게다가 유비에 조조, 원소, 거기다 최근에는 형주의 유표에게까지 천강위의 핵심 멤버들을 파견하여 지원하는 중이다. 왕으로서의 적합성과 자격을 파악하기 위해서라기엔 너무도 위험하다. 자칫 형제들끼리 싸우게 될 수도 있으니까. 설마 송강 님은 그 군웅 중 최후에 남은 자를 왕으로 택하려는 생각인 건가? 마치 고독처럼?'

'고독(蠱毒)'이란 고대 주술의 일종이었다. 온갖 독충과 독을 가진 동물을 한 항아리(혹은 구덩이)에 넣은 뒤 먹이를 주지 않으면 서로 잡아먹기 시작한다. 시일이 지난 후, 최후에 남은 개체로부터 얻은 독을 고독이라 했다. 독의 정수인 만큼 해독이 불가능한 맹독이었다.

'하지만 그렇게 얻은 왕이, 마치 고독처럼 독기만 남은 상태가 되어버린다면……'

천하는 순식간에 지옥이 될 것이다. 생각만 해도 끔찍한 일이었다.

유당이 품은 마지막 의문은 바로 인선 문제였다. 천강위에는 작전에 파견해도 될 인물이 있고 안 될 인물이 있었다. 그 기준은 중요성과 위험성 등으로 정해졌다.

오용은 실질적인 천강위의 두뇌로, 다른 세력에 보낼 대상이 아니었다. 파견 사원은 어느 정도 능력이 있어야 하겠지만, 그렇다고 기업의 연구소장을 보내진 않는다. 또 원소에게 붙인 동평과 삭초, 호연작, 임충 역시 그런 식으로 써서는 안 될 사람들이었다. 닭 잡는 데 소 잡는 칼을 쓰는 격이라고 할까. 원소의 무력이 달려서였다면, 천강위 말단의 해진, 해보 형제 정도로도 충분했다. 반대로, 이규는 언제 어디서 사고를 칠지 몰라 특정 세력에 붙이기 어려운 경우였다.

'무엇보다 역사적으로 멸망이 예정된 원소 세력에 지나치게 힘을 실어주는 게 찜찜해.'

이는 마치…….

'송강 님 자신에게 방해될 만한 인물들만 골라서 내보낸

것 같다.'

생각을 정리하던 유당은 한 가지 결심을 했다. 이번에 얻은 정보를, 송강에게 보고하기 전에 다른 누군가에게 먼저 알리자는 것이었다. 그 대상은 바로 회의 2인자이자, 무력으로만 따지면 최강자인 천강위 서열 2위, 노준의였다.

192년 2월, 관도현.

업성은 용운이 내놓은 임무를 수행하느라 분주했다. 그런 가운데 장료는 묵묵히 관도성을 지키고 있었다. 그저 병사를 주둔해놓기만 한 게 아니었다. 장료의 머릿속에서 매일 재생되다시피 하는 장면이 있었다. 바로 용운이 장료 자신을 밀어내고 임충의 검기를 대신 받아내준 순간이었다.

'부끄럽다.'

장료는 그때가 감격스러우면서도 수치스러웠다. 목숨을 걸고 지켜야 할 주군에게서 구원받았다. 그게 다 자신이 약해서라고 생각했다. 이에 장료는 오전에는 개인 무예 수련을, 오후에는 병사들을 이끌고 부대 훈련을 했다. 관도성 방어를 맡은 이래, 꼬박 석 달을 비가 오나 눈이 오나 단 하루도 빼먹지 않았다. 당연히 설렁설렁한 수련이 아니었다. 드물긴 했지만, 혹독한 수련을 못 이겨 탈주하는 병사도 나왔다. 용운군 병사들의 충성도를 감안할 때 놀랍기 짝이 없는 일이었다.

그러나 병사들과 함께 하는 수련은, 장료의 개인 수련에 비하면 애들 장난에 불과했다. 장료는 보는 사람이 겁날 정도로 자신을 혹독하게 몰아붙였다.

그 무렵, 한 청년이 관도성을 찾아왔다. 형형한 눈빛에, 턱에만 짧은 수염을 기르고 등에는 큰 활을 멘 자였다.

"진용운 님의 가신인 장문원 장군이 관도현을 다스리고 있다 들었소. 날 그분께 데려다주시오."

병사들은 청년의 기백이 예사롭지 않자, 그를 장료에게 데려갔다. 장료는 임시로 마련된 지휘관실에서 청년을 맞이했다.

청년은 정중히 포권을 취하며 말했다.

"여건(呂虔)이라 합니다. 자는 자각(子恪)을 씁니다. 나이는 올해로 스물이 되었습니다. 진용운 님을 모시고 싶어 이렇게 찾아왔습니다."

청년의 말에 장료가 물었다.

"고향이 어딥니까?"

"임성국의 시골입니다."

"그렇다면 진류와도 가까운데, 진류성을 점령한 여포가 아니라 주공을 택한 이유가 있습니까?"

청년은 단호한 투로 말했다.

"동탁의 수하로 온갖 악행을 저지른 여포 따위를 주인으로 모실 생각은 없습니다. 일 때문에 복양성에 자주 들르는

데, 얼마 전부터 성주인 왕굉 님보다 진용운 님에 대한 칭송이 더 자주 들리기 시작했습니다. 그래서 흥미가 생겨 조사해본 결과, 그분이야말로 제가 모실 주군이라는 확신이 섰습니다."

용운을 칭찬하는 말에 장료의 기분이 좋아졌다.

"그럼 바로 복양성으로 가셨어도 될 터인데."

"이곳 관도현은 언제 원소군이 들이칠지 모른다고 들었습니다. 저는 어디까지나 무인. 제 능력을 바로 발휘할 수 있고 증명할 수 있는 무대가 낫다고 생각했습니다."

장료는 여건이라는 청년의 호기가 싫지 않았다. 그가 부드러운 투로 여건에게 말했다.

"특기가 뭡니까? 기마술? 검술? 제일 적합한 부대에 배치하도록 하겠습니다."

"활 솜씨가 쓸 만합니다."

등의 활을 보고 예상하긴 했다. 겉멋으로 든 게 아니라, 반들반들하고 손때가 묻은 활대가 얼마나 많이 써왔는지 짐작하게 했다. 그러나 일반병부터 올라가지 않고 적당한 직책을 맡기려면 그만한 이유가 필요했다. 청년 또한 단순히 병사로 입대하려고 여기까지 찾아온 건 아닐 터였다.

"지금 한번 보여줄 수 있겠습니까?"

장료의 요청에 여건은 망설임 없이 일어서서 성벽 가장자리로 다가갔다. 마침 성문을 지키는 보초병이 꾸벅꾸벅 졸고 있었다. 여건은 그를 가리키며 말했다.

"저자의 투구 술 끝을 맞혀보겠습니다."

장료는 조는 병사를 보자 무안해졌다. 준전시에 보초병의 근무 태만은 사형감이었다. 하지만 관도성의 병사들은 원소군과의 전투를 경험했으며 장료가 직접 조련한 정예들이었다. 가뜩이나 오천밖에 없는 병력이었다. 군법 집행은 단호해야 마땅하지만, 이런 일로 소중한 전력을 잃긴 아깝기도 했다.

"연일 혹독한 훈련을 하는 중이라 피곤했나 봅니다."

장료의 변명에 여건은 과하지 않게 싱긋 웃었다.

"알고 있습니다. 여기까지 오는 동안 접한 병사들만 해도 군기가 엄정하더군요. 그래서 투구의 술을 쏴서 주의만 주려는 것입니다."

"흐음. 그렇습니까."

장료는 여건의 조치가 적절하다고 생각했다. 자신의 실력을 증명함과 동시에, 병사를 향한 경고의 의미도 된다. 또 만약 실수로 병사를 맞혀 죽거나 다치게 하는 불행한 사태가 일어나도 뒤탈이 적었다. 문제의 병사는 이미 군법을 엄격히 적용할 경우 사형에 준하는 죄를 지었기 때문이다.

'힘만 센 무인이 아니라 머리도 영리한 자로군. 그래도 이왕이면 병사를 안 다치게 했으면 좋겠구나.'

장료가 지켜보는 가운데, 여건은 시위에 활을 얹고 병사를 겨냥했다. 조는 모습을 알아볼 수 있을 정도이니 엄청나게 먼 거리는 아니었다. 하지만 절대 쉬운 표적도 아니었는데, 병사가 머리를 꾸벅거리며 조는 탓에 과녁이 계속 움직였기 때문이다. 투구에 달린 엄지손가락만 한 술을 적중시키기는커녕 머리를 맞히기도 어려워 보였다.

여건은 신중했으나 긴장하지는 않았다. 그가 두 호흡 정도 숨을 쉰 후, 풋! 하는 소리와 함께 화살을 날렸다. 화살은 조는 병사의 투구 술을 정확히 맞혔다. 고개를 끄덕거리던 병사는 갑자기 투구가 벗겨지자 소스라치게 놀라 깨어났다. 화살은 술을 관통하여 성문에 박혀버렸다.

장료는 병사가 혼비백산하는 모습에 폭소했다.

"잠은 확실히 깼겠습니다. 훌륭한 솜씨입니다."

"과찬이십니다."

이후, 장료는 여건과 더불어 전투와 병법, 용병술 등에 대해 한동안 얘길 나눴다. 그 결과 매우 흡족해하며 일단 자신의 부장으로 임명했다. 뛰어난 궁술에, 활뿐만 아니라 검도 곧잘 쓰고 병법에 대한 조예도 있었다. 역시 말단 병사부터 시작하게 할 그릇이 아니었다.

"관직은 주공께서 내려주실 겁니다. 바로 서신을 보내 알리도록 하겠습니다."

"감사합니다. 그리고 이제 제 직속상관이시니 말씀 편하

게 하십시오."

"하하, 알겠네. 앞으로 많이 도와주게."

장료는 든든한 부장의 임관에 한시름 던 기분이었다. 물론 실전을 겪어봐야 정확한 능력을 알겠지만, 그래도 어느 정도 믿고 일을 맡길 만한 사람이 생긴 것이다.

여건은 정사에서 조조의 가신이 되는 인물이다. 190년대 조조가 연주에 머무를 당시, 종사(從事, 후한시대 삼공과 주, 군의 장관들이 임명한 수하의 많은 벼슬)로서 임관했다. 여건이 대담하며 책략도 겸비한 자라는 평을 듣고 조조가 그를 거둔 것이다.

여건은 195년, 복양 전투에 참가하여 연주성을 지키던 여포의 부하 설란을 활로 쏘아 죽이는 공을 세웠다. 그 후 태산태수가 되었는데, 태산군은 산(태산)과 바다(동해)가 인접한 지역이었다. 천하가 혼란스러워지자 수많은 유민이 흘러들어온 데다, 원소의 수하인 곽조와 공손독이 무리를 이끌고 태산 주변에서 분탕질을 자행해 백성의 괴로움이 극에 달해 있었다.

여건은 태산군에 부임해, 무력이 아닌 신의와 은혜를 베풀어 곽조 무리를 항복시켰다. 그가 무장으로서만이 아니라 정치가의 소질도 있다는 사실을 알 수 있는 부분이다. 또 하후연과 함께 제남의 황건적 잔당을 격파하기도 했다. 수십 번의 싸움을 치른 끝에 얻은 황건적의 수급과 포로가 수천에 달했다.

여건은 조조가 병력을 이끌고 동래(東萊)의 큰 도적인 '이조(李条)'를 토벌할 때도 종군하여 공을 세웠다. 이에 조조가 다음과 같이 극찬하였다.

"뜻을 품고 그것을 실현하는 일이 열사의 염원이 아닌가. 경은 군(郡)을 관리하는 임무를 맡은 이래 악인을 체포하고, 폭도를 토벌했으며 백성을 안심시켜왔다. 몸소 시석(矢石)을 뚫는 위험과 수고로움을 마다하지 않았으며 정벌에 나서면 신속히 승리를 거두었다. 옛적 구순(寇恂, 후한 초대 황제인 광무제의 공신으로, 병략과 내정, 외교에도 능했던 인재)은 여(汝)·영(潁)지방에서 이름이 드높았고, 경엄(耿弇, 광무제의 공신이자 명장)은 청(青)·연(兗) 지방에서 방책을 세웠다. 지금 경의 모습이 그때와 같지 않은가."

조조는 여건의 무재(茂才)도 인정해, 태수직은 이전과 같이 맡고 기도위(騎都尉) 관직을 겸하게 했다. 여건이 태산태수로 재직한 지 십 수 년간 그 위엄과 은혜가 이루 말할 수 없었다고 한다. 이후 조조의 손자인 조예 대까지 위나라를 섬겨 만년정후에 봉해졌다. 조조, 조비, 조예 삼대를 모신 공신인 셈이다. 한데 여건이 출사할 시기가 되었을 때 공교롭게도 조조는 연주에서 쫓겨나 진규에게 의탁했다. 이에 원래대로라면 조조를 찾아갔을 여건이 주인으로 용운을 택한 것이다. 순욱, 곽가에 이어 여건이라는 인재까지 잃은 조조의 세력은 자연히 정체되어 있었다. 이는 이미 벌어진 수많은 비틀림 중 하나에 불과했다.

한편, 남피의 원소는 원소대로 절치부심했다. 그는 자신이 용운을 너무 얕봤음을 인정했다. 결국, 탁군을 떨어뜨리지도, 복양성을 함락시키지도 못했다. 괜히 수만에 달하는 병사와 상장 안량만 잃은 것이다.

곽도는 기회를 놓치지 않고 순심을 모함했다.

"이게 다 우약(순심의 자)이 무리한 책략을 내놓아 주공을 현혹한 탓입니다. 또 조금의 망설임도 없던 진용운의 빠른 대처도 의문스럽습니다. 순심의 아우인 순욱이 진용운 세력에서 중요한 지위를 차지하고 있으니, 그리로 누설되지 않았다고 누가 장담하겠습니까?"

순심은 어이가 없어서 대꾸조차 하지 않았다. 그가 생각하는 패배의 원인은 한 가지였다.

'진용운의 저력이 생각 이상이었다. 난 상대의 힘을 파악하는 데 실패한 것이다. 문약(순욱) 녀석, 설마 그걸 알고 진용운을 택한 것인가? 아니면 그새 문약이 진용운을 성장시킨 건가?'

한동안 생각하던 원소가 무거운 어조로 말했다.

"우약은 이번 전투에서 제외하겠소. 잠시 자택에서 휴양

하시오."

말이 휴양이지, 사실은 근신이었다. 순심은 차라리 홀가분한 기분이 들었다. 틀어박혀 설욕할 방법을 모색해보는 것도 나쁘지 않으리라.

"명 받들겠습니다."

순심은 허리를 깊이 숙여 보이고 물러났다.

원소가 언급한 '이번 전투'란, 바로 관도 전격전(電擊戰, 신속한 움직임과 기습으로 일거에 적진을 돌파하는 작전)이었다. 물론, 전격전이라는 용어 자체는 1930년대가 돼서야 쓰이기 시작했으니 원소의 책사들이 입에 올린 것은 아니다. 그런 개념의 전투를 계획하고 있다는 것이다. 한마디로 강습이라고나 할까.

손해를 본 채 전투가 끝나버리면, 시간이 갈수록 그 차이를 메우기가 힘들어진다. 이에 원소의 책사 중 한 사람인 신평(辛評)이 관도 강습을 최초로 제안했다. 신년 연례회의에서였다.

신평, 자는 중치(仲治)를 썼다. 예주 영천 사람이며 191년 무렵부터 동생인 신비(辛毗)와 더불어 원소를 섬겼다. 곽가와는 같은 현, 곽도 및 순심, 순욱과는 같은 군 출신이었다. 역사상에서는 서기 200년, 원소가 관도에서 조조에게 대패한 후부터 전면에 나섰다. 원소 사후, 곽도와 손잡고 원소의 장남 원담을 후계자로 내세워, 삼남 원상을 지지하던 심배, 봉기와 대립하였다. 원담이 원상에게 대패한 후부터는 사서에 등장하지 않는다.

하지만 이 세계에서는 예정보다 몇 년 앞서, 뜻밖의 상황에 두각을 드러내고 있었다.

"듣기로 진용운은 직접 군사를 일으켜 복양성을 구원하고 돌아왔다고 합니다. 관도 전투 이후 쉴 틈 없이 연이어 전투를 치른 셈입니다. 그러면서 복양에 또 군사와 장수를 남겼고 장합은 부상에서 완전히 회복하지 못했습니다. 가장 아끼는 장수인 조자룡 또한 행방불명이라 하니, 지금 관도는 장료라는 애송이가 오천여의 병사로 지키고 있을 뿐입니다."

신평은 특유의 조곤조곤한 말투로 용운이 처한 상황을 설명했다. 바로, 전투 피로와 장수의 부족이었다.

신평의 말을 듣던 원소가 봉기를 보았다. 봉기는 옳다는 뜻으로 고개를 끄덕였다.

신평이 계속 말을 이었다.

"반면 아군은 지난번 전투에서 패배하긴 했으나 여전히 물자와 병력은 충분합니다. 문추 장군 또한 건재하니, 그에게 몇 만의 군사를 주어 관도현을 공격하게 한다면 탈환하고도 남을 것입니다."

원소가 마음에 걸리는 부분을 언급했다.

"진용운에게는 장합, 조운 외에도 검후와 사린이라는 장수가 있지 않은가."

사린이 안량을 단숨에 때려죽인 사건은, 여인인 데다 어려 보이는 그녀의 외모에 안량이 방심한 탓으로 치부되었다. 그게 아니고서는 상식적으로 도저히 설명할 수가 없었기 때문이다. 그래도 두 여인에 대한 경계심은 남았다. 불운이든 방심이든, 안량이 사린의 손에 죽은 건 사실이었으니까. 사린은 원하던 대로 이름을 알린 셈이었다.

"그리고 지난번에 활약한 임충은 부상이 심각하여 아직 싸울 수 있는 상태가 아니고 호연작은……."

말하던 원소가 자기도 모르게 눈살을 찌푸렸다. 최근에 호연작에게 봉변을 당한 기억이 떠올라서였다.

패배의 충격을 완화하려면 영웅이 필요했다. 그 대상으로 떠오른 게 임충과 호연작이었다. 원소는 두 사람을 치하하기 위해, 다쳐서 누운 임충 대신 호연작을 불렀다. 그런데 눈앞에서 그녀를 보자 더럭 음심이 일었다. 딱히 미인의 기준에 부합하는 외모는 아니었다. 그러나 이 시대의 여인들에게는 드문 티 하나 없이 하얀 피부, 거기다 무릎 아래가 훤히 드러나는 치마에 이국적인 동그란 눈 등이 그를 자극한 것이다. 원소는 나름 점잖은 말로 수청 들길 권유했다.

"경은 무예만 뛰어난 게 아니라, 자태도 심히 아름답구나. 오늘 밤 내 침소에 들지 않겠는가?"

일부 신하들의 표정이 굳었으나, 이는 때와 장소가 적합하지 않다고 생각해서이지 원소의 요구가 부당하다 여겨서는 아니었다. 여인의 인권은 없다시피 한 시대였다. 가신들이 예상하기에, 그럼에도 원소는 분명 호연작을 아껴줄 터였다. 독특한 외모에 더해 무력도 엄청난, 희소성 있는 여자니까.

그럼 호연작은 자연히 원소 진영에서 기반을 단단히 다질 수 있으리라. 그러다 아들이라도 하나 낳으면 후계자 자리까지 노려봄 직했다. 한마디로, 호연작에게 좋으면 좋았지 나쁠 게 없는 제안이었다.

하지만 그녀의 반응은 가신들의 예상과 사뭇 달랐다.

"뭐라고요?"

고개를 갸웃한 호연작은 별안간 성큼성큼 원소에게로 걸어갔다. 갑작스레 벌어진 일이라 신하들은 모두 멍하니 바라보고만 있었다. 원소의 코앞에 선 호연작이 철편을 그의 미간에 겨누고 말했다.

"헐, 대박. 어쩔……. 방금 뭐라고 씨부리셨어요?"

"뭐, 뭔가! 이게 무슨 짓……."

"님, 죽을래요?"

발끈한 원소는 호연작의 눈을 마주 보았다. 순간, 숨이 턱 막히고 전신이 공포에 굳었다. 분명 겉보기에는 여전히 사랑스러운 동그란 눈이었다. 그러나 거기 담긴 것은 말로 형언하기 어려운 어떤 존재였다. 스멀스멀. 귀여운 여인의 형상 뒤로, 통제 불가능한 야수의 그림자가 피어올랐다.

"감히!"

"저 계집을 붙잡아라!"

경악한 신하들이 뒤늦게 외쳐댔다. 그 소리에 근위병들이 대전으로 몰려왔다.

호연작은 원소의 귀에 대고 속삭였다.

"아, 짜증. 임충 아저씨가 좀 걸리긴 하지만, 댁이 나한테 뭘 요구했는지 말해주면 백퍼 이해해줄 듯. 그러니까 그냥 다 집어치울까요? 이 자리에 있는 놈들 전부 때려죽인 뒤에."

원소는 그녀가 충분히 그럴 수 있으리라 확신했다. 이는 어떤 육감 같은 것이었다. 그는 힘을 다해 목소리를 쥐어짰다.

"멈…… 춰라! 나도, 호연 공도 농을 한 것이다. 그러니 경거망동하지 마라!"

차갑게 가라앉아 있던 호연작의 눈동자에 약간 감탄하는 빛이 떠올랐다.

'내 살기를 극복했어? 영웅은 영웅이라 이건가.'

이어서 원소는 작은 목소리로, 그러나 비굴하지 않게 말했다.

"미안하게 됐네. 그러니 이쯤 하세나. 어차피 그대도 다친 동료까지 있는 터에, 나의 십만 군세를 다 헤치고 나갈 순 없을 테니."

호연작도 말은 그렇게 했지만, 마냥 멋대로 굴 수 있는 처지는 아니었다. 원소의 병력 때문이 아니라 송강의 명령이 있어서였다. 그녀는 그 정도에서 원소의 체면을 봐주기로 하고 물러났다. 대신, 그 후로 일절 모습을 보이지 않고 있었다.

원소는 호연작이 은둔해버렸다고 생각했지만, 사실은 병마용군 백금을 졸라 주변으로 놀러 다니는 중이었다. 강대한 힘을 손에 넣었어도 그녀의 정신은 원래 나이인 열여덟 살에서 더 성장하지 못했다.

원소의 말을 듣던 봉기가 신평을 거들고 나섰다. 그가 보기에, 진용운과 재차 싸우기에는 분명 불안요소가 있었다. 하지만 봉기는 원소가 여기서 더 위축되는 게 장기적으로 손해라고 판단했다. 사람의 그릇은 한번 굳어지면 더 커지기 어렵다. 오직 깨지는 일만 남아 있을 뿐.

"그래도 우리에게는 문추 장군뿐만 아니라, 동평과 삭초 장군도 있습니다. 비록 유주목의 개입으로 탁성을 점령하진 못했으나 삭초 장군은 추정을, 동평은 적장 노식을 베는 등 활약이 대단했다고 합니다. 그 세 사람이면 충분할 것입니다."

비로소 원소의 표정이 조금 밝아졌다.

"그렇군. 그들이 있었지."

이외에도 대체로 주전파의 의견이 우세했다.

원소는 마침내 결심하고 명을 내렸다.

"문추를 정벌군 총사령관 겸 파로장군에, 동평과 삭초를 각각 충의교위와 유림교위에 임명하겠소. 또 총군사로 원도(봉기) 공을, 부군사로는 중치(신평)와 좌치(신비)를 임명하오. 문추에게는 기병 이만을, 동평과 삭초에게는 오천씩의 보병을 주어 관도현을 치게 하시오."

가신들은 일제히 허리를 굽혔다.

"관도현을 탈환하여 주공의 위엄이 하북을 울릴 것입니다."

일단 관도를 신속히 점령한 후, 그곳을 전진기지로 삼는다. 그런 뒤에 순차적으로 대군을 투입하여 업을 완전히 짓밟으려는 게 원소의 구상이었다.

며칠 후, 남피성을 은밀히 빠져나오는 인영이 있었다. 평범한 외모의 장한이었다. 차림새로 봐선 사냥꾼으로 보였다. 그는 성문을 나오자마자 근처의 촌락에서 말 한 필을 구한 뒤 달리기 시작했다. 그는 잠도 제대로 안 자고 말을 몰아댔다. 말이 지치면 도중에 들르는 마을에서 새로운 놈으로 바꿔 탔다. 그렇게 달린 장한은 사흘 만에 관도성에 닿았다.

"멈춰라!"

"어디서 오는 자인가?"

창을 내밀고 앞을 막아서는 병사들에게, 장한은 다급히 품 속의 패를 꺼내 보였다. 흑영대를 상징하는 패. 그중에서도 시급을 다투는 상황임을 의미하는 패였다. 병사들은 두말없이 길을 열었다.

여건은 관도성의 병사 중 활을 잘 다루는 인원을 뽑아 궁병대를 만드는 일을 하는 중이었다. 비록 전 병력이 오천에 불과하나, 그가 생각하기에 궁병대는 반드시 필요했다.

'수백의 궁병대가 생기는 것만으로도 전술의 다양화를 꾀할 수 있다.'

약관의 여건이 새 지휘관으로 오자, 처음에는 병사들 사이에 작은 불만이 일었다. 하지만 그의 열정적인 지도와 활 솜씨, 또 병사들을 격의 없이 대하는 태도에 차츰 마음을 열고 있었다.

"장삼, 턱을 좀 더 당기게. 이용, 자네는 손가락 끝에 더 힘을 주고. 활대가 흔들리지 않나."

여건이 궁병대 후보인 병사들을 일렬로 세우고 한창 궁술을 가르칠 때였다. 전령이 달려와 그에게 말했다.

"자각 님, 문원 장군께서 찾으십니다. 지금 바로 지휘관실로 오시라는 명입니다."

"알겠네."

여건은 장료의 부름에 대충 무슨 일인지 직감했다.

'싸울 때가 온 모양이구나.'

아직 완전히 꺼지지 않은 전쟁의 불꽃은 다시금 타올라 관도로 옮겨붙으려는 형세였다. 단 오천의 병력만을 거느리고 관도성에 의지한 장료에게, 문추가 지휘하는 삼만의 대군, 그것도 부장으로 천강위의 동평과 삭초가 포함된 병력이 다가오고 있었다.

7

불안한 기류

장료의 부름을 받은 여건은 지휘관실로 향했다.

"문원 님, 여 부장입니다."

"들어오게."

장료는 무표정한 얼굴로 서 있었다. 그가 아무 감정이 담기지 않은 어조로 말했다.

"남피의 정보원으로부터 급보가 왔네. 원소가 이곳, 관도를 목표로 다시 군을 일으켰다는군."

"그렇습니까."

"지휘관은 문추. 병력의 규모는 대략 삼만 정도라고 하네.

우리 군의 여섯 배인 셈이지. 강행군해서 최대한 빨리 관도성을 점령하는 게 저들의 목적이라네."

"지난번 패전을 만회하고 싶은가 봅니다. 문추가 기병대장이긴 하나 삼만이 다 기병일 리는 없고 그 인원이라면 필연적으로 소모되는 시간이 있습니다. 너무 조급해하지 마시고 준비하시지요."

여건의 목소리는 평소와 조금도 다르지 않았다. 이에 장료가 갑자기 박장대소를 했다.

"하하! 자각(여건의 자), 자네도 참 간이 배 밖으로 나온 위인이로군. 두렵지 않은가?"

"원소가 이곳을 다시 칠 것이라 예상하고 찾아온 몸입니다. 두려웠다면 애초에 왜 그랬겠습니까?"

"좋아. 겁을 먹으면 머리도, 몸도 굳게 마련이지. 안심하고 자네에게 지휘를 맡길 수 있겠어."

"예?"

이후부터 장료는 빠르게 움직였다. 일단, 제일 먼저 업으로 파발을 보냈다. 원소의 관도현 침공을 알리는 내용이었다. 그리고 오천의 병력 중 특별히 힘세고 날랜 병사 오백을 뽑아 연병장에 모았다. 장료는 그렇게 뽑은 결사대 앞에서 연설을 했다.

"솔직히 말하겠다. 너희 오백 명은 내가 직접 지휘하여 가장 위험한 적진 한가운데로 뛰어들 것이다."

결사대는 숨도 크게 쉬지 않고 그의 말을 듣고 있었다.

"살아남는다면 바로 승진하고 은상을 내릴 것이다. 또 설령 운이 없어 죽는다 해도, 우리의 주공께서 남은 가족들을 어찌 돌보시는지 다들 잘 알 것이다. 만일 이곳이 무너지면 다음은 곧장 업성이다. 원소의 대군이 업성에 들이닥치면 그대들뿐만 아니라 성에 남겨둔 가족과 친인들까지 위태로워진다. 뒷일은 접어두고 온 힘을 다해 싸우자. 내게서 등 돌리고 달아나지 않으며 죽음을 마주 보는 자야말로 살아남게 될 것이다."

누군가 한 사람이 격정에 찬 소리로 외쳤다.

"달아나지 않습니다!"

연이어 다른 목소리들이 그 뒤를 따랐다.

"절대, 장군님을 버리고 달아나지 않습니다."

"진용운 님을 위해, 업성의 가족을 위해 싸우겠습니다."

"원소의 군사들은 결코 관도성을 지나가지 못할 것입니다!"

장료는 고개를 끄덕이며 주먹을 힘껏 들어올렸다. 우레 같은 함성이 연병장을 가득 채웠다. 여건도 어느새 군사들과 함께 정신없이 소리 지르고 있었다. 자신과 예닐곱 살 차이밖에 나지 않는 젊은 장군이 유난히 커 보였다.

장료가 여건과 대화하던 시각.

용운은 아침 일찍부터 길을 나서려는 참이었다. 보안 처리한 전화기나 암호화된 이메일로 즉각 정보를 전달하는 현대의 군(軍)에서는 생기기 어려운 엇갈림이었다. 아무리 세작을 쓰고 책사들이 머리를 맞대도, 이 시대의 정보 수집에는 어쩔 수 없는 한계가 있었다. 그중 가장 뒤처지는 부분이 정보 전달의 신속성 면이었다.

아직 전서구(傳書鳩, 간단한 편지를 매달아 통신에 이용하는 훈련된 비둘기)조차 이용하지 않던 시대였다. 봉화는 거리와 내용 전달에 제한이 있으니 결국 사람이 직접 전하는 방법뿐인데, 비교적 가까운 곳이라 해도 반나절은 꼬박 걸렸다. 하물며 타군 정도 되면 이틀, 사흘은 예사였다.

"주공, 정말 괜찮으시겠습니까? 굳이 직접 가실 것까지야……."

순욱이 걱정스러운 표정으로 말했다.

용운은 단호한 투로 대답했다.

"아뇨, 하마터면 큰 실수를 할 뻔했습니다. 여러분을 못 믿어서가 아니라, 이 일은 반드시 제가 직접 해야 합니다."

이 일이란 유주목 유우를 찾아가 동맹을 맺고 우의를 다지는 임무였다. 원래 용운은 진림이나 최염 등 적당한 사람을 사신으로 보내려 했다. 그러나 뭔가 계속 마음에 걸려 고민하던 중 문득 입장을 바꿔 생각해보았다.

'유우는 한 황실의 황족이며 그중에서도 특별히 명망이 높은 인물이다. 그런 사람이, 유주 지역인 탁군을 무단으로 점령했던 나의 요청에 응하여 원군을 보내주었다. 안타깝게 조금 늦어서 노식을 구하진 못했지만, 그 덕에 북쪽에서 문추의 대군이 압박해 내려오는 사태는 막을 수 있었다. 한데 그 보답으로 아직 현령이나 종사 급에 불과한 가신을 보낸다? 설령 유우가 그런 것에 개의치 않는 성품이라 해도, 그를 진심으로 존경하는 가신들은 큰 결례라 여길 것이다.'

그런 분위기에서 과연 동맹 성립이 가능하겠는가. 용운이 왕굉의 마음을 단번에 사로잡은 것 또한, 자신이 직접 나선 덕이었다. 또 탁군을 거쳐 지나가며 탁군과 탁현, 누상촌의 백성들을 직접 보고 사죄하고픈 마음도 있었다. 탁군은 용운에게 의미가 깊은 곳이었다. 누상촌의 한 저택에서 지금의 가신들에게 처음으로 충성을 맹세받지 않았던가.

무리하게 통치하에 넣은 주제에, 미숙한 외교술로 전쟁터로 만들었다. 노식이 이끌던 병력의 상당수는 당연히 그곳의 백성들이었을 터. 많은 희생자가 났을 것이다. 하지만 이제 그들을 돌봐주기조차 어려워졌다. 용운은 그런 것들이 마음에 걸렸다. 그리고 중요한 사실, 또 한 가지.

'공손찬이 갑작스럽게 죽었으니, 그가 다스리던 동북평은 공백 상태가 됐다. 공손찬의 아들이나 동생들이 건재했다면 후계자가 됐겠지만, 듣기로 하내에 닿았을 무렵에는 일족 모두를 동원하다시피 한 상태였다고 한다.'

손견과의 싸움 끝에 원소의 추격까지 뿌리쳐야 했으니 어쩔 수 없었으리라. 그러나 그 상태에서 여포에게 붙잡히는 바람에 일족이 몰살하는 빌미를 제공하고 말았다. 공손찬의 공식적인 죄명은 칭제에 따른 역모. 삼족을 멸할 수 있는 죄였다.

용운은 공손찬이 여포의 손에 죽었다는 소식을 듣고 어안이 벙벙했다. 안 그래도 그의 구원 요청을 받고 고민하던 차였다. 이제 도우려 해도 그러지 못하게 됐다. 그리고 새삼 오싹할 정도로 실감했다. 자신의 개입이 본래 역사와는 전혀 다른 결과를 만들어내고 있음을. 애초에 용운이 공손찬을 반동탁연합군의 수장으로 만들지 않았다면, 그가 낙양에서 옥새를 입수할 일도 없었고, 결국 여포의 손에 죽을 일도 없었다. 하지만 이제는 그 또한 지나간 역사였다.

'동요할 것 없어. 어차피 199년이면 죽을 사람이었다. 좀 많이 앞당겨지긴 했지만⋯⋯.'

용운은 애써 마음을 다스렸다.

아무튼 이제 그로 인해 새로운 문제가 생겼다. 유우와 공손찬의 불화는 유명했다. 그러니 유우가 주인 잃은 동북평을 자기 통치하에 넣어버릴 가능성이 커져버렸다. 원래도 동북평은 유주에 속했다. 공손찬이 유우를 따르지 않고 무시하다시피 했을 뿐이다.

'원래 역사에서는 공손찬이 유우와 전투를 벌인 끝에 그를 사로잡아 황제를 칭했다고 무고하여 죽이기까지 했으니. 그런 뒤에 유주를 차지했지.'

이제 동북평에 벌어질 수 있는 일은 대충 세 가지 정도였다. 첫 번째는 유우가 직접 동북평을 다스리는 것이다. 용운에게는 제일 괜찮은 결과였다. 두 번째는 황실에서 신임 북평태수를 파견하는 경우다. 황실에 충성하는 유우는 순순히 받아들일 것이다. 이때는 어떤 사람이 오느냐에 따라 상황이 달라질 수 있었다. 마지막 세 번째는 공손찬의 가신 중 누군가가 스스로 동북평의 주인이 되어 세력을 일으키는 것이다. 최측근이자 참모였던 관정은 그럴 사람은 아니었다. 문득 용운의 뇌리에 한 사람이 떠올랐다.

'왕문.'

분명 공손찬이 반동탁연합군에 참가하려고 진군했을 때, 왕문을 동북평에 남겨 방어하게 했다. 이제 공손찬이 죽었으니 고양이에게 생선가게를 맡겨놓은 꼴이 됐다. 정사에서 왕문은 원소에게 투항하여, 공손찬의 세력 아래 있던 유주 천주현(泉州縣)을 공격했다. 그때 천주현을 다스리던 사람이 바로 전예였다. 전예는 성벽에 올라 왕문에게 준엄하게 말했다.

"그대는 공손가의 은혜를 입고서도 떠났으나, 그때는 부득이한 사정이 있으리라 생각했소. 한데 이제 적이 되어 돌아와 공격하니, 한낱 배신자에 지나지 않음을 알겠소. 보잘것없는 지혜를 가진 자라도 자기 것은 아까워할 줄 알며 쉽게 내주지 않는 법이니, 이곳을 맡은 나는 최선을 다해 지킬 것이오. 속히 공격해보시구려."

전예의 말을 들은 왕문은 크게 부끄러워하며 물러갔다고 한다. 세 치 혀만으로 왕문을 물러가게 한 전예뿐만 아니라, 그나마 유능한 공손 일족을 빼곤 변변한 장수조차 남지 않았다. 방어 임무를 위해 남은 병력 대부분을 맡은 왕문이 반란이라도 일으키면 속수무책일 터였다.

'그리고 그 왕문은 머지않아 원소에게 투항할지도 모른다. 동북평이란 예물을 가지고. 그 사태를 막을 수 없다면, 최소한 그 전에 유우와 굳건한 동맹을 맺어야 해. 그러니 내가 가야만 한다.'

용운의 태도에 순욱은 한숨을 내쉬며 말했다.

"그렇다면 하다못해 병력이라도 더 데려가십시오. 백 명은 너무 적습니다."

"화친을 위해 가는데 몇 백씩이나 끌고 갈 필요는 없잖아요. 사천신녀도 함께 갈 테니 너무 걱정하지 마세요. 그보다 사천신녀까지 빠진 마당에 업성을 지킬 일이 더 걱정입니다."

이에 중신들과 더불어 용운을 배웅 나왔던 장합이 나섰다.

"제가 목숨을 걸고 지킬 테니 주공께서는 너무 염려 마십시오. 아직 일대일의 대결에서는 제 실력을 다 발휘하지 못하겠지만, 병력을 지휘하는 정도라면 아무 지장 없습니다."

장합의 시선이 용운의 뒤에 선 성월에게 가닿았다. 성월은 한쪽 눈을 찡긋해 보였다. 장합의 얼굴이 금세 붉어졌다.

시간을 조금 되돌려, 용운이 순욱과 대화할 무렵이었다. 검후는 어쩐지 표정이 어두웠다. 조운의 행방이 여전히 묘연한 탓이었다. 그런 상황에 업을 떠나려니 마음이 편치 않았다.

전예와 흑영대가 최선을 다해 탐색했음에도 조운의 흔적을 찾지 못한 데는 이유가 있었다. 일단, 조운은 하필 물에 빠져서 강을 따라 흘러내려갔다. 그러니 당연히 발자국 같은 것도 남지 않았다. 게다가 어느 지점에서 강을 빠져나왔는지도 알 수 없었다. 그러다 보니 탐색해야 할 지점이 엄청나게 넓어져버렸다. 강줄기를 따라, 강과 접한 모든 지역이 탐색 범위가 된 것이다.

또 조운을 발견한 서황은 지체 없이 그를 집으로 데려가 사람들 눈에 띄지 않았다. 조운에게 뭔가 사연이 있으리라는 생각과 서황 일행이 왕윤에게 쫓기고 있기 때문이었다. 조운은 정신을 잃은 채 그 길로 제법 오랫동안 집 안에 틀어박혀 간호만 받았다. 밖으로 돌아다니면서 식량을 구하고 정보를 모아오는 등의 일은 서황이 도맡았다.

그러니 아무리 흑영대의 역량이 뛰어나도 조운을 찾기란 지극히 어려웠다. 서황이라는 인물 자체를 알지 못했으므로 아무 접점이 없었기 때문이다. 내부에서는 이미 강에 빠졌을 때 죽은 게 아니냐는 의견이 조심스레 흘러나왔다. 조운에 대한 용운의 애정을 알기에, 감히 수색을 중단하자는 말을 꺼내지 못할 뿐이었다.

조운이 살아 있으리라는 검후의 믿음도 덩달아 조금씩 약해져갔다.

'사천신녀의 맏이이자 주군을 지켜야 할 내가, 이토록 번민에만 차 있어서야 되겠는가.'

그녀는 마음을 추스르기 위해 검을 휘두르고 또 휘둘렀다. 그 결과 조금 여위었고 더 강해졌다.

청몽은 이제 더는 복면을 쓰지 않았다. 이제까지 그녀가 맡은 임무, 암중에서 용운을 호위하는 일 때문에 복면을 쓴 건 아니었다. 어차피 은신 상태라 얼굴을 보일 일도 없었다. 그것은 '이 몸'에 들어올 때 그녀가 강렬하게 소망한 까닭이었다. 그녀가 지켜야 할 사람에 대한, 생전의 마지막 기억은 그로부터 거절당했던 일. 문제의 2월 14일, 비가 억수같이 쏟아지던 날이었다. 청몽, 아니 민주는 그날 한참이나 울었다. 용운도 분명 자신을 좋아하리라 믿었었다. 민주의 모든 것을 기억하기에 이성으로 느껴지지 않는다는 용운의 설명은 변명으로만 들렸다. 애초에 '순간기억능력'과 '과다기억증후군'을 직접 경험한 적 없는 그녀에게는 당연한 일이었다. 울면서 계속 고민한 끝에 민주가 내놓은 답은 하나였다.

'내가 못생겨서 싫어하는 게 분명해.'

용운은 여자인 그녀가 보기에도 아름다웠다. 어릴 때부터 가까웠고 용운의 어머니가 돌아가신 후부터는 한 식구처럼 지내다시피 했는데도, 여전히 그를 보면 가슴이 뛰었다. 용운이 예전에 양호선생님을 짝사랑한다고 민주에게 털어놓은 적이 있었다. 그때의 양호선생님도 엄청난 미인이었다.

'본인도 초 꽃미남에, 좋아한 여자도, 심지어 돌아가신 어머니도 절세미녀. 그러니 나 같은 건 못생겨 보일 수밖에.'

동생과 편의점을 가다 교통사고를 당한 게 그날 밤이었다. 그리고 그 초현실적인 사건 후의 마지막 과정. 특별한 경우라 정체를 밝혀선 안 된다는 페널티가 붙는 대신, 바라는 게 있으면 한도 내에서 들어주겠다고 '목소리'가 말했다. 민주는 망설임 없이 답했다. 그에게서 가장 가까운 곳에 있고 싶다고. 그리고 얼굴을 가린 채 지내고 싶다고…….

'하지만 이제는 용, 아니 주군이 내게 예쁘다고 해줬는걸.'

청몽은 가신들과 얘기를 나누고 있는 용운을 몰래 훔쳐보았다. 이제까지 일하는 모습도, 자는 모습도, 밥 먹는 모습도, 심지어 화장실(!) 가는 모습도 봤지만 봐도 봐도 싫증이 나지 않았다. 그랬다. 말 그대로 화장실에서는 '가는' 모습만 봤다. 용운이 조용히 이렇게 선언했었기 때문이다.

"안에까지 따라 들어오면 수신호위를 사린이로 바꿀 거야. 그러니 알아서 해."

"쳇."

"쳇이라니⋯⋯. 이 복면 변태가⋯⋯."

청몽은 그때 일이 떠올라 살짝 웃었다.

성월은 가까운 곳에서 그런 청몽을 보고 있었다.

'웃는 얼굴이 참 예쁘네. 청몽 언니.'

이상한 기분이었다. 가슴이 아리면서도 한편으로는 그녀를 이해할 수 있을 것 같은. 이제 청몽은 가신들로부터 은연중에 주모로 인정받고 있었다. 그들도 두 사람을 보며 뭔가를 느꼈단 의미였다. 그래도 청몽에게 질투가 나거나 밉지 않았다. 용운에 대한 충성심 또한 여전했다. 대신 새삼 깨달았다.

'나는 검후 언니와 청몽 언니의 현생을 정확히 몰라. 하지만 분명 주군에 대한 애착의 크기로 서열이 정해진다고 그때의 목소리가 말했었지. 이제 알 것 같아. 내가 왜 셋째가 됐는지.'

성월은 태평스러워 보였고 늘 술에 취해 있는 듯했으나, 모두를 지켜보고 있었다. 그녀가 본 검후는 청몽처럼 용운에게 이성으로서의 애정표현을 하진 않았다. 하지만 용운을 바라보는 눈길에서 정말 그를 위해 목숨이라도 가볍게 내던질 수 있을 듯한 감정이 느껴졌다. 그것은 남녀 간의 애정을 넘어선, 거룩하기까지 한 감정이었다.

'지금도 행방불명된 대상이 자룡 씨니까 저렇게 속을 끓이는 정도로 참고 있는 거지.'

만약 용운이 같은 일을 당했다면? 모르긴 해도 검후는 단신으로 조조의 세력에 쳐들어가 그들을 모조리 죽이거나 자신이 죽을 때까지 싸울 게 분명했다.

'알 것 같아. 검후 언니가 원래는 누구였는지.'

그런데 청몽은 좀 애매했다. 그렇다고 애써 알아낼 필요성까진 느끼지 못했다. 아마 현생에서부터 용운을 사랑한 여자일 테지. 성월 자신처럼. 하지만 잃을 것들이 두려워 그 마음을 부정한 자신과는 달리, 사랑을 솔직하게 인정하고 부딪쳤으리라. 부러웠다.

'그러니 이 세계에서도 주군이 청몽에게 가장 이성적으로 끌리는 것이겠지. 그리고 사린이는……'

맑은 아이였다. 순수하게 용운을 좋아했다. 이성으로서의 의미와는 좀 달랐다. 사천신녀의 마음을 '충성심'이란 단어로만 표현한다면, 의외로 사린이 제일 거기에 가까울 것이다. 성월은 사린이 원래부터 청몽과 관계가 있었을 거란 기분이 들었다. 싸우기도 제일 자주 싸웠고 검후나 성월을 대할 때와는 말투도 달랐다.

청몽이 여포에게 납치됐을 때는, 용운을 수호해야 한다는 본연의 임무에서 이탈하려 했을 정도로 반쯤 이성을 잃었었다. 지금은 합류한 지 얼마 되지 않는 마초라는 장수와 티격 태격하고 있었다.

"넌 안 가면 안 되냐?"

아쉬움이 뚝뚝 떨어지는 마초의 말에 사린이 냉큼 대꾸했다.

"응. 안 돼."

"아, 왜! 저 검후 님과 청몽 님 그리고 성월 님까지 무지 강하다며. 그런데 너도 꼭 가야 해?"

"그래도 안 돼. 난 주군과 멀리 떨어져선 못 살거든."

이는 말 그대로의 의미였다. 그러나 이미 사린에게 푹 빠진 마초는 이를 좀 다르게 받아들였다.

"뭐? 그, 그럼 그때 그건 뭐야!"

"뭐 말하는 건데, 바보야. 그그그거리지 말고 말을 똑바로 해라."

"객, 객잔에서 나한테……."

마초는 말을 미처 끝맺지 못했다. 번개처럼 달려온 사린이 입을 틀어막은 탓이었다. 그녀는 웃으며 마초의 귓가에 대고 속삭였다.

"죽을래?"

진짜 살기를 느낀 마초는 침묵했다. 그의 등에 매달린 탁탑천왕 안에서 조개만이 공허하게 부르짖었다.

'내 인조 육체를 불태운 거로도 모자라서, 망치로 빻은 계집! 마초, 저런 년에게 마음 주지 말란 말이다!'

늘 그렇듯 마초 옆에 서 있던 방덕이 놀라 움찔했다.

'빠르다! 내가 미처 대응할 새도 없이 작은 주공의 입을 틀어막다니!'

성월은 그 광경을 보며 생각했다.

'사린이 저 계집애. 객잔에서 마초랑 무슨 일이 있었는지 나중에 추궁해봐야겠네. 그리고 난……'

장합과 성월의 시선이 마주친 건 그때였다.

성월의 속성은 바람이었다. 이 몸의 특성에, 그녀 영혼의 특성이 더해진 결과였다. 검후도 바람과 관련된 검술을 구사하지만, 그녀의 기본 속성은 대지였다. 사람들이 흔히 바람이 분다고 말할 때의 바람은 아득한 창공의 그것이 아니다. 사람들이 뺨과 몸으로 직접 느끼는, 땅 위에 부는 바람을 말하는 것이다. 그렇기에 검후는 대지의 속성이면서 바람의 성질 일부를 사용하는 것이 가능했다. 마찬가지 이유로 쇠와 나무의 속성 등도 조금씩 가졌다. 반면, 성월은 순수한 바람에 가까웠다. 그만큼 자유롭고 여유로우면서도 한편으론 변덕스러웠다.

장합의 눈동자가 흔들리는 게 보였다. 전장에선 누구보다 냉정하고 용맹하면서 자신과는 눈을 마주치는 것조차 수줍어한다.

'귀엽긴.'

인정한다. 요즘 저 남자에게 무지 끌린다. 처음에는 그저 부끄러워하는 게 귀여워서 장난을 치는 수준이었다. 하지만 바람을 칼날처럼 사용하는 여자, 아마도 임충이란 천강위의 병마용군으로부터 대신 상처를 입어가며 자신을 구해줬을 때, 그녀 안에 불던 바람의 방향이 바뀌었다.

'미안, 익덕(장비의 자). 네 형님 유비를 탓해. 난 장거리 연애를 하는 취미는 없어서. 이 허전한 마음을 당장 가까이에서 달래줄 사람이 있어야겠어.'

성월은 장합을 향해 윙크를 날렸다. 장합은 얼굴이 벌게져서 고개를 숙였다.

'아유, 귀여워 죽겠네.'

물론 애정과 충성은 별개였다. 장합과 앞으로 더 가까워져서 연인 사이가 된다 해도, 만약 그가 용운을 떠나거나 배신한다면 성월 또한 가차 없이 그를 버릴 터였다. 그게 사천신녀의 선택이자 운명이니까.

검후는 염려하는 순욱을 좋은 말로 달랬다.

"너무 심려치 마세요. 저희 넷이 모두 따라가니까 아무 일 없을 겁니다."

그 옆에서 신이 난 곽가가 말했다.

"아무렴. 내 머리까지 있으니 절대로 무사하실 걸세. 그러니 안심하게나, 문약."

거기에 또 한 사람.

"일행의 건강 문제는 제가 책임지겠습니다. 이제 군의관을 여럿 육성했으니, 성의 위생 문제나 병사들의 부상 등은 그들에게 맡기시면 됩니다."

온화한 웃음을 머금은 화타도 함께였다.

진궁은 시무룩한 표정으로 곽가와 용운을 번갈아 쳐다보았다.

'나도 따라가고 싶었는데⋯⋯. 난 그나마 검술도 좀 하잖아. 여행 중에 편찮으시기라도 하면 큰일이니까 화 선생은 그렇다 치고. 주공은 왜 봉효(곽가의 자) 저 친구만⋯⋯.'

용운이 곽가를 택한 데는 이유가 있었다. 일단 순욱은 여전히 용운의 부재 시 업성의 총책임자였다. 나중에 종요가 도착하면 몰라도 그 전까지는 대체할 사람이 마땅치 않았다. 최염과 사마랑 또한 내정에서 할 일이 많았다. 최근 새로 벌인 사업이 많은 터라 더욱 그랬다. 진림은 이제 업성의 업무에 적응하는 중이었고, 굳이 탁군에 들러 아픈 기억을 되살릴 필요는 없을 듯싶었다. 남는 사람은 곽가와 순유, 진궁 정도였다. 그중 원소나 기타 세력이 침공해온다는 가정하에 방어전에 더 적합한 사람은 순유였다. 최소한 용운이 기억하는 정사의 내용상으로는 그랬다.

'곽가도 분명 뛰어난 책사지만, 기록에 의하면 그가 두각을 나타낸 부분은 주로 뛰어난 통찰력. 그리고 전투와 관련해서는 대부분 적극적인 공세를 취하거나 원정에 나서고 있다. 뭐, 곽가니까 수성전(성을 지키는 싸움)도 잘하겠지만, 이왕이면 더 잘하는 걸 맡기는 게 낫지.'

사천신녀가 동행하니 황건의 잔당이나 산적 따위는 아예 걱정하지도 않았다. 용운이 염려하는 건, 이 사실이 새어나갔을 경우 위원회가 기습해오는 사태였다. 무력에서 사천신녀와 맞먹거나 혹은 더 강한 존재가 있음을 눈앞에서 확인했다. 그런 존재들의 싸움에서 병력은 사실상 무의미했다. 수만 단위가 아닌 바에는. 그렇다면 차별성을 둘 수 있는 건 하나뿐이다.

'책략.'

곽가는 이 시점에서 사천신녀의 무력과 위원회의 존재 및 강대함에 대해 다 아는 유일한 가신이었다. 또한 소수의 병력으로 벌이는 전투에도 능했다. 그가 사천신녀와 일백의 정병을 지휘한다면, 위원회의 고위 멤버가 공격해온다 해도 승산이 있을 듯했다.

그리고 전시에 물자를 조달하고 보급선을 구축하는 데는 진궁을 따를 사람이 없었다. 용운은 진심을 담아 그 마음을 전했다. 진궁의 어깨에 양손을 얹은 그가 말했다.

"공대, 행여 원소군이 공격해오면 업성과 관도의 생명줄을 책임질 수 있는 사람은 그대밖에 없어요. 그래서 남겨두고 가는 것이니 너무 서운해하지 마세요."

진궁의 눈에 떠올랐던 서운한 빛이 금세 사라졌다. 그는 의기양양해져서 고개를 끄덕였다.

"탁월하신 선택입니다. 제가 무슨 일이 있어도 주공의 성을 지켜내겠습니다."

"하하, 내 성이 아니라 우리 모두와 백성들의 성이지요."

"주공이 계시기에 저희와 백성들이 존재하는 겁니다."

"아휴, 알았어요. 아무튼 잘 부탁합니다."

"맡겨주십시오!"

용운은 마지막으로 전예에게 다가갔다.

"국양……."

전예는 고개를 끄덕였다. 듣지 않아도 용운의 마음을, 그가 원하는 것을 잘 알고 있었다.

"염려 마십시오. 저도 자룡 장군을 포기할 생각은 절대 없습니다. 주변 세력들의 움직임도 예의주시하겠습니다."

"고마워요, 늘."

이 또한 용운의 진심이었다. 그는 전예가 본래 역사에서 행했던 정벌군 장수의 임무 대신, 어두운 곳에서 정보국장 노릇을 하고 있음을 잘 알았다. 바로 용운 자신을 위해서. 누군가는 해야 할 일이나 그게 늘 미안하고 고마웠다.

이윽고 용운과 곽가, 화타를 태운 수레가 성을 떠났다. 성월은 사린과 함께 수레를 끄는 말을 몰았다. 검후는 선두에서 말을 탄 채 병사를 이끌었다. 가신들은 그 뒷모습이 사라질 때까지 성문 앞에 서서 지켜보고 있었다. 그들의 마음은 모두 같았다.

'부디 무사히 다녀오십시오, 주공.'

그날 밤, 관도에서 보낸 파발이 업성에 도착했다. 내용을 확인한 순욱의 표정이 심각해졌다. 그는 즉시 회의를 소집하여 가신들을 모았다. 책사와 행정관은 물론 무장들까지 포함했다. 전예만이 그 인원에서 빠져 있었다. 오랫동안 중요한 임무를 받아 활동하던 특급 요원이 막 도착한 까닭이었다. 원탁에 앉은 가신들을 둘러본 순욱이 말했다.

"관도성에서 급보가 도착했습니다."

순유는 그 말을 듣자마자 가볍게 탄식했다.

"원소가 움직였군요."

"그렇다네, 조카님. 문추가 이끄는 삼만의 병력이 남피를 떠났다고 하네. 장 장군이 이 전갈을 받은 게 어제이니, 한창 진군해오는 중 아니겠나."

"지금 관도성의 병력은 어느 정도나 되지요?"

그 질문에 대한 답은 장합이 대신했다.

"오천입니다."

장내에 잠시 침묵이 감돌았다. 너무 큰 병력 차이 때문이었다. 순욱이 그 침묵을 깨뜨리고 다시 입을 열었다.

"항복한 흑산적 병사들은 투입할 만합니까?"

그 일을 맡은 장합이 답했다.

"아직 미흡합니다. 무엇보다 워낙 약탈과 분탕질을 일삼던 자들이라 기강이 잘 잡히지 않습니다. 그들만으로 병력을 구성했을 때, 자칫 탈영하거나…… 최악의 경우 자기들끼리 뭉쳐서 지휘관을 살해하고 산채로 돌아갈 가능성도 있습니다."

즉 흑산적 병력만 업성에 남아서도, 그들만 원군으로 보내서도 안 되었다. 당장 조조만 해도 청주 황건적을 정병으로 육성하여 서주 공격에 투입하기까지 1년 가까운 시간이 걸렸다. 그나마 청주 황건적은 전원이 항복한 까닭에, 조조의 세력 외에는 돌아갈 곳도, 몸담을 곳도 없어진 상태였다.

하지만 흑산적의 두목 장연은 여전히 건재했다. 투항한 자들이 언제 변심할지 몰랐다. 엎친 데 덮친 격으로, 늘 장합과 함께 병사들을 조련하던 조운이 사라져 일이 더 지체됐다.

진궁이 조심스럽게 말했다.

"그렇다고 문원 님을 그냥 둘 순 없지 않소. 아군 정예를 함께 편성하여, 그들로 하여금 흑산병을 감시하게 해서라도 보낼 순 없겠소이까? 당장 머릿수만 채워도……."

장합은 무겁게 고개를 끄덕였다.

"안 그래도 그 방안을 생각 중입니다. 문제는 그렇게 군을 편성하는 데도 상당한 시일이 걸릴 듯합니다. 또 업성의 방어 체계에도 구멍이 생겨버립니다."

순욱이 탄식하듯 내뱉었다.

"사실 원소가 반드시 다시 공격해오리라고 예상은 했습니다. 하지만 그 시기가 이렇게 빠를 줄은 몰랐습니다. 진작 관도성의 병력을 충원했어야 하는 건데……. 제 불찰입니다."

"아닙니다. 복양성에 주둔 중인 병력과 연이은 전투로 잃은 병력, 또 업성에 기본적으로 필요한 병력 등을 감안하면 이보다 앞선 시기에 관도성의 병력을 크게 늘리긴 어차피 어려웠습니다."

좋은 말로 순욱을 위로한 순유가 진궁에게 물었다.

"공대 님, 군량 준비는 바로 되겠습니까?"

"언제라도 가능합니다."

"과연 주공께서 믿고 맡기신 이유를 알겠습니다. 그리고 보니 여포가 진류성에 이어 옆의 제음군까지 점령했다고 하던가요. 제음군을 차지했다면 견성, 늠구, 범현, 나아가 동무양까지도 점령했을 터. 관도성과 상당히 가까우니 원군을 청해보는 건 어떻습니까?"

순유의 칭찬에 기분 좋아 보이던 진궁이 즉시 반대하고 나섰다.

"그건 안 됩니다. 여포는 믿기 어려운 작자입니다. 그 창끝이 언제 복양성을 향할지 모릅니다."

아무리 생각해도 마땅한 대안이 없었다. 결국, 순욱이 가라앉은 어조로 결론을 내렸다.

"준예(장합) 님은 최대한 서둘러 원군을 편성해주십시오. 공대(진궁) 님도 군량과 물자를 준비해주시고요. 일단 하루라도 빨리 원군을 보내는 방법밖에 없는 듯합니다. 회의가 끝나자마자 바로 시작하지요."

장합과 진궁이 동시에 대답했다.

"알겠습니다."

"정 안 되면 처음부터 우리 군이었던 정예 중 몇 천 명만이라도 먼저 출발시키는 방도도 고려해주십시오. 그때까지 문원(장료) 님이 버텨주시길 바라는 수밖에는……."

마초가 냉큼 손을 들고 외쳤다.

"그 일은 꼭 저한테 맡겨주십시오! 전격전은 이 맹기의 특기입니다. 지금이라도 삼천만 내주시면 바로 출발하여 관도성의 근심을 덜어버리겠습니다."

"말씀만이라도 고맙습니다, 맹기 님. 하지만 이번에는 원소가 작심하고 보낸 병력입니다. 지난번에 한 차례 크게 데었으니, 삼만도 그냥 삼만이 아닐 겁니다. 선발대가 준비되면 꼭 맹기 님과 영명(방덕) 님께 부탁하겠습니다."

회의는 다소 어수선한 분위기로 끝났다. 그러나 순욱은 불안하고 염려스러운 와중에도 한 가지 묘한 기대감이 있었다. 바로 장료가 보내온 서신에 원군을 청하는 내용이 전혀 없었다는 사실이었다.

'자존심 때문일 수도 있지만, 내가 겪은 문원 님은 쓸데없는 자존심 때문에 일을 그르칠 사람이 아니다. 이는 곧 아군이 알아서 원군을 보내줄 때까지는 충분히 버텨낼 수 있다는 자신감의 표현으로 봐야 한다.'

물론 이는 순욱의 예상일 뿐이었다.

같은 시각, 전예 또한 놀라운 정보를 접하고 격동 중이었다. 업성 지하의 흑영대 집무실에서였다.

"뭐? 드디어 주공의 부친과 접촉했어? 그게 사실인가?"

"예. 아쉽게도 그곳에서 하실 일이 있다고 하여 바로 모셔오진 못했으나 대신 약조를 해주셨습니다."

"어떤?"

"4월 초하루에 산양성 북쪽 성문 앞에서 보자고 주공께 전해달라 하셨습니다."

"응?"

전예는 미간을 찌푸렸다. 진한성이 바로 업성으로 올 거란 기대는 안 했지만, 이 또한 예상 밖이었다. 흑영대원이 진한성을 만났다는 단양과 이곳 업성을 기준으로 했을 때, 비록 산양이 업성 쪽으로 좀 더 치우쳐 있다고는 하지만……

'그래도 너무 멀어.'

분명 용운이 이 소식을 들으면 소수의 병력만 이끌고 다녀오려 할 터였다.

'그리고 위험해.'

심각해진 전예의 눈치를 보던 흑영대원이 양피지 두루마리 하나를 내밀었다.

"여기, 그 내용을 적은 듯한 친필 서신입니다."

"어디 보세."

두루마리를 편 전예는 가볍게 감탄했다.

"이것은 암호문…… 아니, 이국의 글자 같구나. 주공께서 이걸 바로 알아보신다면, 이것 자체로 진한성 님의 말이 사실이란 증거가 되겠군."

"그렇습니다."

"알겠네. 어차피 지금은 전해드릴 수 없는 상황이니…….
고생했네."

들고 있던 흑영대원이 무심코 반문했다.

"지금은 왜 전해드릴 수 없는 상황입니까?"

말을 꺼낸 그는 아차 싶었다. 전예의 눈이 살짝 가늘어지
는 걸 본 것이다. 거의 눈에 띄지 않을 정도의 변화였으나 그
는 용케 파악해냈다. 흑영대원의 정체는 바로 특기 '인간복
제'를 이용해 그의 모습을 복제한 병마용군 유라였다. 복제
특기를 쓰면 대상의 기억도 고스란히 가져온다. 단, 거기엔
유라 자신의 기억도 동시에 남아 있다. 그 탓에 이렇게 쓸데
없는 소리를 하게 되는 경우가 발생했다.

한발 늦게 떠오른 흑영대원의 기억에 의하면, 자신이 맡
은 임무 외에 다른 일에 대해서는 일절 질문하지 않는 것이
흑영대의 규칙이었다. 흑영대원의 모습을 한 유라는 얼른
둘러댔다.

"죄송합니다! 너무 오래 업을 떠나 있었더니 주공의 근황
이 궁금해서 그만……. 어디가 편찮으신 건 아니겠지요?"

다행히 그 말이 통했는지 전예가 아무렇지 않게 대꾸했다.

"하긴 몇 달 만에 돌아왔으니 궁금할 만도 하지. 주공께선
건강하시네. 그저 얼마 전에 복양태수를 만나러 가셨기에 전

해드릴 수 없다고 했을 뿐이야."

용운과 복양태수 왕굉의 친분은 유라도 알고 있었다. 병마용군으로서의 자신의 주인이자, 원래 친오빠였던 적발귀 유당에게서 들은 것이다.

"아, 옛. 그러셨군요."

"그럼 돌아가서 쉬도록. 곧 새로운 임무를 내리겠네."

"알겠습니다."

유라가 집무실을 나간 잠시 후였다. 턱을 어루만지던 전예는 낮게 휘파람을 불었다. 그러자 벽이 열리며, 다른 흑영대원 하나가 나타났다. 전예가 그 흑영대원에게 명했다.

"7호를 은밀히 감시하게. 한시도 시야에서 떼놓지 말고. 당분간 이게 그대의 임무일세."

전예가 부른 자는 3호로, 흑영대의 정예 중 정예였다. 특이한 점은 여자라는 사실이었다.

"존명."

3호 흑영대원이 나직하게 답했다. 그녀는 동료를 감시하라는 전예의 말에도 아무런 의문이나 불만을 표하지 않았다. 그가 명했다면 반드시 그럴 만한 이유가 있을 것이기에.

용운이 떠나자마자 업성에는 이래저래 불안한 기류가 감돌기 시작했다.

8

위원회의 균열

주무는 정도현, 정도성에 마련된 임시집무실에 있었다. 태사자가 지키고 있는 복양성의 강 건너 아래쪽에 위치한 지역이다. 본래는 조조의 구역이었다. 그의 책상에는 죽간이며 양피지가 산더미처럼 쌓여 있었다.

주무가 보고 있는 것은 중국 지도였다. 얇은 양피지 여러 장을 이어붙여 만든 것으로, 여포에게 점령된 지역은 동그라미가 쳐져 있었다. 그 외 주변 지역에는 현재 다스리는 자와 그의 가신들 등 중요한 정보가 빼곡히 쓰여 있었다.

여포는 하내에서 공손찬을 격파하여 죽였다. 그 과정에서 하내태수 왕광을 겁박하여 제 세력 아래에 집어넣었다. 왕광은 본래 원소의 사람이었으나 원소는 남피에 있고 여포는 코앞이니 어쩔 도리가 없었다. 그다음은 진류까지 진출, 복양에서 패배하고 돌아온 조조의 허를 찔러 진류성마저 차지했다. 그리고 얼마 전 이곳 정도현을 점령한 차였다. 그야말로 파죽지세의 행보였다.

단, 거기 비례하여 일거리는 자연히 많아졌다. 특히 행정쪽은 눈코 뜰 새 없을 지경이었다. 그러다 보니 제일 바빠진 사람이 바로 주무였다. 그러나 그가 현재 골머리를 앓는 이유는 좀 다른 부분이었다.

'복양성이 계속 걸린단 말이야.'

여포군은 견성과 늠구현, 범현의 3대 요충지를 점령하는 데 성공했다. 앞에서부터 순서대로 복양성의 동쪽에 위치한 성들이다. 제일 바깥쪽에 있는 범현의 동쪽으로는 태산 줄기가 이어졌다. 복양성 서쪽에는 흑산이 자리하고 있었다. 따라서 복양성을 남겨두니 북쪽으로 진출하기가 껄끄러워졌다. 이는 마치 호리병의 목 부분을 반만 열어둔 모양새였다. 새삼 복양성이 얼마나 중요한 요충지인지 실감이 났다.

'복양성과 백마현까지 손에 넣어야 확실한 교두보가 마련되는데……'

문제는 복양태수 왕굉이 진용운과 굳건한 동맹 상태라는 거였다. 진용운의 장수인 태사자가 주둔 중인데도, 거기에 대해 전혀 거리낌이 없을 정도였다. 주무가 보기에는 행정이 분리되어 있을 뿐이지, 사실상 한 세력이나 마찬가지였다.

'왕굉 또한 중앙 정계에 나름의 인맥이 있으며 백성들로부터 존경받는 인물이다. 특히, 지금은 그의 동생 왕윤이 실세 중의 실세가 아닌가. 힘으로 복양성을 빼앗았다면 뒤끝이 좋지 않았을 테지. 하지만 왕굉을 보호해주는 모양새를 취하고 최근에는 조조까지 격파함으로써 결과적으로 민심이 진용운에게 쏠리고 있다.'

과연 천재 몬스터 진한성의 아들이랄까. 주무가 그에게 암살자를 보냈다 실패하는 등 삽질하는 사이, 진용운은 무섭게 세를 키웠다. 또 진용운의 정보조직 흑영대는 주변의 성혼단을 빠르게 제거해나가고 있었다. 흑영대장이 누군지는 몰라도 상당한 능력자임이 분명했다.

'점점 더 업성 쪽 정보를 입수하기가 어려워지고 있다.'

진용운이야말로 이 세계에서 주무가 동향을 예측하기 어려운, 몇 안 되는 적이었다. 마음 같아서는 복양성을 치고 나아가 업성까지 손에 넣고 싶었다. 그럼 연주에 이어 하북으로 진출할 수 있다. 하지만 진용운은 결코 만만한 상대가 아니었다. 게다가 여포는 가뜩이나 적이 많았다. 동탁의 수하였다는 출신부터가 걸림돌이었다.

원소며 조조와는 돌이키기 어려운 사이가 됐다. 그렇다고 북해에서 공융을 도와 슬금슬금 세를 키우고 있다는 유비나, 형주에 틀어박힌 채 독자적인 세력을 형성한 유표, 남양의 완성에 본거지를 구축하고 최근에 여남까지 점령한 원술 등과도 관계가 좋은 것은 아니었다. 사방이 적일 뿐, 동맹이 될 만한 자가 없었다. 그나마 장패를 포섭한 것 정도가 성과랄까.

'그나저나 원술의 움직임은 뜻밖이구나. 괜히 조조를 건드렸다가 역으로 대패하여 수춘으로 밀려나는 걸로 알고 있었는데. 조조가 폐하에게 진류를 빼앗겼음을 감안하더라도, 이 망설임 없고 쾌속한 반응은 뭔가 있다.'

그랬다. 원술은 실로 절묘한 때에 움직였다. 여포가 연주에서 세력을 뻗느라 바쁘고 원소는 진용운과 싸우느라 정신없는 사이, 무주공산이나 다름없던 여남을 차지한 것이다. 현재 여남은 원술의 장수 기령이 여남태수가 되어 다스리고 있었다. 물론 원술이 멋대로 임명한 관직이었다. 조조가 패국상 진규에게 의탁한 데는, 이 원술의 행보도 한몫했다. 허창이나 여남 쪽으로 퇴각하려던 길이 막혀버린 것이다.

'하지만 원술에게까지 신경 쓸 여력이 없다. 일단 첩자를 보내서 파악해보는 수밖에.'

생각하던 주무는 문득 이상한 위화감을 느꼈다. 그는 평소 자기 집무실에 사람을 들이지 않았다. 그럴 일이 있을 때는 꼭 미리 허가받게 했다. 정밀한 중국 지도부터 시작하여, 이

시대의 사람들에게 보이고 싶지 않은 것들이 있어서였다.

그의 집무실에 비교적 자유롭게 드나들 수 있는 이는 여포와 가후 그리고 같은 위원회인 팽기, 초정, 초선 정도가 전부였다. 그나마 집무실에 주무가 있을 때여야 가능했다.

한데 지금 분명히 이 안에 누가 있다는 기분이 들었다. 가벼운 공기의 떨림 같은 것. 지살위의 첩보 담당인 시천이나 백승은 아니었다. 그 두 사람이 주무에게 알리지도 않고 이렇게 숨어들 리가 없으니까.

주무가 검을 집어들며 낮은 목소리로 말했다.

"누구십니까? 모습을 드러내지 않으면 호위병을 부를 겁니다."

다음 순간, 그는 소스라치게 놀랐다. 바로 왼쪽 옆에서 낯선 여성의 음성이 들려왔기 때문이다.

"경계하지 마세요, 주무 님. 저는 오용 님을 모시는 병마용군, 경이라 합니다. 오용 님의 말씀을 전하기 위해 왔습니다."

"병마용군?"

병마용군에 대한 기억이 주무의 뇌리를 스쳤다. 회의 삼대 유물 중 하나. 그러나 다른 두 가지인 시공회랑이나 성혼마석과는 달리, 지살위와는 인연이 없는 유물이었다. 단 서른여섯 개만이 존재하여, 천강위를 위한 호위 및 보조 병기로 정해진 까닭이었다.

'그중 다섯 개를 진한성이 훔쳐가는 바람에 난리가 났었지.'

그나마 1년 먼저 이 세계로 온 지살위의 멤버들은 대부분 병마용군의 존재를 말로만 들었을 뿐, 실제로 본 적은 없었다. 지금은 모습이 보이지도 않았지만.

'이게 병마용군? 말만 들어선 그냥 사람이잖아. 게다가 모습은 어떻게 감춘 거지? 목소리는 분명 바로 앞에서 들려오는데.'

주무는 소름이 쫙 끼쳤다. 분명 발동되기 전의 병마용군은 주먹만 한 석상 형태로 존재한다고 알고 있었다. 당연히 단순한 돌덩어리는 아닐 터였다. 성혼마석이 그냥 큰 비석이 아니고 시공회랑이 단순한 미로형 구조물이 아니듯이. 그래도 대체 어떤 원리로 이렇게 작동할 수 있는지 짐작조차 가지 않았다.

'설마 병마용군이라는 게 그 석상을 증표로 삼는, 선택받은 인간을 의미하는 거였나? 우리가 성혼마석의 힘을 받은 것처럼.'

짧은 시간 온갖 생각을 하던 주무는 한발 늦게 오용이란 이름을 상기했다.

"아, 스승님께서!"

회 내부에 주무의 스승이라 할 만한 이는 두 사람이 있었다. 바로 천강위 서열 3위의 지다성 오용과 4위의 입운룡 공손승이었다. 오용으로부터는 역사 지식과 군사적 책략을, 공손승으로부터는 기공술과 진법 등을 전수받았다. 회의 3, 4위로부터 사사했으니, 주무가 지살위의 지휘자가 된 것도 무리는 아니었다.

'드디어 천강위 형제들로부터 접촉이 왔나.'

분명 천강위의 멤버들이 이 세계로 왔음을 여러 가지 증거로 확인했다. 이미 몇 달 전이었다. 그런데도 그들로부터 전혀 연락이 없어 불안하고 의아해하던 차였다. 그렇다고 이쪽에서 그들에게 접촉할 방도도 마땅치 않았다. 오히려 곳곳에서 주무가 구축한 성혼단 지부가 양해도 없이 잠식당하는 현상마저 일었다. 내심 초조해하던 주무는 처음에 놀란 것과는 달리 기뻤다. 하지만 이어진 병마용군 경의 말에 아연할 수밖에 없었다.

"오용 님께서는 이렇게 전하셨습니다. 천자 후보자 여포를 폐기하라고. 그러니 이번처럼 조조 공에 대한 일방적 적대 행위를 금하라고요."

"……뭐라고?"

"다시 말씀드리겠습니다. 주무 님께서 정하신 천자 후보자 여포를 폐기하라고 하셨습니다. 결별하셔도 좋고 암살하셔도 무관합니다. 또한 거기에 따라 조조 공과 싸울 이유도 없어지니 그분에 대해 적대 행위를 금하라 하셨습니다. 현재 오용 님께서는 조조 공을 보필하고 있습니다. 이번 전투로 몹시 기분이 상하셨습니다."

주무는 현기증이 일었다. 이게 무슨 소린가?

"내용을 확인하셨는지요?"

경의 물음에 그는 무의식적으로 고개를 끄덕였다.

"전해들으신 것으로 알고 이만 가보겠습니다."

곧 경의 기척이 사라졌다. 하지만 주무는 그것조차 의식하지 못했다. '폐기'라는 단어만이 계속해서 그의 귓가를 맴돌았다.

'폐기, 폐기라.'

제일 먼저 든 생각은 즉각적인 반발심이었다. 그러나 오랜 시간 몸에 밴 '위원회'와 조국에의 충성심 및 오용에 대한 존경심이 이를 억눌렀다. 주무의 머리는 습관처럼 이성적이고 논리적인 사고를 시작했다.

'그래, 왕 후보자는 부적합하다고 판단되면 언제든 폐기할 수 있다. 그게 규칙이다. 당장 동탁만 해도 그랬지 않았는가.'

여포가 같은 전철을 밟게 됐다고 새삼 분노할 이유는 없었다. 전언의 내용으로 보아, 오용은 조조를 왕 후보자로 내정한 듯했다. 오용의 뜻이라면 이는 곧 천강위 전체의 뜻이라고 봐도 되리라.

'조조는 원래 정사에서 사실상 삼국을 통일한 인물이다. 어차피 과업의 이행 시간이 크게 앞당겨졌으니, 그를 왕으로 정하는 게 가장 합리적이긴 하다. 애초에 내가 동탁을 왕 후보자로 정했던 것도 《삼국지연의》와 역사에서마저 미처 알려지지 않은 그의 미덕과 당시 가장 빨리 천하를 통일할 힘을 가졌었기 때문이니까.'

그리고 갑자기 예기치 못한 시대로 와버리는 바람에, 소위 '멘붕 상태'에 빠진 지살위들을 다독일 필요가 있었다.

'그러기 위해서는 목표를 정해주는 게 최선이었다. 하지만 동탁은 결국 바닥을 드러냈다. 반면, 폐하는 모든 면에서 놀라울 정도로 성장 중이시다. 어떤 면이 부족하다고 결론 난 걸까?'

이제 주무는 혼자 생각할 때도 무의식중에 여포를 폐하라 칭할 정도였다.

여포가 집무실로 들어온 것은 그때였다. 주무는 자기도 모르게 흠칫 놀라고 말았다.

멍하니 서 있는 주무를 향해 여포가 말했다.

"뭔가 방해한 건가. 내가?"

"아, 아닙니다, 폐하."

여포의 시선이 책상 위에 잔뜩 쌓인 서류들로 향했다. 그는 가볍게 눈살을 찌푸렸다.

"가후의 말대로였군. 너무 혹사하고 있다. 그대를. 곧 문관을 붙여주지."

"할 만합니다."

"아니."

여포의 큰 손이 주무의 어깨를 도닥였다.

"특별하다. 내게 그대는. 함께 동탁을 모셨었고 함께 더러운 짓을 했다. 그리고 지금은, 알려주고 있다. 과거에서 벗어나 내가 나아갈 길을. 또 그것을 위한 힘도 주었다."

"폐하……."

"좀 전 가후를 찾아왔다. 재미있어 보이는 녀석이. 그런데 장패도 그렇고, 어째 그런 녀석들만 모이는구나. 내 주변에는. 가후의 말로는, 그자가 내게 큰 도움이 될 거라 했다. 만나보지 않겠는가."

"아, 물론 좋습니다. 이리로 보내주십시오."

사람을 보는 주무의 안목은 여포뿐만 아니라 가후에게서도 인정받고 있었다. 주무가 송헌과 위속 등을 멀리하게 하면서 군 내부의 비리 행위가 크게 줄었고, 반대로 고순을 중용케 하면서 기강이 확실히 잡혔기 때문이다. 또한 무명에 가까웠던 위월과 성렴을 여포의 친위대인 팔건장에 추천했는데, 조조군과의 싸움에서 그 실력을 증명하기도 했다.

이에 여포와 가후는 새로운 사람을 들이면 꼭 주무에게 보이는 습관이 생겼다. 사실 그것은 용운과 마찬가지로 후한 및 삼국시대의 역사에 대한 주무의 지식 덕이었다. 용운만큼 상세하진 않았으나, 주무 또한 현대에서 역사 교사였던 만큼 어느 정도 이상의 지식은 보유하고 있었다.

"한데 혹시 그자의 이름을 들으셨습니까?"

내심 강한 장수였으면 좋겠다고 생각했다. 책사는 자신과 가후만으로도 충분하다고 여겼다. 팔건장도 강하긴 했으나, 관우나 장합 등으로 대표되는 당대의 명장들에 비하면 조금 부족하긴 했다.

'물론《삼국지》최강의 장수라 일컬어지는 폐하가 계시다. 하지만 언제까지고 선봉에서 싸우실 순 없는 노릇.'

그때, 여포가 내뱉은 이름에 주무는 정신이 번쩍 들었다.

"글쎄, 감녕이라 했던가."

"감녕……."

감녕(甘寧), 자는 흥패(興霸).

오나라를 대표하는 장수 중 한 사람이다. 본래 익주 출신으로, 젊은 시절에는 지역의 무뢰배들을 이끌고 대장 노릇을 했다. 범죄가 발생하면 자경단처럼 범인을 체포하고 자체적으로 처벌했다. 반면, 자신들을 얕보는 관리를 혼내주는 등 멋대로 행동하기도 했다. 성격이 포악하여 살인도 서슴지 않았으므로, 그 과정에서 깨지고 부러지는 사람이 부지기수였다.

여포가 '장패 같은 녀석'이라 표현한 건 그래서였다. 깃발을 등에 지고 목에 깃털을 장식했으며 허리에는 방울을 단 특이한 행색을 즐겼다. 사람들은 그 방울 소리만 듣고도 감녕의 무리가 찾아온 걸 알았다고 한다. 나중에는 형주로 가 유표를 섬겼다. 그러나 유표의 우유부단함을 보고 오래 못 가리라 여겨 떠났고, 황조의 가신이 됐지만 중용되지 못했으며, 손책의 동생 손권에게 등용된 후 비로소 빛을 보기 시작했다.

담력과 용맹으로 뛰어난 군사 능력을 발휘했다. 워낙 대담하여, 관우와 장료 등 맹장들과 맞서 싸워 물러섬이 없었다. 특히 기습에 발군의 솜씨를 발휘했는데, 유수에서 조조의 십만 대군과 대치했을 때는 불과 백여 명의 부하를 거느리고 야습하여 대승을 거두기도 했다. 손권이 말하길, "조조에게는 장료가 있지만, 나에게는 감녕이 있다"고 칭찬한 맹장이었다.

그 감녕이 제 발로 여포를 찾아온 것이다. 원래대로라면 익주에서 한창 패악을 부릴 시기. 역사와는 전혀 다른 행보였다. 어떤 경위로 오게 됐는지 짐작조차 가지 않았다.

"그대가 한번 보고 정해라. 쓸지 말지. 그리고 가끔, 햇빛도 좀 쐬도록."

여포는 씩 웃고 돌아섰다. 그 뒷모습을 보며 주무는 비로소 깨달았다.

'난 절대 저 왕을 폐기할 수 없다. 내겐 이미 저 사람이 왕

이기 때문이다.'

마음 한구석에는 여전히 불안감이 있었다. 위원회에 충성하고 천강위에 복종하도록 교육받은 까닭이었다. 그래도 인정하고 나니 차라리 후련했다.

"감녕이 폐하를 찾아왔다니. 이것 또한 어떤 조짐이 아니겠는가."

그 순간 주무의 가슴에서 뭔가가 치솟아 올랐다. 습관이 된 이성에 가려 억눌려 있던 것. 바로 그의 감성과 본능이었다.

'그래, 당장 오용 스승님이며 천강위의 형제들과 맞서 싸우자는 게 아니지 않은가. 여포 님이 천자의 재목으로 타당함을 주장해보자. 그게 끝내 받아들여지지 않았을 때 행동을 취해도 된다.'

그래도 만일을 위해 나름의 대비는 필요했다.

'시천이나 백승 형제의 힘을 빌려야 한다.'

시천과 백승은 정기적으로 주무에게 들렀다.

지살 106위, 백일서 백승. 첩보 및 정보 전달이 주 임무다. 벽을 파고드는 천기를 가졌다.

지살 107위, 고상조 시천. 백승과 마찬가지로 정보의 수집과 세작 등을 맡고 있었다. 날랜 몸놀림과 일시적으로 그림자에 숨어드는 천기의 소유자다.

둘 다 주무를 진심으로 존경하고 있었으므로 믿고 일을 맡길 만했다.

'오늘은 시천이 올 차례인가. 아직 그때까지는 시간이 좀 남았다. 감녕을 먼저 만나봐야겠군. 호박이 넝쿨째 굴러들어온 격이니 절대 그를 놓쳐서는 안 된다.'

집무실 안을 정리한 주무는 병사를 시켜 감녕을 불러오게 했다. 그러고 보니 여포와 가후 이후로, 굵직한 영웅을 대면하긴 처음이었다. 잠시 후, 병사가 한 사내를 데려왔다. 키가 190센티미터는 족히 되어 보이는 거한이었다.

'저자가 감녕.'

과연 범상치 않은 외모였다. 보는 사람을 위압하는 사나운 얼굴에, 눈은 찢어졌으며 머리는 길게 땋아 내렸다. 가느다란 허리에 상체가 발달했고 팔이 유난히 길었다. 알려진 대로 깃대를 메고 허리에 금색 방울 하나를 차고 있었다. 목 주변에는 검은색의 큰 깃털을 꽂았다.

한데 이상한 게 주무의 눈에 띄었다. 병사의 한쪽 눈에 시퍼런 멍이 든 게 아닌가. 분명 감녕을 데리러 갈 때만 해도 멀쩡했었다.

"자네, 눈이 왜 그러나?"

주무가 묻자 병사는 난처한 기색으로 감녕의 눈치를 봤다. 그때 감녕이 입을 열었다.

"씨발."

"……."

주무와 대면한 그의 첫마디는 욕설이었다. 주무는 병사를 돌려보내고 잠시 감녕을 달랬다. 그 결과, 그가 뭐에 화가 났는지 알게 됐다. 자신은 좋은 뜻에서 여포를 찾아왔는데, 오래 기다리게 한 데다 애송이 취급을 받았다고 한다. 주무는 진심을 담아 말했다.

"감히 어느 누가 장군을 얕볼 수 있겠습니까? 찾아와주셔서 정말 감사합니다."

감녕처럼 본능에 충실한 자일수록 상대의 기분을 예민하게 느끼는 법이었다. 그는 주무의 말이 진심임을 깨닫고 금세 기분이 풀렸다. 장군이란 호칭도 맘에 들었다. 주무는 감녕의 역사적 활약을 알기에 굳이 입에 발린 말을 할 필요가 없었다.

감녕은 포권을 취해 보이며 말했다.

"주무 님이라고 하셨소? 나를 알아주시니 고맙소. 멀리서 여 장군의 명성을 듣고 왔는데, 얕보이는 분위기라 솔직히 울컥했소이다."

"앞으로는 그럴 일이 없을 것입니다. 즉시 봉선 님께 말씀드려 관직을 내리도록 하겠습니다. 봉선 님은 황제를 모시고 있고 칙명으로 움직이고 있으니, 이는 곧 천자께서 내리신 관직이나 매한가지입니다."

그 말에 감녕은 크게 기뻐했다.

주무는 그가 기분 좋은 틈을 타 넌지시 물었다.

"저…… 궁금해서 여쭙는 건데 말입니다. 왜 익주를 떠나 이 먼 곳까지 오신 겁니까? 유언 공을 도와 고향인 익주에서 임관하시는 것도 나쁘지 않았을 터인데."

감녕의 표정이 갑자기 굳었다. 그 얼굴에서 미미한 두려움을 읽어낸 주무는 조금 놀랐다. 이어진 감녕의 말은 그를 더욱 놀라게 했다.

"익주의 주인은 이미 바뀌었소."

"그게 무슨……?"

"현재 실질적으로 익주를 지배하는 자는 바로 성혼단의 우두머리인 송강이라는 계집이오. 성혼단에 대해서는 아시겠지?"

쿵! 주무는 머릿속에 천둥이 치는 듯했다. 익주의 주인이 송강이라니? 위원회 제일의 금기 사항은 역사에 전면으로 나서는 것, 즉 스스로 군웅이 되어 할거하는 행위였다.

'천강위가 나도 모르는 사이에 뭔가 일을 벌였구나.'

그는 놀람과 동요를 드러내지 않으려고 애썼다.

"아, 예. 대충은 알고 있습니다."

"말하자면 송강은 여자 장각(태평도를 만들어 황건의 난을 일으킨 종교 지도자) 같은 년이오. 그 요물이 유언 님을 홀렸고 익주 백성들을 위해 힘쓰던 오두미도마저 몰살하여, 이제 *그곳은* 성혼단이라는 사교 천지가 됐소."

"……그 얘기를 좀 더 자세히 해주실 수 있을까요?"

감녕이 풀어놓은 사연에 의하면, 그는 본래 유언을 따르려 했다. 실제 역사에서도 유언의 대에 임관하여, 그 아들 유장 까지 섬기다가 익주를 떠난다. 그러나 갑자기 나타난 성혼단 이라는 무리가 영 감녕의 비위에 거슬렸다. 그가 행하던 자경 단의 영역을 침범하는 데다 공공연히 세를 넓혀가고 있었다. 그러다 그중 몇 명과 시비가 붙어 성질대로 때려죽여버렸다. 그러자 어느 날 갑자기 그들이 찾아왔다.

"자신이 성혼단의 간부라고 했소. 처음 듣는 이름이었지 만, 상상을 초월하는 무예 솜씨를 가진 자였소. 여인 하나를 대동하고 왔는데 그녀는 그저 구경만 했을 뿐이오. 부끄럽게 도 본인은 그자의 털끝 하나 건드리지 못했소."

묻는 주무의 목소리가 조금 떨렸다.

"그자의 이름이 뭐였습니까?"

"노준의라고 하더이다."

주무는 눈을 지그시 감았다. 송강에 이어 저 이름까지 나 온 이상, 명확했다. 전혀 예상하지 못한 방향에서 천강위의 움직임을 알게 됐다. 그 결과는 배신감이었다.

'익주에 있었던가. 정보 수집이 제일 어려웠던 지역이며, 이

시기에는 어차피 외부와 단절되다시피 한 상태에서 유언과 유장 부자로 이어지는 체제가 만들어질 거라 소홀했더니…….'

감녕은 빠른 투로 나머지 말을 끝냈다.

"노준의라는 자는 날 죽이려는 생각은 없어 보였소. 오히려 호의를 드러내기도 했소. 자기 밑으로 들어오거나 익주를 떠나라고 했는데, 나는 후자를 택했소. 그리고 실은 원래 형주로 가려다가 진류에서 여 장군의 전공을 듣고 마음을 바꿔 이리로 온 것이오."

주무는 고개를 끄덕였다. 사정은 대충 알 만했다. 혼자 조용히 생각을 정리할 시간이 필요했다.

"노준의라. 기억해둬야 할 이름이로군요. 좋은 정보를 주셔서, 또 봉선 님을 택해주셔서 감사합니다. 그럼 아까 말씀드린 대로 봉선 님께 홍패 님을 추천하겠습니다. 먼 길 오시느라 피곤하실 터인데 일단 숙소로 가서 쉬십시오."

"알겠소."

돌아서서 집무실을 나가려던 감녕이 고개를 갸웃하더니 돌아섰다.

"저, 주무 님. 그런데 혹시 내가 내 자를 말했소? 방금 분명 홍패라고……."

"아, 실은 좀 전에 봉선 님께서 먼저 들르셨습니다. 그때 들은 모양입니다."

"흠, 그랬군. 아무튼 앞으로 잘 부탁하오."

감녕은 콧노래를 부르며 멀어져갔다. 그가 움직일 때마다 나는 방울 소리도 함께 멀어졌다. 주무는 집무실의 문을 닫을 생각도 않고 그의 뒷모습을 응시하며 서 있었다. 가늘게 뜬 그의 눈이 알 수 없는 광채를 발했다.

업성을 떠난 용운 일행은 하루 만에 한단현에 이르렀다. 거기까지는 순조로운 행보였다. 문제는 한단현을 떠나 양국현에 이르는 경로에서 발생했다.

"현 전체에 수상쩍은 무리가 들끓고 있습니다. 관군이 아닌 게 확실한 자들이 경비를 서고 순찰을 도는 중입니다."

흑영대원의 보고에 곽가는 심각한 표정이 됐다. 용운 일행은 중소 상단으로 위장하고 있었다. 움직임이 발각되어, 원소 세력이나 위원회의 공격을 받는 일을 피하기 위해서였다. 업성 및 동군 지역의 성혼단은 전예가 대부분 제거했다. 그러나 천하 곳곳에는 여전히 성혼단의 눈과 귀가 존재했다.

상단으로 위장한 수행원 중에는 전예가 특별히 포함시킨 정예 흑영대원도 있었다. 양국현에 들어가 동향을 살피고 나온 이가 바로 그였는데, 간단히 '2호'라 불렸다. 1호는 전예 자신이었으니 사실상 가장 뛰어난 대원을 용운에게 붙인 것이다.

곽가가 2호에게 물었다.

"수상쩍은 자들이라 하면 성혼단을 말하는 것인가?"

"이제까지 봐온 성혼단과는 행태가 좀 다릅니다. 제 생각에는 흑산적 같습니다."

"흑산적?"

있을 수 없는 일은 아니었다. 이 시기에는 도적 무리가 세를 불려 한 지역을 점령하는 일이 간혹 벌어졌다. 그중 대표적인 게 흑산적이었다. 강력한 군사력을 보유한 태수나 주목의 관할이 아니면, 대규모 도적 무리의 공격을 막기란 쉽지 않았다.

"흑산적이 거의 확실합니다. 양국현을 차지할 때까지 흑영대의 정보망에도 걸리지 않은 걸 보니, 원래부터 이곳이 근거지 중의 하나였거나 특별히 은밀하게 움직인 듯합니다. 여기저기서 원소를 치자는 등의 얘길 하고 있었습니다."

그 말에 용운이 반응했다.

"흑산적이 원소를 치려고 한다고요?"

"옛, 주공. 양국성 내에 전쟁 준비의 흔적도 역력했습니다. 말과 무기를 비축하기도 했습니다."

"흑산적이라면 내 신분이 드러났을 경우 심각한 일이 벌어질 수도 있어요. 다른 길은 없나요?"

거기에 대한 답변은 이미 주변 지형을 조사하여 경로를 정했던 곽가가 대신했다.

"거록 방면으로 우회하여 가는 길이 있긴 한데, 거긴 현재
원소의 입김이 미치는 지역입니다. 또 흑영대의 보고에 의하
면 성혼단의 활동 또한 활발합니다. 업성과 동군에서 달아난
자들이 대거 거록으로 이주한 까닭입니다."

"휴. 어렵구나, 어려워."

용운은 짧은 한숨을 내쉬었다. 이번 일을 절대 들켜서는
안 되는 상대가 바로 원소였다. 원소의 입장에서는 용운이 유
우와 동맹을 맺는 순간, 서쪽과 북쪽이 틀어막히는 형세가 된
다. 그게 아니더라도 현재 주적인 용운의 세가 강해지는 셈이
니 달가울 리 만무했다. 만약 알게 된다면 전력을 다해 저지
하려 들 터였다. 적의 수장인 용운이 본거지를 떠난 기회이기
도 하니 말이다.

"그냥 쳐부수는 건 어때요?"

청몽의 말에 곽가는 고개를 저었다.

"이 성안의 모든 사람을 죽이지 않는 한 위원회라는 자들
의 이목을 끌 우려가 있습니다. 주공께서 말씀하신 대로 성혼
단이 그들의 하부 조직이라면 열에 아홉은 발각됩니다."

위원회에 대한 경각심은 곽가에게도 뼛속 깊이 새겨졌다.
단 셋이서 원소의 대군을 괴멸한 사천신녀조차 위원회의 고
위 무사라는 자에게 당했다. 그런 자들이 성혼단이라는 방대

한 사교 집단까지 거느리고 있었다.

'실로 무서운 일이다. 아마 암약하고 있다가 천하를 뒤집으려는 생각이겠지. 이번 일을 끝내면 주공과 진지하게 의논해봐야겠다.'

곽가는 사천신녀에 더해 용운의 사천왕(조운, 태사자, 장료, 장합), 거기에 십만 이상의 정예병을 갖추기 전까지는 위원회와 정면 대결할 생각이 없었다. 단, 준비가 갖춰지면 일거에 쓸어버릴 셈이었다.

가만히 생각하고 있던 화타가 입을 열었다.

"이렇게 해보는 건 어떻습니까?"

용운이 그의 말에 답했다.

"화 선생, 말씀해보세요."

"아예 병력과 주공을 분리하는 겁니다."

"네?"

화타의 말은 이랬다. 상단으로 분한 백인의 병사는 그대로 상단으로서 놔둔다. 그리고 양국현을 통과시키며 적당히 노략질을 당하게 한다.

"말 잘하는 이를 상단 우두머리로 삼아, 돌아오는 길에도 예물을 바치겠다고 설득하면 사람을 해치지는 않을 겁니다. 만약 물건을 빼앗은 거로도 모자라 죽여서 흔적을 없애려 할 때는 싸울 수밖에 없겠지요."

"그리고요?"

"도적 떼의 관심이 가짜 상단에 쏠린 사이 주공과 저 그리고 봉효 님은 단순한 여행자로 꾸며 그 지역을 통과하는 겁니다. 만일을 대비해 사천신녀가 저희를 암중에서 지켜주시고요."

화타의 제안을 들은 곽가가 말했다.

"나쁘지 않은 생각입니다. 허나 문제는 주공입니다. 주공의 미…… 아니, 외모는 워낙 눈에 띄어서 이미 성혼단에게도 널리 알려졌을 겁니다."

화타는 싱긋 웃었다.

"그러니 변장을 하셔야지요."

"변장이요?"

"예. 아예 주공이라고 생각할 수 없을 정도로."

"어떻게……."

"바로 여장을 하시는 겁니다."

용운은 화타의 말이 떨어지자마자 입을 열었다.

"저는 반댑……."

그의 말은 나오는 즉시 사천신녀와 곽가에게 묻혔다.

"괜찮네요. 마침 저희가 쓰는 장신구며 여벌 옷 그리고 화장품도 있으니."

"아마 제 옷이 주군한테 대충 맞을 거예요."

"역시 적의 눈을 속이는 데는 여장이죠오."

"끄앙! 주군이 언니 되는 모습 보고 싶어!"

"제 아내 행세를 하시면 될 듯합니다. 주공."

검후, 청몽, 성월, 사린, 곽가가 차례로 한마디씩 했다.

용운은 그들의 표정을 보며 생각했다.

'뭐야, 이 사람들 무서워. 마치 기다렸다는 듯이…….'

그러나 한편으로는 그들의 마음 씀씀이가 고마웠다. 용운은 업성을 출발할 때부터 표정이 어두웠다. 그의 본심은 떠나기 싫었다. 지금 업성을 떠날 때가 아닌 것 같았다. 언제 조운의 소식이 들려올지 몰랐고 원소의 도발에도 대비해야 했으니까. 하지만 아무리 생각해도 황족이자 유주목, 거기다 현재 가장 아군이 될 가능성이 높은 유우에게 수하를 보내는 건 격에 맞지 않았다. 용운의 가신 중 현재 사신으로 갈 만한 사람은 최염이나 진림 정도인데, 관직이 너무 낮았다. 탁성에 원군을 파견해준 데 대한 도리도 아니었다. 용운 자신이 직접 그를 만나 높은 매력 수치를 이용, 동맹을 확실히 맺으려는 의도도 있었다. 사실 이게 제일 중요한 부분이었다.

내키지 않는 일을 해야만 하는 심정에 근심과 중압감이 더해지니 표정이 밝을 수가 없었다. 일행은 그런 용운의 심정을 알고, 일부러 과장되게 행동하여 그를 위로하려는 듯했다. 용운은 입가에 희미한 미소를 떠올렸다.

'그래. 그렇다면 못 이긴 척 맞춰주는 것도 좋겠지. 사실

마땅히 다른 수가 안 떠오르기도 하고. 어설픈 변장은 금세 발각되겠지만, 여장하리라곤 미처 생각하기 어려울 거야.'

그러나 수레로 용운을 둘러싸 시선을 차단한 후 여장이 시작되자, 그의 생각은 조금씩 변했다.

'어쩐지……'

"주군, 허리 치수가 저랑 비슷하네요. 어쩜."

검후가 말했다.

"헐, 심지어 피부는 나보다 좋은 듯?"

청몽이 덧붙였다.

"잠깐, 화 선생. 혼란한 틈을 타 어딜 만지는 거예요?"

성월이 화타를 흘겨보았다.

"예전 상처에 흉터조차 남지 않은 게 신기해서 한번 본 겁니다. 하하."

화타가 어색하게 웃었다.

"아, 이런 여인이 진짜 내 아내였으면 좋겠…… 아닙니다."

곽가가 킥킥거렸다.

용운은 입맛을 다셨다.

'어쩐지 그냥 즐기는 것 같기도……'

9

봄날의 제비

양국현은 업성의 북쪽, 한단현을 지나 더 위에 위치한 지역이다. 양국현을 지나면 조운의 고향인 상산국이 나오고, 거기서 더 북상하면 중산국에 이어 탁군에 닿게 된다. 양국현은 얼마 전부터 한 세력의 지배하에 있었다. 그 세력은 흑영대원 2호의 보고대로, 다름 아닌 흑산적이었다.

흑산에서 내려와 업성을 공격한 무리는 전체도, 본진도 아닌 일부에 불과했다. 원소는 용운을 치기 위해 업성을 넘겨주고 막대한 보상을 하겠다는 미끼로 흑산적을 움직였다. 병주에 이어 기주 진출을 노리던 흑산적은 거기 응했으나 미리 동태를 파악한 용운군의 반격에 격파당했다. 수만의 흑산적이 포로로 잡히고 좌자장팔 등의 두령도 여럿 죽었다. 곽가가 처음으로 활약했던 그 전투였다.

이에 흑산적의 수령, 장연은 크게 분노했다. 한데 그 분노는 의외로 용운보다 원소를 향했다. 용운은 공격에 맞서 싸운 입장이었다. 전투 중에는 서로 죽고 죽일 수도 있다. 한데 원소는 제 이익을 위해 흑산적을 속여, 결과적으로 함정에 빠뜨린 셈이었다. 결정적으로, 원소는 흑산적이 출병에 응한 후의 약속을 이행하지 않았다. 따르는 무리의 수가 많아졌을 때, 제일 먼저 필요해지는 건 식량이었다. 수십만에 달하는 흑산적은 말할 나위도 없었다. 장연은 업성 외에 주기로 했던 군량을 요구했는데, 원소는 업성을 빼앗지 못했다는 이유를 대며 일언지하에 거절했다. 결국, 장연은 원소를 응징하기로 마음먹었다. 이에 양국현을 보급기지로 삼기 위해 산에서 내려와 집결한 것이다.

양국성의 대전.

태사의에 앉아 있는 사내에게 수하가 보고했다.

"준비는 거의 마쳤습니다, 중랑장님. 이제 내일이라도 출진할 수 있습니다. 다만, 문제는 식량입니다."

"으음……."

'중랑장'이라 불린 사내가 바로 백만 흑산적의 수령, 장연(張燕)이다. 일대에서 공포의 대상인 흑산적의 두목인 만큼 우락부락한 괴물 같은 사내를 연상하기 쉽지만, 장연은 오히려 지적인 생김새였다. 몸도 호리호리한 것이, 겉모습만 봐선 얼핏 문사처럼 보이기도 했다.

실제로 장연은 머리가 좋은 편이었다. 그의 세력에는 따로 책사가 없었다. 백만이나 되는 무리를 통솔하려면 힘만으로는 안 되는 법. 즉 장연 자신이 똑똑하단 의미였다. 하지만 장포 위에 걸친 갑옷 아래로는 잘 단련된 근육이 꿈틀거렸다.

장연의 본명은 저연(褚燕)이었다. 그는 황건적의 난이 일어났을 무렵, 장우각(張牛角)이란 자와 더불어 도적단을 결성해 거기에 호응했다. 그런데 장우각은 관군과의 전투 중 화살에 맞은 상처가 악화돼 죽고 말았다. 그는 마지막 순간, 형제처럼 지내던 저연에게 뒷일을 부탁했다.

저연은 장우각의 사후, 성을 장씨로 고치고 뒤를 이어 수령의 자리에 올랐다. 그때부터 저연은 장연이라 불렸다. 군대를 지휘할 때는 항상 용맹하고 민첩하여, 비연(飛燕, 날아다니는 제비)이란 별명을 얻기도 했다.

흑산적은 장연이 이끈 후부터 비약적으로 세를 불렸다. 병주를 중심으로 상산, 조국, 중산, 상당으로 이어지는 산지를 근거지로 삼았다. 황건적의 잔당이 속속 장연에게 투항하니, 한때 그 숫자가 무려 백만에 달하기도 했다.

하북 지역에서는 흑산적에게 당하지 않은 군현이 없을 정도로 피해가 심각했다. 후한 정부는 흑산적의 만행을 인지하고 있었으나 진압할 자신이 없었다. 이에 장연을 설득, 귀순시켜 평난중랑장(平難中郎將)이라는 관직을 내렸다. 차라리 그의 병주 지배를 인정해주고 노략질을 그치게 한 것이다. 수하가 중랑장님이라 부른 건 그래서였다.

정사에서 기주목 한복이 공손찬에게 패배하여 세가 약해졌을 때였다. 인접한 장연은 기주를 노리고 병력을 보냈다. 그러나 한복이 공손찬과 싸운 것도, 장연이 병력을 파견한 것도 모두 기주를 차지하려는 원소의 계략이었다. 돌아가는 상황에 압박감을 느낀 한복은 원소에게 업성을 내주고 말았다. 헛걸음한 장연의 군대는 원소에게 격파당했으며 그때부터 장연과 원소의 대립이 시작되었다.

원소가 기주목이 되자, 장연은 공손찬의 편에서 그를 도왔다. 하지만 싸우는 족족 원소에게 패배했다. 원소가 공손찬과 싸우는 틈을 타 한때는 업성을 함락하기도 했다. 한데 그것도 원소의 반격을 받아 석 달 만에 다시 빼앗겼다. 이후 원소는 장연을 집요하게 공격하였고 궁지에 몰린 장연은 상산 땅에서 흉노, 오환족과 연합하여 일전을 벌였다. 그러나 열흘간의 치열한 전투 끝에 승리한 쪽은 원소였다. 이때부터 장연의 세력은 쇠퇴하기 시작했다.

199년, 공손찬이 원소에 의해 역경에서 궁지에 몰렸을 때 구원에 나서기도 했으나, 또 패배하여 많은 병력을 잃고 달아났다. 202년, 원수였던 원소가 조조의 손에 몰락하고 조조가 기주를 평정했다. 장연은 남은 무리를 이끌고 조조에게 투항했다. 그 공적으로 평북장군(平北將軍)의 직위와 안국정후(安國亭侯)라는 봉호를 하사받고 업을 수비하는 임무를 맡았다.

여기까지가 정사에서의 장연에 대한 기록이다. 적어도 원소와의 악연은 용운에 의해 변화된 이 세계에서도 시작되고 있었다.

식량 부족을 하소연하는 수하의 말에 잠시 고심하던 장연이 말했다.

"원소 놈과의 약속만 철석같이 믿고 준비가 부족했으니 어쩔 수 없는 일이다. 최대한 빨리 거록까지 진격하여 원소의 세력을 치고 그 기세로 청하국까지 점령한다. 그 두 곳에서 모자란 군량을 빼앗으면 될 것이다."

"업성으로 쳐들어가는 건 어떻겠습니까? 듣기로 업성은 식량이 매우 풍족하다고 합니다. 또 놈들은 흑산에 있던 형제들의 원수가 아닙니까."

수하의 제안에 장연은 고개를 저었다.

"지금 우리가 원소를 도모할 수 있는 것은 업성의 진용운이 그와 적대관계이기 때문이다. 다시 업성을 공격해서 원소에게 좋은 일을 해줄 필요는 없다. 그리고 업성에서 죽은 형제들보다 포로로 사로잡힌 형제들이 훨씬 많다고 하지 않았던가. 진용운이 그들을 싸움에 내몰기라도 하면 자칫 큰 혼란이 벌어진다."

"과연 중랑장님의 말씀이 옳습니다."

"업성은 원소를 쳐서 식량을 확보하고 복수한 후에 노려도 늦지 않다. 그때는 성안에 있는 형제들이 호응해줄 수도 있으니 오히려 일이 쉬우리라."

수하가 장연의 식견에 감탄할 때였다. 다른 흑산적 졸개하나가 대전에 들어와 보고했다.

"수령님! 백 명 정도 되는 상단 하나가 성으로 접근 중이랍니다. 말과 수레에 짐이 잔뜩 실려 있는데 대부분 식량으로 보인다고 합니다. 죄다 죽여버리고 빼앗을까요?"

장연은 졸개의 보고에 퍼뜩 스치는 게 있었다. 그는 반색하며 태사의에서 일어났다.

"상단이라 했나?"

"예, 수령님."

"죽여서는 안 된다. 날래고 강한 자 오백만 모아라. 상인백 명이면 그 정도로 충분하다. 내가 직접 상단과 교섭하리라."

"교섭이요?"

낯선 단어에 졸개는 고개를 갸웃거렸다.

곽가는 결국 상단 인솔자 역을 맡았다. 병사 중 흑산적들을 상대로 당황하지 않고 능수능란하게 대화할 만한 사람이 없어서였다.

'쳇. 주공의 남편 노릇을 해보고 싶었는데.'

상단으로 변한 용운의 호위대는 성문 앞에서 한동안 붙잡혀 있다가 안으로 들어섰다. 그러나 얼마 못 가 일단의 병력이 또 앞을 막아섰다.

"잠깐, 멈춰라."

치안대나 순찰대라기에는 수가 지나치게 많았다. 대략 오백은 되어 보였다. 곽가는 생각했다.

'성문에 잡아둔 사이 보고하러 가는 기색이더니, 드디어 시작이군.'

그의 왼편 뒤쪽에 선 검후가 나직하게 말했다.

"제가 있으니 봉효 님께서는 염려 마십시오."

큰 키 덕분에 두건을 덮어쓰고 남장한 검후는 상단 일꾼 행세를 하는 중이었다. 그녀의 실력이라면 흑산적 오백 명 정도는 몸 풀 거리도 되지 않았다. 또 오른편에는 흑영대원 2호도 있었다. 첩보 임무가 주특기라곤 하나, 일반 병사 수십 명을 상대할 정도의 무력은 가졌다. 검후와 성월 그리고 흑영대원 2호가 상단 호위를 맡았다. 사린은 용운 일행에 끼어 있었다. 청몽은 모습을 숨긴 채 용운 한 사람만을 밀착 경호하기로 했다.

검후의 말에 곽가는 살짝 고개를 끄덕였다.

'든든하군 그래.'

험상궂은 거한이 말 위에서 내려다보며 말했다.

"상행의 우두머리가 누군가?"

"접니다."

곽가가 앞으로 나서며 대꾸했다.

그를 힐끗 본 거한이 말을 이었다.

"이곳 양국성은 평난중랑장이신 장연 님께서 다스리는 곳이다. 중랑장님이 통행세 문제로 그대들에게 잠깐 할 말이 있다 하시니 기다려라."

곽가의 얼굴에 미미한 동요가 일었다. 장연에 대한 정보는 그도 들은 적이 있었다. 흑산적의 수령이자, 황실에서 관직을 내려 병주 지역을 내준 유일무이한 자. 후한 황실은 황건의 난을 진압했지만, 흑산적은 끝내 포기한 것이다. 흑산적 무리라 예상은 했으나, 설마 수령이 직접 와 있을 줄은 몰랐다.

'이거 생각보다 거물을 상대하게 됐잖아.'

곽가는 침을 꿀꺽 삼켰다.

백 명에 달하는 가짜 상단과 오백의 병력이 길 위에서 대치하자, 과연 주변의 시선이 그리로 쏠렸다. 성문을 지키던 보초병들의 주의도 산만해졌다.

　화타가 조용한 어조로 말했다.

　"지금 들어가시지요."

　화타와 용운 그리고 사린은 성문으로 다가갔다. 화타와 사린은 평소와 다름없는 외양이었다. 용운만이 장포를 덮어서, 머리와 상체 전체를 가리고 있었다. 그 아래는 긴 치마를 입고 있었다. 잘 지나가나 하던 찰나.

　"잠깐!"

　보초병 중 제일 좋은 갑옷을 입은 자가 일행을 불러세웠다. 경비대장쯤 되는 모양이었다.

　"어디서 오는 길이요?"

　화타는 일행을 대표하여 답했다.

　"저는 남화현의 의원입니다. 안사람의 몸이 불편해서 처제와 함께 약재를 사러 왔습니다."

　남화현은 양국현의 동쪽에 인접한 지역이다. 산기슭에 위치한 양국현은 실제로 약초며 산짐승 등이 많이 거래되었다.

　"안사람이라고? 계집이라기엔 키가 너무 큰데?"

　경비대장은 예상외로 제법 딴죽을 걸었다. 뭔가 심기가 불편한 모양이었다. 화타가 뇌물을 건네지 않아 비위가 상한 것이다. 화타는 이제까지 역병이 돌거나 전쟁 후의 난리 통인 지역을 주로 찾아다녔다. 후한은 부패할 대로 부패한 상태였지만, 관리나 병사들도 그런 곳에서까지 뇌물을 받아먹을 생각은 하지 못했다. 거기에 익숙해진 화타는 미처 뇌물에까지 생각이 미치지 못했다.

경비대장은 일행에게 다가와 용운을 훑어보았다. 그사이 키가 많이 자란 용운은 이제 170센티미터를 살짝 넘었다. 이 시대의 여인치고는 매우 큰 키였다.

"수상쩍군. 덮어씌운 걸 벗겨보시오."

화타는 어쩔 수 없이 용운이 덮어쓰고 있던 장포를 벗겼다. 용운은 아픈 척하느라 미간을 찡그렸다.

경비대장의 입이 헤벌어졌다. 그는 맹세컨대 태어나서 이 의원의 아내처럼 아름다운 여자를 본 적이 없었다. 비녀를 꽂아 틀어올린 머리 아래로, 눈부시게 하얀 목덜미가 드러났다. 허리는 버드나무 가지처럼 유연하고 가늘었으며 가슴은 적당히 부풀었다. 그윽한 눈빛에 붉은 입술이 도톰했다. 살짝 찌푸린 가느다란 눈썹마저 아름다웠다.

사린이 걱정스러운 표정으로 말했다.

"언니, 많이 아파? 이 아저씨 때문에 열 더 오르면 어떡하지?"

그녀는 나름대로 열심히 연기 중이었다.

화타는 정중한, 그러면서도 약간의 원망이 섞인 미묘한 어조로 말했다.

"보시다시피 열병이 심합니다. 이제 들어가도 되겠습니까?"

"아, 어, 그, 얼른 들어가시오."

경비대장은 손짓까지 해가며 셋을 들여보냈다.

은신한 채 그들을 따르던 청몽은 터져 나오려는 웃음을 참느라 애를 썼다.

'하긴 주군이 좀 예뻐야지.'

여장을 마친 용운의 모습을 봤을 때는 정말 깜짝 놀랐다. 원래 세계에서의 자신이었다면 그의 발끝에도 못 미쳤으리라고 생각되었다.

'하지만 지금은 나도 예쁘다고 했으니까.'

문제는 이 뒤에 벌어졌다. 용운 일행의 뒷모습을 보던 경비대장이 딴마음을 먹은 것이다.

'뇌물도 못 받아먹었는데, 그냥 보내려니 뭔가 억울하군. 저 정도 미색을 가진 여인이면 수령님께 바칠 만하다. 동생년도 상당히 예쁘고 말이야. 어쩌면 지부장의 지위까지도 바라볼 수 있을 거야.'

장연이 여자를 좋아한다는 사실은 흑산적 사이에 널리 알려져 있었다. 경비대장은 주위의 수하를 다급히 불러 모았다. 그리고 그들과 잠시 쑥덕이더니 용운 일행의 뒤를 따르기 시작했다.

그사이 곽가는 드디어 장연을 마주했다. 오백의 병력을 헤치고, 한 사내가 천천히 말을 몰아 나왔다.

"내가 평난중랑장 장연이다."

"중랑장님을 뵙습니다."

곽가는 정중히 포권을 취하며 말했다.

그를 보던 장연의 눈에 이채가 일었다.

"그대는 한낱 상인 같지는 않구나."

뜨끔한 곽가가 순발력을 발휘하여 둘러댔다.

"원래 관직에 있던 집안의 장손이나, 몰락하여 상행에 몸담게 됐습니다. 옛날 일입니다."

"그랬군. 하긴 난세이니……. 그럼 용건부터 말하지. 보유한 물품이 혹 식량인가?"

"맞습니다."

"양이 얼마나 되나?"

"쌀 일천 석, 잡곡이 오백 석입니다."

장연의 눈동자가 빛났다. 기대 이상의 양이었다. 쌀 한 석이면, 빠듯하게 보급했을 때 병사 한 명을 2년 가까이 먹일 수 있는 양이었다. 쌀만 일천 석이니, 대략 이만 사천의 병력에 한 달간 보급이 가능했다. 하루 두 끼로 제한하면 무려 오만 명을 한 달 동안 먹일 수 있었다. 한 달이면 전쟁을 수행하기에 충분한 시간이다. 지금 장연의 세력에겐 가뭄 속의 단비와 같았다.

"그 식량을 내게 넘겨줘야겠다."

장연의 말에 곽가는 속으로 욕했다.

'누가 도적 떼 아니랄까봐 날로 먹으려고 드는군.'

하지만 겉으로는 울상을 짓는 척했다.

"아이고, 나리! 이걸 다 가져가시면 전 쫄딱 망합니다. 전 재산을 털어서 산 곡물입니다."

"망한다고 염려할 일 없을 게다."

장연에게서 비로소 살기가 풍겨 나왔다.

"이 자리에서 다 죽으면 어차피 망하든 말든 상관없어지니까 말이다."

곽가는 울컥 화가 치밀었다. 이 흑산적 놈들은 이런 식으로 백성과 관을 약탈하며 지내왔으리라. 그러나 여기서 화를 내면 큰 사달이 난다. 죽는 쪽은 대부분 흑산적이 되겠지만, 검후가 백 명 모두를 지키긴 어려울 듯했다. 또 십중팔구 성혼단에게 정체가 발각될 것이다. 지금도 어디선가 지켜보고 있을지도 몰랐다.

"여기서 저희를 해치시면 눈앞의 작은 이득 때문에 큰 손해를 입으시게 됩니다, 나리."

장연이 곽가의 말에 멈칫했다.

"그게 무슨 소리냐?"

"저는 이 곡물을 식량이 부족한 유주에서 팔아, 몇 배의 이익을 남길 겁니다. 그리고 남부로 돌아가 그 돈으로 다시 곡물을 사들일 거고요."

"그래서?"

"그리 되면 일천 석 따위는 아무것도 아닙니다. 약조하지요. 저희 일행을 해치지 않고 보내주신다면, 먼저 여기 있는 일천 석 중 오백 석을 드리고 상행을 마친 뒤에 돌아와서 이천, 아니 삼천 석을 더 드리겠습니다."

"네가 약속을 지킨다고 어찌 믿느냐?"

"이건 나리와 저의 거래입니다. 상인은 거래에서는 거짓을 말하지 않습니다. 제 식구들의 목숨 값이기도 하니 어찌 그걸로 장난을 치겠습니까? 또 거짓으로 이 자리를 모면한다 한들, 나리가 저 하나 찾아내어 벌하는 게 어렵겠습니까?"

장연은 진지한 눈빛으로 거짓말하는 곽가에게 흔들리기 시작했다.

"지금 당장 오백. 그리고 후일에 삼천 석이라……."

오백 석만 되어도 보름은 싸울 수 있다. 거기에 삼천 석이 더해지면, 원소의 근거지인 발해까지도 노려볼 만했다.

'밑져야 본전이다. 인질을 잡아두고 보내줘볼까?'

장연이 고민에 빠져 머리를 굴릴 때였다. 멀지 않은 곳에서 한바탕 소란이 일어났다. 성문 쪽이었다. 뭔가 깨지고 부서지는 소리와 비명이 뒤섞여 울렸다. 중요한 순간에 생각을 방해받자 화가 난 장연이 외쳤다.

"이게 대체 무슨 소란이냐?"

"제가 알아보고 오겠습니다."

장연의 부하 하나가 급히 말을 몰아 달려갔다.

곽가와 검후는 불안한 눈빛을 몰래 주고받았다.

'설마……'

'아니겠지요.'

잠시 후, 돌아온 졸개가 보고했다.

"두목, 아니 중랑장님. 잠깐 와보셔야겠습니다."

"지금 중요한 거래 중인 게 안 보이느냐?"

"그것이……"

수하가 뭔가 귓속말을 하자, 장연의 표정이 달라졌다. 그는 곽가에게 빠른 투로 말했다.

"네놈의 제안에 대해 생각해볼 터이니, 오늘은 성안에 머물러라. 내일까지 답을 주겠다. 숙소를 정하면 내일 내 부하가 데리러 갈 것이다. 만약 달아났다간 거래고 뭐고 모조리 죽여버릴 테니 명심하라."

말을 마친 장연은 십여 명의 친위병만 거느리고 성문 쪽으로 달려갔다. 뭔가 잔뜩 설레는 기색이었다. 부장쯤으로 보이는 자가, 오백의 병력으로 호위대를 둘러싸고 무뚝뚝하게 말했다.

"따라와라."

곽가와 검후는 무슨 일이 벌어졌는지 궁금하기 짝이 없었으나, 일단 장연의 말을 따를 수밖에 없었다.

"조금 어두워지면 제가 알아보겠습니다."

2호의 말에 곽가는 고개를 끄덕였다.

성문 앞의 소동은 용운 일행이 일으켰다. 뒤쫓아온 경비대장이 용운을 억지로 끌고 가려 하자, 화가 난 사린이 몰래 짱돌을 주워 던졌다. 적당히 힘을 조절하긴 했지만, 사린이 누군가. 경비대장은 머리가 깨져 쓰러졌다. 죽진 않았으나 눈이 뒤집힌 채 졸도해버렸다. 그러자 놈의 수하가 즉시 용운과 화타 그리고 사린을 둘러쌌다. 소란은 그 과정에서 벌어졌다.

사린은 살벌한 표정으로 망치 손잡이를 잡았다. 청몽은 용운의 그림자 안에서 살기를 뿜어댔다. 용운이 두 사람에게 나직한 소리로 당부했다.

'안 돼! 위원회의 존재를 잊었어? 여기만 해도 성혼단의 눈이 얼마나 있을지 몰라. 최악의 경우 이놈들 중에 위원회가

섞여 있을지도 모르고. 조금만 더 참아. 정 안 되면 어차피 싸워야 하니.'

장연이 도착한 건 그때였다.

"웬 난리냐?"

그는 이미 절세미인이 있다는 수하의 귀띔을 받고 온 터였다. 장연의 여성편력을 잘 아는 수하는 함부로 미인이라는 수식어를 붙이지 않았다. 그런 그가 절세미인이라 칭했다. 거기 놀란 장연은 한달음에 달려온 것이다. 어차피 상단의 곡식은 손에 들어온 거나 매한가지였다. 말을 하면서도 연신 주변을 살피던 그의 눈에, 마침내 용운의 모습이 들어왔다.

"어……."

순간 장연은 말을 잃었다. 정신이 아득해졌다. 백만 단위의 도적 떼를 이끌면서 여자는 실컷 안아보았다. 그중에는 농민도, 기생도, 노비도, 때로는 관리의 처나 딸도 있었다. 하지만 눈앞의 저 여인처럼 신비로운 아름다움을 가진 여자는 없었다. 단 한 사람도. 많은 여인을 접했기에 역설적으로 그녀의 아름다움을 더 잘 알 수 있었다.

난리 통에 풀어 헤쳐졌는지 어깨 위로 흘러내린 탐스러운 갈색 머리카락. 신비로운 빛을 발하는 깊고 커다란 눈. 새하얀 피부에 붉은 입술. 거기다 여린 듯하면서도 묘한 강인함이 느껴지는 상반된 매력까지. 장연은 심장이 내려앉을 듯한 충

격을 받았다.

장연의 수하들이 보기에도 여인, 정확히는 여장한 용운은 무지무지 아름답긴 했다. 그러나 장연이 느끼는 것만큼은 아니었다. 정확히는 감정의 종류가 다소 달랐다. 수하들이 뭔가 예술품을 보는 듯한 비현실적인 감각을 느꼈다면, 장연은 이상형인 운명의 여인을 만난 듯한 착각에 빠졌다. 한마디로 그는 제대로 취향 저격을 당한 것이다. 이는 용운의 엄청나게 높은 매력 수치에 여장 효과가 작용하고 뜻밖에도 두 사람의 상성까지 맞으면서 벌어진 일이었다.

"어…… 어어, 그, 그러니까."

말을 더듬던 장연은 멍청한 질문을 던졌다.

"그대는 누구요?"

장연이 넋을 잃고 용운을 쳐다볼 때, 용운 또한 대인통찰을 이용하여 장연을 살피고 있었다. 혹시나 위원회의 일원이 아닌지 확인하기 위해서였다. 용운이 겪은 바에 의하면, 자존심 때문인지는 몰라도 천강위의 멤버들은 절대 졸병이나 평민의 모습으로는 나타나지 않았다. 심지어 현대에서의 모습을 그대로 유지한 자도 있었다. 자신의 힘에 대한 오만. 그게 위원회 천강급 인물들의 특징이자 약점이었다. 덕분에 이 자리에 있는 수백의 흑산적 병사들을 일일이 확인할 필요는 없을 듯했다.

무력(武力) 88

통솔력(統率力) 84

장연(張燕)

기습(奇襲)
고무(鼓舞)
돌격(突擊)
감지(感知)

지력(智力) 75

정치력(政治力) 60

매력(魅力) 72

호감(好感) 90

'장연! 장연이었구나. 설마 흑산적의 수령이 여기 있었을 줄이야.'

용운은 상대의 정체와 더불어 생각보다 높은 능력치에 놀랐다.

'역시 백만의 도적 떼를 이끌던 자라 이건가. 황실과 협상하여 관직을 받아냈을 정도이니 정치력도 어느 정도 있고. 주위에 많은 사람이 따르는 걸 보면 매력 또한 높겠지. 흐음, 그리고 감지? 장수 타입인데 신기한 특기를 가졌네. 아니, 오히려 만능 타입이라고 해야 하나?'

그리고 엄청나게 높은 호감도에 더욱 놀랐다.

'잠깐. 뭐야, 왜 90이야? 왜?'

그리고 보니 장연은 얼굴이 붉어진 채 시선을 제대로 못

맞추고 말까지 더듬고 있었다.

사린과 청몽은 그런 장연을 보며 각자 생각했다.

'우와, 첫눈에 반하는 모습은 실제로 처음 봐.'

'반했네, 반했어. 내가 저 심정 알지.'

화타는 난감해졌다. 그가 아니라, 단순무식한 흑산적 졸개가 보기에도 장연의 상태는 정상이 아니었다.

'호흡과 맥박이 엄청나게 빨라졌다. 체온도 올라간 것 같고. 이 자리에서 주공을 내 아내라 말하면, 저자는 나를 죽이고 주공을 차지하려 들지도 모른다.'

화타가 난감해하는 건 그것 때문이 아니었다.

'물론 그렇게 되면 당연히 청몽 님과 사린 님이 막아주시겠지만……. 듣기로 두 분은 주공의 안위와 관련된 일에는 인정사정없다고 들었다. 적어도 이 자리에 있는 수백 명은 고혼이 되리라.'

모든 이를 평등하게 치료하는 의원으로서, 아무리 도적 떼라 하나 수백의 목숨을 날아가게 할 순 없었다. 다행히 상대가 장연임을 알아챈 용운이 먼저 나서서 말했다. 한 가지 계획이 떠오른 것이다.

"장연 님이시군요."

보통 여성에 비해 약간 낮은 용운의 음성마저, 이미 그에게 홀리다시피 한 장연의 귀에는 황홀하게 들렸다.

장연은 떨리는 목소리로 말했다.

"나를 아, 아시오?"

"알다마다요. 비록 난을 일으켜 일어섰지만, 황실마저 그 세력과 용맹함을 인정하여 평난중랑장에 임명한 장연 님을 어찌 모르겠습니까. 실은 예전에 낙양에서 뵌 적이 있습니다. 먼 발치에서였지만."

"그, 그랬구려."

그에게 한 걸음 다가선 용운이 말했다.

"이렇게 뵙게 된 것도 인연인 듯합니다. 실은 긴히 드릴 말씀이 있습니다. 주변의 시선이 없는 곳으로 가주실 수 있을까요?"

이제 장연의 심장은 뛰다 못해 터질 지경이었다.

'주변의 시선이 없는 곳!'

장연은 허둥지둥 용운에게 다가와, 그를 자신이 타고 있던 말에 태웠다. 그리고 직접 고삐를 잡더니 어딘가로 바삐 향하기 시작했다. 성문 바깥쪽이었다.

"이, 일행 분들을 부족함 없게 모셔라. 털끝 하나라도 다치게 하는 놈은 내가 사지를 찢어놓을 테다!"

장연은 이 말만을 남긴 채 성문을 나가 빠르게 멀어져갔다. 화타도 사린도 그리고 장연의 호위 십여 명도 멍하니 그 뒷모습을 바라보았다. 단, 청몽만은 어느 틈에 말 그림자에 숨어들어 여전히 용운을 따르고 있었다.

'헐, 이거 분위기가 심상치 않네? 설마 진짜 제대로 반한 거야?'

그녀는 심경이 복잡해졌다. 여자도 싫지만, 남자를 연적으로 두는 사태는 절대 사절이었다.

장연은 뒤따르려는 수하들은 물론이고 그를 가장 가까운 곳에서 호위하는 친위대조차 물리쳤다. 그리고 용운을 태운 말의 고삐를 잡은 채 성 외곽 쪽으로 향했다. 내성으로 데려가 욕망을 채우려는 생각 따위 떠오르지도 않았다. 아니, 음심 자체가 일어나질 않았다. 장연 자신도 내심 그게 신기했다.

'이게 진짜 사모한다는 감정인가?'

그가 향하는 장소는 근처 언덕 사이의 호젓한 공터였다. 햇빛이 잘 들어 양국현에서 제일 먼저 봄꽃이 피는 곳이었다.

장연은 조운과 마찬가지로 상산 사람이었다. 도적 떼의 수령이 되기 전, 순박하던 시절에 양국현에 왔다가 우연히 보고 기억해둔 곳이다. 풋사랑을 나누던 여인과 입맞춤한 장소이기도 했다. 무시무시한 흑산적의 두목이라곤 하나 그도 사람이었다. 가끔 피비린내에 지칠 때면, 혼자 와서 봄꽃을 벗 삼아 옛날을 추억하며 술을 마시곤 했다.

"다 왔소."

'뭐 어디로 데려온 거야?'

말에서 내려 공터를 둘러본 용운은 탄성을 터뜨렸다. 이름 모를 봄꽃 때문이었다.

"어? 벌써 꽃이 피었네요!"

"여, 여긴 언덕 사이인데도 희한하게 햇빛이 잘 들어서 꽃이 일찍 핀다오. 나만 아는 장소이니 방해받을 일은 없을 것이오."

장연은 두근거리는 가슴을 억누르며 말했다.

"그, 그래서 내게 할 말이란 게 무엇이오?"

이제는 용운도 장연의 마음을 눈치챘다. 안 그래도 처음 보는데 대뜸 90이란 호감도는 정상이 아니었다. 또 여기까지 오는 동안 그의 언행만 봐도 짐작할 수 있었다.

'사천신녀들이 변장을 잘해준 건지, 아니면 장연이 도적 두목치고는 순진한 건지……. 아무튼 이상하게 일이 꼬여서 이렇게 됐지만, 계속 여자 행세를 하면서 속일 수는 없잖아.'

덕분에 단둘이 있게 되는 데 성공했다. 용운은 솔직히 정체를 밝히고 협력을 요청할 생각이었다. 한 번 싸운 적이 있는 사이지만, 성공 가능성이 아예 없진 않다고 생각했다. 일단 직접 그와 칼을 맞대고 싸운 건 아니었으니. 그리고 그때 쳐들어왔던 흑산적 졸개 중 생존자의 비율이 훨씬 높았다. 또한…….

'분명 원소를 칠 준비를 하는 중이라고 했어.'

원소라는 공동의 적을 가졌기 때문이다. 용운은 장연이 왜 자신이 아닌 원소에게 원한을 품었는지 대충 짐작이 갔다.

'이용당했음을 알아차렸겠지.'

정사에서도 장연과 원소는 철천지원수였다.

'그 악연이 내게 유리하게 작용할지도 몰라.'

거기에 마지막으로, 고질적인 식량 문제를 어느 정도 해결해준다면? 자신의 제안에 응할 가능성이 없진 않았다. 물론 장연이 속은 데 분노하여 용운을 해치려 든다거나, 제안을 거부할 수도 있었다.

'그때는 어쩔 수 없지. 죽이는 수밖에.'

용운의 표정이 서늘해졌다. 이제 이런 암습 정도는 아무렇지 않을 정도로, 그는 이 세상에 적응했다. 지금의 용운이 현대로 돌아간다면, 그를 비열하게 괴롭히던 병화 같은 녀석은 쥐도 새도 모르게 없애버릴지도 몰랐다. 그가 약한 일면을 보이는 건 어디까지나 자기 사람이 관련됐을 때였다.

'수장을 잃은 흑산적 따위는 오합지졸이다. 여기서 장연을 죽이고 그들을 흡수하는 것도 나쁘진 않아.'

용운은 이미 장연을 죽인 뒤의 일까지 생각했다. 물론 자기 손으로 죽인다는 건 턱도 없었다. 때때로 알 수 없는 힘이 발휘된다는 것은 용운 자신도 깨닫고 있었다. 그러나 안타깝게도 그 힘은 거의 죽기 직전일 때나 잠깐 나타났다가 사라졌다. 또한 위원회를 상대로 할 때 더 잘 발휘되는 듯했다.

'그걸 믿고 무력 80대 후반의 흑산적 수령을 죽이겠다고 덤벼들 순 없지.'

용운의 시선이 타고 온 말의 그림자 쪽을 잠깐 향했다. 그는 이미 청몽의 기척을 느끼고 있었다. 그녀가 미미하게 살기를 품기 시작한 것도.

'미안, 청몽. 맡길게.'

물론 아무나 사천신녀, 특히 청몽의 기척을 느낄 수 있는 건 아니었다. 이는 그녀들과 교감하는 용운이기에 가능했다.

장연은 묘한 기대감과 불안함이 뒤섞인 표정으로 용운을 연신 곁눈질하고 있었다. 그 모습이 어쩌 비 맞은 강아지 같아서, 용운은 조금 마음이 약해지려 했다.

'정신 똑바로 차려, 진용운. 저자는 무수한 백성을 해치고 관리를 죽였으며 하북 일대를 공포에 떨게 한 흑산적의 수령이다. 내 제안이 거부당할 경우 어차피 적이 된다. 그렇다면 지금이 저자를 확실하게 죽일 수 있는 마지막 기회일지도 몰라.'

용운은 깊이 숨을 들이마시며 결의를 다졌다. 그리고 그에게 다가서서 거두절미하고 말했다.

"사실 내가 바로 진용운입니다."

장연은 잠깐 어리둥절한 기색이었다.

"……뭐요? 지, 진용운? 그게 누구요?"

"기주목. 업성의 진용운 말입니다."

"……?"

"그대가 원소의 요청을 받아 십만의 흑산적을 보내 치려고 했던. 그 병력을 물리친 진용운. 그게 나란 애깁니다."

청몽은 사슬낫을 잡은 손에 힘을 주었다.

'결국 지르셨네. 그래, 이런 엄청난 뻥을 계속 치고 있을 순 없잖아. 도적 떼의 두목 따위, 속 시원히 죽여버리자.'

그녀는 전신의 근육을 긴장시켜 곧장 튀어나갈 준비를 했다.

멍하니 용운을 바라보던 장연이 갑자기 웃음을 터뜨린 건 그때였다.

"우하하하하!"

청몽은 당황해서 하마터면 은신이 풀릴 뻔했다. 너무 충격을 받아서 미치기라도 한 걸까.

한동안 웃어대던 장연이 마침내 입을 열었다.

10

푸른 용, 돌아오다

"와하하하하!"

용운이 자신의 신분을 밝히자, 장연은 갑자기 파안대소했다. 장연이 용운을 해칠까 긴장하고 지켜보던 청몽은 당황해서 은신이 풀릴 뻔했다.

'저 자식, 주군한테 첫눈에 반했다가 남자라는 걸 알고 실성이라도 했나?'

용운은 그런 장연을 가만히 지켜보고 있었다. 정확히는 그의 머리 위에 떠오른 글자를.

감지(感知)

'감지라······. 뭘 느꼈다는 거야? 상대의 거짓말이나 속셈을 알아채는 특기는 주로 간파나 통찰인데. 또 나는 딱히 거짓말을 하지 않았어. 오히려 저자를 속이고 있다가 진실을 밝혔지.'

특기를 발동한 이상, 어쩌면 저 모습도 연극일지 몰랐다. 특기만으로는 장연의 상태를 정확히 알기 어려웠다.

'일단 호감도는 안 떨어졌네. 이건 이것대로 찜찜하군.'

이에 용운은 그가 뭔가 말하길 기다렸다.

한동안 웃던 장연이 마침내 입을 열었다.

"원소 놈, 이것 때문이었나? 날 이용한 게?"

"······?"

갑자기 여기서 원소가 왜 튀어나오는 것인가.

장연은 계속 말을 이었다.

"이제 알겠소. 그대의 출신이나 이력은 물론, 공손찬에게 임관하기 전까지의 과거가 전혀 드러나지 않았던 이유를."

용운의 어이없는 표정을 본 장연이 얼른 덧붙였다.

"아, 오해는 마시오. 원소가 업성을 치자고 제안했을 때, 기주목에 대해 조금 조사해본 것뿐이니까. 이제 보니 드러나지 않은 게 아니라 일부러 숨겼던 것이구려."

'이 인간, 대체 뭔 말을 하는 거야?'

참다못한 용운이 입을 열려 했다.

"저……."

그러나 장연은 한발 앞서 오른손 검지를 세워 흔들며 말했다.

"염려 마시오. 숨긴 이유는 충분히 이해하오. 난세에 여인의 몸으로 그 자리까지 오르기란 쉽지 않았겠지. 눈으로 확인한 나도 놀라울 지경이오."

"네……?"

"원소 놈은 용케 당신의 비밀을 알아낸 후, 제 체면을 구기기 싫어서 내게 미룬 거였군? 지면 망신이고 잘해야 본전. 그렇다고 기주목이 여자라고 소문내봤자 믿는 사람도, 별 이득도 없으니."

용운과 청몽의 입이 동시에 벌어졌다. 이 정도면 거의 현실부정 수준이었다.

"아니, 혹시 그대에게 들이댔다가 거절당하자 앙심을 품고 공격한 것이오? 그대의 아름다움으로 보아 충분히 가능성이……. 아!"

혼자 심취해서 떠들던 장연이 오른손 주먹으로 왼손바닥을 탁 내리쳤다.

"그러고 보니 기억났소. 반동탁연합군이 결성됐을 때, 난 낙양까지 진격하진 못했지만, 당시 조정에서 벼슬을 하던 때라 연주 쪽에서나마 호응한 적이 있었소. 그때 희한한 소문을 들었지. 총사령관 공손찬의 책사가 실은 그의 애첩이라고.

그 책사가 그대였구려?"

용운은 자기도 모르게 발끈했다.

"애첩 같은 거 아닙니다."

"알고 있소. 진짜 애첩이었다면, 공손찬에게서 떨어져 나왔을 때 그 수하의 가신들이 여럿 따르지도 않았을 테고, 그럼 독립하여 동군을 점령하는 일도 불가능했을 터이니. 그대의 행보는 한낱 첩실 노릇이나 하던 여인이 보일 만한 게 아니었소. 사내였다면 천하를 호령했을 만하오."

이건 도무지 칭찬인지 험담인지 알 수가 없었다. 하지만 한 가지는 확실했다. 용운이 자기 신분을 밝혔음에도 불구하고 장연이 뭔가 단단히 착각하고 있다는 거였다.

"그게 아니라, 저는……."

자신이 남자라고 말하려던 용운은, 장연의 다음 말에 움찔했다.

"그러니 그대의 수신호위는 그만 숨은 곳에서 나오라고 하시오. 모른 척하려 했는데, 엄청난 강자라 도무지 무시하고 대화하기가 어렵소. 이런 실력자가 호위하고 있으니 변변한 병력도 없이 돌아다닐 생각을 한 것이구려."

순간 용운은 깨달았다. 장연이 감지한 것은 바로 청몽의 살기 혹은 그녀 자체였다. 청몽의 은신술은 그녀보다 무력이 낮은 대상은 거의 눈치채지 못한다. 그런 것을 느낄 수 있기에 '특기'인 것이다. 무력 수치만으로 따지면 아마도 청몽보다 낮았을 여포가, 그녀를 생포하는 데 성공했듯이.

이미 상대가 존재를 알아차렸다면 은신은 무의미했다. 괜히 거부감과 경계심만 줄 뿐이었다.

"나와, 청몽."

용운의 말에 청몽이 홀연히 나타났다. 그녀는 장연을 무시하고 용운의 뒤로 가서 섰다.

그녀를 본 장연이 작은 소리로 중얼거렸다.

"역시 수신호위도 여인이로군. 하긴 수신호위라면 언제, 어느 곳이라도 동행하고 지켜봐야 할 터인데 사내를 쓸 수는 없겠지. 그나저나 저렇게 강한 여인이 있었다니……."

그의 말을 들은 용운은 기가 찼다. 뭔가 그럴듯하게 추리해내긴 하는데, 그게 죄다 틀렸다는 게 문제였다.

장연은 여전히 귓불을 발그레하게 물들인 채 용운에게 말했다.

"그래, 그대가 신분까지 숨겨가면서 날 찾아온 이유는 무엇이오?"

청몽은 그의 명치를 세게 때리고 싶어졌다.

'아니라고, 미친놈아!'

가볍게 한숨을 내쉰 용운이 대꾸했다.

"분명히 말씀드리지만 저는 남자입니다."

"걱정하지 마시오. 비밀은 지키리다."

"아니, 진짜 남자라고요."

"알겠소, 알겠소. 그대는 이제부터 남자요."

이쯤 되자 정말 옷이라도 벗어서 보여줘야 하나 싶었다. 하지만 그러기는 정말 싫었다.

'나도 모르겠다. 난 분명히 내가 남자라고 밝혔어. 그러니 나중에 나더러 속였다고 딴소리하진 못하겠지. 앞으로 계속 가까이에서 볼 사람도 아니고.'

반쯤 체념한 용운이 말했다.

"제 제안은 저와 협력해서 원소를 무너뜨리는 게 어떻겠냐는 겁니다."

"동맹을 맺자는 말이오?"

"서로의 필요를 충족해주자는 얘깁니다."

"필요 충족이라……."

"장연 님이 원소를 치려 하신다는 걸 압니다. 제게도 원소는 용서할 수 없는 적이고요. 원소에게 농락당하여 저와 장연 님의 수하들이 싸운 적도 있으니, 우리가 손을 잡지 못할 이유가 없지요."

듣고 있던 장연의 표정이 어쩐지 시무룩했다.

용운은 조심스레 물었다.

"뭔가 마음에 들지 않는 거라도……."

"나와 동맹을 맺긴 싫은 거요?"

"싫다기보다…… 그럼 확실하게 말씀드리지요. 저는 일단 기주목입니다. 이곳을 떠난 후에는 유주로 가서 유주목 백안(유우의 자) 님과 동맹을 맺을 계획입니다."

"유주목은 되는데, 난 왜 안 되는 거요?"

"제가 기주목이라 함은 제국의 관리라는 뜻입니다. 또 아시다시피 백안 님은 황실의 일족입니다. 한데 그런 우리가 어찌 도적 무리인 흑산적과 동맹을 맺었다고 공표할 수 있겠습니까?"

용운은 일부러 발언의 강도를 높였다.

장연은 처음으로 표정이 굳어졌다.

"……말이 좀 지나치시구려."

용운은 이미 언변 특기가 발동된 상태였다. 그는 장연에게 오히려 한 발 다가서서 말했다.

"장연 님, 장연 님 또한 조정에서 중랑장을 제수받은, 엄연한 제국의 장군입니다."

"그건 그렇소만."

이쯤에서 용운은 장연의 체면을 슬쩍 세워줬다.

"핍박받던 백성들을 보다 못해 스스로 흑산적이 되어 반란을 일으켰다곤 하나, 그 죄는 역적 동탁에게 맞서서 반동탁 연합군에 참여했을 때 씻고도 남았습니다. 한데 어찌 다시 어둠의 길로 들어서려 하십니까? 난세도 언젠가는 끝납니다. 평생을 이렇게 약탈만 하다 보내실 겁니까?"

"……."

용운은 그에게 손을 내밀었다.

"도적 떼의 우두머리라는 오명을 벗어버릴 자신이 있다면 제 손을 잡으십시오."

장연은 용운의 희고 가느다란 손을 물끄러미 바라보았다. 그러더니 기어들어가는 목소리로 말했다.

"허나 내가 이 자리를 버리면 내 수하들은 갈 곳도, 이끌어 줄 사람도 없소."

아랫사람을 챙기는 의리는 있다는 건가. 용운은 장연이 처음으로 조금 마음에 들었다.

"수하들을 버리라는 게 아닙니다. 조정에 정식 편제 요청을 하세요. 그리고 평난중랑장 장연의 군대로 편입하면 됩니다. 그럼 장연 님은 제국에서 가장 강력한 친위대를 가진 장군으로 거듭날 수도 있겠지요."

"……!"

"제 손을 잡으시면 이끌어드리겠습니다, 장연 님이 나아갈 길을. 더는 어둠의 길이 아닌, 명예롭고 밝은 길을 말입니다."

장연은 홀린 듯이 용운이 내민 손을 잡았다. 따뜻하고 부드러웠다.

용운은 생긋 웃으며 말했다.

"이걸로 동맹 성립이네요."

청몽은 속으로 생각했다.

'그리고 빗나간 짝사랑도 성립이네. 사실을 말해줘도 안 믿으니 방법이 없다.'

용운의 손을 잡은 장연의 얼굴은 붉게 달아오르다 못해 폭발하기 직전이었다.

"잘…… 부탁하오. 기주목."

용운이 걱정되어 찾아 나선 화타와 사린이 멀찍이서 허겁지겁 달려오고 있었다.

용운 일행은 다음 날 오전 느지막이 성문을 나섰다. 용운과 사천신녀, 곽가, 화타, 흑영대원 2호 등은 물론이고 일백의 호위병까지 전원 무사했다. 용운은 군량이 부족한 장연의 사정을 고려해 보유하고 있던 곡물 중 오백 석을 싼값에 팔았다. 나머지는 유우에게 바칠 공물이었다. 또 곽가가 말한 대로 돌아온 후에도 싸게 식량을 공급하겠다고 약조하였다.

대신 장연은 최대한 빨리 거록군을 점령하고 안평국을 쳐서, 발해의 원소를 압박하기로 했다. 여기까지가 지난밤 두 사람이 협의한 내용이었다. 이후의 일은 용운이 업성으로 귀환한 후, 장연이 어디에 있는지를 살펴서 사신을 보내 결정하기로 했다.

곽가는 장연의 수하에게 이끌려 갈 때만 해도 최악의 상황까지 각오하고 있었다. 한데 융숭한 대접 끝에 풀려나자 어리둥절했다. 그가 궁금해 죽겠다는 표정으로 물었다.

"주공, 장연 같은 자를 대체 어떻게 끌어들이신 겁니까?"

"하하, 그야 뭐…… 앞날을 제시하고 도리를 말해서 잘 설득했죠."

"저건 그냥 설득된 정도가 아닌데요?"

일행은 뒤를 돌아보았다. 성문 앞에 직접 배웅 나왔던 장연이 열심히 손을 흔들고 있었다.

용운이 돌아본 걸 알아챈 그가 큰 소리로 외쳤다.

"내 반드시 발해성까지 함락시켜 그대에게 예물로 바치겠소!"

용운은 고개를 설레설레 저었다.

'역사상 장연은 원소와 맞붙어 거의 이긴 적이 없다. 발해를 함락하기는커녕 욕심 부리다가 변이나 당하지 않았으면 좋겠네. 책사라도 하나 붙여줄 걸 그랬나……'

곽가는 심히 미심쩍다는 표정으로 용운을 바라보았다.

"저자에게 무슨 미혹술이라도 쓰신 겁니까?"

"설마요."

"그런데 여장은 왜 계속 하고 계시는 거죠? 취향에 맞으십니까?"

"이 옷이랑 장신구들은 나 혼자서는 뗄 수도 없다고요!"

청몽은 두 사람의 대화를 들으며 또 웃음을 참느라 애써야 했다.

어쨌거나 용운은 흑산적 소굴이 된 양국현을 무사히 벗어났다. 그뿐만 아니라, 장연이란 무장과 그가 이끄는 십만의 흑산적을 아군으로 삼았다. 이는 용운에게 강력한 힘이 되고 원소에게는 엄청난 중압감으로, 아니 실질적인 압력으로 작용할 터였다. 뜻밖의 성과를 거둔 용운 일행은 북쪽, 유우의 땅으로 걸음을 재촉했다.

'늦어도 3월 중에는 업성으로 돌아가야 한다.'

용운이 양국현을 벗어날 무렵.

기주에는 완연한 전운이 감돌고 있었다. 업성에 있는 용운의 가신들은 관도로 보낼 원군 편성을 서둘렀다. 업성 방어에 필요한 최소한의 인원을 제외한 병력에, 항복한 흑산적 중 업성에 자리를 잡거나 가족을 불러오는 등 비교적 배반할 위험이 적은 자를 더하는 작업이었다.

가신들의 얼굴은 하나같이 밝지 못했다. 원소가 생각보다 너무나 빨리 재침공해온 탓에, 관도성의 병력이 부족했기 때

문이다. 이대로 가다가는 자칫 장료가 거느린 오천의 병사만
으로 삼만 이상의 적을 맞아 싸울 판이었다.

그런 모습을 보다 성문으로 나온 마초가 방덕에게 말했다.

"영명 님, 소위 일기당천이라 불리는 용맹한 장수가 있다
면 병력의 열세를 어느 정도나 극복할 수 있다고 보십니까?"

마등의 죽음으로 마초는 일족의 수장이 되었다. 이에 방덕
은 더는 마초를 작은 주공이라고 부르지 않았다. 용운의 세
력에 의탁한 까닭에 다른 사람들이 있는 자리에서는 언행에
주의했다. 그러나 충성스러운 방덕에게 있어서 주공은 여전
히 마초 하나였다. 마초가 성장하여 일족들을 모아, 다시 세
력을 일구고 한수와 여포에게 복수하는 모습을 보는 것. 이게
방덕의 새로운 꿈이 되었다. 그때까지는 성심을 다해 용운을
도울 생각이었다. 마초는 눈코 뜰 새 없이 바쁜 장합 대신, 임
시 경비대장 임무를 맡고 있었다. 방덕도 그를 보좌하러 함께
나왔다. 마초가 던진 질문은 변수가 너무 많았다. 그래도 방
덕은 신중하게 답했다.

"글쎄요. 책략이나 병과 등을 모두 배제하고 일반 보병만
으로 한정한다면, 일기당천이란 말 그대로 천 명 정도는 감당
할 수 있겠지요."

"그럼, 그런 장수 둘이 있고 각각 천 명씩을 거느린다면
요?"

방덕은 그게 마초와 자신을 의미함을 눈치챘다. 용운의 세력에 늦게 합류한 마초는 하루빨리 전공을 세워 인정받고 싶은 마음에 몸이 달아 있었다.

"그래도 오천 이상을 상대하긴 어려울 겁니다."

"그런 장수 셋이 일천씩의 정예를 거느리고 거기에 괜찮은 책사까지 가세한다면요?"

"장수와 책사의 역량에 따라 만 명 이상을 물리칠 수도 있을 듯합니다."

"음…… 장수 하나와 책사 한 명이 더 필요한가. 지금 기주목의 세력에는 그 정도의 여력도 없는 겁니까?"

중얼거리는 마초에게 방덕이 조심스레 말했다.

"주공, 너무 서두르지 마십시오."

"크, 장합 장군이 말하기를, 철기 삼천 정도는 며칠 내로 편성할 수 있다고 했습니다. 거기에 괜찮은 장수와 책사 한 사람씩만 붙여준다면, 설령 장료가 패배한 뒤에 관도성에 도착하더라도 해볼 만한 싸움이……."

말하던 마초가 눈을 가늘게 떴다. 그는 금빛 매라는 별명에 어울리게 시력도 매우 좋았다.

"흐음."

"왜 그러십니까?"

"범상치 않은 자들이 다가오고 있습니다."

마초는 뭔가 사건이 일어날 듯하자 신나서 성문 밖으로 뛰쳐나갔다. 방덕이 얼른 그를 따랐다. 마초가 본 '범상치 않은 자들'이란, 말을 탄 두 사내와 그들이 끄는 한 대의 수레였다. 특히 사내 둘의 기도는, 멀리 성문 앞에 있던 마초가 감지했을 정도로 특출했다. 둘 다 두건을 눌러쓰고 방한용으로 보이는 천을 목에 둘러 얼굴을 가리고 있었다.

마초는 재빨리 두 사람을 살피며 생각했다.

'한 명은 창, 다른 하나는 대부. 무장까지 했군.'

그들 앞에 도달한 마초가 창을 겨누고 말했다.

"멈춰라! 여기서부터는 기주목 진용운 님의 관할이다."

말 옆에 창을 멘 사내가 차분한 어조로 답했다.

"알고 있습니다. 우린 그분을 찾아온 겁니다."

"나쁜 의도로 찾아온 게 아니라면, 먼저 얼굴을 보이고 신분을 밝히시오."

"아, 이런. 며칠 내내 쓰고 있었더니 그만 깜빡했군요. 이제 벗으시지요, 공명(서황의 자) 님."

사내는 말과 함께 두건을 벗고 천을 풀었다. 그러자 남자다우면서도 조각처럼 잘생긴 얼굴이 드러났다. 그는 마초를 보며 말했다.

"제가 업성을 떠나 있는 사이에 새로 임관한 분인가 보군요. 절 못 알아보시고, 저 또한 귀공의 얼굴이 낯선 걸 보니."

"음? 업성을 떠나 있었다고?"

"정확히는 피치 못할 사정으로 이제야 돌아오게 됐습니다. 조운 자룡이라고 합니다."

분명 초면인데 이름은 엄청나게 익숙했다. 그게 누구였는지 마초가 떠올리려 애쓸 때였다.

"자룡 님……?"

누군가의 믿기 어렵다는 듯한 목소리가 마초의 뒤쪽에서 들려왔다. 군량 조달을 위해 소수의 병사를 이끌고 성 밖으로 나가던 진궁이었다.

조운은 미소를 떠올리며 말했다.

"공대 님, 그간 잘 계셨습니까? 주공께서는 평안하신지요?"

"맙소사, 자룡 님. 정말 자룡 님이구려!"

조운이 말에서 내렸다. 진궁은 허겁지겁 달려와 그의 양손을 부여잡았다. 그런 진궁의 눈에는 어느새 눈물이 글썽였다.

"왜 이제야 돌아오셨습니까! 주공께서 얼마나 걱정하셨는 줄 아십니까?"

"송구합니다."

"이럴 게 아니라, 자세한 얘기는 들어가서 하시지요. 바로 문약 님께 보고드려야겠습니다."

허둥대던 진궁은 비로소 그 광경을 멀뚱히 쳐다보고 있는 마초의 존재를 깨달았다. 그는 조운에게 마초를 소개했다.

"그러고 보니 맹기 님은 초면이겠군요. 자룡 장군, 이쪽은 장군이 행방불명됐던 사이 주공께 임관한 마초 맹기 님입니다. 그 옆은 맹기 님과 함께 온 방덕 영명 님이고요."

마초와 방덕이 조운에게 포권을 취했다.

마주 포권하며 답례한 조운이 진궁에게 말했다.

"아, 저도 소개할 사람이 있습니다."

그는 조금 떨어져서 지켜보던 일행을 손짓으로 불렀다.

"서황 공명 님입니다. 제가 중상을 입어 사경을 헤맬 때, 큰 도움을 주신 분입니다."

진궁은 진심 어린 투로 서황을 반겼다.

"이런 고마울 데가! 정말 잘 오셨습니다."

"이렇게 반가이 맞아주시니 감사합니다."

서황은 원래 양수와 채염을 업성까지만 데려다주고 형주로 떠날 생각이었다. 형주가 살기 좋다는 소문 때문이었다. 봉구현에 머무르는 동안 조조에 대한 평판이 나쁘지 않아, 그를 찾아가 임관해볼까 하는 생각도 있었다. 하지만 조조가 여포에게 패해 달아나는 바람에 물 건너가버렸다. 그러다 조운과 함께 오는 길에 그의 간곡한 설득으로 계획을 바꿨다. 그때쯤 서황은 조운과 꽤 가까워져 호형호제하는 사이가 되었다. 서황이 조운보다 세 살이 많아 형이 되었다. 서황은 조운의 진중한 언행이나 올바른 사고방식 등이 모두 마음에 들었다.

'이런 사내가 이토록 충성하는 주군이라면 한번 따라볼 만도 하다. 아니다 싶은 후에 떠나도 늦지 않을 터.'

양수 또한 용운을 따르겠다고 결심했다. 단, 용운이 채염을 보호해준다는 전제하에서였다. 처음에 노식이 서신을 보내, 채옹의 유족을 부탁해왔을 때는 솔직히 막연하고 귀찮았다. 아버지 양표의 어이없는 죽음 후, 쇠락해가는 가문을 붙잡고 있던 그는 지칠 대로 지쳐 있었다.

'아버지의 후광으로 다행히 임관했고 재산도 좀 남았지만, 지금 내 처지에 누굴 돌본단 말인가?'

그러나 채염을 찾아가 만난 순간, 그런 마음은 깨끗이 사라졌다. 그녀처럼 아름답고 현명한 여인은 처음이었다. 마침 왕윤의 방식도 마음에 들지 않던 차였다. 양수는 관직과 가문을 다 버리고 채염을 지키는 길을 택했다. 한데 막상 겪어보니 지키기 위해서는 무력이 필수였다. 돈으로 산 사병부대 정도로는 턱도 없었다. 적어도 성 하나 이상을 차지한 제후의 그늘에서 보호받아야 안전했다.

양수는 인재를 아낀다는 기주목 진용운에게 승부를 걸었다. 자신에게 채염을 부탁한 노식이 그의 가신이었다는 게 어떤 운명을 암시하는 것처럼 느껴졌다.

'내 재주를, 기주목의 비상을 위해 아낌없이 펼 것이다. 그게 곧 문희(채염의 자)가 안전해지는 길이니까. 내 손으로 직접 그녀를 지키지 못한다면, 날 필요로 하는 자들이 그녀까지 지키게 하리라.'

서황에 이어 양수와 채염을 소개한 조운은 진궁과 함께 성 안으로 들어갔다.

그들의 뒷모습을 보던 마초가 말했다.

"영명 님. 느끼셨습니까?"

"예. 채옹의 딸은 정말 아름다운 여인이었습니다. 눈빛에서 지혜로움도 엿보이고요."

"아니……. 조자룡과 서공명 말입니다."

"……."

잠깐 침묵하던 방덕이 얼른 답했다.

"한번 농을 해본 것입니다. 둘 다 상당한 강자더군요. 저도 승부를 장담할 수 없을 정도로."

피식 웃고 넘긴 마초가 말을 이었다.

"방금 기억났습니다. 조운 자룡. 기주목이 형제처럼 여기는 자이며, 그의 사천왕이라 불리는 장군 중 하나입니다. 조조와의 싸움에서 행방불명되어 죽은 듯하다더니 무사히 돌아온 모양입니다. 저 조운 자룡에 나와 영명, 또 도끼를 든 서공명이라는 자. 이렇게 넷이서 삼천의 철기를 이끌고 간다면 해볼 만하지 않을까요?"

"글쎄요. 우선 문약 공이 허가를 하셔야겠지요."

"영명 님은 다 좋은데, 그 '글쎄요'가 너무 많습니다."

"하하."

업성은 조운의 귀환 소식에 발칵 뒤집혔다. 전갈을 받고 달려온 장합은 조운을 뜨겁게 얼싸안았다. 일찍부터 함께 용운을 따랐던 조운은 그에게도 특별한 존재이자 귀한 전우였다.

"살아…… 계셨군요."

"당연하지요. 오히려 준예 님의 안색이 저보다 나빠 보입니다."

"이쪽에도 일이 많았습니다. 자룡 장군이 돌아왔으니 큰 시름을 덜었습니다."

전예도 조운을 보러 지하에서 뛰쳐나왔다.

"자룡 장군! 아니, 대체 흑영대의 수색망을 어찌 그리 피해가신 겁니까? 돌아오신 덕분에 드디어 흑영대 전력의 4할을 다른 데로 배치할 수 있게 됐습니다."

"하하, 여전하시군요. 국양 님."

비상 상황이었지만 그렇다고 죽은 줄만 알았던 공신의 귀환을 무시할 순 없었다. 더구나 용운이 가장 아끼는 장수이자 그의 의형제가 아닌가.

대전에 조촐한 잔칫상이 차려졌다. 최염과 진림은 물론이고 새로 임관한 순유와 사마랑도 조운과 인사를 나눴다. 마초, 방덕도 정식으로 다시 인사를 했다. 전 가신이 대전에 모여 조운의 무사귀환을 축하했다.

그러나 조운은 못내 서운한 기색이었다. 용운과 검후가 둘 다 부재중이었기 때문이다. 생사의 고비에서도 떠올리며 버텼던 이들이었다. 조운과 용운의 사이를 아는 순욱도 애석하다는 듯이 말했다.

"주공께서 며칠만 늦게 출발하셨어도……. 이제 되돌리기에도 늦었으니 아쉽습니다."

조운은 이내 마음을 추스르고 고개를 저었다.

"아닙니다. 들어보니 실로 중요한 일을 하러 가셨더군요. 직접 가신 게 주공답습니다."

그는 복양성 전투에서 무슨 일이 있었는지, 어떻게 살아 돌아왔는지 그간의 사연을 얘기했다. 가신들은 모두 놀람과 기쁨을 감추지 못했다. 그러면서 조운은 자연스럽게 서황과 양수에게 공을 돌렸다. 아는 사람이 조운뿐인 둘은 잔칫상 앞에 말없이 앉아 있었다.

"이분들이 아니었다면 저는 살아 돌아오지 못했을 것입니다. 공명 님이 정신을 잃은 저를 구해주셨고 덕조 님은 방을 내주셨습니다."

곧 두 사람은 용운의 가신들이 연신 감사 인사를 청해오는 바람에 답례하느라 정신이 없을 지경이 되었다. 그러면서 따라주는 술을 한 잔 두 잔 마시다 보니 처음의 어색함도 많이 희석되어 자유롭게 대화를 나누게 됐다. 단, 채염은 여행길에 지쳤는지 가벼운 몸살기가 있어 임시 거처에서 쉬고 있었다.

양수가 노식의 서신을 받고 찾아왔다는 사실이 알려지자 대전의 분위기는 더욱 들떴다.

진궁은 수염을 어루만지며 눈시울을 붉혔다.

'조자룡 장군이 무사히 돌아온 데다 무예 솜씨가 그와 맞먹는다는 서황과 그 재주가 업성에도 알려진 양수까지 데려왔다. 그 인연이 모두 자간 님의 서신에서 비롯되었으니, 이거야말로 그분이 남기신 유산이 아닌가. 주공께서 아시면 얼마나 기뻐하실까…….'

재회의 흥분이 어느 정도 진정되자, 대전은 점차 회의장 비슷한 분위기로 바뀌었다. 조운에게 이제까지의 일들을 설명하다 자연스럽게 그리된 것이다. 순욱으로부터 관도성의 상황을 들은 조운이 심각한 표정을 지으며 입을 열었다.

"주공께서 친히 유주로 가셨듯, 저도 당면한 급한 일을 처리해야겠습니다. 몸이 멀쩡한데 쓸데없이 놀고 있을 필요는 없지요."

"예?"

옆에서 듣고 있던 서황이 조운을 거들었다.

"관도성이 위급한 지경이라 하니, 기마 삼천만 내주시면 자룡 아우와 함께 구원하러 가겠습니다. 싸움에는 좀 자신이 있습니다."

순욱은 반가워하면서도 난색을 보였다.

"실로 고마우신 말씀이지만 관도의 병력도 오천뿐이라, 두 분만 가시기에는……. 특히, 힘들게 돌아오셨는데 자룡 님께 무슨 일이라도 생긴다면 저는 주공을 볼 면목이 없어집니다."

조개는, 근처에 있던 마초의 신경이 순욱과 조운 등의 대화 쪽으로 쏠림을 알아챘다.

'껴들지 마라, 애송아.'

"영명 님, 저기서 재미있는 얘기를 하네요? 전공을 세울 좋은 기회가 온 것 같습니다."

'좋은 기회는 개뿔. 가면 넌 죽는다.'

조개는 군사회의에 몇 번 참여한 경험이 있었다. 창을 늘 몸에서 떼놓지 않는 마초 덕이었다. 거기서 원소군의 새로운 장수에 관해 얘기하는 걸 들었다. 조개는 듣자마자 그들이 누군지 깨달았었다.

'임충 형제는 중상을 입어 빠지겠지만, 호연작 그 괴물 같은 계집 하나만으로도 애송이 너는 십중팔구 죽어. 그래, 호연작은 통제가 어려우니 운 좋게 그 계집도 불참했다고 치자. 그

래도 동평과 삭초가 있다. 넌 죽었다 깨어나도 못 이긴다고!'

그때 방덕이 마치 조개의 사념을 듣기라도 한 것처럼 걱정스러운 표정으로 말했다.

"한데 아까 주공께서 하신 질문에는 불확실한 요소가 많습니다. 일례로 적장의 기량은 포함되어 있지 않습니다."

"후후, 원소군에 저와 싸울 만한 장수가 있을까요?"

"지난번에 주공도 들으셨듯이 사망한 안량과 고람 등을 대신해 원소가 새로운 장수를 대거 영입했습니다. 비록 탁성을 무너뜨리지는 못했지만, 교위 추정과 태수 노자간을 쓰러뜨렸다는 동평, 삭초 등은 물론이고 임충과 호연작이란 자들은 기주목이 일부러 이름까지 써주며 단기전으로 맞붙게 되면 반드시 피해 가라고 몇 번이나 강조했었지 않습니까."

'옳지, 잘한다. 그나마 네가 있어서 마초의 명이 길어질……'

그러나 마초는 그의 말에 콧방귀를 뀌었다.

"저는 일찍부터 아버님을 따라 전장을 누볐으며 천하의 정세에 관심이 깊어 많은 정보를 들었어요. 하지만 그런 자들의 이름은 귓등으로조차 들어본 적이 없습니다. 탁성은 어차피 내부의 성혼단원들이 동조하는 바람에 버티기 어려웠다는 게 중론이고 임 모와 호연 모라는 작자들은 몸 상태가 정상이 아니었던 준예(장합) 장군이며, 기주목을 보호하느라 제 실력을 내지 못한 문원(장료) 장군을 상대한 게 아닙니까? 그런 필부들 정도는 나 혼자서도 충분히 이길 자신이 있습니다."

'무식하면 용감하다더니. 이놈은 애송이에다 멍청하기까지 한 게 분명하구나.'

탄식하던 조개는 문득 의문이 생겼다.

'그런데 내가 왜 이놈을 걱정하는 거지?'

조개가 다른 육체로 전이하지 못하는 건 전적으로 마초 탓이었다. 그의 본체는 창 형태의 유물 탁탑천왕이다. 누군가 그 창을 만지면 혼의 일부가 옮겨가 만진 자의 육체도 차지할 수 있게 된다. 그게 조개의 천기, 영혼전염이었다. 하지만 어쩐 일인지 마초에게는 그 천기가 통하질 않았다. 마초가 창과 접촉해 있으면 그의 시야와 청각 등을 공유할 수는 있었다. 또 생각을 읽을 수도 있었다. 이건 그나마 불행 중 다행이었다. 그러나 그뿐, 조개의 뜻대로 조종하진 못했다. 처음엔 그게 답답해서 미칠 지경이었다. 그런데 시간이 흐르자, 마초의 눈과 귀를 통해 보고 듣는 세상이 나쁘지만은 않았다. 회의 과업에 묶여 쫓기듯 보내던 나날들이 아득하게 느껴졌다.

한바탕 호언장담을 늘어놓은 마초는 버릇처럼 탁탑천왕, 아니 조개를 쓰다듬으며 중얼거렸다.

"너만 있다면 지지 않아. 그렇지? 금마창아."

'……하긴 네놈이 싹수가 있긴 하지.'

조개는 처음으로 생각했다. 마초에게도 자신의 말이 전해 졌으면 좋겠다고. 대책 없고 답 없는 놈이지만, 그건 눈앞에 서 아버지의 죽음을 목격하고 아직 성년도 채 안 된 몸으로 일족을 일으키기 위한 발버둥의 표출이라는 걸, 오직 조개만 은 알고 있었다.

'아니, 어쩌면 저 방덕이란 녀석도 알고 있을지도 모르지. 오냐, 애송아. 어디 하는 데까지 해봐라. 네 말대로 강력한 유 물인 동시에 위원회의 장로이기도 한 나, 조개가 있으면 지지 않을지도 모르니까.'

마초는 순욱과 조운에게 다가갔다. 날 부분에 가죽 덮개를 씌운 '금마창'을 소중히 들고서.

11

·

장료 무쌍

조운을 필두로 서황, 마초, 방덕이 이끄는 삼천의 철기대가 편성된 것은 그로부터 사흘 후였다. 거기에 의외의 한 사람이 더 추가되었는데, 그는 바로 참모를 맡은 양수 덕조였다.

처음에는 신참인 양수에게 다른 일을 맡기고 진궁이나 순유가 참전할 예정이었다. 그런데 업성에서 관도까지, 언제 끝날지 모르는 전투 내내 보급선을 탄탄하게 유지할 역량을 가진 사람은 진궁뿐이었다. 게다가 갑자기 날이 따뜻해지면서 순유가 지독한 열병에 걸려 누웠다. 그가 맡았던 일을 나눠 받은 다른 가신들은 더욱 바빠졌다. 그렇다고 참모 없이 네 장수만 보내기에는 불안한 부분이 있었다. 그때 스스로 자원한 이가 양수였다.

"아군의 전력이 달릴수록 우수한 참모가 필요하지요. 제가 기주목께 임관한 기념으로, 원소군이 관도라는 이름만 들어도 치를 떨도록 해드리겠습니다."

자신만만하게 호언장담한 것치곤 너무 젊었다. 게다가 본격적인 전투를 경험해본 적도 없었다. 하지만 무시하기에는 이미 쟁쟁한 인사들 사이에 알려진 그의 천재성과 노식의 추천이 걸렸다.

'곽가의 부재가 아쉽구나. 하다못해 희지재만 도착했더라도……. 지금으로선 대안이 없다. 자간 님의 안목을 믿어보자. 그리고 조자룡 장군은 침착한 성품인 데다 어느 정도 지략도 있으니.'

고심 끝에 마음을 정한 순욱은 출전을 허락했다. 이렇게해서 상장 조운, 부장에 서황, 마초, 방덕 그리고 양수가 임시 군사를 맡은, 현대의 《삼국지》 팬이 봤다면 드림팀이라 할 만한 원군이 관도성을 향해 출전했다.

며칠 전, 원소군 진영.

관도로 출진하기 바로 전날이었다. 늦은 밤, 동평이 삭초의 막사를 찾아왔다.

쌍창장 동평. 두 자루 창을 수족처럼 다루는 창의 명수로,

위원회 서열은 천강급 15위다. 현대에서는 꽤 유명한 영화 배우였다. 탁성 전투에서 문추의 부장으로 출전하여, 노식을 죽인 장본인이기도 했다. 그의 이름은 첩보를 통해 용운에게 각인되었다.

"삭초."

삭초는 어쩐 일이냐는 표정으로 그를 보았다. 성질이 급해 싸울 때면 늘 선두에 서는 버릇이 있어 급선봉이란 별칭을 가졌다. 급한 성격 탓에 말이 두서없이 튀어나와, 평소에는 아예 입을 다물다시피 했다. 그게 여자들에게 인기가 있을 거라고도 철석같이 믿고 있었다. 위원회 서열은 천강급 19위로, 동평과 묘하게 죽이 잘 맞았다.

"……."

삭초는 대답도 않고 동평이 말하길 기다렸다. 원래 극단적으로 말이 없는 위인이다.

동평은 별로 신경 쓰지 않고 제 할 말을 했다.

"방금 전갈이 왔는데, 갑자기 소집령이 내렸어."

"……!"

"송강 님이 아니라 노준의 님이 내린 소집령이다. 네가 빠진 걸 보니 노 라인 소집인 듯하고."

"?!"

"탐탁지 않은 거 아는데, 네가 송강 님께 충성하듯 난 노준

의 님께 마음이 더 끌려. 애초에 두 분이 공동 수장의 형태이
지 않았나. 그걸 노준의 님께서 양보하여 송강 님이 그 자리
에 앉은 거지만, 난 여전히…….”

삭초의 눈에 슬며시 불만 어린 기색이 떠올랐다. 이를 감
지한 동평이 말을 돌렸다.

“됐다, 이런 얘기는. 아무튼 난 지금 바로 가봐야 하니까 그
렇게 알고 실컷 날뛰고 와라. 삼만의 아군에 적병은 고작 오천,
거기다 장료 혼자 지키고 있다니 너만 있어도 충분하겠지.”

“…….”

“아 참, 혹시나 진용운과 그가 이끄는 병마용군 넷이 한꺼
번에 나타나면 몸 좀 사려. 병마용군 넷은 아무래도 버거우니
까. 그럼, 다녀와서 보자.”

막사를 나가던 동평은 우뚝 발걸음을 멈췄다. 삭초가 소리
내어 그를 부른 까닭이었다. 목소리를 들어본 게 얼마 만인지
모를 정도였다.

“동……평.”

“삭초 너?”

놀라서 몸을 돌린 동평이 미간을 찌푸렸다.

“너, 입 냄새 장난 아니다. 계속 입을 꾹 다물고 있으니까
그런 거잖아.”

“나, 꿈을…… 꿨다.”

"꿈? 무슨 꿈? 설마 꿈 때문에 입을 연 거야?"

"한 노인이…… 꾸, 꿈에 나타나서…… 드, 들고 있던 검으로 내 미간을…… 찌, 찔렀다. 그러면서 내게 호, 호통을 쳤……."

"이봐, 나 지금 출발해도 늦었다고. 꿈 같은 거 신경 쓸 시간에 잠이나 자."

성가시다는 기색으로 대꾸한 동평은 서둘러 나가버렸다.

삭초는 막사 안에 멀뚱히 서서 생각했다.

'노인이 내게 호통을 쳤다. 너희가 원래 살던 세계로 돌아가라고. 불순한 뜻을 품고 조상들의 시간으로 와서 우주의 순리를 어지럽히고 있으니 이게 뭐하는 짓이냐고. 분명 어디서 본 적 있는 노인이었는데, 온몸이 뭔가에 찔린 듯한 상처로 가득했다.'

삭초가 하기엔 너무 많은 말이었다.

'이 꿈에 대해 동평에게 물어보고 싶었는데.'

그는 어쩐지 가슴이 두근거렸다. 여자를 마주했을 때 외엔 처음 있는 일이었다.

192년 2월 하순, 관도현 양평군 관도성.

장료와 여건은 적군이 오십 리(약 20킬로미터) 밖까지 접근해왔다는 보고를 듣고 최종회의 중이었다. 소수의 병력으로 다수의 적을 맞아 싸울 때, 성에 의지해야 함은 당연했다. 따라서 회의 또한 수성전 위주로 진행되었다. 그 와중에 여건은 장료가 그제야 털어놓은 계획에 깜짝 놀랐다.

"예? 오백의 결사대를 데리고 성 밖에 잠복해 계시겠다고요?"

"음. 원래는 성문을 열고 가운데를 뚫어볼 생각이었는데, 그랬다간 성마저 무너질 위험이 있네. 하여 적들이 한창 성을 공격하느라 정신없을 때 뒤쪽을 들이칠 생각이네."

분명 효과는 있을 듯했다. 하지만 그만큼 위험도도 컸다. 자칫 장료가 포위되어 변이라도 당하면 끝장이었다.

'솔직히 이런 상황에서는 관도를 버리고 업성으로 달아나도 책망할 사람이 없을 터인데, 가장 위험한 작전에 친히 뛰어들려 하시다니.'

여건은 장료의 베일 듯이 날카로운 옆얼굴을 가만히 바라보았다. 바로 오늘까지도 수련에 몰두한 장료는 얼핏 수척해 보이기까지 했다. 그러나 현재 그의 상태는 날을 최대한 세운 검과 같았다. 원래부터 명검이었던 것을 극한까지 벼린.

장료는 장료대로 생각이 있었다.

'지난번의 그 임충이라는 자는 주공에 의해 명치가 뚫리는 치명상을 입었다. 원래대로라면 즉사했어야 정상이지만, 반쯤 벗은 이상한 여자가 구해서 빠져나갔으니 아마도 살았겠

지. 이번에 참전하긴 어려울 듯하나 혹시 모르는 일이다.'

장료는 자신이 임충을 이기지 못함을 솔직히 인정했다. 아직은.

'만약 임충이 선두에 섰다면 직접 맞서 싸워서는 안 된다. 최대한 그를 피해, 적진 뒤쪽을 붕괴시킨 후에 빠져나간다. 임충이 후방에 있다면 나와 오백의 결사대가 단숨에 전력을 쏟아부어 그부터 죽인다.'

물론 죽일 수 있다는 보장은 없었다. 하지만 그로부터 몇 개월이 지났다. 장료나 병사들이나 잠조차 줄여가며 하루 대부분을 수련에 몰두했다. 그때와는 다르리라.

'적어도 팔 하나는 가져갈 수 있겠지.'

장료의 눈이 서늘하게 빛났다.

"궁병대의 상태는 어떤가?"

"많이 발전했습니다. 이제 표적이 오십 보 이내라면 대부분 백발백중입니다."

"처음에는 숨겨두게. 어차피 수가 많지 않아서 초전에 궁병대로 피해를 주기에는 어려워. 차라리 적들이 성을 공격하기 시작한 뒤, 내가 후방을 들이쳐서 우왕좌왕할 때 적의 장수와 부장만을 노리게. 궁병대의 존재를 모르고 있을 테니 그게 더 효과적이야."

지휘 계통이 무너지면 어지간한 정예군도 와해되기 십상

이었다. 수가 많을수록 오히려 그런 경향이 커지는 법이었다.

"과연, 알겠습니다."

"그리고 여 부장."

"말씀하십시오."

"궁병대장인 자네 궁술이 제일 특출하겠지. 전황을 지켜보다가 나와 결사대가 집중 공격하는 한 놈이 보이면 자네는 그를 노리게."

여건이 이제까지 실제로 본 무인 중에서는 장료가 가장 강했다. 수련하는 모습만 봐도 알 수 있었다. 그런 장료에 더해, 오백의 결사대가 단 한 사람을 집중 공격하는데 여건 자신까지 그를 저격해야 한다? 여건은 언뜻 이해가 안 갔지만, 뭔가 그럴 만한 이유가 있으려니 여겼다.

"명심하겠습니다."

"혹 내게 무슨 일이 생겨도 최선을 다해서 닷새만, 딱 닷새만 버텨주게. 그럼 반드시 업성에서 원군이 올 걸세."

이 말에 대해 여건은 어설픈 격려나 위로를 하지 않았다. 대신 한마디로 답했다.

"그리하지요."

장료의 얼굴에 만족스러운 기색이 떠올랐다.

"하하, 내 자네를 믿고 출격하겠네."

다음 날 정오 무렵, 드디어 전투가 시작되었다.

문추는 심기가 불편했다. 사실 그가 기분이 좋을 때는 별로 없었다. 늘 뭔가로 얼굴을 찌푸리고 있었다. 그는 장수란 함부로 웃는 게 아니라고 믿고 있었다. 그렇더라도 이번엔 화가 날 만한 일이었다. 출정 직전, 부장 동평이 갑자기 고향에 내려간다며 사라진 것이다.

"어머니께서 편찮으시다고……. 임종을 지켜야 할 듯하여 급히 떠난다고 합니다."

병사의 보고를 받은 부관이 쭈뼛거리며 설명했다. 듣고 있던 문추의 이마에 핏대가 솟았다. 동평이 지휘하기로 예정된 병사가 자그마치 오천이었다.

'그 병력을 팽개치고 상관인 내게 말도 없이 떠나다니!'

이는 사형시켜도 할 말이 없을 중죄였다. 당장 뭔가에 분노를 발산해야 할 것 같았다. 그래도 문추는 검을 뽑아 애꿎은 부관을 베어버릴 정도의 막장은 아니었다. 크게 심호흡하여 심기를 다스린 그가 물었다.

"삭초는? 설마 같이 떠난 건 아니겠지?"

"삭 부장은 출진 대기 중입니다."

"그럼 되었다. 동평의 부대 오천을 삭초에게 돌려라. 또 삭초가 선봉을 고집하니 병사 일만으로 전군을 맡게 하라."

"옛."

사실 동평은 탁성에서 적장 노식을 베는 큰 공을 세웠음에
도 불구하고 변변한 포상을 받지 못했다. 고작 이번 전투에
참여하면서 충의교위직을 받은 게 전부였다. 전투 자체에서
는 진 것이나 다름없어서였다. 정작 원소의 본대가 대패했기
에 그럴 만한 분위기도 아니었다. 또 동평을 발탁하여 추천했
던 안량은 이미 고혼이 되었다. 문추가 생각하기에 그 일로
동평과 삭초의 입지는 원소군 내에서 붕 뜬 상태였다. 그런데
도 동평과 삭초는, 적어도 겉으로는 별 불만을 드러내지 않았
다. 그런 것들이 마음에 걸렸던 문추는 동평의 이번 무단이탈
을 자기 선에서 해결해주어 보상하기로 했다.

'동평이 없어도 지려야 질 수 없는 싸움이다. 탁성에서와
같은 실수는 두 번 다시 하지 않는다.'

문추는 멀리 모습을 드러낸 관도성을 노려보았다.

'단숨에 몰아쳐 주공의 앞길을 열겠다.'

여건 또한 성벽 위에서 원소군의 모습을 확인했다.

"왔는가."

담대한 그였으나, 막상 적의 대군을 보니 긴장되는 건 어
쩔 수 없었다. 수치로는 삼만이라 하나, 위에서 보면 성 앞이
온통 적병으로 꽉 찬 것처럼 보였다.

'정말 많군.'

장료와 오백의 결사대는 이미 성 밖의 언덕 사이에 매복해

있었다. 이제 남은 일은 장료가 적군의 뒤를 들이칠 때까지 최선을 다해 방어하는 것뿐이었다.

관례대로 흰 깃발을 든 원소군의 사자가 성문 앞에 다가와 항복을 권했다. 여건은 당연히 단칼에 거절했다. 이로써 선전포고가 성립되었다. 잠시 후, 여러 대의 충차(衝車. 성을 공격할 때 성벽이나 성문을 들이받아 허물어뜨리기 위해 사용되던 수레 형태의 공성병기)를 앞세운 원소군이 돌격해왔다. 문추의 성격대로 전면전을 택한 것이다.

"저런 허술한 성 따위, 오늘 안에 무너뜨려라!"

문추가 쩌렁쩌렁한 목소리로 외치자, 거대한 딱정벌레 같은 충차 네 대가 성문과 성벽으로 접근했다. 바퀴가 달린 수레 가운데에 당목(撞木. 절에서 종을 치는 나무기둥)이 부착되어 있고 그 양옆으로 각각 네 명의 병사가 붙어 끄는 형태였다. 위로는 아치형의 지붕을 덮어 병사를 보호했다.

전황을 지켜보던 신평이 삭초에게 말했다.

"이렇게 가까이 접근할 때까지 화살 하나 날아오지 않는 걸 보니 적군은 궁병이 없나 봅니다."

옆에 있던 동생 신비가 형의 말을 거들었다.

"아니면 적장 장료는 수성전의 기본도 모르는 자가 분명합니다."

원래 총군사로는 봉기가, 부군사로는 신평과 신비 형제가

참여했다. 그러나 동평이 멋대로 이탈하는 바람에 그의 부대
에 속했던 신평도 삭초에게 와 있었다.

'둘이나 붙어 있으니 종알종알 시끄럽다.'

삭초는 말없이 고개를 끄덕였다. 거슬리긴 했지만, 신평
형제의 말에 그 또한 동의했다. 충차가 성벽에 거의 붙다시피
했는데도 적군 쪽에서는 아무 대응이 없었기 때문이다.

그러나 그 판단은 시기상조였다. 책략에 밝은 여건은 충차
가 보인 직후부터 대비하고 있었다. 그가 옆에 대기하고 있던
병사들에게 말했다.

"기름 단지를 던져라."

픽! 픽! 성벽 위에서 날아온 기름 단지가 충차에 부딪혀 깨
졌다. 충차는 물론이고 그것을 움직이던 병사들도 안에 들어
있던 기름을 흠뻑 덮어썼다. 냄새를 맡은 병사들이 공포에 질
려 외쳤다.

"히익! 기름이다!"

여건의 냉정한 지시가 뒤를 이었다.

"횃불을 던져라."

송진과 역청을 잔뜩 먹여 꺼지지 않게 만든 횃불이 기름
묻은 충차 위로 떨어졌다. 충차와 적병은 즉시 불이 붙어 타
올랐다. 충차 위의 지붕은 화살이나 투석 공격에 대비하여 두
꺼운 가죽을 덮어씌운 것이었다. 그것을 알아본 여건이 화공

을 가한 것이다.

"으아아악!"

전신에 불이 붙은 병사들이 처절한 비명을 질렀다. 그들을 지켜주던 충차 지붕이 죽음의 멍에가 되어 덮쳤다.

문추는 충차 네 대와 그것을 움직이던 병사 삼십여 명을 한순간에 잃었다. 화가 치민 문추가 외쳤다.

"뭐하는가. 활을 쏴라! 고개도 못 내밀도록 활을 쏴붙이란 말이다!"

수천의 궁병이 전면으로 나서서 대열을 갖췄다. 그 모습을 보자마자 여건이 재차 명했다.

"즉시 방패 태세를 갖춘다."

방태 태세란, 성벽 위의 모든 인원이 특별히 크고 두껍게 만든 방패를 머리 위로 들어올려 몸을 가리는 것이었다. 일제 화살 공격에 대비하여 여건이 고안한 것이다. 잠시 후, 화살의 비가 쏟아졌다. 슈슈슉! 탁탁! 파파파팍! 방패가 진동하며 그 아래로 귀가 먹먹한 소음이 울렸다. 한동안 울려대던 소음이 그쳤다. 빼꼼 고개를 내밀려는 병사를 향해 여건이 경고했다.

"머리나 팔다리를 내밀지 마라. 두 번째가 온다."

과연 또 한 차례 화살비가 쏟아져 내렸다. 그사이 준비를 마친 새로운 충차가 진격을 개시했다. 장료군이 화살 때문에 고개를 못 내미는 틈을 타 성벽을 부수려는 것이었다.

여건은 이런 상황에도 대비하고 있었다.

"투척 부대는 투로를 통해 역청을 부어라."

투로(投路)는 성벽 가운데 주먹만 하게 뚫어놓은 구멍이었다. 몸을 숨긴 상태에서 적을 관찰하기 위한 용도였다. 이 또한 여건이 고안한 것으로, 중세 및 근대의 성에 대포를 쏘기 위해 뚫은 구멍인 포안이나 총안과는 달랐다. 그 구멍을 통해, 머리 위로는 여전히 방패를 쓴 병사들이 가죽 주머니에 든 역청을 쏟아부었다. 후두둑! 충차에 역청이 쏟아지자 충차를 움직이던 적병은 사색이 됐다. 그 위로 어김없이 횃불이 떨어졌다. 곧 충차와 병사도 거대한 횃불이 돼버렸다.

이후 문추는 다양한 시도를 했다. 사다리를 걸어보려고도 했고 무작정 돌격해보기도 했다. 그러나 그때마다 여건의 철통같은 방어로 번번이 희생자만 내고 물러났다.

"이런 빌어먹을!"

문추가 분통을 터뜨릴 때였다. 화살 공격이 그쳤음을 확인한 여건이 성벽 위로 올라섰다. 그가 큰 목소리로 말했다.

"보다시피 이 성은 규모가 작아 물자가 부족하오. 한데 이렇게 수천 개나 되는 화살을 선물해주시니 고맙소이다. 내 문추란 이름은 처음 들어보나 참으로 자비로운 분이란 건 알겠소."

이는 적장 문추의 성격을 들어 알고 있는 여건이, 그를 도발함과 동시에 역으로 화살 공격을 그치게 하려는 노림수였다.

문추의 얼굴이 벌게졌다. 그는 여건을 가리키며 봉기에게 물었다.

"저자의 이름이 무엇이오?"

"그것이…… 알려지지 않은 필부요. 단, 이미 확인된 바 있는 장료의 외모는 아니오."

"내 저놈을 붙잡아 반드시 포를 떠……."

성나 말하던 문추는 퍼뜩 정신이 들었다. 그가 성질이 급하고 지략이 부족하다 하나, 거대 세력의 일군을 이끄는 장군이었다.

'이 상황에 굳이 이름도 없는 자가 나서서 나를 도발할 이유가 없다. 적장 장료는 어디로 갔단 말인가?'

봉기도 같은 생각을, 문추보다 한발 앞서 떠올렸다. 이미 소득 없는 공성전이 몇 시진이나 계속된 후였다. 병사들도 지칠 대로 지쳐 있었다. 표정이 굳은 봉기가 말했다.

"장군, 우린 급할 게 없소. 설령 적의 원군이 도착한다 해도 그때쯤에는 아군에도 그보다 훨씬 많은 병력이 더해질 거요. 일단 물러나서 전열을 가다듬는 것이 어떻겠소?"

알 수 없는 불안감에 그 말이 타당하다 여긴 문추는 즉각 병력을 물리기 시작했다. 대군이 움직이면서 잠깐 대열이 흔들렸다. 이를 지켜보던 여건이 눈을 빛냈다.

'문원 님, 지금입니다!'

과연 장료는 여건의 기대를 저버리지 않았다. 그야말로 절
묘한 시점. 매복하여 기회를 노리던 장료의 결사대가 원소군
의 후미로 돌격해왔다. 관도현 일대에서 징발한 가장 좋은 말
오백 필에, 한 명 한 명이 최고의 갑옷과 무기를 갖춘 자들이
었다. 거기다 선두에는 환골탈태하다시피 한 장료가 있었다.
그는 이 순간만을 위해, 자기 자신을 한계까지 몰아붙여왔
다. 그가 서늘한 목소리로 말했다.

"감히 주공의 영토를 노린 원소의 개들아, 내 오늘 너희를
이곳 관도 땅의 거름이 되게 해주마."

장료는 삼첨도를 든 양팔을 활짝 폈다. 그래도 그의 몸은
균형이 무너지지 않았다. 부단히 수련한 끝에 갖게 된 근력과
유연성 덕이었다. 거기에 오직 용운군 기병만 갖춘 개량형 안
장과 등자도 한몫했다.

"마, 막아라!"

원소군 후미에 있던 병사들이 놀라 허둥댔다. 장료는 말
옆구리를 박찼다. 위로 훌쩍 뛰어오른 전투마가 적병 가운데
떨어졌다. 콰득! 적병 둘이 전투마에 밟혀 죽었다. 동시에 양
팔을 교차하여 한꺼번에 적병 넷의 목을 날려버린 장료가 외
쳤다.

"장료가 왔다(遼來來)!"

그 말이 시작이었다. 선두의 장료를 기점으로, 그 자체가 한 자루의 보검이 된 결사대 오백은 원소군 후미를 뚫고 대열을 파괴하며 돌진하기 시작했다.

"뒤다! 뒤쪽을 방어해!"

원소군은 일시에 뒤로 돌아 기습에 맞서려 했다.

이제 여건의 차례였다. 그는 마침내 아껴두었던 궁병부대를 성벽 위로 올려 세웠다.

"명심해라. 우리는 고작 천 명도 되지 않는다. 적들처럼 화살비를 쏟아부을 수 없단 말이다. 졸병은 쏴봐야 소용없다. 주변보다 조금이라도 화려한 갑옷을 갖춰 입은 자, 깃발을 든 자, 말에 탄 채 눈에 띄는 복색을 한 자만을 노려라. 알겠나?"

궁병부대는 긴장한 표정으로 고개를 끄덕였다.

여건이 말을 이었다.

"그렇다고 한 번 빗나간 걸 가지고 낙담할 필요 없다. 우리한테는 적들이 선물해준 화살이 남아도니까 말이다. 주변에 뒹구는 화살 아무거나 주워서 마음껏 쓰면 된다."

가벼운 농담에 궁병부대의 긴장이 조금 풀렸다.

먼저 시위를 잡은 여건이 말했다.

"내가 하는 걸 잘 보고 따라 하도록."

퓻! 성벽 위에서 날아온 화살이, 원소군 부장 하나의 뒷골을 정확히 맞혔다. 부장은 말 등에서 공중제비를 넘듯 떨어졌다. 사기가 오른 궁병부대가 환호성을 질렀다. 이어서 그들도 앞다퉈 저격을 시작했다.

현대의 장교에 해당하는 원소군 장수와 부장들이 무수히 화살에 맞아 중상을 입거나 죽었다. 워낙 머릿수가 많아 화살은 드문드문 날아오는 것처럼 느껴졌다. 그 바람에 대응이 늦었다. 이변을 알아챘을 때는 상당수의 부장이 죽은 후였다.

"서, 성 쪽이다!"

하지만 화살에 신경 쓰자니 장료의 별동대가 무시무시한 기세로 짓쳐들어오고 있었다. 이미 수십 명의 부장과 그 열 배는 될 병사가 장료에게 죽음을 당했다. 보다 못한 장수 하나가 장료의 앞을 막아섰다.

"애송이가 무서운 줄도 모르고 설치는구나! 나는 원소군……."

풋! 나이 지긋한 원소군 장수는 그 애송이의 일격에 자기소개도 못 끝내고 목이 날아갔다. 그 광경을 지켜보던 여건은 탄복해서 자기도 모르게 중얼거렸다.

"무쌍(無雙, 맞설 자가 없다)……. 저 모습이야말로 가히 무쌍이 아닌가."

원소군 후위 대열은 이미 와해한 지 오래였다. 장료는 일직선으로 목표물을 향해 돌진했다. 그 목표는 바로 문추였다. 한 번도 본 적은 없으나 직감할 수 있었다. 저자가 총지휘관이며, 그를 쓰러뜨리면 이 싸움을 승리로 끝낼 수 있다는 것을.

'다행히 임충은 없는 모양이다. 이는 절호의 기회다.'

문추 또한 장료가 자신을 목표로 하고 있음을 깨달았다. 아직은 제법 떨어진 거리임에도, 또 그 사이를 수많은 인마가 메우고 있는데도 찌르는 듯한 살기가 느껴졌다.

'진용운에게 저런 자가 있었던가. 저런 장수가 고작 오천의 병사로 관도성을 방어하는 임무를 맡고 있었단 말인가.'

두려웠다. 장료의 무력은 물론이고 그 젊음과 두려움을 모르는 패기가 무서웠다.

위태로움을 감지한 봉기가 다급히 말했다.

"적장의 기세가 매섭소. 아무래도 장군을 노리는 듯하니 이 자리를 피하시오. 급한 비는 피하면 지나가게 마련. 굳이 맞을 필요 없소."

그러나 하북을 대표하는 맹장이라는 자존심과 자부심이 문추의 투지를 불러일으켰다. 그는 이를 갈며 내뱉었다.

"이 문추가 그리도 우스워 보이느냐!"

그러는 사이에도 장료는 빠르게 가까워지고 있었다. 이미 몸을 피하기에도 늦었다. 봉기는 서둘러 지시했다.

"적장에게 활을 쏴라! 친위대는 장군을 지켜라. 그리고 전령은 서둘러 전군(前軍)에게 둘로 갈라져서 본대의 후방으로 돌아가라 이르라!"

봉기는 뒤에서 감싸는 듯한 모양으로 적의 별동대를 에워
쌀 셈이었다.

사납게 달려오던 장료가 별안간 휘청했다. 타고 있던 말이
화살에 맞은 것이다. 순식간에 서너 대의 화살이 말 머리에
꽂혔다. 장료는 침중하게 말했다.

"미안하구나. 고생했다."

군마는 한 소리 길게 울부짖더니 마지막으로 전력을 다해
뛰어올랐다. 장료가 말 등을 박차고 허공으로 몸을 날렸다.
힘이 다한 말은 아래로 곤두박질쳤다. 장료는 두 자루 삼첨도
를 얼굴 앞에 교차한 자세로 화살을 튕겨내며, 문추를 향해
대각선으로 떨어져 내렸다.

봉기는 아연해서 입을 벌렸고, 문추는 자기도 모르게 중얼
거렸다.

"미친놈."

그는 장료를 향해 힘껏 참마도를 휘둘렀다. 챙! 날카롭고
도 육중한 충격음이 울렸다. 안량과 함께 원소군의 쌍벽을 이
루는 맹장 문추와, 아직 생의 절정기에 이르지 않았으나 우연
한 계기로 그 시기를 앞당겨버린 장료가 마침내 맞붙었다.

한편, 삭초는 성벽 앞에서 갈등하고 있었다. 그는 원소로

부터 문추를 보좌하라는 명을 받았다. 하지만 송강이 내린 임무는 원소의 세력에 힘을 보태라는 것이었다.

'지금 성을 공격하면 무너뜨릴 수 있다. 성을 차지하면 원소의 세력이 강해진다. 하지만 문추는 장료를 이길 수 없다. 그럼, 문추가 죽는다. 문추의 죽음은 결국 원소의 세력을 약하게 하는 게 아닌가? 아, 모르겠다. 동평이 있었다면 답을 주었을 텐데.'

동평과 함께 움직이면 편했다. 머리가 좋은 그는 늘 삭초에게 간단히 해결책을 제시했다. 그게 삭초가 동평과 다니는 이유였다.

슛! 또 한 차례, 이번에는 제법 힘이 실린 화살이 날아왔다. 삭초는 그쪽을 보지도 않고 대부를 휘둘러 화살 가운데를 잘라버렸다.

그에게 활을 쏜 여건이 질린 목소리로 중얼거렸다.

"뭐지, 저자는?"

벌써 삭초에게 날린 화살만 수십 대였다. 그러나 그의 거죽을 스치지조차 못했다.

'과연 저자가 성벽을 타고 올라오면 막아낼 수 있을까?'

여건은 잔뜩 긴장한 채 삭초의 일거수일투족을 지켜보고 있었다.

잠시 고민하던 삭초는 드디어 마음을 정했다. 아니, 그가 움직일 수밖에 없는 일이 생기고 말았다. 원소군의 옆구리 쪽. 서쪽으로 이어지는 샛길에서 한 무리의 기마대가 튀어나왔다. 성벽 위에서 아연 긴장하던 장료군이 환호성을 질렀다. 기마대 위에서 펄럭이는 깃발을 본 것이다. 용운을 상징하는 푸른색 깃발에 '진'이란 글자가 선명했다.

"와아! 원군이다!"

"주공께서 원군을 보내셨다!"

철기대의 맨 앞에서 네 장수가 나란히 달렸다. 조운, 서황, 마초, 방덕이었다. 그들의 바로 뒤에서 양수가 달리고 있었다. 양수는 한눈에 전황을 알아보았다.

"서두르길 잘했습니다. 딱 적절한 때에 도착한 것 같습니다."

조운이 시선은 앞을 향한 채로 말했다.

"자, 덕조 공. 작전 지시를 해주십시오."

양수의 가슴은 두려움과 묘한 흥분으로 걷잡을 수 없이 뛰었다. 이게 그가 직접 경험하는 첫 전장이니 무리도 아니었다.

'과연 내 머리가 전장에서 얼마나 통할 것인가.'

양수는 오는 길에 네 장수의 성정과 실력을 대충 파악했다. 잔뜩 쌓아올린 기세를 한꺼번에 터뜨려, 적 진영을 돌파하고 휘젓기에 최적인 자는…….

'바로 마초 맹기.'

양수가 빠른 투로 말했다.

"맹기(마초) 님께서 선두에 서서, 철기 일천을 이끌고 적의 허리를 양단해주십시오. 아무래도 적 전열이 둘로 나뉘어, 아군 별동대를 뒤에서부터 포위하려는 듯합니다. 적 진영을 돌파하고 지나간 후, 그대로 성문 쪽으로 선회하여 거꾸로 적 전열의 꼬리를 잡으십시오. 영명(방덕) 님께서는 맹기 님의 뒤를 받쳐주십시오."

"학사 친구가 뭘 좀 아시는군. 그럼, 먼저 갑니다!"

마초는 속도를 올려 치고 나갔다. 방덕이 그 뒤로 바짝 따라붙었다.

"우린 뭘 하면 되겠소?"

서황의 물음에 양수는 한 방향을 손가락으로 가리켰다.

"자룡 님과 함께 일천의 철기를 거느리고 저자를 상대해주셔야 할 듯합니다. 그럼 그사이 제가 나머지 철기 일천을 운용하겠습니다."

양수가 가리키는 방향을 본 조운이 눈을 가늘게 떴다.

"저자는 혼자가 아닙니까?"

"허나 무조건 저자부터 막아야 한다는 확신이 듭니다."

말하는 양수의 목소리가 살짝 떨렸다.

서황은 한쪽 눈썹을 꿈틀거렸다.

'우리 두 사람에 일천의 철기까지. 한 사람의 적장을 상대

하기엔 과하다 하려 했으나⋯⋯. 이건 그 여포를 마주했을 때와 비슷한, 아니 그 이상의 느낌이군.'

그쪽에서는 서황과 마찬가지로 대부를 든 적장 하나가 빠르게 다가오고 있었다. 바로 먹잇감을 정한 삭초였다.

12

·

관도 전투, 종장

맹렬히 달려나가던 마초가 퍼뜩 고개를 돌렸다. 찌르는 듯
한 투기(鬪氣)가 다가오는 게 느껴져서였다.

'뭐야, 이건?'

그러나 이미 적 진영 허리 쪽으로 질주를 시작한 상황이었
다. 뒤에는 일천의 철기, 그중에서도 용운군 최강의 정예인
청광기까지 이끌고. 퇴각하던 중 장료의 기습에 대열이 흐트
러진 적이 지원군을 보고 더욱 당황한 지금이 적기였다. 방향
을 돌리기에는 늦어도 한참 늦었다.

마초의 동요를 눈치챈 방덕이 등 뒤에서 외쳤다.

"주공, 저들을 믿고 그대로 가십시오!"

방덕의 말이 옳았다. 용운군 최강의 무장인 듯한 조운에, 그에 못지않아 보이는 서황이란 자도 있다. 거기다 조운 역시 일천의 청광기를 거느렸다.

'그래, 저 전력으로도 못 이길 상대라면 내가 가봐야 어쩔 수 없다. 차라리 내가 맡은 임무라도 달성하는 편이 낫다.'

마초는 달리는 말에 한층 박차를 가했다.

조개는 그런 마초의 손에 들린 채 생각했다.

'무슨 일인지는 몰라도 회의 인원은 삭초 혼자로구나. 임충과 호연작은커녕 동평의 기척도 느껴지지 않아. 잘하면 이 싸움, 승산이 있을지도 모른다. 특히, 저 장료라는 녀석이 원소군 적장 문추를 이겨준다면 필승이다.'

그때였다. 달리던 마초가 멍한 표정으로 중얼거렸다.

"삭초, 임충, 호연작······? 동평?"

옆으로 말을 몰아 다가온 방덕이 물었다.

"갑자기 무슨 말씀이십니까?"

마초는 얼떨떨한 기색으로 답했다.

"기주목이 회의 때 말했던 적장들의 이름이 갑자기 떠올라서요."

"그자들은 왜······?"

사실 마초도 그 이름들이 왜 떠올랐는지 알 수 없었다. 마치 누군가 속삭이듯 저절로 머릿속에서 울렸다. 그는 대충 둘러댔다.

"저 살벌한 투기를 내뿜는 자가 그중 하나가 아닌가 싶어서 그런 모양입니다."

"그러셨군요. 방금 말씀드렸다시피 저들에게 맡겨두고 집중하십시오. 이제 곧 격돌합니다!"

곧 적 대열이 코앞에 다가왔다. 긴 창을 든 병사들이 부랴부랴 늘어서고 있었다. 마초 휘하 철기대의 돌격을 막으려는 시도였다. 겁에 질린 그들 표정까지 생생히 눈에 들어왔다. 마초는 더 이상 아무 말도 하지 않았다.

'은쟁반에 옥구슬이 구르는 것 같은 여자 목소리였다고까지 말하면 영명 님이 날 이상하게 볼지도 모르지. 후, 갑자기 환청이라니. 사린이 생각을 너무 해서 그런가?'

하지만 사린의 목소리와는 완전히 달랐다. 마초는 눈을 부릅뜨고 마음을 가다듬었다.

'싸움의 시간이다. 정신 차려라, 맹기!'

곧이어 불길처럼 타오르기 시작한 마초의 정신 속에서 조개는 얼떨떨한 기분이 됐다.

'애송이 녀석. 내 생각을, 목소리를 들었어? 영혼전염이 통하지 않는데 어찌……'

그나저나 분명 은쟁반에 옥구슬이 구르는 것 같은 목소리라 하였다. 졸지에 동료와 싸우는 꼴이 되어 언짢았던 조개의 기분은 적지 않게 풀렸다. 조개는 명목상 회의 일원이었지만, 서열을 받지 못한 '원로'라는 신분이었다. 다른 위원회 멤버들보다는 소속감이 다소 약한 것도 사실이었다. 늘 다른 누군가, 혹은 뭔가의 안에 갇혀 있어야 하니 교류가 어려워 더욱 그랬다.

'오냐, 애송아. 내 네놈 하나만은 무슨 일이 있어도 죽지 않게 지켜주마.'

마초와 방덕이 거느린 일천의 청광기가 원소군 대열의 옆을 들이쳤다. 굉음과 쇳소리, 비명이 동시에 울려 퍼졌다. 부서진 병장기며 투구 그리고 잘린 팔다리와 살점이 허공을 나르고 피가 튀었다.

"과연 이게 청광기의 힘이구나!"

마초는 신이 나서 외쳤다. 최초의 격돌에서 놀랍게도 일천의 철기 중 죽거나 다친 자가 아무도 없었다. 안장은 튼튼하고 질 좋은 가죽 재질이며, 단단히 부착된 가죽끈으로 말의 몸통을 한 바퀴 둘러 착용하도록 만들어졌다. 안장 뒤쪽에는 화살통을 묶어두거나 여분의 검 혹은 비수를 넣어둘 수 있는 주머니가 있었다. 거기서 양쪽으로 각각 네 가닥의 끈과 가느다란 사슬로 연결된 등자가 안정감 있게 발을 받쳤다.

말의 급소인 콧등과 미간은 얇은 파란색 갑주가 덮고 있었다. 언제부터인가 용운을 상징하게 된 색깔. 기수가 입은 사슬 갑옷과 같은 색이었다. 이런 철기들이 전속력으로 내달리면, 마치 푸른 빛살과도 같다고 하여 청광기라 불리는 것이다.

"적 기병이 치고 들어온다! 옆쪽을 방어하라!"

참모들이 목이 터져라 외쳤지만 소용없었다. 성과 없는 공성전 끝에 물러나느라 가뜩이나 흐트러지기 시작한 진형이었다. 게다가 여건이 지휘하는 궁병부대의 저격으로, 다수의 부장이 죽은 상황이었다. 이는 곧 총사령관의 뜻을 전달하고 시행할 중간 고리가 사라졌다는 의미였다.

봉기가 아무리 뛰어난 책사라 해도 그의 책략과 지시를 따를 사람이 없다면 능력을 발휘하지 못한다. 하물며 이 혼란 통에 하급 참모들의 말이 먹힐 리 만무했다. 파란 번개가 작렬한 순간, 원소군 대열은 삽시간에 흐트러져 아비규환이 되어버렸다.

마초가 이끄는 한 무리의 철기가 갈라져 나가는 모습에, 삭초는 잠깐 갈등했다. 하지만 말을 타지 않고 달려온 터라 따라잡기 어려워 보였다. 위원회의 인물들은 대체로 기마술에 서툴렀다. 일부러 배우거나 기마술과 관련된 천기를 갖지 않은 이상, 천성적으로 말을 잘 타기란 힘든 노릇이었다. 이에 삭초는 마초의 병력을 포기하고 조운과 서황을 노렸다.

그사이 양수는 나머지 일천의 철기를 호위 삼아 뒤로 빠진 후였다. 문사인 그가 굳이 위험을 자초할 필요는 없는 것이다.

뒤에서 전황을 지켜보다 적절히 병력을 운용할 셈이었다.

삭초는 장기인 순간가속력과 괴력을 발휘하여 조운에게 대부를 휘둘렀다.

'단숨에 죽이고 문추를 돕는다.'

쩌엉! 다음 순간, 움찔하며 물러난 쪽은 삭초였다. 뭔가가 눈앞에서 번쩍하더니 대부가 튕겨나간 것이다. 이는 조운이 무서운 속도로 휘두른 창의 날 끝이 대부 옆면을 찌른 까닭이었다. 삭초와 조운은 동시에 놀랐다. 삭초는 조운이 생각보다 강해서, 조운은 힘과 속도에 비해 상대의 기교가 허술해서였다. 두 사내는 대치한 채 서로 노려보았다.

삭초는 조운을 보며 생각했다.

'이제까지 만난 삼국시대의 무장 중 제일 강한 것 같다. 아니, 제일 강하다.'

위원회의 강함은 삼국시대 무장들의 그것과는 종류가 달랐다. 표현하자면 인위적인 강함에 가까웠다. 반면, 무장들은 천성적인 자질에 오랜 수련이 더해진 결과물이었다. 순수한 육체적 능력 및 무예 솜씨로만 싸우면 십중팔구는 삼국시대 무장의 승리일 것이다. 단, 이는 위원회의 상위 서열 열 명인 십대장로에게는 해당하지 않는 얘기였다. 그들은 대부분 본래부터 강인한 육체적 능력이나 이능(異能. 상식에서 벗어난 기이한 힘) 혹은 초능력을 가진 선택받은 자들이었다.

예를 들어, 임충은 중국 PLA(인민해방군)의 권단(무술 유단자들이 모인 특수부대) 출신이다. 그중에서도 초엘리트였다. 육체를 극한까지 단련했음은 물론이고 군사작전과 게릴라전, 화학전 등에 두루 통달했다. 성혼마석의 힘을 받기 전에도 군용 나이프 한 자루만 있다면 삼국시대의 병사 수백 명 정도는 혼자 도륙할 수 있는 실력이었다. 거기에 별의 힘까지 더해지자 말도 안 되는 괴물이 탄생한 것이다.

호연작은 조용한 시골 출신의 여고생이었다. 그녀는 선천적으로 염동력(念動力, 정신에너지로 사물을 움직이는 힘) 계열의 초능력을 가졌다. 어릴 때는 멋모르고 힘을 내보이곤 했다. 옆집 할아버지가 무거운 짐을 들지 못해 끙끙대면 염동력으로 옮겨주고 동네 아주머니가 차에 치일 뻔했을 때는 차를 날려버렸다. 어린 마음에 선의에서 한 행동이었다.

그러나 곧 주변의 두려움에 찬 시선을 받았다. 순박하지만 무지한 시골 사람들은 그녀가 귀신에 씌었다고 믿었기 때문이다. 또 간혹 흥분했을 때는 능력이 통제가 안 되어 가까운 사람을 다치게 하기도 했다. 결국, 호연작은 부모에게서조차 버림받고 혼자가 됐다. 그때쯤 정부에서 사람이 나와 그녀를 데려갔다. 곧 그녀는 시설에 갇힌 채 연구 대상이 됐고, 그 바람에 염동력으로 인해 원래 불안정하던 그녀의 정신은 더욱 비뚤어졌다.

그녀는 보호시설에 들어간 후, 자신과 비슷한 힘을 가진 인물들이 등장하는 만화나 애니메이션에 푹 빠져 자기만의 세상에 틀어박혔다. 그러다 위원회에게 발탁되어 성혼마석과 접촉, 지금의 호연작이 탄생했다. 호연작이 위원회에 소속되고 나서 제일 먼저 한 일은 자신이 태어나 어린 시절을 보낸 마을을 깨끗이 지워버린 것이었다.

삭초는 그런 식으로 원래부터 초인이라 할 만한 인물은 아니었다. 보통 사람보다 완력이 세긴 했지만 그뿐이었다. 위원회 멤버들, 그중에서도 천강위의 압도적인 힘은 '천기'와 '유물' 그리고 '신병마용'까지 더해진 결과물이었다. 그들은 간혹 그 힘을 자기 자신이 강해진 것인 양 착각하곤 했다. 방금 삭초도 그랬다.

"조심하게, 자룡!"

서황의 외침에 삭초는 상대의 정체를 알았다.

'그랬구나. 이자가 조자룡이었어. 역시 명불허전이구나.'

중국인이라면 창술과 충의의 대명사인 조운을 모를 수가 없었다. 관우보다는 못하지만, 조운 또한 인기 많은 인물이었다. 삭초는 새삼 조운을 다시 살펴보았다. 옅은 갈색 말에 탄 채 창을 자연스럽게 늘어뜨린 모습이, 과연 창의 대가다웠다. 삭초는 이 세계에 와서 몇 수 배운 도끼술 외에는 무예에 문외한이었다. 그런 그가 보기에도 딱히 공격할 틈이 없었다. 그리고 무엇보다 잘생겼다.

그때 조운이 입을 열었다.

"나는 상산 땅의 조운 자룡이라 하오. 그대는 누구요?"

"……."

적당한 저음의 목소리까지 멋졌다. 말을 더듬어 아예 입을
다물고 사는 삭초 자신과 비교되었다.

'여자들에게 인기도 많겠지.'

이 생각을 하자 삭초는 화가 치밀어 올랐다. 그런 한편으
로는 이제까지 싸운 자들과 다르게 상대해야 함을 깨달았다.

'그러고 보니 진용운이 제일 아끼는 장수가 조자룡이라고
했다. 여기서 이자를 죽이면 진용운에게 큰 타격을 주어, 송
강 님을 흡족하게 해드릴 수 있을 것이다.'

천기 발동, 급선봉(急先鋒)

삭초는 조운의 물음에 답하는 대신 급습했다. 목표물에 순
간적으로 쇄도하여 평소 완력의 스무 배에 달하는 일격을 가
하는 천기. 삭초에게 '급선봉'이란 별명을 준 기술이었다. 그
는 늘 적의 우두머리를 목표로 정하여, 천기 급선봉으로 단숨
에 참살하길 즐겼다. 그러자니 맨 앞에 나서지 않을 수 없었
다. 지난번 전투에서는 먹잇감을 동평에게 양보하여 부장 격

인 추정을 죽이는 데 썼지만.

삭초의 모습이 서 있던 자리에서 사라졌다. 시야에서 그를 놓친 조운은 당황했다. 이어진 공격을 막아낸 것은 본능에 가까웠다. 조운은 여포에게 패배한 후 절치부심했고 자신보다 훨씬 강함에도 불구하고 수련을 게을리 하지 않는 검후의 모습에 더욱 단련했다. 특유의 성실함까지 더해져 그렇게 쌓여온 것들이 얼마 전 조조군 장수 여럿과 싸울 때 각성하기 시작했다. 결정적으로 죽음의 고비를 넘기면서 조운은 자신도 모르는 사이에 몇 계단 더 성장했다.

콰득! 그런데도 삭초의 일격은 막는 게 다였다.

"윽!"

조운의 입에서 신음이 터져 나왔다. 그의 창은 용운이 특별히 대장장이에게 지시하여 만든 것으로, 창날과 자루가 통째 철로 이뤄져 있었다. 강도도 다른 창의 몇 배에 달했다. 그 창의 가운데가 기역 자에 가깝게 꺾이고 말았다. 삭초의 대부가 수직으로 떨어진 자리였다.

'급선봉을 막았다?'

삭초는 자존심이 크게 상했다. 천기가 안 먹히면 할 수 있는 게 없어진다. 당혹감과 분노가 동시에 치밀었다.

"놈!"

한발 늦게 반응한 서황이 도끼를 휘둘렀다.

동시에 삭초도 두 번째 천기를 발했다.

천기 발동, 전투감각(戰鬪感覺)

순발력과 반응속도 그리고 감각을 상승시켜 전투력을 비약적으로 높이는 천기였다. 급선봉과 전투감각. 이 두 가지 천기를 가진 덕에 삭초는 무술을 익힌 적이 없는데도 강자로 거듭나 천강위의 열아홉 번째 자리를 차지할 수 있었다. 즉각 온몸의 감각이 극도로 예민해졌다. 삭초는 자신의 등 뒤로 서황의 도끼가 날아옴을 감지했다. 그 도끼가 그리는 궤적이 마치 눈앞에서 보는 것처럼 생생하게 느껴졌다.

후웅! 서황의 도끼가 오싹한 파공음을 냈다.

상체를 숙여 도끼를 피한 삭초는 미처 충격에서 회복하지 못한 조운에게 재차 천기를 발했다. 콰앙! 이번에는 숫제 창이 부러졌다. 대부 날 끝이 조운의 정수리에 살짝 닿았다가 올라갔다. 머리카락 몇 가닥이 잘렸다. 충격을 못 이긴 말이 주저앉지 않았다면 머리가 쪼개졌을지도 몰랐다.

"이런!"

조운은 재빨리 몸을 빼내 말에 깔리는 사태는 면했다.

그의 위기를 본 서황이 재차 노호하며 삭초를 공격했다.

삭초는 그의 공격들을 아슬아슬하게 피해내며 조운을 집

요하게 노렸다.

'정말 빠르고 강하다!'

조운은 부러진 창을 양손에 나눠 쥔 채 정신없이 뒤로 물러났다.

'예전의 나였다면 손써보지도 못하고 죽었겠구나.'

기묘한 자였다. 분명 초식이랄 것도 없는 마구잡이 공격에, 움직임에서도 무예를 익히지 않은 흔적이 보였다. 그런데도 엄청난 투기를 뿜어내고 있었다. 한 발 한 발이 필살의 일격이라고나 할까. 순간적으로 보여주는 엄청난 속도와 그뒤에 이어지는 무시무시한 도끼 공격이 그를 경시할 수 없게만들었다. 경시는커녕 죽음의 위협마저 느껴졌다.

"장군!"

공명정대한 조운은 평소 수하들로부터 존경받고 있었다. 그의 위기를 본 청광기들이 일제히 삭초에게 달려들었다. 삭초는 더욱 화가 났다.

"귀찮……다. 안, 불러내려 했는데…….”

귀찮아서가 아니라 이상한 위기감이 들어서였다. 삭초는 그런 감정을 애써 부정했다.

'나는 위원회의 천강위. 선택받은 자다!'

그가 호심갑(護心甲. 가슴 부위를 보호하도록 입는 갑옷) 안에서 뭔가를 꺼냈다. 그것은 대략 현대의 500밀리리터 생수병 크기의 인형이었다. 재질은 금속 같았는데 더 유연하면서도 단단해 보였다. 모양은 마치 피터팬의 날아다니는 요정, 팅커벨과 흡사했다. 심지어 등 뒤쪽에 날개도 달려 있었다. 그것은 새나 천사의 날개 모양이 아니라 검은 박쥐 날개였다.

요정 모양의 인형은 삭초의 품 밖으로 나오자마자 눈을 번쩍 떴다. 그러더니 곧바로 날갯짓하며 날아올랐다. 삭초의 눈높이까지 날아오른 인형은 그에게 독설을 퍼붓기 시작했다.

"악마 같은 새끼, 여전히 못생겼네. 왜? 꺼내지 말고 그냥 계속 품고 살지. 아주 썩어 없어질 때까지."

"……."

"날 불러낸 걸 보니 네 알량한 능력으로는 역부족인 상황인가봐?"

"……그, 그만하고 싸워, 요원(妖源)."

삭초의 신병마용. '요원'의 안에 든 영혼은 그가 현대에서 짝사랑하던 여자였다. 삭초는 용기를 내어 고백했지만, 그녀는 비웃으며 거절했다. 이미 만나는 사람이 있다고도 했다. 이에 삭초는 그녀를 독차지하고 싶어서 죽였다. 그리고 이 세계로 와서 신병마용에 혼을 불어넣는 의식을 치를 때, 그녀의 혼을 불러냈다.

유계에 있던 여자의 영혼은 뭔지 몰라도 되살아날 수 있다는 생각에 그의 부름에 응했다. 삭초는 죽기보다 싫었지만,

이대로 끝나기에는 자신의 미모와 나이가 너무나 아까워서였다. 하지만 새로 얻은 육체를 본 그녀는 절망했다. 그것은 기괴한 모양의 인형이었다. 신병마용은 대개 인간과 똑같은 모습을 취하는데, 간혹 예외도 있었다. 예를 들어, 오용의 신병마용인 '경'은 완벽하게 투명해 아예 형상 자체를 볼 수 없다.

요원이란 새 이름을 얻은 여인은 삭초를 증오했다. 그러나 증오하면서도 그의 명령을 따를 수밖에 없었다. 부름에 응해 신병마용에 깃든 순간 그렇게 정해졌기 때문이다. 대신 입만큼은 마음대로 놀릴 수 있었다.

요원은 삭초를 볼 때마다 저주의 말을 쏟아냈다. 그녀가 삭초를 저주하면 할수록 원래 영롱하게 빛나던 한 쌍의 날개는 점차 시커먼 박쥐 날개 모습으로 변해갔다.

이래저래 감당하기 힘들었던 삭초는 요원을 아예 깊숙이 넣어두고 잘 꺼내지 않았다. 하지만 이번에는 예외였다. 대략 1000대 1, 더구나 그중 둘은 상당한 실력자였다. 그녀의 힘을 빌릴 수밖에 없었다.

"파, 파란 갑옷을, 입고, 말 탄 자들을, 죽여."

"흥, 네놈이나 죽이면 좋을 텐데."

요원은 콧방귀를 뀌었지만, 이미 그녀의 몸은 청광기들을 향해 날아가는 중이었다. 날아가는 움직임에 점차 가속도가 붙었다. 이윽고 요원은 무서운 속도로 허공을 누비며 청광기들을 공격하기 시작했다.

모든 신병마용 중 유일하게 특기로서가 아니라 '자체 비행 능력'을 가진 그녀는 그 비행 자체가 무기였다. 시속 수백 킬로미터의 속도로 날아 단단한 금속 몸뚱이를 부딪쳐오는 공격은 무시무시한 위력을 발휘했다. 청광기들은 단숨에 몸이 꿰뚫려 절명했다.

"으악!"

"바, 방금 뭐가 지나간 거지? 새인가?"

"요물이다! 요물이 아군을 공격하고 있다!"

평정을 잃지 않던 청광기가 동요하기 시작했다. 그사이 삭초는 급선봉을 써가며 청광기를 하나씩 주살했다. 조운도 간신히 막아낸 급선봉을, 아무리 청광기라 해도 일반 병사가 막아낼 순 없었다. 그의 모습이 한 번 사라졌다가 나타날 때마다 어김없이 청광기 한 사람의 머리가 쪼개졌다. 삭초와 요원의 합공으로 순식간에 백여 기의 청광기가 목숨을 잃었다.

"안 돼! 덤비지 마라! 모두 물러나!"

조운은 안타깝게 외쳤다. 그 순간 퍼뜩 뭔가가 떠올랐다.

'잠깐. 엄청난 속도에 이어지는 공격이라?'

조운은 정신없는 와중에도 한 가지를 깨달았다. 이게 바로 무술을 정식으로 익혀 평생 수련했으며 철든 후부터 전장에서 살아온 자와 그렇지 않은 자의 차이였다. 삭초의 공격은 반드시 그의 모습이 사라진 직후에, 그것도 대개 내려치기 형태로 날아왔다. 조운은 그 공식을 파악한 것이다. 그렇다면 공격이 날아오리라 짐작될 즈음에……

'예측하여 선공을 먹인다.'

현대로 치자면 카운터였다.

그때 서황 또한 비기(秘技)를 발하려 하고 있었다. 그는 요원과 삭초를 보며 경악을 금치 못했다.

'저자가 부리는 것은 매인가? 뭔가가 저절로 날아다니며 사람을 해치다니, 눈으로 보고서도 믿기가 어렵구나. 흉악한 사술이 분명하다. 덕조 공이 반드시 이자를 쓰러뜨려야 한다고 한 이유를 알겠다.'

상식을 벗어난 일을 보자 두려움이 밀려왔다. 그런 두려움에 맞서느냐, 외면하고 달아나느냐에 따라 영웅이 결정된다.

'설사 사술을 쓴다 해도 몸에 칼이 안 박히지는 않을 터.'

서황은 필살을 다짐하며 삭초를 노려보았다.

'적과 아군을 떠나 여기서 반드시 죽여야 할 자다.'

용운이 있었다면, 서황의 머리 위로 떠오른 붉은색 글자들을 봤을 터였다.

분기(奮起)

절기, 선풍(旋風)

대부의 날 끝에 파르스름한 기운이 어렸다. 후우우웅! 전
신 근육이 부풀어 오른 서황은 대부 자루의 끝 부분을 쥐고
삭초에게 휘둘렀다. 자연히 공격 범위가 엄청나게 넓어졌다.
그렇게 휘두른 힘을 이용, 몸도 함께 회전시켰다. 상대의 허
리, 목, 발목으로 높이를 변화시켜가면서.

"죽어라!"

서황이 맹수처럼 포효하며 삭초를 공격했다. 무려 3미터
에 달하는 범위 내에서, 세 단계 높이의 공격을 연이어 퍼붓
는 것. 이게 서황의 절기인 선풍(회오리바람)이었다. 조운이 가
진 섬전(閃電)과 마찬가지로, 한 사람의 장수만이 가진 고유
특기다.

"큭!"

여기에는 삭초도 당황했다. 무술을 익힌 적이 없으니 막거
나 피해낼 기술이 없었다. 그저 반사적으로 움직여 반응할 뿐
인데, 독이 오른 서황의 절기는 그렇게 회피할 수 있는 게 아
니었다. 심지어 전투감각으로도 대응 불가능했다.

'말도 안 돼. 저 도끼 든 놈은 누구이기에!'

맹장인 여포나 조운이라 해도 결국은 평범한 인간일 터.
성혼마석의 권능을 얻은 자신들을 이길 수 있으리라고는 생
각조차 해본 적이 없었다. 그 오만함과 자신감 때문에 삭초는
더욱 당황했다. 서늘한 바람이 그의 목으로 날아들었다. 목

전체에 닭살이 돋아났다. 요원은 주인의 위기를 본능적으로 감지하고 날아왔으나, 이미 늦은 후였다.

'잘린다.'

절체절명의 순간, 조운이 삭초의 시야에 들어왔다. 본래 머리가 둔한 그였으나, 위기 상황이 되자 순간적인 기지가 번 득였다.

천기 발동, 급선봉!

"아니?"

서황이 눈을 부릅떴다. 최초의 허리 공격은 빗나갔지만, 가속도를 실어 곧바로 날린 목 공격은 막거나 피하기에는 확실히 늦은 상태였다. 서황은 적장의 목을 베었다고 확신했다. 그러나 상대는 잔상조차 안 남기고 사라졌다.

삭초는 조운을 목표로 지정, 급속 이동하는 급선봉의 성질을 이용해 선풍을 피해낸 것이다. 대신 그 자리에는 기괴한 요물이 나타나 그를 공격해왔다. 그것은 청광기들을 죽이던 날아다니는 인형이었다.

"이, 이건 대체……."

"단숨에 죽였어야지! 멍청아! 아까 기회를 놓쳤으니 넌 내 손에 죽게 생겼어!"

"말까지 하는군. 넌 귀신이냐?"

"누구보고 귀신이래!"

한편, 조운은 서황과 삭초의 교전을 유심히 보고 있었다. 그러다 삭초와 자신의 눈이 마주치고 그가 사라진 직후였다.

'온다!'

조운은 왼손에 쥔 부러진 창대로 먼저 섬전을 발동했다. 그때 약간의 시간차를 두고 오른손의 창날을 비스듬히 위로 내찔렀다. 이름하여…….

절기, 연섬전(連閃電)

퍽! 푸슉! 둔탁한 타격음과 함께 살과 가죽이 꿰뚫리는 듯한 소음이 연이어 일어났다. 조운의 머리 위로 피가 뚝뚝 떨어졌다. 바로 한 호흡 빠르게 발한 섬전에 목젖이 관통된 삭초의 피였다. 창대는 그의 단전 부위를 정확히 찌르고 있었다.

"크르륵."

삭초는 믿기지 않는다는 듯 눈을 휘둥그레 뜨고 비틀거렸다. 조운의 등 뒤에, 꿈에서 본 노인의 형상이 나타났다. 그는 냉엄한 표정으로 삭초를 노려보았다. 삭초는 비로소 그가 누군지 기억해냈다.

'노식.'

또한 한 가지를 더 깨달았다. 바로 동평도 자신과 같은 꿈을 꾸었으리라는 거였다. 아무리 급한 일이 있어도 삭초가 소리 내어 말을 했는데 그걸 무시하고 가버릴 그가 아니었다. 어쩐지 이상하다 했는데, 동평은 둘 다 똑같은 노식의 꿈을 꿨다는 사실을 외면하고 싶었던 것이다.

조운이 차가운 목소리로 내뱉었다.

"용맹은 아까우나 사특한 기운을 풍기는 자로구나. 잘 가거라."

조운은 발로 창 한 자루를 차올려 그대로 내찔렀다. 창날이 허우적거리던 삭초의 명치를 찔렀다.

삭초는 울컥 피를 토하고 쓰러졌다. 쓰러진 그의 몸이 빠르게 풍화되기 시작했다. 곧 삭초는 뼈조차 남지 않고 먼지가 되어 사라졌다.

조운은 그런 기현상을 보고도 크게 놀라지 않았다. 이미 한 번 본 적 있는 광경인 까닭이었다.

'이건 천둥 같은 소리를 내는 쇠막대로 공격하던 자를 죽였을 때와 똑같은 모습이다. 이자도 성혼단의 간부였단 말인가? 원소의 장수 노릇을 하고 있을 정도라면, 대체 성혼단은 얼마나 널리, 깊게 퍼졌단 얘기일까?'

삭초가 풍화되어 사라진 직후였다. 잽싸게 날아다니며 서황을 공격하던 요원의 움직임이 뚝 멎었다. 허공에서 멈춘 그녀의 입가에 옅은 미소가 떠올랐다.

"죽었네, 정신병자 살인마. 이제야 쉴 수 있겠⋯⋯."

말하던 요원은 가만히 눈을 감았다. 그녀의 작은 몸뚱이가 수직으로 떨어져 내렸다.

서황은 얼떨결에 그녀를 손으로 받았다. 그는 손바닥 위에 놓인 작은 여자를 보며 황망해 어쩔 줄을 몰랐다.

'이제 이 요물을 어떻게 한다?'

삭초의 죽음으로 천강급에서 최초의 희생자가 발생하는 순간이었다. 그것도 용운이나 진한성의 손이 아닌, 삼국시대의 무장에 의해서.

원소군 진영 외곽에서 이변이 일어난 즈음, 문추가 있는 본진의 상황도 급박하게 돌아갔다. 장료가 문추에게 덤벼든 직후, 오백의 결사대는 필사적으로 달려와 두 사람을 중심으로 작은 원을 만들었다. 문추와 싸우는 장료를 적군으로부터 보호하기 위해서였다.

정확히는 오백이 아니라 삼백도 채 안 되는 숫자였다. 장료를 따라가는 사이, 절반 가까운 수가 쓰러진 것이다. 아무리 허를 찔렀다 하나, 상대는 원소의 정예군, 거기에 삼만 대군이니 무리도 아니었다. 중심부까지 파고든 게 오히려 용할 지경이었다. 그나마 장료의 용맹과 여건이 지휘하는 궁병부대의 사격 덕에 삼백 명이라도 여기까지 올 수 있었다.

이제 장료가 문추를 쓰러뜨릴 때까지 그를 지켜야 했다. 당장 문추 주변에 자리한 호위병만도 일백 이상. 거기에 총대장의 신변에 이변이 일어났음을 눈치챈 다른 적병들까지 가세하면, 제아무리 장료라 해도 이 자리를 모면하기 어려울 터였다. 봉기는 문추와 장료가 단기전을 시작하자마자 몸을 빼내 멀리 떨어졌다.

'내가 여기 있어봐야 방해만 된다. 적장이 예까지 온 이상 지략은 무의미하다.'

그러나 결사대는 여기까지 오는 동안 단 한 사람도 도망가지 않았다. 장료와 약속한 대로였다.

"하아!"

"이얍!"

이 전투의 승패뿐만 아니라, 자신의 생사까지 걸린 싸움이었다. 아비규환의 현장이었음에도 불구하고 삼백의 장정이 만든 이 공간만은 기이할 정도로 조용했다. 그저 쇠 부딪치는 소리와 두 맹장의 기합만이 간간이 울려 퍼질 뿐.

그러는 사이에도 장료와 문추를 둘러싼 결사대의 수는 차츰 줄어갔다. 안쪽에서는 일백의 근위대가, 바깥쪽에서는 봉기의 수기 신호를 받은 적병이 동시에 공격해오고 있었다. 아무리 가려 뽑은 용사들에게 최고의 장비까지 갖춰줬다 해도 수적으로 너무 열세였다.

장료는 수하들의 죽음에 피눈물을 삼켰다.

'미안하다. 내 반드시 적장을 쓰러뜨려 복수해주마.'

문추 또한 이런 사실들을 잘 알았다. 그는 곁눈질로 주변을 살피며 생각했다.

'시간을 끌수록 내가 유리해진다.'

그는 처음에 각자의 병기를 맞대자마자 장료의 실력이 만만치 않음을 깨달았다. 무기의 상성도 나빴다. 문추는 말 위에서 적을 내리치기 좋은, 긴 자루 끝에 휜 날이 달린 참마도를 썼다. 병기의 무게와 가속도를 이용해 적을 내리치거나 단숨에 목을 치기에 좋았다.

반면, 장료의 애병은 자루를 짧게 잘라 개조한 두 자루의 삼첨도였다. 용도는 전천후용이었다.

지금의 싸움은 말을 달리며 적병을 학살하는 게 아닌, 근거리에서 서로 공방을 주고받는 단기전(單機戰)이었다. 병기의 무게만 제외한다면 장료에게 유리했다. 또한 그는 원래 뛰어난 자질에, 지난 몇 개월 동안 피나는 수련을 거듭했다. 무술에의 재능과 성실성 그리고 상당한 지략과 충성심을 겸비한, 어찌 보면 조운과 흡사한 종류의 장수였다. 그동안 쌓인 실력이 목숨 건 실전에서 만개하고 있었다.

이때 문추는 차라리 전력을 다 쏟아내 싸워야 했다. 하지만 어느새 그의 가슴 깊숙이 자리한, 장료에 대한 두려움이 그를 소극적으로 만들었다. 시간이 갈수록 장료의 공격은 더욱 거세졌다.

"아악! 장군, 꼭 무사하시길……."

"먼저…… 가겠습니다."

결사대에 자원한 부하들의 마지막 말이 들려올 때마다, 그리고 원소군의 공격으로부터 자신을 지키던 수하들이 죽을 때마다 장료의 삼첨도에는 그만큼의 무게와 기백이 더해졌다.

'무슨…… 이놈은 지치지도 않는가.'

결국, 감당할 수 없어진 문추가 구원을 청하려고 입을 벌린 찰나였다. 콰득! 거기에 장료의 삼첨도가 사정없이 꽂혔다.

"커헉!"

그게 문추가 내지른 마지막 소리였다.

써걱! 장료는 다른 한 손에 든 삼첨도로 굳어버린 문추의 목을 베어버렸다. 이어서 잘린 목을 치켜들고 큰 소리로 외쳤다.

"장문원이 적장 문추를 베었다!"

살아남은 결사대 백여 명이 함성을 질렀다.

마초에 의해 대열이 뚫려 부대가 양단당했다. 마초와 방덕은 그 가운데를 마구 헤집었다. 후방에선 후방대로 믿었던 삭초가 죽어 대혼란이 벌어졌다. 혼란 통에 여건 부대의 집중 저격을 받은 부장들은 대부분 죽거나 달아나버렸다. 그 와중에도 버텨낸 건 봉기의 필사적인 지휘 덕이었다. 장료의 외침을 들은 봉기는 눈을 질끈 감았다.

'끝이다.'

적의 병력이 아예 없으면 모를까, 이제 수적 우위는 무의미했다. 이 시대의 전투란 그런 것이었다. 더구나 원소군은 장수가 모조리 사망했다. 미쳐 날뛰는 마초와 방덕 그리고 후방에서 서서히 숨통을 조여오기 시작한 조운과 서황을 상대할 사람이 없었다.

'분명 장료를 지원할 장수가 없다고 들었는데……. 진용운, 어디서 또 저런 인재들을 끌어모았단 말인가.'

굳게 닫혔던 성문이 열리고 관도성을 지키던 병력까지 뛰어나왔다. 맨 앞에서 환희에 찬 여건이 지휘하고 있었다.

"장 장군께서 적장을 베었다. 이제 남은 원소의 개들을 쓸어버리자!"

봉기는 힘없이 고개를 숙였다. 원소군이 관도에서 또 한 번 패배하는 순간이었다.

13

원소의 외교전

관도전 패배 소식은 곧 원소에게도 전해졌다.

그사이 출전 준비를 마친 원소는 직접 대군을 이끌고 평원 성까지 진출해 있었다. 이번에는 특별히 세 아들까지 데리고 왔다. 올해로 스물이 된 장남 원담, 열일곱 살의 차남 원희, 그리고 열네 살의 막내 원상이었다. 아비가 참전하는 전장을 경험시켜주고 싶어서라곤 하지만, 패배가 확실시되는 위험 한 전쟁터에 데리고 나올 아버지는 세상에 없을 터. 그만큼 승리를 확신했다는 의미였다.

장료라는, 원소 입장에서는 무명의 젊은 장수가 달랑 오천 의 병사를 거느리고 지키는 작은 성이 목표였다. 그 성을 맹장 문추가 이끄는 삼만 대군이 쳤다. 문추가 책략에 서툴다는 걸 알기에 가장 아끼는 책사인 봉기까지 붙여주었다. 설령 함락하지는 못한다 해도 자신이 도착하기 전에 패하리라곤 상상조차 못했다. 그저 성을 포위하고만 있어도 될 일이 아니던가.

평원성 대전에 무거운 침묵이 내려앉았다. 전령은 마치 제 잘못으로 패하기라도 한 것처럼 이마를 바닥에 대다시피 한 채 고개를 들지 못했다.

원소는 도저히 믿기지 않는다는 듯 되물었다.

"방금 뭐라 했는가? 문추와 원도(봉기의 자)가 어찌 됐다고?"

"문추 장군은 적장 장료의 손에 참살……. 군사는 남은 병력을 어떻게든 수습해보려 애썼으나, 적의 기세가 높아 탈출하지 못하고…… 사로잡혔습니다. 신평과 신비 형제도 그 난리 통에 죽었습니다."

한 번 싸움에 세력을 대표하는 맹장과 핵심 참모 셋을 한꺼번에 잃은 셈이었다. 원소는 머릿속에서 번갯불이 치는 느낌이었다.

"이런…… 으윽!"

역정을 토하며 태사의에서 일어서던 원소가 별안간 뒷목을 붙잡고 비틀거렸다. 그의 나이 서른아홉. 근래 들어 체중이 부쩍 늘었다. 원소는 셋째 원상을 낳고서부터 기마술과 검술 수련 등을 그만두고 앉아서 지시하는 일만 했다. 그러자 청년 시절의 근육이 모조리 살이 되었다. 그런 상태에서 혈압이 급격히 오르자 기혈이 뒤틀린 것이다.

"주공!"

깜짝 놀란 가신들이 앉은 자리에서 일어섰다.

옆에 있던 막내 원상이 재빨리 원소를 부축했다.

"아버지! 괜찮으십니까?"

"으으, 그래……."

셋 중 가장 머리가 좋은 편이나 유약한 원희는 안절부절못했다. 먼저 손을 내밀었던 장남 원담은 못마땅한 시선으로 막냇동생을 노려보았다. 가신들은 놀란 와중에도 그런 모습들을 유심히 살피고 있었다. 특히 곽도의 눈이 반짝였다.

부축받아 다시 자리에 앉은 원소가 말했다.

"삭초는?"

"그도 적장의 손에 전사했습니다."

"적장? 비록 문추에 못 미친다 하나, 삭초 또한 탁성에서 적장을 벤 용장이다. 장료라는 자가 문추와 싸우고 있었다면, 또 누가 있어 삭초를 죽였단 말인가?"

"조운 자룡과 이름 모를 장수였다고 합니다."

"뭐라!"

원소의 손이 태사의 팔걸이를 내리쳤다.

"조운 자룡? 조자룡이라면 진용운이 가장 아낀다는 맹장이 아닌가. 그자는 분명 복양에서 조조군과 싸우다가 죽었다고 하지 않았나?"

"그것이…… 죽은 게 아니라 행방불명이었는데 무사히 돌아온 모양입니다."

"……하필 그 시점에? 진용운 이놈, 운도 좋구나."

원소의 입에서 절로 탄식이 새어 나왔다.

바삐 눈동자를 굴리던 원희가 조심스레 말했다.

"저, 아버님."

"뭐냐."

"과, 관도에서 아군이 안타깝게 패배했다고 하지만, 그랬다면 적군의 수는 더 줄었을 것입니다. 조, 조자룡이라는 자가 원군을 얼마나 데려왔는지는 몰라도, 때를 맞춰 들이친 걸 보면 상당한 강행군을 했을 게 분명합니다. 그러자면 소수정예의 기병이 아니고선 어렵습니다. 즉 잘해야 삼천."

원소는 가만히 둘째 아들의 말을 듣고 있었다. 거기 힘을 얻은 원희는 열심히 말을 이었다.

"반면 아버님께서 현재 거느린 병력은 오만입니다. 바로 적을 들이치면 문추 장군의 원수를 갚고 관도성을 탈환하기에 충분하지 않겠습니까?"

흥분이 가라앉자, 원소는 원희의 말이 그럴듯하다고 여겼다. 모두 당황한 가운데 그나마 대안을 제시한 사람도 그가 유일했다.

'머리는 좋은 녀석인데, 침착한 것도 좋은데…… 너무 소심해. 좀 더 사내다우면 좋으련만.'

그는 발언을 마친 후 손가락을 꼬며 불안하게 눈을 굴리는 원희를 아쉽다는 시선으로 보았다.

장남 원담은 지나치게 폭급한 성정이 문제였다.

'첫째와 둘째를 반씩 섞어서 둘로 나눠놓았다면 딱 좋았을 것을.'

이에 원소의 마음은 자꾸 막내 원상에게 향했다. 원상은 아직 열네 살에 불과했지만, 출중한 외모에 담대함과 총명함을 두루 갖추고 있었다. 적어도 원소에게는 그렇게 느껴졌다.

가볍게 한숨을 내쉰 그가 가신들에게 물었다.

"현혁(顯奕, 원희의 자)의 생각이 나쁘지 않다. 혹 다른 의견이 있소?"

좌중은 조용했다. 그때 허유가 불쑥 입을 열었다.

"과연 둘째 공자의 말대로 이길 수 있겠는가?"

원소는 울컥 짜증이 치밀었다. 허유의 머리는 인정하지만, 이렇게 분위기에 찬물을 끼얹는다든가 말투를 조심하지 않는 점 등은 너무 싫었다. 막말로 젊었을 때나 벗이지, 지금 자신과 허유의 사이는 엄연히 군신관계가 아닌가. 하지만 봉기마저 잃은 지금 허유를 홀대할 순 없었다. 원소는 애써 화를 누르고 좋은 투로 말했다.

"그게 무슨 말인가? 말해보게, 자원(허유의 자)."

"후후, 역시 자네는 내가 아니면 안 되지. 생각해보게. 문추가 이끌고 봉기가 돕는 삼만 대군을 막아낸 상대일세. 우리 군의 수가 오만이라 하나, 머릿수만 많으면 뭐하는가? 전령의 말로 미뤄볼 때, 적은 장료라는 장수에 더하여 조자룡이 돌아왔고 그 외에도 마등의 아들인 마초와 그 부관 방덕까지 가세했네. 반면 이제 우리에게는 이렇다 할 참모며 선봉장이 없지 않나."

분명 맞는 말이었는데 듣는 사람의 속을 긁었다. 자리에 있던 가신들도 얼굴이 구겨졌다. 그들이 죄다 쓸모없다고 말하는 거나 마찬가지였기 때문이다.

자기도 모르게 원소의 언사가 거칠어졌다.

"그래서 어쩌잔 말인가?"

그때였다. 다른 전령 하나가 다급히 외치며 대전에 뛰어들어왔다.

"급보입니다!"

"……또 뭐냐?"

대전의 시선이 일시에 전령에게로 쏠렸다.

원소 앞에 쓰러지듯 엎드린 전령이 말했다.

"흑산적이 움직였습니다."

잠깐 멈칫했던 원소가 탄성을 질렀다.

"오오! 장연이 이제야 머리가 돌아가는가. 이때 그자가 다시 업을 공격해준다면, 관도에 원군까지 보낸 진용운은 이번에야말로 곤란한 지경에 처할 것이다!"

원소가 크게 기뻐할 때였다. 보고한 전령이 난감한 듯한 표정으로 재차 입을 열었다.

"저, 그게 아니라……."

"음?"

"흑산적이 아군을 쳤습니다. 거록을 점령하고 나아가 광평, 곡주(거록 동쪽의 고을)까지 빼앗은 다음, 청수(靑水)를 건넜습니다. 아무래도 그 기세로 청하군을 노릴 듯 보입니다."

허유가 망연히 중얼거렸다.

"청하성이 떨어지면 그다음은 곧장 이곳, 평원이 아닌가."

장연의 의도는 말하지 않아도 명백했다. 거록현, 광평현, 곡주현은 모두 원소의 사람들이 다스리는 지역이었다. 이는 행여 있을지 모를 용운과 유우의 왕래를 막는 동시에, 북쪽에서부터 업성을 압박하는 역할을 했다.

관도를 점령한 다음, 세 성을 기점으로 한단현을 차지하고 거기서 업성을 공격하는 게 원소의 목표였다. 봉기와 함께 심혈을 기울여 세운 장기적 전략이었다. 그 전략이 죄다 물거품이 되게 생겼다.

원소는 씹어뱉듯 거칠게 말했다.

"장연, 이 도적놈이 미친 겐가!"

자신이 장연의 요구를 거절한 것 따위는 이미 떠오르지 않았다. 그저 분명 손잡았다고 생각한 그의 배신이 괘씸할 뿐.

듣고 있던 곽도가 다급히 물었다.

"그래서, 병력은 얼마나 되느냐?"

"어림잡아 십만입니다."

"십만……."

곽도의 입술이 파르르 떨렸다. 이제 관도성 탈환이 문제가 아니었다. 자칫 평원성에서 십만의 적을 맞아 싸우게 생겼다. 변변한 상장(上將)도 없는 상태로. 아직 휘하에 마연, 장의 등의 장수가 있긴 했다. 하지만 그들은 엄밀히 말해 부장 정도의 그릇. 안량과 문추를 부리던 원소의 성에 차지 않았다.

이 사실을 깨달은 원소의 어조가 다급해졌다.

"이 일을 어찌해야 하겠소?"

대전이 소란스러워졌다. 가신들은 다시 발해성으로 퇴각해 후일을 기약해야 한다는 이들과 장연에게 사신을 보내 의중을 알아보고 화해해야 한다는 이들, 청하군까지 빼앗기기 전에 미리 움직여 거기서 흑산적을 맞아 싸워야 한다는 이들

등으로 나뉘어 격론을 벌였다. 그 와중에 허유는 묵묵히 입을 다물고 있었다.

"그만! 조용히!"

버럭 소리친 원소가 허유에게 말했다.

"자원, 그대의 의견이 듣고 싶네."

허유는 특유의 빈정거림과 조소를 뺀, 담백한 어조로 답했다. 그만큼 현 상황이 심각하다는 의미였다. 그렇다고 원소에게 제대로 공대하진 않았다.

"원래 내 계획은 제북상 포신을 움직이는 것이었네."

"포신을?"

"제북은 평원에서 관도까지와 비슷한 거리일세. 함께 출발한다면 동시에 충분히 닿을 수 있지. 그는 조맹덕과 가까운 사이이니 주공의 청을 거절하지 않을 걸세."

"포신 같은 자가 큰 도움이 될까?"

"모르는 소리. 포신이 일만의 군사만 지원해줘도 아군 전력은 훨씬 강해지네. 포신 자신이 나서준다면 더할 나위 없지. 무력과 지략을 제법 갖췄다는 평가니까."

포신은 연주 태산군 출신으로, 영제 시절에 하진(何進)에 의해 기도위에 임명되었다. 그는 원소와도 인연이 있었다. 조금은 불편한 기억이었다. 하진이 죽고 동탁이 중앙 정계에 진출했을 때였다. 어느 날 포신이 원소를 찾아왔다.

"기도위께서 예까지 어쩐 일이시오?"

놀라면서도 의아해하는 원소의 물음에 포신이 답했다.

"본초 님은 일찍이 동탁의 전횡에 분노하여 그와 대판 싸운 후 관직을 내놓고 발해로 오셨다고 들었습니다."

"그런 일이 있었지요."

"한데 그 뒤로는 어찌 침묵하고 계십니까? 동탁이 저렇게 온갖 횡포를 부리는데 말입니다."

"그건…… 아직 일어설 때가 아닌 까닭이오."

"혹시 동탁이 발해태수 자리를 준 것 때문입니까?"

포신의 단도직입적인 물음에 원소는 불쾌감을 드러냈다.

"어허, 포 기도위! 말을 가려 하시오."

"송구합니다. 본초 님의 의중을 알아보려는 뜻에서였습니다. 그렇다면 지금이라도 병력을 일으켜 동탁을 치십시다. 제가 돕겠습니다."

"동탁을?"

"예. 그자는 지금 권력을 손에 쥐고 모두가 납작 엎드리자 방약무인하여 방심한 상태입니다. 기도위인 제가 성문을 열 터이니, 본초 님께서는 가려 뽑은 소수정예병으로 곧장 동탁의 거처를 급습하여 역적을 베면 됩니다."

"으음……."

"이대로라면 그자는 분명 조정을 뒤집고 난을 일으킬 터.

이 일을 행할 분은 본초 님밖에 없습니다."

포신이 간곡히 권했지만, 원소는 동탁이 두려워 그의 말을 따르지 않았다. 원소의 우유부단함은 이때부터 드러나기 시작했다. 이에 포신은 크게 실망한 기색을 드러내고 그를 떠났다. 다음에 재회한 것은 반동탁연합군이 결성됐을 때였다. 그런 포신에게 도움을 요청하자니, 원소는 어쩐지 내키지 않았다. 그는 혹시나 하고 허유에게 물었다.

"원래 계획이었다면 지금은 바뀌었다는 겐가?"

허유는 한심하다는 듯 쯧쯧 혀를 찼다.

"쓸 수 있는 패를 군이 포기할 필요가 있는가."

원소는 또 울컥 화가 치밀었으나 간신히 참았다. 그 분노가 느껴져, 애꿎은 원희가 원소와 허유를 번갈아 바라보며 조마조마해할 정도였다.

눈치 없는 허유는 신이 나서 말을 이었다.

"바뀌었다기보다 흑산적까지 상대해야 하게 생겼으니 포신에 더할 패가 생겼네."

"더할 패라니?"

"주공은 혹시 최근 유비의 행보를 아는가?"

원소는 고개를 저었다. 유비 따위의 동태를 신경 쓸 이유가 있나. 반동탁연합군 때 한동안 접했던 적이 있지만, 공손찬의 사람이라는 인상이어서 그다지 좋은 기억은 아니었다.

쥐뿔 가진 것도 없으면서 이상하게 유들유들한 유비라는 자의 태도도 마음에 안 들었다.

"에잉, 그럼 유비가 공손찬을 떠나 진용운과 동행했다가 그와 결별한 건 기억하겠지?"

"그건 알고 있네. 그 후 행방이 묘연해졌다 들었는데."

"탁군을 떠난 유비는 북해에서 모습을 드러냈네. 거기서 황건의 잔당에게 포위당했던 문거(공융의 자)를 도와주고 신임을 얻어, 고완 현령이 되어 성을 지키고 있다고 들었네."

원소는 화난 것도 잊고 깜짝 놀랐다.

"유비가 북해 황건적을 격파했단 말인가? 휘하에 변변한 병력도 없었을 텐데 무슨 수로?"

"그게 중요한 점일세. 그에게는 관우와 장비라는 용맹한 의형제들이 있네. 나중에 밝혀진 일이지만, 함곡관에서 동탁의 부대를 격파하여 관을 점령한 것도 그들이라고 하더군."

원소는 비무대회에서 본 관우와 장비의 위용이 문득 떠올랐다. 비록 관우는 방심했는지 검후라는 여무사에게 장외패했고 장비는 여포의 기습으로 비무대회가 흐지부지되는 바람에 기권했지만, 그 전까지는 상대를 일격에 이겼었다. 관우와 싸운 국의는 이제 유명을 달리하긴 했으나 공손찬이 자랑하는 상장이었다. 장비와 붙었던 한호 또한 최근 이름을 떨치기 시작한 장수였다. 절대 만만한 상대가 아니었다.

'그뿐만 아니라, 관우는 동탁의 맹장 서영을 몰아붙였고 장비는 그 서영의 부장 이몽을 단숨에 찔러 죽였다고 들었다. 확실히 그 두 사람을 거느렸다면 소수의 병력으로도 황건적 따위 흩어버릴 수 있었을 테지.'

허유가 단정하듯 말했다.

"내가 본 유비는 절대 현령 따위에 만족할 사내가 아닐세. 그와 그의 의형제들을 부르게. 야심가 주제에 대의에 집착하는 자이니, 흑산적의 공격으로 평원의 백성들이 위태롭다고 하면 평판 때문에라도 관심을 보일 걸세. 거기에, 흑산적을 막아내면 평원태수 자리를 주겠다고 하게. 십중팔구 제안에 응할 게 분명하네."

잠시 생각하던 원소는 고개를 끄덕였다. 어차피 진용운을 치고 난 후 기주목에 오를 터. 평원태수 자리 정도는 얼마든지 줄 수 있었다.

"알았네. 그리하도록 하지."

"또 한 가지가 더 있네."

허유가 말을 이었다.

"근신 중인 순심을 부르게. 지난번에 한 차례 실수했다곤 하나, 그 상황에서는 어쩔 수 없는 일이었네. 이제 야전을 맡길 사람은 그뿐이네."

곽도가 못마땅한 기색으로 끼어들었다.

"자원 님께서 참전하시면 되지 않소?"

허유는 큰 소리로 웃더니 곽도를 구박했다.

"그러지 말고 매일 말만 하는 그대가 참전해보시지. 나는 안전한 곳에서 큰 그림을 그리는 종류의 책사라네. 그대는 권력 싸움에 특화된 책사고."

"뭐, 뭐요? 이익……."

"반면 우약(순심의 자)은 큰 전략과 야전에서의 전술 모두에 능통하지. 원도(봉기)마저 포로로 잡힌 지금, 그가 아니면 군사 자리를 맡을 사람은 없네."

"알겠네. 그리하도록 하지."

원소는 즉시 세 갈래로 사신을 보내도록 했다. 각각 장연이 있는 청하국 인근, 유비가 다스리는 고완현 그리고 제북상 포신에게 보내는 사신이었다. 그런 한편 직접 순심을 찾아가 근신을 풀었다.

흑산적이 움직였다는 말에 순심은 입가를 비틀며 웃었다.

"재미있게 돌아가는군요."

순심은 이를 순욱의 공작(工作)이라 짐작했다. 그 외에도 진용운에게는 곽가, 진궁, 저수, 순유 등의 책사가 있다고 들었다. 하지만 그가 제일 강하게 의식하는 대상은 순욱이었다.

'지저분한 쪽에는 눈길도 주지 않을 것 같던 아우여. 이제 흑산적과 손잡을 정도로 변했다는 건가? 난세가 널 바꾼 거

냐, 아니면 그게 너의 본성이었던 것이냐?'

돌아가는 상황을 대충 설명한 원소가 말했다.

"그런 까닭에 일단 세 곳으로 사신을 보냈소."

"흑산적과 포신까지는 짐작하겠는데 나머지 한 군데는 어딥니까?"

원소는 허유의 처음 계책을 이미 알아챈 순심의 식견에 새삼 감탄했다.

"한 곳은 바로 북해요. 북해 고완현이오."

"북해에 그럴 여력이 있었습니까? 공 태수는 황건의 잔당들과 싸우느라 정신이 없을 텐데요."

"얼마 전 유비가 북해에 나타나 황건적을 격파하고 고완현령 자리를 얻었다 하오. 그의 의형제들이 매우 용맹하니, 과거의 인연과 평원태수 자리를 미끼로 도움을 청할 생각이오."

"흠. 문추 장군과 삭초가 전사했기 때문이군요."

그 전에 이미 안량과 고람마저 죽었다. 쓸 만한 장수가 절실한 원소의 사정은 이해가 갔다. 그러나 유비를 불러들인다는 게 이상하게 마음에 걸렸다. 그의 행적도 모르고 있었을 정도로 신경 쓰지 않고 지냈다. 한데 막상 그가 떠오르자 찜찜한 기분이 들었다. 유비…… 묘한 사내였다.

"그대를 총군사에 임명하겠소. 전권을 일임할 터이니 이 고비를 잘 넘겨주시오."

원소의 말에 순심이 포권을 취하며 답했다.

"세 곳에서 회신이 올 때까지는 일단 평원성의 방어태세를 굳히면서 흑산적의 동태를 주시하도록 하겠습니다."

원소가 관도에 붙인 불꽃은 이제 제북과 북해까지 번지려 하고 있었다.

며칠 뒤, 북해 고완현.

원소는 파발꾼에게 최고의 준마와 넉넉한 자금을 내주었다. 사태의 심각성을 인지한 사신은 쉬지 않고 말을 달렸다. 중간에 거금을 주고 몇 차례 말을 갈아탄 덕에 본래 보름은 족히 걸렸을 거리를 며칠로 단축할 수 있었다.

"현령님을 뵙습니다."

유비는 한 손으로 턱을 받친 채 은은한 미소를 머금은 얼굴로 사신의 인사를 받았다.

"먼 길 오느라 수고하시었소."

이 남자가 유비인가. 사신은 그가 원소와는 또 다른 유형의 영웅임을 체감했다. 유비의 왼쪽에는 장비, 오른쪽에는 관우가 마치 신장(神將)과 같은 형상으로 우뚝 서 있었다. 관우는 올해로 서른한 살, 장비는 스물여섯 살이 되었다. 무재를 타고난 두 사람은 바야흐로 기량이 절정을 향해 치닫고 있었다. 두 사람에게서 풍겨 나오는 기도(氣度)에 사신은 저도 모르게 침을 꿀걱 삼켰다.

'과연 태수님께서 일부러 이 먼 곳까지 도움을 청하러 보내실 만한 위용이로구나!'

사신의 눈길을 끄는 존재는 또 있었다. 바로 유비의 뒤쪽에 시립한, 순백색 갑옷 차림의 무장이었다. 그 무장은 특이하게도 여인이었다. 장비 못지않은 장신에, 보통 사람은 들기도 버거워 보이는 거대한 활을 메고 있었다.

그녀는 다름 아닌 화영이었다. 천강위 서열 아홉 번째에 빛나는 활의 명수였다. 송강의 명으로, 태산에서부터 유비를 보필하는 중이었다.

용운을 떠난 직후의 유비는 말 그대로 아무것도 없었다. 이 자리에 오기까지 그는 물심양면으로 화영의 도움을 받았다. 이에 그녀에 대한 유비의 신임은 거의 관우와 장비에 필적했다. 거기에는 여인이면서도 엄청난 화영의 무력과 과묵하고 침착한 성품도 한몫했다.

'진용운이 거느린 여무사가 유명한데, 그중 하나는 무려 안량 장군을 때려죽였다지. 저 여인도 그 못지않을 것 같다.'

사신은 여기까지 온 보람을 느꼈다. 이제 맡은 임무를 반드시 성사시켜야 했다. 목을 가다듬은 그가 절절한 투로 말했다.

"지금 평원군의 백성들은 흉악한 흑산적 앞에서 불안에 떨고 있습니다. 다행히 태수님(원소)께서 출병하시어 대비 중

이긴 하나, 기주목을 자처하는 악적(惡敵, 흉악한 역적) 진용운과 최근 전투를 거듭한 터라 여력이 부족합니다. 이에 현덕 님께 도움을 청하는 바입니다."

"저런, 딱하게 됐구려. 하지만 공문거 님께 큰 은혜를 입은데다 보시다시피 관직에 묶여 있는 몸이어서 말이오."

유비가 거절할 낌새를 보이자 다급해진 사신이 서둘러 말했다.

"도와주신다면 흑산적을 퇴치한 후 평원태수의 자리를 약조하셨습니다."

"음…… 많이 지쳐 보이는데 일단 물러나서 쉬고 계시오. 혼자 결정할 일이 아니니, 의논한 뒤에 곧 답해드리리다."

한시가 급한 때였으나, 유비가 이리 말하니 억지로 답을 채근할 수도 없었다.

"조금이라도 서둘러주시면 고맙겠습니다."

원소의 사신은 유비가 마련해준 거처로 향했다.

그가 나가자 유비는 대전에 있던 인물들에게 물었다.

"어찌들 생각하시오?"

그곳에는 유비 삼형제와 화영 외에도 두 사람이 더 있었다. 푸근한 인상에 사람 좋아 보이는 청년의 이름은 간옹(簡雍), 자는 헌화(憲和)다. 탁군 출신으로, 유비와는 동향이라 교분이 있었다. 자경대 및 의용군 시절부터 유비를 따랐으나,

유비가 반동탁연합군을 결성한 공손찬에게로 떠난 후 헤어져 소식이 끊겼다. 유비가 용운과 함께 탁군에 돌아왔을 때는 마침 간옹이 생계 때문에 상행을 떠나 만나지 못했지만, 그 후 유비가 북해에서 임관했다는 소문을 듣고 찾아와 종사 자리에 있었다. 특히 그는 넉넉한 인상만큼이나 재치, 현대식으로 표현하자면 유머감각이 뛰어났다. 이에 유비 진영의 분위기 메이커 겸 인상이 좋아 사신 노릇도 종종 수행했다.

간옹의 반대편에 팔짱을 낀 채 앉아 있는 이는 젊은 문사였다. 단정한 생김새에 마른 얼굴, 강직한 눈매에, 입가에는 어쩐지 비뚤어진 웃음을 띠고 있었다. 그의 이름은 예형(禰衡)이었으며, 자는 정평(正平)이다. 올해로 약관, 즉 스무 살이 됐다. 박학하고 재주가 많아 천하의 기재라 할 만했다. 하지만 그에게는 큰 결점이 있었다.

예형은 많은 나이 차이에도 불구하고 공융과 절친한 사이였다. 그는 고향인 평원에서 경전을 공부하며 은둔해 있었다. 부패한 조정에 실망한 까닭이었다. 황건적을 퇴치하여 북해가 안정되자, 공융이 그를 불러 유비에게 맡겼다.

공융은 예형의 모든 면이 마음에 들었다. 그의 오만함도, 천재 특유의 자존심이라 여겼다. 공융과 예형은 서로를 '중니불사 안회부생(中尼不死 顏回負生, 공자가 죽지 않고 안회가 되살아났다)'이라 불렀다. 중니는 공자의 자요, 안회는 공자가 가장 신임한 제자이자 현인이었다. 즉 두 사람은 각자 자신을 공자와 안회의 현신으로 비유하여 천하의 기재라 자처한 것이다. 또 공자와 안회의 관계로 미뤄볼 때, 공융과 예형이 서로 얼마나 친밀한지도 알 수 있었다.

다만 한 가지, 예형의 독설이 문제였다. 그는 떠오른 생각을 마음에 잘 담아두지 못했다. 특히, 상대가 자신보다 못하다고 여겨질 때는 거침없이 깔아뭉갰다. 이게 그의 결점이었다. 자연히 인맥도 좁아서, 공융 외에 예형이 인정한 벗은 현재 용운에게 가 있는 양수가 유일했다. 이에 공융은 유비의 넉넉한 성품에 영향을 받으면 예형이 조금 유해지지 않을까 싶어 그를 보냈다. 관우, 장비 외에 변변한 책사나 행정관이 없는 유비를 배려한 것이기도 했다.

예형은 실제 정사에서도 독설가로 유명했다. 그가 공융의 추천으로 조조에게 초빙됐을 때, 조조의 모사들을 평한 것만 봐도 알 수 있다. 예형은 순욱을 초상집 문상객에 비유했으며, 곽가는 노래 가사나 지으면 좋을 인물이라 말했다. 순유는 묘지기가 제격이며, 정욱은 수문장감이 되었다. 장수들에 이르러서는 더 가관이었다. 용장 장료는 북이나 치고 징이나 두드리는 게 어울린다 하였고, 허저는 마부, 서황은 개백정에 비유했다.

당연히 조조의 가신들은 격노했다. 침착하고 냉정한 장료가 예형을 죽여버리자고 조조에게 간할 정도였다. 그러나 조조는, 조승상이 예형과의 토론에서 패하고 홧김에 그를 죽였다는 소문이 날 게 우려되어 손을 쓰지 않았다. 대신 그를 형주의 유표에게 보내 항복 권고를 하게 했다. 예형은 거기 가서도 독설을 퍼부을 게 뻔했으니까. 항복을 권하러 온 사신 주제에 그리한다면? 당연히 죽음을 면하기 어려울 터였다.

아니나 다를까, 예형은 "형주라는 집을 지키는 개에 불과하다"며 유표를 험담했다. 이쯤 되면 마치 죽고 싶어 안달 난 사람처럼 보일 지경이었다. 이래도 네가 날 안 죽여? 하고.

유표는 화가 머리끝까지 치솟았으나, 조조의 속셈을 알아채고 예형을 부하 황조에게 보냈다. 조조나 유표 같은 꾀도, 참을성도 없었던 황조는 예형의 독설을 참지 못하고 결국 그를 살해했다.

하지만 이 세계에서 예형의 운명은 좀 바뀔 듯했다. 일단 아직 젊은 나이에 유비를 만났다. 속내야 어쨌든, 유비는 예형의 독설을 흘려 넘길 정도의 배포는 있었다. 또한 예형도 유비에게는 나름대로 말을 삼갔다. 자신과 절친한 공융의 은인인 까닭이었다.

원소가 보낸 사신의 제안을 어찌 생각하느냐는 유비의 물음에, 먼저 답한 이는 그 예형이었다.

"이미 마음이 반쯤 넘어갔으면서 뭘 묻습니까."

"흐흐, 보았나?"

"말이 좋아 은인이지, 객의 입장으로 현령 자리에 있다가 단숨에 태수가 될 기회이니, 현덕 님의 음흉한 성품으로 미뤄 볼 때 당연히 흔들리겠지요. 게다가 상대는 흑산적이라 좋아하시는 명분도 갖춰졌고. 누군지는 몰라도 현덕 님에 대해 좀 아는 이의 제안임이 분명합니다. 원소, 그 머리에 두부가 들어찬 인간에게서는 나올 수 없는 제안입니다."

관우와 장비는 멍하니 예형의 말을 들으며, 그가 오늘 기분이 좋은 모양이라고 생각했다. 평소보다 어조가 부드러웠기 때문이다.

"크하하하!"

유비는 호쾌하게 웃었다. 예형의 입에서는 자신도, 원소도 다 똑같이 대수롭지 않은 인간이라는 게 재미있었다. 용운에게 자괴감을 느끼고 스승 노식에게마저 선택받지 못한 채 떠나온 후, 그는 한동안 방황했다. 그러나 그 과정에서 성장하기도 했다. 특히, 의용군으로 떠돌아다니면서 보고 느낀 바가 많았다. 예형의 독설 정도는 유비에겐 유흥이었다.

"역시 정평(예형)의 말은 재미있어. 장비에게 맞아 죽을 뻔하고서도 여전하구먼."

"에이, 형님. 지난 일을 왜 꺼내세요."

장비가 쑥스러운 기색으로 투덜거렸다.

얼마 전 그가 객점에서 거나하게 술에 취해 있을 때였다. 유비의 명으로 장비를 데리러 온 예형이 말했다.

"이런 주정뱅이 애송이가 현덕 님의 의동생이라니. 고향으로 돌아가서 개나 잡고 술이나 담그면 딱 좋을 것을. 아, 그러고 보니 원래 술도가 출신이라 했나?"

맨 정신이었다면 어찌 참고 넘겼을지 모르지만, 안타깝게도 장비는 만취한 상태였다. 동석해 있던 간옹이 필사적으로 말리지 않았다면 예형은 장비에게 맞아 죽었을지도 몰랐다.

장비는 날이 갈수록 성월에 대한 그리움이 커졌다. 그녀의 눈빛, 목소리, 입맞춤, 이런 것들이 이상하게 떠나온 뒤 시간이 흐르면 흐를수록 점점 더 생생해졌다. 그러나 돌아가자고 할 수도, 혼자 떠날 수도 없는 노릇. 이에 매일 술을 마시는 게 일과였다.

하지만 그때 격분한 와중에도 예형의 독설에 정신이 번쩍 들었다. 자신이 유비를 욕보이고 있다는 생각이 든 것이다. 그 뒤부터 장비는 유비의 허락 없이는 절대 술을 마시지 않았다. 그걸 노리고 유비가 장비에게 예형을 보낸 것인지, 혹은 예형의 성미를 눌러주려고 보낸 것인지, 아니면 아무 생각 없이 한 일인지는 유비 자신만 알 터였다.

"헌화의 생각은 어때?"

유비의 물음에 간옹은 웃으며 머리를 긁적였다.

"저야 뭐, 허허, 정해지는 대로 따르지요."

예형이 놓치지 않고 일침을 가했다.

"그럴 거면 왜 녹을 받아먹고 있나. 창고나 지키지. 줏대 없는 인간 같으니."

"허허, 그러게 말입니다."

"자자, 그만들 하고. 화영, 그대의 의견은?"

화영은 원소의 세력에도 천강위의 형제들이 가 있음을 기억해냈다. 특히, 거기에는 그녀가 연모하는 남자가 있었다. 그녀의 임무는 유비를 도와 세를 불리는 것이었으니, 흑산적을 퇴치하고 평원태수로 만든다면 거기에도 부합했다.

'여기서 힘을 더 비축한 다음, 서주를 노려보라고 할 생각이었는데. 기회가 왔을 때 받아들이는 것도 나쁘지 않겠지.'

화영은 특유의 나직한 어조로 말했다.

"나쁘지 않은 제안 같습니다. 원소가 최근 진용운에게 거듭 패배했다곤 하나, 여전히 조정과 하북에서 그의 영향력은 무시할 수 없습니다. 여기서 빚을 지워두고 태수 자리까지 얻어내는 것도 괜찮겠지요. 또……."

그녀가 슬쩍 쳐다보는 눈길을 알아챈 예형이 말했다.

"그냥 말하시오. 어차피 현덕 님이 여기 안주할 사람이 아님은 알고 있소. 내가 안다면 문거(공융) 님도 아실 거요. 도리어 북해 안에서 반란이라도 일으키기 전에 나가주는 걸 고맙게 여기실지도 모르지."

"그렇다면 말하지요. 또 이제 북해를 나가 현덕 님 자신의 세력을 일굴 때도 된 것 같습니다."

유비는 고개를 끄덕였다.

"그래, 평원을 기점으로 말이지……. 그나저나 우리 진 군사 많이 컸네. 그 원소를 두 번이나 격파하다니. 역시 곱상한 외모만 보고 판단했다가는 큰코다친다니까."

관우가 진중한 투로 내뱉었다.

"이상하게 꺼림칙한 자요. 역시 그때 누상촌을 떠나오기 전에 제거했어야 했소."

유비의 입꼬리가 슬며시 올라갔다.

"이제 나도 예전의 내가 아니라고, 관 형. 본초와 진용운의 싸움. 거기 끼어들어서 어부지리를 노려보는 것도 재미있겠어."

"음흉한 인간 같으니."

예형의 말에, 관우와 장비가 일제히 그를 노려보았다. 하지만 예형은 꿈쩍도 하지 않았다.

유비는 속으로 생각했다.

'맞아, 예형. 난 음흉한 인간이야. 하지만 그렇게 하지 않고서는 진용운이라는 거대한 그릇을 극복할 수 없다고. 나중에 깨달았는데, 녀석의 유일한 약점은 바로 나와 반대되는 순

진함이니까 말이지. 난 그걸 사정없이 노릴 거야.'

북해에서 웅크리고 있던 흑룡은, 뜻하지 않게 불어온 바람을 타고 날아오르려 하고 있었다.

14

·

여정의 도중에서

　'흑영대(黑影隊)'는 용운과 전예가 협력하여 만든 정보 조직의 이름이다. 용운은 타 세력에 맞서 생존해야 함과 동시에 위원회 및 성혼단의 위협에 직면했다. 이 세계에 와 있는 게 분명해진 아버지 진한성의 행방도 찾아야 했다. 문제는, 정작 이 세계의 현실에 대해선 생각보다 아는 게 너무 적다는 점이었다. 이론과 실전은 다르다는 느낌이라고나 할까.

　'현대에서 전쟁에 승리하기 위한 요건으로 정보는 필수지. 내가 아는 역사적 지식만으로는 부족해. 어차피 역사가 많이 바뀌기도 한 데다가 앞으로 더 바뀔 것이고. 이제 그때그때 대응해나가야 한다.'

이래저래 정보부의 창설은 필수적인 일이었다. 이에 용운은 그 일을 전예에게 맡겼다.

"필요한 건 뭐든 말하세요, 국양. 자금부터 인력까지, 최우선으로 정보 조직의 창설에 지원할 테니까요."

"알겠습니다. 주공."

전예의 능력을 신뢰한 용운은 큰 틀을 잡고 자금을 지원하는 정도까지만 나섰다. 사실상 전예가 조직을 만들었다고 봐도 무방했다. 이렇게 해서 업성에는 체계적으로 조직된 첩보 기관 겸 감찰단이 탄생했다.

명령을 받는 순간, 전예는 용운이라는 태양을 위한 밤의 그림자가 되기로 결심했다. 처음에는 그저 공손찬 밑에서 인정받지 못한 자신의 능력을 알아봐주는 게 좋았다. 하지만 가까이에서 용운을 모시는 사이, 이제껏 어떤 경전에서도 접한 적 없는 그의 사상과 가신들을 대하는 따뜻한 마음씨, 백성 한 사람 한 사람을 기억하는 자세에 진심으로 감화됐다. 이에 그를 위해 삶을 바치기로 마음먹었다. 흑영대라는 이름은 그런 결의를 표현한 것이었다.

'용운 님은 고통받는 백성들을 따스하게 비추실 분. 전쟁까지는 어쩔 수 없다 해도 더러운 일들을 해야만 할 경우도 있다. 내가 그런 필요악이 되리라.'

처음에 흑영대는 주로 정보 수집과 감찰 업무에 주력했다.

그러다 용운의 세가 커지고 적대세력이 생기면서 첩보, 공작, 암살 등의 임무도 겸하게 됐다. 당연히 위험 부담이 컸고 그에 비해 명예는 적었다. 어둠에서 일하는 자들의 숙명 같은 것이었다.

매달 열 명 중 두세 명의 대원이 죽어나갔다. 대신 전예는 확실하게 대원들을 대우해주었다. 기본적으로 가옥이 나오며 녹봉도 매우 높았다. 여기에는 전예를 믿고 전폭적으로 지원해준 용운의 덕이 컸다.

"흑영대원이 임무 수행 중 사망했을 경우, 그의 남은 가족이 제 통치하에 있는 한은 평생 의식주 걱정을 하지 않게 할 겁니다. 대원을 모집할 때 이 사실을 알리세요, 국양."

"주공, 괜찮으시겠습니까? 그랬다간 성의 재정이……."

"장세평의 장사가 날로 번창해서 상당한 세금을 내고 있어요. 서호(西湖, 업성 서쪽의 호수) 관개(灌漑) 사업이 성공적으로 끝나면 매년 풍작일 테고요. 이미 둔전제를 시행한 덕에 곡물은 충분해요. 그 잉여분을 판매하여 또 수익을 내고 있죠. 재정 걱정은 안 해도 돼요. 계규(최염)가 알아서 해줄 테니까요."

업성은 본래 하북 물산의 집결지였다. 거기에 용운이 흑산적을 퇴치하고 치안대를 결성하여 다른 성에 비해 훨씬 안전해졌다. 또 현대의 지식을 이용, 도로와 수로를 정비했으며 거리를 청결하게 관리했다. 자연히 주변 상인들이 몰렸고 하북 상업의 중심지로 변모해갔다.

용운은 거기서 얻은 이익 대부분을 백성과 가신, 병사들을 위해 재투자했다. 특히, 앞서 언급한 대로 흑영대의 대우는 유례가 없을 정도였다. 이에 위험한 줄 알면서도 지원하는 자가 많았다. 물론 전예는 그렇다고 아무나 받아들이진 않았다. 육체적·정신적으로 엄격한 심사를 거쳐 대원을 뽑았다. 그는 임무를 능력에 따라 차등 배분했다. 동시에 건전한 경쟁을 유발하기 위해 대원들에게 번호를 붙였다. 1호는 전예 자신이었으며 그중 정예라 할 만한 이는 상위의 50호까지였다. 이는 성혼단을 색출하는 과정에서 그들의 제도를 일부 참고한 부분도 있었다.

이렇게 탄생한 흑영대원들은 업성과 기주 안에서는 물론, 현재 전쟁 중인 원소의 세력, 복양성에서 충돌했던 조조의 세력, 심지어 여포와 유비의 근처에도 잠입하여 목숨을 걸고 활동 중이었다. 또 보이지 않는 곳에서 성혼단과도 치열한 싸움을 벌이고 있었다.

천강 제21위, 천이성 적발귀 유당은 끈질기게 진한성을 추적한 끝에 그의 행방을 찾아냈다. 그리고 자신의 장기인 지둔비술을 이용해 계속해서 그의 동태를 감시하고 있었다. 그때, 전예가 파견한 흑영대원 7호 또한 진한성과 조우했다. 몰래 두 사람의 대화를 엿들은 유당은, 진한성이 4월 첫째 날에 산양성에서 용운을 만나기로 했다는 사실을 알아냈다.

그는 자신의 병마용군 유라로 하여금 흑영대원 7호를 죽이고 모습을 복제케 하여 업성에 잠입시켰다. 틈을 보아 용운을 죽이거나 중요한 정보를 빼내기 위해서였다. 그러나 전예는 무심코 내뱉은 유라의 말실수에서 단번에 수상함을 감지했다. 그런 전예의 명령으로 7호를 감시하던 흑영대원 3호는 시간이 갈수록 의아함을 느꼈다.

'7호는 왜 주공을 미행하는 거지? 그것도 이렇게 애매한 거리에서?'

용운은 유우를 만나기 위해 유주로 떠난 차였다. 그 사실을 상위 50인의 흑영대원은 다 알고 있었다. 그들에게 어떤 임무보다 우선하는 것은 주공인 용운의 안전이었다. 따라서 늘 용운의 움직임과 행방을 알고 있어야 했다. 곁에 사천신녀가 머무르긴 하나, 그와는 별도로 흑영대원들도 은밀히 용운을 경호했다. 이번 여행에 동행한 2호가 대표적인 예였다.

용운의 앞으로의 거취와 대략적인 이동 경로를, 50호까지의 흑영대원이라면 이미 숙지한 뒤였다. 이는 곧 만에 하나 7호가 배신하여 나쁜 의도가 있다 하더라도, 굳이 미행할 필요가 없다는 의미였다. 이미 용운의 행선지를 알고 있기 때문에.

'그렇다고 암살을 시도할 만큼 가까이 따라붙는 것도 아니야. 그래 봐야 사천신녀 님들께 저지당하겠지만.'

업성을 떠난 7호는 일정한 거리를 두고 꾸준히 용운을 추적하고 있었다. 그런 그를 3호가 며칠째 감시해왔다. 수상한 건 분명했다. 명령도 없이 무단으로 업성을 이탈했기 때문이다. 진한성을 찾아낸 공으로 휴가를 받았기에, 엄밀히 말하면 규정 위반은 아니었다. 그러나 휴가 기간이라 해도 행선지를 반드시 알려야 했다. 그 기간에 용운을 뒤쫓는 것도 이상했다.

용운 일행이 양국현을 막 떠난 무렵이었다. 7호와 그를 뒤쫓는 3호도 양국현에 이르렀다. 3호는 성문 근처에 숨어, 7호의 뒷모습을 보며 생각했다.

'여기, 한눈에 봐도 분위기가 심상치 않네. 주공께선 무사히 지나가셨을까? 2호가 알아서 잘했겠지만.'

고을을 점령한 흑산적 때문에 3호의 주의가 잠깐 흐트러졌을 때였다. 별안간 7호의 모습이 시야에서 사라졌다.

'아니?'

화들짝 놀란 3호는 본능적으로 위기를 감지하고 그 자리를 피하려 했다. 하지만 한발 늦고 말았다. 어느새 서늘한 칼날이 목 옆에 와 닿아 있었다. 등 뒤에서 7호의 나직한 목소리가 들려왔다.

"언제까지 쫓아오나 싶어서 놔뒀더니 정말 끈질기네."

"7호, 왜 이러는 거지? 배신했나?"

"배신? 뭐, 너희한테는 그렇게 보일 수도 있겠지. 거기까진 알 것 없고."

서걱! 섬뜩한 소리와 함께 3호의 목에서 새빨간 피가 뿜어져 나왔다.

7호, 아니 병마용군 유라는 무너지는 3호를 보며 생각했다.

'업성에서 딱 이틀 지켜봤을 뿐인데, 전예라는 녀석이 얼마나 철저하게 조직을 관리하는지 알 수 있었다. 놈을 죽이는 것만으로도 진용운에게 꽤 타격을 줄 수 있을 듯했는데, 첫 대면 이후로는 행방조차 묘연해졌지. 분명히 뭔가 눈치를 챈 게 분명해.'

바닥에 쓰러진 3호는 마지막 경련을 하는 듯 몸을 꿈틀거렸다.

'순욱을 비롯해 주요 가신들의 경호까지 일시에 강화되었고. 그 모든 게 자연스러움을 가장하여 순식간에 이뤄졌다는 게 더 놀라웠다. 여기서 요원을 또 죽이면 바로 알려질 테지만, 어차피 감시를 붙였다는 자체가 이미 날 수상하게 여긴다는 뜻이니, 날파리를 없애고 빨리 일을 처리하는 편이 나아.'

유라가 여기까지 생각했을 때였다. 영락없이 죽은 줄로만 알았던 3호의 손끝에서 뭔가가 날아왔다.

유라는 반사적으로 그것을 피했다. 3호가 던진 물체는 유라의 뒤통수 부근에서 터져 백색 가루를 자욱하게 뿜어냈다.

'독?'

유라는 목이 메케함을 깨닫고 즉시 숨을 멈춘 뒤 그 자리를 벗어났다.

비틀거리며 일어난 3호가 반대쪽으로 재빨리 달아나는 게 보였다. 양국현 성문 안쪽이었다. 곧 3호는 순식간에 사라졌다.

유라의 얼굴이 험악하게 일그러졌다. 그녀는 7호의 목소리로 욕설을 내뱉었다.

"쌍년이."

3호는 한 손으로 목을 부여잡은 채 전력으로 달렸다. 화타가 만들어 나눠준 흑영대원 전용 구급낭이 아니었다면 이미 죽고도 남았을 터였다. 그 안에는 지혈용 약초와 붕대, 소독주(消毒酒, 소독용 술), 입에 물고 있으면 일정 시간 동안 독에 면역되는 피독주(避毒珠, 독을 피하는 구슬) 등이 담겨 있었다. 그래도 위험한 상태인 건 여전했다.

'나아진 건 없어.'

3호는 정신이 흐릿해지는 와중에도 자신의 상태와 현재 상황을 냉정하게 살폈다.

'지금 억지로 더 움직이면 죽는다. 안전한 곳에서 휴식을

취하면서 치료받아야 그나마 살 가능성이 있어.'

어떻게든 살아야 했다. 살아남아서 7호가 배신했다는 사실을 2호나 전예에게 알려야 했다.

'알려진 7호의 실력이라면 절대 내 뒤를 점하고 치명타를 가할 수 없다. 이제까지 본 실력을 숨겼거나 다른 누군가가 7호로 변장했다는 뜻이다. 어느 쪽이든 곧 나를 쫓아올 터. 이 상태에서 내가 살아남을 방법은 하나뿐이다.'

3호는 복면을 벗고 머리를 풀어헤쳤다. 다음에는 입술을 힘껏 깨물어 피를 냈다. 그렇게 흐른 피를 얼굴이며 목에 발랐다. 그때쯤 벌써 7호가 가까이 온 기척이 느껴졌다. 3호는 숨어 있던 골목에서 서둘러 나와 인파가 가득한 시장 통으로 비틀대며 걸어갔다.

"아니?"

"저 여자, 꼴이 왜 저래?"

얼마 못 가 이목이 쏠렸다. 그들 대부분은 마을을 차지하고 있던 흑산적이었다. 원소와의 일전을 위해 성내에 모여든 자들이었다.

비틀대면서 걷던 3호는 그대로 쓰러져버렸다. 어이쿠! 하는 소리와 누군가 달려오는 기척이 느껴졌다. 거기까지가 한계였다. 3호는 눈앞이 캄캄해지면서 정신을 잃었다.

'7호가 사람들을 다 무시하고 끝까지 날 죽이고자 한다면,

난 여기까지야. 나머지는 운명에 맡기는 수밖에. 성안에 가득한 수상쩍은 자들의 노리개가 되든, 기절한 채 죽든…….'

인파 가운데서 쓰러지는 3호를 지켜보던 유라의 얼굴에 차가운 미소가 떠올랐다.

'얕은 수를. 저런 산적들 따위, 수백이 있다 해서 내가 너 하나 못 죽일 것 같아?'

유라가 막 손을 쓰려 할 때였다. 갑자기 산적 무리 가운데서 강력한 기운이 감지되었다. 화들짝 놀란 그녀는 얼른 골목 사이로 피했다.

'뭐지? 방금 뭐였어?'

쓰러진 3호를 둘러싼 흑산적들이 왁자지껄할 때였다. 인파를 헤치고 한 사내가 천천히 걸어 나왔다. 그는 날카로운 눈빛에 잘 다듬은 콧수염과 턱수염을 길렀으며 산적답지 않은 위엄을 풍겼다. 바로 유라가 감지한 기운의 장본인이었다.

그를 본 흑산적들이 일제히 입을 다물었다. 그 가운데서 누군가 작게 중얼거렸다.

"양봉."

유라는 자신의 주인이자 오빠인 유당을 따라다니면서 몇몇 군웅을 접해보았다. 그중 손책 같은 경우는 아직 소년이었음에도 불구하고 천강위 하위 서열과 맞먹을 듯했다. 지금 저 자는 그 정도까진 아니었지만, 상당히 강한 자였다.

'양봉? 누구야? 생소한 이름인데.'

마음먹고 싸우면 못 이길 수준은 아니었다. 그러나 단기전이 아니라는 게 문제였다. 저 양봉이란 자와 더불어 일대에 있는 수백의 흑산적까지 가세한다면 승패를 장담키 어려웠다.

양봉은 얼마 전 장연의 밑에 들어온 장수다. 원래 동탁의 수하인 이각의 부하였다. 왕윤과 여포에 의해 동탁이 주살되고 그 수하들까지 도륙당할 때 몸을 빼내 달아났다. 그 뒤 하내를 차지하려 했지만, 원소의 도움을 받은 태수 왕굉과 한호의 활약으로 실패했다.

다음에는 업성으로 가려 했으나, 기주목 용운과 복양태수 왕굉이 긴밀한 사이임을 알고 포기했다. 왕굉은 동탁과 이각 등을 죽인 왕윤의 형이었으므로 자신을 용납하지 않으리라 여긴 것이다. 이에 다시 흑산으로 도망쳐 방황하던 중 흑산적 무리에 가담하게 되었다.

정사에서의 양봉은 이각과 곽사의 위협으로부터 황제를 보호하여, 몇 차례나 그들을 격퇴하면서 낙양까지 모셨다. 그 공으로 거기장군에까지 올랐으나, 조조가 황제를 봉대하면서 일이 꼬였다. 조조는 허창으로 천도를 강행했다. 양봉은 이를 막으려다 패배한 뒤 원술에게로 달아났다. 결국, 서주와 양주 일대를 노략질하고 다니다가, 유비와 회담 중 속아서 죽은 비운의 군웅이었다.

그러나 역사와 달리, 동탁이 죽은 직후 이각과 곽사마저 몰살당하면서 그의 운명은 바뀌었다. 덩달아 원래 그의 수하였을 서황의 행보도 변한 것이다.

각설하고, 양봉은 업성 침공 때는 참여하지 않았다. 대신 장연의 명으로 북상하여 무안현에 머물렀다. 최근에는 양국현을 요새화하고 통제하는 일을 하는 중이었다. 즉 우두머리 장연이 없을 때는 양봉이 양국현의 경찰서장이라 봐도 무방했다.

기절한 3호를 살펴본 양봉이 엄하게 말했다.

"누구냐? 이 여인을 벤 자가. 여자와 노인 그리고 아이는 해치지 말라고 하지 않았느냐."

흑산적 중 하나가 쭈뼛거리며 대꾸했다.

"맹세코 저희가 건드린 게 아닙니다요. 갑자기 골목에서 뛰어나왔는데, 그때 이미 크게 다친 상태였습죠."

"흠…… 강도라도 만난 겐가."

양봉은 3호의 맥을 짚어보았다. 매우 약했다. 안색도 창백한 게 이미 많은 피를 흘린 듯했다.

'아직 살아 있는 걸 봤는데 그냥 죽게 버려둘 수도 없으니 난감하군.'

고민하던 양봉은 3호를 안아 들고 처소로 향했다. 숨어서 지켜보던 유라는 이를 부득 갈았다.

'에이씨, 저걸 왜 또 데려가! 저 양봉이란 남자, 기운으로 봐선 평범한 사람은 아닌 듯한데. 함부로 건드리기도 뭣하고…….무엇보다 이러다가 진용운 일행을 놓치겠어.'

결국 유라는 3호를 포기하고 양국현을 벗어났다. 재차 용운을 뒤쫓기 시작한 것이다.

그로부터 며칠 후였다. 용운 일행은 드디어 탁현에 들어섰다.

"으, 여기는 아직 춥네요."

곽가는 양팔로 몸을 감싼 채 부르르 떨었다.

용운은 더 바깥쪽인 탁군 어귀에서부터 주변을 유심히 관찰해왔다. 그 결과 적지 않게 안심이 되었다.

'신임 태수가 일을 잘하는 모양이야. 전쟁의 흔적이 거의 없네. 사람들의 표정도 밝고.'

다행스러웠다. 탁군의 백성들에게 조금은 덜 미안했다. 더불어 노식의 희생 또한 마냥 무가치한 것만은 아니게 되었다. 물론 원소가 탁군을 차지했다면 더 잘 다스렸을 수도 있다. 이는 알 수 없는 일이었다. 그러나 그렇게 되면, 탁군의 백성들이 원소의 병사로 징집되어 용운의 기주병과 싸우게 된다. 한때나마 자신이 돌보고 보살폈던 백성들이었다. 한 번이라도 봤던 사람은 다 기억하고 있었다. 그들을 저버리게 된 걸로도 모자라, 창끝을 겨누는 일을 용운은 차마 할 수 없었다. 그런 일을 막기 위해서라도 현재 탁군의 주인인 유주목과 동맹을 맺어야 했다.

일행은 묵묵히 걸음을 재촉했다. 목적지는 탁군 북동쪽에 위치한 누상촌이었다.

평소 거의 말이 없던 2호가 감탄한 투로 용운을 칭찬했다.

"주공께서는 보기와 달리 체력이 대단하시군요. 상당한 강행군이었는데 이리 멀쩡하시니."

"하하, 그러게요. 생각보다 힘들지 않네요. 화타가 잘 보살펴준 덕이겠지요."

그 말에 화타는 고개를 저었다.

"아닙니다. 제가 힘들어 죽을 지경입니다만."

"조금만 참아요, 화 선생. 곧 누상촌입니다."

이는 용운이 스무 살을 넘기면서 '괴물' 진씨 가문의 특성이 드러나기 시작한 까닭이었다. 거기에 더해 벽옥접상까지 기운을 북돋워주고 있었으니, 수레에서 잠을 자면서 이동해도 별로 지치지 않았다. 더위나 추위에도 강해졌다.

오히려 문제는 곽가였다. 원래 허약한 그는 더욱 야위었다. 눈 밑이 퀭한 게 병자가 따로 없었다. 용운은 근처에서 솜옷을 구해 곽가에게 입혔다. 화타에게 부탁해, 탕약도 매일 먹이고 있었다. 그래도 힘들어하는 건 여전했다.

'아, 그냥 데려오지 말 걸 그랬나. 생각보다 여정이 험해져서. 이러다 역사대로 곽가가 단명하면 어떡하지?'

곽가가 걱정된 용운은 누상촌에서 잠시 쉬어가기로 했다. 목적지가 가까웠지만, 너무 서두르다 일을 그르칠 게 우려되었다. 유우와의 동맹이 중요하다 하나, 용운에겐 당장 옆에 있는 곽가가 훨씬 중요했다.

'오랜만에 누상촌에 들러보고 싶기도 하고.'

누상촌에 닿으면, 장세평이 상행 때 쓰는 저택을 이용하기로 되어 있었다. 장세평과 소쌍은 여전히 남으로는 익양현, 북으로는 탁군에 이르는 장거리 상행을 하고 있었다. 이제 두 사람은 중원 4대 상인에 손꼽힐 정도로 거상이 되어 있었다.

용운 일행이 누상촌 어귀에 다다랐을 때였다. 한 무리의 군마가 그들에게로 달려왔다. 특별한 살기는 없었지만, 사천신녀는 만약의 경우를 대비해 각자 병장기를 쥐고 경계했다.

지휘관으로 보이는 자가 나서서 말했다.

"기주목이 계신 일행이 맞습니까?"

용운은 대인통찰로 그를 살펴보았다. 혹 원소의 수하이거나 위원회 인물이 아닌지 확인하기 위해서였다. 확인 결과, 지휘관은 장평이라는 사내였다. 평범한 능력치에, 용운을 향해 65 정도의 적당한 호감도를 보였다.

'일단 적은 아닌 것 같군.'

말하는 장평의 시선은 화타를 향해 있었다. 아마 화타가 기주목이라 짐작한 듯했다.

"맞습니다. 제가 기주목 진용운입니다."

용운이 나서서 답하자, 지휘관은 잠깐 놀란 표정을 지었다. 그가 젊다 못해 어려 보이고 매우 아름다웠기 때문이다.

그는 용운을 향해 포권을 취하며 말했다.

"실례했습니다. 저는 탁군태수 선우보 님의 종사관, 장평이라 합니다. 기주목님이 탁군에 들어오셨다는 소식을 듣고 태수님께서 성으로 모셔오라 하여 이렇게 찾아뵈었습니다."

선우보라면 분명 유우가 노식을 돕기 위한 원군으로 파견한 장수였다. 한데 그 외에는 특별한 정보가 없었다. 용운은 순간적으로 기억의 탑을 뒤져 선우보에 대한 자료를 찾았다. 기억에는 있는 이름인데 다소 생소했다.

'선우보. 유우 밑에서 유주종사 벼슬을 지내던 인물. 유우가 공손찬에게 살해당한 후 복수를 맹세하고 기도위 선우보는, 오환사마 염유 등과 함께 북방 이민족을 규합했다. 그렇게 만든 수만의 군세를 이끌어 공손찬 세력을 연이어 격파하고 결국 그의 멸망에까지 공헌했다.'

정사의 기록으로 보아 유우를 진심으로 존경하던 인물인 듯했다.

'그런 후에는 전예를 수하로 삼아 공손찬 대신 북평 일대를 다스렸었네. 그러다 전예의 권유로 조조에게 귀순, 건충 장군으로 임명되어 유주 여섯 개 군을 다스리고 오환 정벌에 도 종군했다.'

과연 그라면 원군으로 왔던 김에 그대로 탁군태수를 맡겨 도 될 만했다. 충성심에다 능력까지 겸비했으니.

"알겠습니다. 바로 안내해주십시오."

누상촌에 들르지 못한 게 아쉬웠지만, 유비 삼형제를 제외 하면 거기서 만났던 이들은 다 용운의 곁에 있었다. 노식을 비롯해 현재 주축이 된 가신들을 만났던 곳. 처음으로 여러 사 람으로부터 충성의 맹세를 받고 기쁨과 놀라움, 당혹감, 부담 등 온갖 감정을 맛봤던 곳. 이처럼 누상촌은 용운 세력의 시발 점이라 할 수 있었지만, 이제는 주인이 바뀌어 있었다.

'어쩌면 추억 속에만 남겨두는 게 나을지도 모르지.'

용운은 장평을 따라, 선우보가 기다리고 있는 탁성 내성으 로 향했다.

"어서 오십시오. 기다리고 있었습니다."

당초의 우려와는 달리 선우보는 용운을 환대했다.

용운이 본 선우보의 첫인상은 작고 탄탄하다는 거였다. 짙 은 눈썹과 강직한 인상이 남자다웠다. 그는 미리 준비한 작은 연회장으로 일행을 안내했다. 비록 용운이 무단으로 탁군을 점령한 셈이 되긴 했으나, 유우와 용운 사이에 특별히 분쟁이 있었던 건 아니었다. 오히려 유우가 용운의 허물을 덮고 원군을 파견해주었으며 용운은 순순히 탁군을 포기했다. 선우보는 용운이 직접 여기까지 은밀하게 온 이유도 짐작하고 있었다.

'아마 그때 일에 대해 감사하고 동맹을 제안하려는 것이겠지. 귀순하기엔 현재 기주목의 세력이 제법 강성하니.'

그는 용운과 손잡는 것도 나쁘지 않다고 여겼다. 비어 있던 탁군을 맡아 다스린 용운보다, 제가 뭐라도 되는 것처럼 말도 없이 쳐들어온 원소 쪽이 더 불쾌했다. 또 탁군태수가 된 후, 용운과 노식의 선정에 대해서도 많은 얘기를 들었다.

무엇보다 선우보는 마지막까지 싸우다가 단정히 앉은 채로 죽은 노식의 시신을 직접 본 사람이었다. 그는 노식과 교류가 없었지만, 그 모습만으로도 그를 존경하게 되었다. 그 주군인 용운과 마주했으니 노식의 얘기가 안 나올 수 없었다. 그렇다 보니 자연히 분위기는 온화하면서도 숙연했다.

"아까운 사람을 잃으셨습니다. 제가 조금만 더 빨랐더라면…… . 죄송합니다."

선우보의 사과에 용운은 손사래를 쳤다.

"아닙니다. 물론 자간의 죽음은 제게도 뼈아팠지만, 원군 요청에 응해주신 것만도 감사하고 있습니다."

선우보는 대화하는 중에 점차 용운에게 호감이 생겼다. 주군인 유우 이래 이토록 인상이 좋은 사람은 처음이었다. 그는 돌려 말하지 않기로 마음먹었다.

"대화를 나누다 보니 기주목과 저의 뜻이 다르지 않은 듯합니다. 혹 지금 이곳까지 찾아오신 것은 제 주인과 동맹을 맺기 위함입니까?"

용운도 굳이 부정하지 않고 고개를 끄덕였다. 선우보의 호감도가 꾸준히 올라 70을 넘긴 것을 확인했다. 더구나 유우에 대한 그의 충심도 잘 알고 있으니, 굳이 감출 이유가 없었다.

"맞습니다. 황실에 반역 의도를 드러낸 원소가 공공연히 하북을 지배하려는 지금, 유주목과 저의 동맹은 서로에게 큰 도움이 될 것입니다. 공손찬이 칭제로 인해 자멸했으니 더욱 그렇습니다."

"그렇다면 저도 두 분의 동맹을 지지하는 상소문을 적어 드리겠습니다. 작으나마 도움이 될 겁니다."

"아! 정말 감사합니다."

용운은 선우보의 호의에 뛸 듯이 기뻤다. 앞으로 일이 잘 풀릴 듯한 예감이 들었다. 좋은 분위기에서 연회가 한동안 이어졌다. 용운과 선우보 그리고 화타는 진지한 대화를 나눴다. 검후는 마음속으로 조운을 염려하며 차를 마셨다. 성월은 연회장의 술을, 사린은 음식을 다 쓸어버릴 기세로 먹고 마셨다. 그러던 중, 마침내 곽가가 꾸벅꾸벅 졸기 시작했다.

그 모습을 본 선우보가 말했다.

"그러고 보니 고된 여정에 피로하셨을 텐데 제가 눈치 없이 너무 오래 붙잡고 있었군요. 어서 들어가서 쉬시지요."

연회가 끝나고 시종이 용운 일행을 각자의 방으로 안내했다.

"이 방입니다."

선우보가 뭔가를 오해했는지 시종은 용운과 사천신녀에게 큰 방 하나를 배정하려 했다.

"아, 아닙니다. 방 두 개를 주세요. 저는 따로 잘 겁니다."

용운의 말에 성월과 사린이 투덜거렸다.

"주군, 애정이 식었어……."

"식었쪄."

용운은 그녀들의 불평을 못 들은 척하고 바로 옆방으로 들어섰다. 한데 뜻밖의 인물이 이미 들어와 있었다. 바로 복면과 암행복(暗行服)을 벗고 뭔가 하늘하늘한 옷으로 갈아입은 청몽이었다. 그녀를 본 용운은 화들짝 놀랐다. 그는 얼굴이 붉어져서 눈을 가린 채 외쳤다.

"뭐, 뭐 하는 거야? 얼른 옷 입어!"

"주군도 참, 이제 천장이나 바닥에 숨어서 자지 말라면서요. 그렇다고 침상에서 옷을 입고 잘 순 없잖아요."

청몽은 입술을 삐죽이며 한 걸음 다가왔다.

'고마워, 언니. 일부러 옷까지 준비해주고. 그리고 사린아, 나 잘해볼게.'

그녀는 지난번 임충과의 대결 때 확실히 느꼈다. 자신들과 용운 그리고 위원회, 둘 중 하나는 파멸할 수밖에 없다는 것을. 어쩌면 용운이 이 세계로 오게 된 것은 위원회를 무너뜨리기 위해서인지도 몰랐다.

'우린 그런 저 사람을 보호하기 위해서고.'

마음에 걸리는 점은 위원회도 자신들과 같은 '인형'을 하나씩 거느렸다는 거였다. 이는 곧 앞으로의 싸움은 지금까지보다 더욱 힘들 것임을 의미했다.

이제까지는 크게 다쳐도 놀라운 회복력 덕에 금세 일어났다. 하지만 목이라도 댕강 잘린다면? 그래도 멀쩡하게 회복할 수 있을까? 그리고 위원회와 그들이 거느린 호위병은 그런 일을 저지를 힘이 충분했다.

'이 세계에서 죽게 된다면, 아마 다시는 저 사람을 볼 수 없겠지. 현대의 나는 이미 죽었으니까. 그렇다면 무슨 일이 벌어지기 전에 하루라도 더 빨리…… 사랑하고 싶어.'

어느덧 꼬박 2년 넘게 한시도 떨어지지 않고 용운을 옆에서 지켜봐왔다. 참는 건 이 정도로 충분했다. 어쩌면 이 밤이 마지막일지도 몰랐다. 청몽은 그런 생각으로 또 한 발 더 다가섰다.

"주군……."

용운은 어느새 그런 청몽을 멍하니 바라보고 있었다.

"주군, 저……."

청몽이 용기를 내어 진심을 고백하려 할 때였다. 홀린 듯 그녀를 보던 용운의 표정이 돌변했다.

"주군?"

"잠깐만."

청몽을 살짝 밀어내고 문 앞으로 다가간 그가 나직하게 말했다.

"누구냐?"

청몽은 황망함보다 놀라움이 더 컸다. 그녀는 암살자라는 클래스 특성상 기척에 매우 민감했다. 그런 그녀조차 느끼지 못한 기척을 용운이 감지한 것이다. 물론 온통 용운에게 신경이 쏠려 있긴 했다. 그래도 놀랍고 자존심 상하는 일이었다.

용운이 굳이 누구냐고 물은 것은, 기척의 대상에게서 살기나 적의가 느껴지지 않았기 때문이다. 그게 아니었다면 먼저 청몽에게 말해서 제거토록 하고 피했을 것이다.

문 너머에서 숨죽인 목소리가 들려왔다.

"흑영대원 7호입니다, 주공."

용운은 고개를 갸웃거렸다. 7호라면 분명 모종의 임무를 받아 남부로 갔다고 들었다. 듣고 보니 확실히 그의 목소리였다.

'7호가 어쩐 일로 여기까지?'

이어진 말에 용운은 돌처럼 굳어버렸다.

"부친의 행방을 찾았습니다. 주공의 소식을 전하고 만나 겠다는 확답을 받았습니다. 여기, 친필로 쓰신 서신을 두고 가겠습니다."

곧 문 아래의 틈으로 양피지 한 장이 밀려들어왔다. 용운 은 허겁지겁 그것을 주워 펴들었다.

아버지다. 바로 못 찾아가서 미안하다. 4월 1일에 산양성 에서 보자.

분명 아버지 진한성의 필적이었다. 무엇보다 한글로 써 있 었다. 이 세계에는 용운 자신과 아버지 외에는 한글을 쓸 줄 아는 인물이 없었다. 설령 위원회의 인물 중 누군가가 한글을 익혔다 쳐도, 그렇게 배운 한글로 필적까지 완벽하게 흉내 내 긴 어려웠다. 또 그렇게 모방한 필적으로 순간기억능력을 가 진 용운의 눈을 속이기란 불가능했다.

"아버지, 역시 무사하셨군요……."

용운의 눈에서 눈물이 흘렀다. 짐작은 했으나 직접 확인하 니 감정이 북받쳤다.

7호가 조심스럽게 말했다.

"되도록 혼자 오라고 하셨습니다. 회에 발각될까 염려되어서라고 말하면 아실 거라고……."

"아아, 그래요."

"그럼, 전 이만 가보겠습니다."

곧 7호의 기척이 사라졌다.

용운은 이때 무심코 큰 실수를 저지르고 말았다. 원래의 그였다면, 살기가 없더라도 문을 열어 상대를 확인했을 것이다. 거기에 더해, 익숙한 얼굴이라 해도 대인통찰까지 써서 정보를 살폈을 터였다. 가짜 전예에게 당할 뻔한 후 생긴 습관이었다. 그런데 문을 열기 직전, 아버지의 얘기가 나오는 바람에 그만 순간적으로 평정심을 잃고 말았다. 그 절묘한 때에 진한성의 친필 서신까지 눈으로 보자, 굳이 상대를 확인할 필요성을 느끼지 못했다.

무사히 서신을 전한 유라는, 내성 밖으로 나가면서 회심의 미소를 지었다.

'원래는 암살을 시도해보려 했지만, 양쪽 방은 물론이고 방 안에도 나와 맞먹는 기운이 느껴지는 바람에……. 첫, 특히 오른쪽 방에 있는 누군가는 내가 이길 수 없는 존재였어. 아마 그 문제의 사천신녀 중 하나겠지.'

이에 그녀는 순간적으로 발상을 전환했다. 8할의 진실에, 약간의 거짓을 보태는 쪽으로. 진한성의 서신은 진짜였다.

전예의 거처를 찾아내진 못했지만, 서신을 찾는 데는 성공했다. 이에 업성을 떠나기 전에 훔쳐두었다.

'혹시나 하고 갖고 있길 잘했지.'

그것을 건네며, 혼자 오라는 말을 살짝 보탰던 것이다. 동요한 진용운은 속을 수밖에 없었다. 임충과 호연작 등이 경험했듯, 이 세계의 무장과 병력은 의외의 복병이 될 수 있었다.

'설령 병력을 끌고 온다 해도 기껏해야 장수 하나에 정예병 수백 정도겠지. 위원회까지 언급했으니 의식할 수밖에 없을 거야. 진한성 부자에 사천신녀와 이랑 그리고 이 세계의 특급 장수 한 명과 병력 수백. 그 정도면 상위의 천강위 다섯 분과 병마용군 다섯 정도로 충분해. 그게 십대장로와 절대십천이라면 차고 넘치고. 얼른 오빠한테 보고해야겠다.'

이제 다가오는 4월 1일, 산양성이 진한성 부자의 무덤이 될 터였다.

'오빠한테 칭찬받겠네. 헤헤헤헤.'

유라는 희희낙락하며 어둠 속으로 사라졌다.

15

중원에 이는 바람

　용운은 다음 날 아침 일찍 유우가 머무르고 있는 유주성으로 출발했다. 유주성은 유주 광양군의 치소(治所, 어떤 지역의 행정을 맡아보는 기관이 있는 곳)인 계현에 있었다. 강행군할 경우, 탁군에서 북쪽으로 사흘 정도면 충분했다. 화타의 특제 탕약을 마신 후, 좋은 침상에서 하루 푹 쉰 곽가의 상태도 많이 나아져 있었다.

　"그럼 다음에 뵙겠습니다."

　"반가웠습니다, 기주목. 꼭 동맹이 성사되어 함께하길 바랍니다."

　용운은 선우보의 배웅 아래 발길을 재촉했다.

'4월 1일까지 산양으로 가려면 날짜가 빠듯하다. 업성에 들를 시간조차 없을지도 몰라. 마침 사천신녀도 다 동행했고 하니 곧장 가는 것도…….'

그는 아버지의 일에 온통 정신이 팔려서 시무룩해진 청몽에게 신경 쓸 겨를이 없었다.

성월은 그런 청몽을 보며 생각했다.

'못했네, 못했어. 밥상을 차려줘도 실패네.'

유우와의 만남이라는 중요한 일이 코앞이었다. 더구나 용운에게 아버지의 행방이 얼마나 절실한지도 잘 알았다. 이에 청몽은 마음대로 투정도 부리지 못했다. 그저 갑자기 왔다가 간 흑영대원 7호를 원망할 뿐이었다.

'하필 그때 와선. 한 시간, 아니 30분만 늦게 오지…….'

한편, 관도에서 대승을 거둔 용운의 가신들은 이후의 일을 놓고 의견이 분분했다.

"이번 기회에 아예 청하까지 진출하는 건 어떻습니까? 그럼 평원군의 대문을 잠근 모양새가 되니, 원소의 입지가 더욱 좁아질 것입니다."

점잖은 인상과 달리 전투에 있어서는 호전적인 순유의 주장이었다. 그는 열병에서 회복하여 회의에 참석한 참이었다.

사람들은 몰랐지만, 이는 평소 용운이 반강제로 몸에 배게

한 습관 덕이었다. 운동과 청결. 이 두 가지가 용운이 반드시 지키도록 한 규칙이었다. 모든 가신은 아무리 바빠도 하루에 반 시진(약 한 시간) 이상 걷거나 말을 타야 했다. 또 자기 전에는 반드시 몸을 씻도록 명했다.

거기에 화타에게 부탁하여 몸을 보해주는 환약을 만들어 지급했다. 그 환약 또한 매일 먹어야 했다. 이런 생활습관이 아니었다면, 순유는 목숨이 위태로웠을지도 몰랐다.

순유의 말에 진궁이 반대하고 나섰다.

"허나 그랬다간 보급선이 너무 길어집니다. 관도에서도 둔전을 시작하긴 했지만, 그것만으로는 부족하니 보급이 필수입니다. 지금도 업성에서 관도성까지 물자를 수송하는 데 드는 시간과 인력이 상당합니다. 그게 청하까지 늘어진다면……."

이번에는 순욱이 진궁에게 물었다.

"청하에서 자체 조달이 가능하지 않을까요?"

"그건 어디까지나 가정이지요. 청하를 점령하는 데 성공했을 경우의 가정. 점령조차 하지 못한 지금은 논할 가치가 없습니다. 병사들이 배를 주리면 제대로 싸우지 못하니 헛되게 희생시키는 꼴이 됩니다. 따라서 보급은 철저히 증명된 수치에 따라 행해야 합니다."

진궁의 단호한 말에 순욱은 고개를 끄덕였다. 구구절절 옳은 말이었기 때문이다.

"분명 청하로 진출하는 건 전략상 나쁘지 않습니다만, 공대 님의 의견도 타당합니다. 또 주공께서 부재중이신데 방어전이 아닌 점령전을 멋대로 진행하는 건 자칫 문제 될 소지가 있습니다. 일단 보류해두고 내실을 다지는 게 좋겠습니다. 출전했던 장군들은 어찌한답니까?"

순욱의 물음에 전갈을 받은 진림이 답했다.

"그간 고생한 문원(장료) 님을 대신하여, 조자룡 장군이 새로 임관한 서공명(서황) 장군 및 양덕조(양수) 공과 함께 관도성에 남았습니다. 맹기(마초) 님과 영명(방덕) 님은 업성으로 돌아오는 중입니다."

순욱은 안타깝다는 듯 혀를 찼다.

'자룡 장군이라면 문원의 자리를 메우기에 충분하지만, 굳이 자원하실 것까지야. 오래 자리를 비웠던 것을 미안해하시는 겐가. 전혀 그럴 필요가 없는데. 무사히 돌아오신 것만으로도 다행인 것을⋯⋯.'

그는 용운이 조운의 죽음에 대한 가능성 자체를 부정하는 모습을 봤었다. 조운이 정말 죽었을 경우, 용운이 어찌 됐을지 상상이 가질 않았다. 아니, 상상하기도 싫었다.

'괜한 생각을.'

순욱은 잡념을 털어버린 후, 전예에게 시선을 주었다.

"국양(전예) 님, 여포의 움직임은 어떻습니까?"

황제를 등에 업은 여포는 무서운 기세로 동진했다. 이미 조조가 그에게 근거지를 빼앗겨 패국으로 달아난 바 있었다. 지금까지는 연주 평정을 목표로 하는 듯하나, 창끝이 언제 북쪽을 향할지 몰랐다.

특히, 여포가 북쪽으로 진출한다면 반드시 거쳐야 할 복양성이 위태로웠다. 그에 따라, 여포 또한 경계 대상이 되어 있었다. 귀환하던 조운이 진류 부근에서 여포와 마주쳤을 때, 그가 그냥 놓아 보낸 바 있다는 얘긴 들었다. 그렇다고 완전히 믿긴 어려웠다. 단순히 개인적인 호감이거나 순간적인 변덕에서였을 수도 있으니까.

"진류성에 이어 동군 3현(견성, 늠구, 범)을 점령한 후로는 특별히 눈에 띄는 움직임이 없습니다. 아마 다음 목표를 정하면서 숨 고르기를 하는 듯합니다."

"그럴 만도 하지요. 공손찬을 죽인 데 이어 하내태수 왕광을 굴종시키고 조조마저 격파했으니. 지금 가장 무서운 상대는 원소가 아니라 여포입니다. 각별히 신경 써주세요."

"계속 주시하도록 하겠습니다."

"주공으로부터의 소식은 없습니까?"

"2호의 전갈에 의하면, 양국현에서 흑산적 무리를 만나 잠시 귀찮아질 뻔했지만 잘 통과하신 모양입니다. 그 뒤로는 순조롭게 북상 중이십니다. 봉효 님이 좀 지치신 것 말고는 다들 잘 있다고 합니다."

전예의 보고에 순욱은 고개를 끄덕였다.

"그럼 이 정도에서 마치겠습니다. 원소는 당분간 도발해 오기 어려울 터이나, 국양 님의 보고대로라면 사교 무리인 성혼단과 손을 잡은 듯하니 그들의 지원을 받아 또 공격해올 수도 있습니다. 조조나 여포, 원술 등과 손잡을 가능성도 있고요. 모두 긴장을 늦추지 말고 각자의 자리에서 최선을 다해주시기 바랍니다."

순욱이 막 회의를 끝내려 할 때였다.

"문약 님, 잠시……."

그의 비서 겸 전령 역할을 하는 시종이 다가와 귓속말을 했다. 순욱은 표정이 확 밝아지며 탄성을 터뜨렸다.

"오! 그게 참말인가?"

"그렇습니다."

"자네가 지금 즉시 이리로 모셔오게."

"알겠습니다."

시종이 나간 후, 순욱은 무슨 일인지 궁금해하는 좌중의 사람들에게 말했다.

"조금 전 희지재와 원상(元常, 종요의 자)이 도착했다고 합니다."

격무에 시달려 더욱 존재감이 옅어진 사마랑이 농담처럼 말했다.

"오오! 실로 기쁜 소식이군요. 희한한 임무를 내리시는 주공 덕에 우리야 늘 일손이 모자라니까요."

"하하, 그렇지요. 다 모인 김에 바로 이리로 불러 소개하기로 했습니다."

"그게 좋겠습니다."

잠시 후, 두 사내가 대전으로 들어왔다. 바로 순욱이 말했던 희지재와 종요였다.

"희지재라고 합니다. 문약의 부름으로 영천에서 왔습니다."

희지재는 작은 키에 바짝 마른 사내였다. 안색이 나빠 어딘가 아파 보이는 인상이었다. 그는 정사에서 순욱의 천거를 받아 조조를 섬겼던 책사다. 지략이 뛰어나 조조가 총애했으나 일찍 죽었다. 이에 조조가 탄식하자, 그의 후임으로 순욱이 다시금 추천한 인물이 바로 곽가였다.

그 희지재와 곽가가 둘 다 용운 진영에 속하게 됐다. 이는 순욱을 손에 넣겠다는 일념으로 탁군에서 업성까지의 먼 거리를 무릅쓴 용운의 도박 덕이었다. 참고로 희지재의 수명은 정사대로라면 앞으로 4년이 남았다.

"종요 원상입니다. 낙양에서 일하던 중 문약의 서신을 받고 오게 됐습니다."

종요는 지적인 눈빛에 기품 있는 생김새의 장년 사내였다. 다만, 모아 붙은 짙은 눈썹과 눈두덩에서 상당한 고집이 느껴졌다. 그는 원래 후한의 중신으로, 얼마 전까지만 해도 헌제를 곁에서 섬겼다. 또한 저명한 서예가이기도 했다.

종요는 동탁을 죽인 후, 황제를 꼭두각시 취급하는 왕윤과 여포에게 분노를 느끼고 있었다. 하지만 대학자 채옹마저 죽여버리는 왕윤의 비정함이 두려워 노여움을 내색하지 못했다. 그저 서예로 화를 삭이며 하루하루를 보내던 중에, '내가 모시는 주공은 반드시 천하를 태평케 하며 황실을 부흥시킬 분'이라는 순욱의 서신에 마음이 움직여 업성으로 왔다. 그가 아는 순욱은 누군가를 섣불리 저리 평할 사람이 아니었다. 진용운이 정말 그런 사람이라면 자신도 힘을 보태어, 그날을 조금이라도 앞당기고자 한 것이다.

정사에서의 종요는 헌제를 모시던 중, 조조가 황제를 비호하게 되면서 자연스럽게 그를 따르게 됐다. 같은 고향 사람인 순욱의 천거도 있었다. 그 후 장안 및 옹주의 내정과 치안을 담당하여 큰 공적을 세운 덕에 위나라의 재상으로까지 승진했다. 즉 내정과 행정 면에서는 타의 추종을 불허하는 인재였다. 75세에 아들 종회를 얻은, 전무후무한 정력가이기도 했다.

"두 분이 오셨으니, 이는 주공께 날개가 달린 거나 마찬가집니다. 진심으로 환영합니다."

순욱은 먼 길을 온 희지재와 종요를 따뜻한 말로 위로한 후, 거처를 내주어 쉬게 했다.

대전을 나와 하인을 따라가던 희지재가 말했다.

"어떤 것 같소?"

"음……."

사실 종요는 용운 진영의 인물 면면을 보고 적지 않게 놀란 상태였다. 순욱의 서신에 마음이 움직여 찾아오긴 했으나 자신과 순욱이 전부일 줄 알았다. 대전의 가신들을 보기 전까지만 해도 종요는 이렇게 생각했다.

'전(前) 기주목 한복은 원래 무능력하고 소심하기 짝이 없는 인물이었다. 게다가 사람을 보는 눈도 없었다. 참다못한 그의 가신들이 진용운의 가능성과 사람됨을 보고 업성을 넘긴 것이겠지. 그나마 원호(전풍)와 저수가 괜찮은 인재였는데 그중 원호마저 죽었다고 하니, 무(無)에서 시작한다는 마음으로 어느 정도 고생할 각오는 해야겠어.'

한데 막상 와서 보고 들으니 그의 예상과는 완전히 달랐다. 종요도 그 뛰어남을 익히 알고 있는 순욱의 조카 순유. 젊은 시절부터 천하의 명사들과 교류했고 강직함으로 이름을 떨친 진궁. 대학자 정현의 가르침을 받았으며 여러 지역을 여행하면서 벗을 사귄 최염. 최염의 벗이자 뛰어난 문장가로,

특히 동탁을 토벌하자는 격문으로 천하에 이름을 떨친 진림. 자리에는 없었지만, 순욱이 인정한 천재이자 전투의 귀재라는 곽가까지. 어느 세력에 가더라도 극진히 대우받을 인재들이 우글거렸다.

'문약 이 친구, 짓궂군그래. 어떤 사람들이 있는지를 듣고 거기 솔깃해서 올 게 아니라, 내 마음이 움직여서 오길 바란 것이겠지.'

종요가 천천히 대답했다.

"생각보다 훨씬 뛰어난 것 같았소."

"역시 그렇소? 낄낄. 댁도 여자 보는 눈이 있구려."

"무슨……?"

"나도 오다 보니 다른 곳의 여자들에 비해 업성 처녀들은 뭔가 다르더라 이 말이오. 뭐랄까, 좀 더 희고 깨끗하면서도 건강미가 넘치는 느낌? 아무튼 그래서 난 술 한잔하러 가야겠소. 제일 물 좋은 홍등가가 어디요?"

희지재의 마지막 말은 하인에게 물은 것이었다.

"저, 그것이……."

난처해하던 하인은 결국 대략의 위치를 일러주었다.

희지재는 신나서 혼자 그리로 가버렸다.

종요는 고개를 설레설레 저었다.

"천박한 위인 같으니. 괴짜에 방탕하다는 말은 들었지

만."

종요 또한 하인에게 처소의 위치를 묻고 알아서 가겠다며 그를 돌려보냈다. 혼자 조용히 성내를 둘러보면서 생각을 정리하고 싶었다. 그런 종요의 발길이 향한 곳은, 진용운이 직접 만들고 운영한다는 학당이 있는 쪽이었다. 순욱이 서신에서 용운을 극찬하며 언급했던 기관이기도 했다.

'가신들의 자제는 물론이고 원하면 성내에 거주하는 백성들의 자식까지 받아서 가르친다고 했지. 순욱은 이를 어진 통치자의 행실이라고 칭찬했지만, 나는 좀 생각이 다르다. 황건의 난에서도 알 수 있듯 백성들에게 쓸데없는 물이 들면 자칫 질서를 어지럽히는 결과를 낳을 수도 있어. 일단 내 눈으로 직접 보고 판단해야지.'

종요가 학당 근처에 다다랐을 때였다. 맞은편에서 두 소년이 정답게 얘기를 나누며 걸어오고 있었다. 한 손에 책 보따리를 든 걸로 보아, 학당에서 수업을 마치고 나오는 길인 듯했다. 그는 두 소년을 유심히 보았다. 뭔가 그의 이목을 끄는 부분이 있었기 때문이다.

'하나는 지극히 맑고 청렴하여 능히 일국의 재상이 될 상이고 다른 한쪽은…… 기이하구나. 바다같이 넓으면서도 한편으로는 바닥 모를 늪처럼 깊고 음침하다. 그런 두 사람이 형제처럼 어울리고 있다니.'

소년들이 종요를 막 지나친 참이었다. 그는 호기심이 일어 둘을 소리 내어 불렀다.

"얘들아, 뭐 좀 물어봐도 되겠느냐?"

두 소년이 동시에 뒤를 돌아보았다.

종요는 그중 한 사람을 보고 크게 놀랐다.

'저것은 낭고(狼顧)의 상!'

낭고의 상이란, 몸을 움직이지 않고 고개만 돌려서 뒤를 볼 수 있는 상을 의미했다. 이는 마치 이리와 같은 것으로, 이런 상을 가진 자는 음흉하여 속을 알 수 없으며 기회만 있으면 배신한다고 하였다.

낭고상의 소년이 똘망한 음성으로 말했다.

"어르신, 무슨 일이십니까?"

이때 종요의 나이 마흔둘이었다. 이 시대에는 손자를 보고도 남을 나이였으니, 아이들에게서 충분히 어르신이라 불릴 만했다.

"아…… 나는 순문약의 천거로 기주목을 모시려고 온 종원상이라 한다. 앞으로 너희의 부친이나 형과 함께 일할지도 모르겠구나. 괜찮다면 너희가 누군지 알려줄 수 있겠느냐?"

낭고상 소년의 얼굴에 반가운 빛이 감돌았다.

"그러셨군요! 저는 사마의(司馬懿)라 하고 자는 중달(仲達)을 씁니다. 형님인 사마랑이 진용운 님 밑에서 종사로 일하고

있지요."

"오호, 네가 바로 사마 집안의 둘째로구나."

"저를 아십니까?"

"하하, 널 안다기보다 사마 가문을 알고 있다."

종요는 사마랑이 종사로 있다는 말에 속으로 의아하게 여겼다. 아까 대전에서 그를 본 기억이 없었던 것이다.

그때, 다른 한 소년이 공손한 투로 입을 열었다.

"안녕하세요, 원상 님. 저는 노육이라 합니다. 아버님의 함자는 식이며, 지난해에 탁성에서 전투 중 돌아가셨어요."

"아아, 네가 자간 님의 자제였구나."

노식의 장절한 죽음에 대해선 종요도 들은 적이 있었다. 그가 진용운이라는 인물에 대해 생각을 달리하고 관심을 두게 된 계기이기도 했다. 노식 같은 강직한 인물이 그런 충성을 바치는 사람이니, 영 맹탕은 아니리라 여긴 것이다. 노식의 죽음은 이래저래 헛되지 않은 셈이었다. 잠깐 가벼운 대화를 나눈 끝에 종요가 물었다.

"너희가 학문을 익히는 데는 뜻이 있을 터. 장차 뭘 하고 싶으냐?"

이번에는 노육이 먼저 씩씩하게 답했다.

"전 아버님이나 진용운 님처럼 청렴한 관리가 되어서 백성들을 보살피고 싶습니다!"

"그래, 훌륭한 일이지."

"저는……."

잠시 생각하던 사마의가 말했다.

"저는 진용운 님을 곁에서 보필하여 그분께 천하를 안겨 드리고 싶습니다."

종요는 사마의가 다른 누군가에게 충성하길 꿈꾼다는 사실에 조금 놀랐다. 낭고의 상을 가진 자는 절대 누군가의 밑에 머무를 수 없었다. 그는 넌지시 물었다.

"너 스스로 천하의 주인이 되고 싶진 않으냐?"

눈을 굴리던 사마의는 고개를 저었다.

"아니요. 진용운 님이야말로 일인지하 만인지상의 자리에 어울리는 분입니다. 반드시 천자님을 곤경에서 구해내어 황실의 권위를 드높이고 난세에 고통받는 백성들을 구해내실 겁니다. 그 길에 제가 한 손이나마 보탤 수 있다면 그것으로 만족합니다."

종요는 고개를 끄덕였다.

"오냐, 반가웠다. 다음에 또 보자꾸나."

"살펴 가십시오, 어르신."

두 소년과 일별한 그가 중얼거렸다.

"이는 새끼 이리를 덕으로 감동하게 하여, 가장 무섭고도 뛰어난 사냥개로 자라나게 하는 격인가. 단언컨대 진용운은 저 사마 중달이란 소년의 관상을 알아봤을 것이다. 그러고도 밑에 두고 학문을 가르쳐 바꾸려 하다니. 어떤 사람인지 실로 궁금해지는구나."

사마의와 노육 또한 종요의 얘기를 하며 걷고 있었다. 그러다 사마의의 얼굴을 본 노육이 말했다.

"중달 형, 왜 그렇게 이상하게 웃어?"

"응? 아아, 아무것도 아니야. 그냥 아까 그 어르신이 물어보는 게 웃겨서."

"뭐가?"

"대놓고 천하의 주인이 되고 싶지 않으냐고 묻다니, 웃기잖아."

"아항, 그러게. 천하를 가져서 뭐하려고."

"하하. 육, 넌 순진해서 귀엽다니까."

"그거 칭찬이야?"

"그럼, 칭찬이고말고."

사마의는 자신보다 네 살 어린 노육의 머리를 부드럽게 쓰다듬었다.

사마의. 자는 중달. 정사에서의 그는 위나라의 정치가이자 빼어난 군략가였다. 그 유명한 제갈공명의 맞수로도 잘 알려진 인물이다.

조조가 한중의 장로(張魯, 후한 말 오두미도라는 종파의 지도자.

한중을 거점으로 세력을 떨쳤으나, 이 세계에서는 송강의 명을 받은 동평에 의해 이미 사망함)를 굴복시켰을 때였다. 사마의는 내친김에 유비가 차지한 지 얼마 안 된 익주까지 칠 것을 건의했다. 그러나 조조는 이를 받아들이지 않았다. 결국, 유비는 익주를 평정하고 한중까지 점령하여 조조가 큰 어려움을 겪게 만들었다.

사마의는 227년부터 무려 7년에 걸쳐 여섯 차례 반복된 제갈량의 공격을 격퇴하여 그를 좌절시켰다. 238년에는 위나라에 반기를 든 요동의 공손연을 격파, 양평성을 함락했다. 조조의 부름을 받아 임관하였으나, 정작 그를 쓴 조조는 사마의의 야심을 알아채고 신임하지 않았다고 한다.

조조와 사마의에 관련된 몇 가지 일화가 있다.

어느 날, 조조는 사마의가 낭고상(狼顧相)이란 소문을 듣고 그를 불러 고개를 돌려보게 했다. 과연 사마의는 몸을 움직이지 않고도 얼굴이 똑바로 뒤를 향했다. 이에 조조가 속으로 매우 꺼림칙해했다.

또 조조는 세 마리의 말이 한 구유(구유 조'槽' 자는 조'曹' 씨의 조 자와 음이 같음)에서 먹이를 먹는 꿈을 꾸어 이를 언짢게 여겼다. 세 말(馬)은 훗날 조조가 세운 위나라를 멸망의 길로 들게 하는 사마의, 사마사, 사마소를 뜻하는 것으로 해석되었다.

조조는 장남 조비에게, "사마의는 다른 사람의 신하가 될 사람이 아니다"라며 항상 경계할 것을 충고했다. 조비는 평소 사마의를 신임하여 썼는데, 조조의 말을 듣고 그를 멀리하였다. 사마의는 조조의 의심을 거두기 위해 밤새 하급 관리의 직무를 보고, 가축을 돌보는 등 하찮은 일까지 기꺼이 함으로써 그를 안심시켰다. 그러나 훗날 사마의는 두 아들인 사마사, 사마소와 더불어 조씨 정권을 찬탈하였다. 그의 손자인 사마염은 결국 선양을 받아 국호를 진으로 바꾸니, 진 제국이 성립하고 위나라가 멸망하는 초석을 사마의가 세운 격이었다. 조조의 꿈이 들어맞은 셈이었다.

종요와 희지재가 업성에 도착했을 무렵이었다.

조조의 진류성을 함락하고 나아가 제음군과 견성현, 늠구현, 범현까지 점령한 여포군의 기세는 동아현에 이르러서야 한풀 꺾였다. 인접한 용운과 원소의 움직임을 의식한 까닭이었다. 여포와 가후 그리고 주무는 그 문제로 연일 회의 중이었다. 현재 여포는 점령한 지역을 아우를 수 있는 제음성에 머무르고 있었다.

"북진을 위해서는 언젠가 결국 진용운과 부딪칠 수밖에 없네. 그렇다면 그가 원소와 싸우느라 전력을 소모한 지금이 적기야."

가후의 말에, 주무가 반론을 제기했다.

"하지만 그것은 결국 원소에게 좋은 일만 해주는 격입니다. 원소는 끊임없이 기주를 노려온 터라 우리가 업성을 점령한다면 제 것을 빼앗겼다 여기고 싸우려들 것입니다."

"싸우면 되지, 뭐가 문제인가? 원소는 진용운에게조차 이기지 못했네. 하물며 감히 우리와 맞설 수 있을 것 같은가?"

"원소가 문제가 아니라, 그 틈을 노릴 조조가 문제입니다."

주무는 조급한 마음에 자기도 모르게 본심을 털어놓고 말았다.

"조조가?"

고개를 갸웃거린 가후가 말했다.

"주공에게 패하여 달아난 끝에 패국상 진규에게 의탁한 그 조맹덕 말인가?"

"……예."

가후는 어이없다는 듯 웃었다.

"그는 상당한 병력을 잃고 제 근거지마저 빼앗겼네. 한데 무슨 수로 그렇게 빨리 재기하여 반격해온단 말인가? 나도 조맹덕의 사람됨이 범상치 않음은 인정하네만, 설령 재기한다 해도 앞으로 몇 년은 족히 걸릴 걸세. 그사이에 남쪽의 원술에게 먹히지나 않으면 다행이지. 원술이 급격히 세를 불리고 있으니 말일세."

가후는 《삼국지》 전체에서도 손꼽히는 뛰어난 책사였다. 그러나 그가 아무리 천재적인 두뇌를 가졌어도 알 수 없는 일이 있었다. 바로 미래에 예기치 못하게 벌어질 사건이었다.

주무는 가후의 말을 들으며 생각했다.

'이제 곧 한동안 잠잠하던 황건의 잔당이 청주에서 뭉쳐 대군을 일으킨다. 이름하여 청주 황건적. 그 십만 대군이 연주를 침공하기까지 한 달도 채 남지 않았다.'

정사에 의하면 그때 연주자사 유대가 무리하여 청주 황건적에 맞서 싸우다가 전사한다. 그 빈자리를 조조가 차지하여 연주자사가 되고, 그뿐만 아니라 조조는 적절한 공세와 협상을 통해 청주 황건적을 끌어들이는 데 성공한다. 중소 세력이었던 조조가 천하를 노리는 일인으로 발돋움하는 계기였다.

그러나 이 세계에서의 역사는 많이 바뀌었다. 우선, 근거지를 잃고 패국에 머무르고 있는 조조가 청주 황건병과 싸울 마음을 먹을지 알 수 없었다. 또 그 일을 권유했다고 알려진 진궁도 조조의 곁에 없었다. 대신 다른 변수가 있었다. 그것도 매우 심각한 변수가.

'오용 스승님이 조조의 책사로 있다.'

현대에서 주무에게 역사와 진법 등을 가르친 오용이었다. 당연히 청주 황건적의 일을 모를 리 없었다. 또 지난번에 '경'이라는 병마용군을 보내 경고한 내용으로 보아, 아무래도 조조에게 힘을 실어주려는 듯했다.

왜 천강위는 조조를 '왕'으로 선택한 것인가? 아니면 설마…….

'모시는 자에게 매혹되어버린 건가? 나처럼?'

잠깐 딴생각에 빠져 있던 주무는 가후의 말에 퍼뜩 정신이 들었다.

"주무, 자네는 유난히 조조를 경계하는 것 같군."

유난히 조조를 경계한다. 이는 맞는 말이었다. 그럴 만한 이유가 있었다. 정사에서 여포를 몰락시키는 장본인이 조조인 까닭이었다. 이미 많은 게 변했지만, 주무는 그 사실이 몹시 꺼림칙했다. 그래서 아예 원흉인 조조를 제거하고 싶었다.

그때, 계속 듣기만 하던 여포가 입을 열었다.

"저력이 있기 때문이겠지. 조조에게. 원소와 언제든 협력할 수 있는 세력이기도 하고. 진용운과는 달리."

"음."

가후는 잠깐 허를 찔린 듯한 표정을 지었다. 용운의 단일 세력 혹은 원소의 단일 세력이라면 별로 두렵지 않았다. 하지만 우유부단하고 귀가 얇은 원소에게 조조가 본격적으로 가세한다면 얘기가 달라진다. 원소가 조조의 의견을 수용할 경우, 그 상승효과는 짐작하기 어려웠다.

여포는 계속 차분히 말을 이었다.

"또 상당한 재력가다. 조조의 아버지 조숭은. 낙양에서도 유명하다. 아마 지금쯤 그가 움직였을 거다. 아들의 재기를 위해서. 얼마든 모을 수 있다. 병사는. 자금이 충분하다면. 더 경험 많은 용병을 모을 수도 있다. 그렇다면 나쁘지 않다. 약해질 대로 약해진 조조를 완전히 깨부숴 남쪽의 후환을 없애 두는 것. 조조가 진용운보다 더 심각하지 않나. 전쟁 때문에 힘을 소모한 것은."

"흐음…… 하긴 패국의 전력 정도라면 주공이 무력시위만 해도 조조를 내놓을지도……. 패국으로 향하는 길목에 양국을 점령하고 그 길로 소패성까지 차지한다면 연주에서의 주공의 세력망은 확고하게 됩니다."

중얼거리던 가후가 탄복했다.

"주공, 언제 책략에까지 조예를 쌓으신 겁니까?"

"그런 적 없다. 그저 생각했을 뿐이다. 더 적은 손해로 싸우는 방법을."

"그게 책략이라는 겁니다. 하하, 이러다가 나나 주무 아우가 필요 없어지시는 거 아닙니까?"

여포는 단호한 투로 말했다.

"없다. 그런 일은."

가후와 주무는 잠깐 감격해서 말문을 닫았다. 쑥스러움을 감추려는 듯 하품을 늘어지게 한 가후가 회의를 정리했다.

"주무 아우의 말대로 진류성에서 양국으로 진군하여 패국상 진규를 압박하는 방도를 생각해보겠습니다. 그러면 신세를 지고 있는 조조의 입장에서는 싸우러 나오지 않을 수 없겠지요. 이제 전 잠시 쉬러 가겠습니다."

"수고했다."

"별말씀을."

가후가 손을 흔들며 대전을 나갔다.

여포와 주무 둘만 남게 되자, 주무가 조심스레 말했다.

"저, 폐하. 소개하고 싶은 이들이 있습니다. 저의 추천으로 폐하를 모시고자 하는 사람들입니다.

"그것은 맡기지 않았나. 그대의 재량에."

"하지만 이번에는 폐하께서 보셨으면 합니다."

여포는 이유를 묻지 않았다.

"알았다."

"사정이 있어서 성 밖으로 잠깐 나가셔야 하는데 괜찮으신지요?"

"상관없다."

사람 속은 모르는 것이었다. 주무가 이대로 여포를 유인하여 함정에 빠뜨릴지도 몰랐다. 하지만 여포는 조금도 주저하거나 불안해하는 기색이 없었다. 이런 작은 것조차 주무를 감동하게 했다. 자신을 진심으로 신뢰한다고 느껴졌기 때문이다.

잠시 후, 주무는 여포가 모는 적토마에 함께 올라탔다.

"저쪽입니다. 저기서 오른쪽으로……."

여포는 주무가 이끄는 대로 잠시 말을 달렸다. 그러자 전쟁으로 인해 사람들이 다 떠나, 폐허가 되다시피 한 마을이 나타났다.

"이런 곳이 근처에 있었나."

여포가 중얼거렸다. 어쩐지 죄책감이 느껴졌다. 예전에는 없던 일이었다. 동탁을 욕하는 양민을 베어버리던 그가 아닌가.

"여기서 내리시면 됩니다."

말에서 내린 주무는 마을 어귀에서 길게 휘파람을 불었다. 그러자 아무도 없는 듯하던 마을 안쪽에서 하나둘 인영이 움직이기 시작했다. 제각기 걸어 나온 그들은 일제히 여포 앞에 한쪽 무릎을 꿇고 앉았다. 그들이야말로 주무가 소집한 지살위 전체였다.

지살위들은 며칠 전, 이 마을에서 주무의 주도하에 회의를 열었다. 그 결과 전원 주무를 따라 여포를 모시기로 결정한 것이다. 여기에는 평소 주무의 영향력도 있었지만, 천강위가 지살위들을 버림패로 쓴 듯한 정황들이 큰 작용을 했다.

"이렇듯 천강위는 익주에 이미 세력을 구축했소. 그러나 우리를 부르지 않았음은 물론, 그 일에 관해 묻는 나의 서신에도 아무 답변이 없었소. 게다가 우리가 힘들여 만든 성혼단 조직을 말도 없이 잠식하고 있소."

주무가 제시하는 증거들을 보고 들으면서, 먼저 와서 적응하고 자리 잡느라 고생한 지살위들은 엄청난 배신감을 느꼈다. 그 배신감은 상대적으로 이제까지 앞서서 자신들을 이끌었던 주무에 대한 신뢰로 이어졌다. 주무가 보필하는 여포의 세력이 승승장구 중인 것 또한 그에 대한 믿음을 더욱 키웠다.

주무는 여포에게 지살위들을 소개했다.

"말씀드렸던 성혼단의 나머지 간부들입니다. 활동 중에 사망한 열한 명을 제외하고, 저를 포함한 예순한 명 전부입니다."

"열한 명. 많이 죽었구나."

여포는 천천히 좌중을 둘러보았다. 그 안에는 그의 호위병인 팽기와 초정도, 어느새 아내 비슷하게 되어버린 초선의 모습도 보였다. 고개를 숙여 드러난 초선의 목덜미가 가늘게 떨렸다.

그때 주무가 한 사람을 호명했다.

"여방."

여방(呂方)이라 불린 자가 일어섰다.

그의 모습을 본 여포는 깜짝 놀랐다. 자신과 완전히 똑같은 생김새였기 때문이다. 키가 약간 작다는 점과 미묘한 표정의 차이를 제외하면 거의 동일인이나 마찬가지였다.

여포가 뭐라 하기 전에 주무가 먼저 입을 열었다.

"성혼단의 열여덟 번째 서열에 있는 여방입니다. 저희가 제각기 특별한 힘을 가진 건 아시지요? 그중에서 저 친구는 한 인물과 똑같은 모습으로 변신하고 그 대상의 능력을 8할 정도 발휘하는 힘이 있습니다. 대신 그 힘은 평생을 통틀어 단 한 번만 사용 가능합니다. 저 친구는 폐하의 모습을 택했으며 그 순간부터 과거의 이름을 버리고 여방이라는 새 이름을 얻었습니다."

"왜 나인가."

"폐하께서는 앞으로 강대한 적을 맞아 싸우시게 될 겁니다. 그때 무엇보다 우선하는 건 폐하의 안전입니다. 앞으로 여방은 폐하로 위장하여 전면에 나설 예정입니다. 그리고 여차하면 폐하를 대신하여 목숨을 내던질 것입니다."

"흠."

여포는 성큼성큼 걸어서 여방에게 다가갔다.

주무와 여방은 침을 꿀꺽 삼켰다. 자신과 똑같은 모습을 가진 대상이 있다는 것. 이는 받아들이는 사람에 따라 매우 불쾌한 일일 수도 있었다. 그 전에 기괴한 일임은 분명했다.

여방의 앞에 선 여포가 나직하게 말했다.

"똑같구나, 정말. 심지어 어릴 적에 생긴 흉터까지도."

"소, 송구합니다."

여방은 저도 모르게 용서를 빌었다.

여포는 오른손을 그의 어깨 위에 얹었다.

"당치 않다. 오히려 고맙다. 그리고 미안하다. 네 삶을 버렸구나. 나를 위해서."

"……폐하!"

"걱정한다는 뜻이겠지. 그 정도로 나를. 허나 하지 못한다. 네 뒤에 숨어서 나서지 않는 짓은. 나는 여포다. 여포 봉선이다."

여포는 고개를 돌려 이글거리는 눈동자로 주무를 응시했다.

"천하제일의 무인, 비장 여포가 바로 나란 말이다. 뜻은 고마우나 받아들이기 어렵다. 주무."

주무는 가만히 고개를 숙였다. 여포의 성격상 이리 될지도 모른다고 짐작은 했다. 그래도 여방을 여포의 대역, 소위 '그림자 무사'로 활용하려는 생각에는 변함이 없었다. 그게 여방의 존재 이유, 그 자체였다.

그때 마치 주무의 마음을 읽기라도 한 것처럼 여포가 말을 이었다.

"허나 그랬다간 살아갈 의미를 잃겠지. 여방이. 그를 내 대역으로 쓴다. 단, 나를 보호하기 위한 목적이 아니라……."

그는 흰 이를 드러내며 웃었다.

"적을 교란하기 위한 용도로 쓸 것이다. 이제 북쪽과 남쪽에, 동과 서에 동시에 나타난다. 나, 여포 봉선은."

"아!"

이해한 주무가 탄성을 질렀다. 소름이 끼쳤다.

다시 지살위의 인물들 쪽으로 돌아선 여포는 우렁찬 목소리로 외쳤다.

"받아주마. 내 신하다. 이제부터 너희는. 그리고 나와 함께 걸을 것이다. 내가 나아갈 길을."

"……."

"모두 일어서라! 이 여봉선의 신하는 함부로 무릎 꿇지 않는다!"

지살위들이 하나둘 일어섰다. 그중 누군가가 손을 들고 함성을 질렀다. 그 함성은 곧 그들 전체로 퍼져나갔다. 그것은 이제야 진정으로 의탁할 곳을 찾은 안도의 함성. 동시에 낯선 세계에서 방황하다가 삶의 목표를 찾은 기쁨의 함성이었다.

여포는 씩 웃으며 주무를 돌아보았다.

"듣기 좋은 함성이다. 그렇지 않은가, 주무."

"그렇습니다, 폐하."

주무는 울고 있었다. 자신이 눈물을 줄줄 흘리는 줄도 모르고. 그저 하염없이 눈물이 나왔다. 여포가 지살위의 생존자 예순한 명 전원을 거둬들이는 순간이자, 그들이 위원회에서 벗어나 '왕'을 택하는 순간이었다.

16

·

십 인의 변절자들

탁군을 떠나온 뒤로는 별다른 일이 없었다. 3월 중순경, 용운은 무사히 계에 입성했다. 미리 전갈을 받은 유우의 수하들이 외성 바깥쪽까지 마중 나와 있었다.

"어서 오십시오, 기주목. 기다리고 있었습니다."

"이렇게 반겨주시니 감사합니다."

곽가는 일행을 대표해 답례하며, 일단 그들이 용운을 기주목이라 부르는 데 안심했다.

'유우는 황실의 일족이자, 황제로부터 정식으로 유주목의 관인을 받았다. 때문에 혹시나 주공을 기주목으로 인정하지 않을까 걱정했는데…… 보아하니 그럴 일은 없겠구나.'

용운은 용운대로 재빨리 그들을 향해 대인통찰을 사용했다. 혹시나 그중에 성혼단이나 위원회의 첩자가 있을까 염려되어서였다. 그 결과, 특별히 수상한 사람은 없었다.

'여기 북쪽까지는 성혼단과 위원회의 입김이 덜 미친 것 같네.'

다행스러운 일이라고 생각하는 중 갑자기 관자놀이를 굵은 바늘로 찌르는 듯한 두통이 엄습해왔다. 대인통찰을 과하게 사용한 탓이었다. 용운의 나직한 신음에, 화타가 걱정스레 말했다.

"주공, 어디 편찮으십니까?"

"아니에요. 머리가 좀 아파서⋯⋯."

"맥이 과하게 빨라지면 머리의 기혈을 자극하여 두통이 올 수도 있습니다. 주공에 대한 유주목의 감정이 나쁘지 않은 듯하니 너무 긴장하지 마십시오."

"알겠어요."

용운은 화타의 배려가 고마워 미소 지어 보였다. 본래 화타는 정사에서 어느 한 사람을 섬긴 적이 없었다. 오히려 조조의 부름을 거역하다 노여움을 사, 옥에 갇혀 죽었을 정도였다. 그런 그가 언젠가부터 용운을 자연스레 주공이라 칭하고 있었다. 이는 화타가 꿈꾸는 이상적인 국가에 대한 희망을 용운에게서 봤기 때문이다.

용운은 현대의 보건소 개념을 도입하여 화타의 제자들로 하여금 업성에 진료소를 운영케 했다. 백성들이 값싼 비용으로 치료받을 수 있는 곳이었다. 제자들의 수고비와 생활비, 약재 값 등의 부족분은 용운이 지원해주는 형태였다.

또한 의술을 가르치는 기관을 만들어 원하는 이는 수업료를 내고 공부할 수 있게 했다. 수업료를 내게 한 이유는 재정 확충 문제도 있었지만, 확실한 목적의식 없이 의술을 배우다가 잘 안 되면 쉽게 포기하는 일을 막기 위해서였다. 화타가 보기에 재능은 있으나 수업료가 부담되어 의술을 배우지 못하는 청년은, '장학금'이란 이름으로 돈을 받아 공부할 수 있었다. 혹은 화타가 직접 제자로 삼기도 했다.

화타는 과거에 전쟁터와 빈민촌을 찾아다니며 의술을 행했다. 그런 그도 용운이 만든 진료소, 이름하여 '청낭원(靑囊書)'에는 놀라고 감복하지 않을 수 없었다. 청낭(靑囊)이란 의술을 행하는 이들이 쓰는 약 주머니의 통칭이었다.

'지금까지 내가 펴온 의술은 한 장소를 떠나면 그걸로 끝이었다. 하지만 기주목은 자신이 다스리는 지역의 백성들이 안정적으로 의술의 혜택을 입게 하였다. 거기서 그친 게 아니라 의원을 양성하여, 그들이 대우받음으로써 의술이 더 발전하고 또한 승계되도록 했다. 이는 내가 막연히 바라던 궁극적인 의술의 형태가 아닌가.'

화타는 거기서 영감을 얻어, 《청낭서(靑囊書)》라는 의학서를 집필 중이었다. 자신도 용운처럼 후대에까지 의술을 남기기 위해서였다.

"먼 길을 오셨으니 몸이 불편하시면 오늘은 쉬시고 내일 뵙고자 말씀 올릴까요?"

유우의 수하가 묻는 말에 용운은 고개를 저었다.

"아닙니다. 지금 바로 찾아뵙고 싶군요."

"알겠습니다. 실은 안 그래도 한참 전부터 기다리고 계십니다."

얼마 후, 용운은 유주성 내성의 대전으로 안내되었다. 동행한 병사와 가신들은 따로 마련된 처소로 향했다. 그럴 일은 없겠지만, 만일에 대비하여 청몽만이 은신한 채로 용운의 곁을 지켰다.

유우는 예상보다 훨씬 더 반갑게 용운을 맞았다.

"용운 공, 드디어 그대를 보게 되는구려. 먼 길 오느라 고생했소."

그는 태사의에서 내려와 용운의 손을 맞잡았다. 주름지고 말랐지만 따뜻한 손이었다.

"이렇게 반겨주시니 감읍할 따름입니다."

용운은 공손히 답하면서, 한편으로는 대인통찰을 사용했다. 유우의 능력치도 능력치지만, 자신에 대한 그의 솔직한 감정이 궁금했기 때문이다. 이제 용운도 상대의 행동만 보고 덥석 믿지 않을 정도로는 약아졌다.

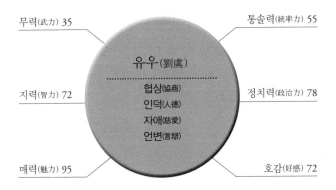

무력(武力) 35

통솔력(統率力) 55

유우(劉虞)

······························

지력(智力) 72

협상(協商)
인덕(人德)
자애(慈愛)
언변(言辯)

정치력(政治力) 78

매력(魅力) 95

호감(好感) 72

'오!'

과연 덕으로 명망을 떨치는 유우다웠다. 매력 수치가 무려 95에, 특기도 모두 정치와 연관되어 있었다. 유우의 능력치를 본 용운은 적이 안심했다. 자신에 대한 그의 환대가 거짓이 아니었음을 알아서였다. 만약 그랬다면 매우 가슴이 아팠을 듯했다. 묘하게도 그를 본 순간부터 끌렸기 때문이다.

'이건 매력 수치의 효과인가? 거기에 인덕이나 자애란 특기도 작용하는 것 같고.'

용운은 이런 생각을 하며 애써 마음을 다잡았다. 아직 개인적으로 섣부른 호감을 가질 때가 아니었다. 그러고 보니 유비 이후로 처음이었다. 용운 자신과 맞먹는 매력 수치를 가진 인물과 대면하는 것은.

'그런데 유우는 왜 나에 대한 호감이 72나 되는 거지? 아, 매력 수치가 대등한 자를 만난 거로 따지면 피차 마찬가지인가?'

그것도 그랬지만, 거기엔 두 가지 원인이 더 작용했다.

첫 번째는 용운보다 앞서 도착한 상소문의 효과였다. 탁군태수 선우보는 용운이 떠난 즉시 일필휘지로 상소문을 써서 제일 빠른 파발로 보냈다. 용운과의 동맹이 여러모로 이익이며 자기가 살펴본 그의 사람됨 또한 믿을 만하다는, 하지만 최종결정은 어디까지나 유우의 뜻대로 하라는 내용이었다. 신임하는 가신이 긍정적인 내용을 써 보냈으니 유우의 마음도 그쪽으로 움직였다.

두 번째는 용운의 통치에 대한 소문이었다.《삼국지》정사에서 유우에 대해 기록하길, "항상 몸을 낮추어 검약하고 향리 사람들과 즐거움과 근심을 함께하며, 가지런하게 처신함에 남다름이 있어 명위(名位, 명성과 지위)로써 자신을 높이지 않으니 모두 그를 존경하고 숭배했다. 당시 향곡(鄕曲)에 소송할 일이 있으면 관리(吏)에게 가지 않고 유우에게 맡겨 평결하게 했다. 유우가 정리(情理, 마음과 이치)로써 이를 논의해

판결하면 크고 작은 사람들이 모두 그 결과를 존중하며 따르고 한스러워하지 않았다"라고 하였다. 난세인 후한 말기에 드물었던 어진 관리였다.

유우는 진심으로 나라와 백성을 걱정하는 인물이었다. 당연히 천지에서 할거하는 제후들이 못마땅했다. 그래서 처음에 용운의 소문을 들었을 때는, 또 야심을 품은 자가 하나 나왔구나 하는 정도로 여겼다.

그러나 얼마 후, 생각이 조금 바뀌었다. 용운이 비록 한복을 죽이고 기주목의 자리와 업성을 탈취하다시피 했지만, 유례없는 선정(善政)을 편다는 정보를 입수한 것이다. 이에 관심을 두고 알아본 결과, 용운은 애초에 탁현의 현령으로 있었고 먼저 공격해온 쪽은 한복이라 했다.

한복이 먼저 빌미를 제공한 셈이었다. 또한 한복의 죽음은 내부 반란에 의한 것이었으며, 그의 처자식들을 털끝 하나 건드리지 않고 원하는 곳으로 보내주거나 돌봐줬다는 사실도 확인했다. 용운에 대한 유우의 감정은 점점 더 좋아졌다.

'백성들에게까지 학문을 배우게 하는 등 다소 급진적인 면은 있으나, 현명하고 선한 자가 분명하다. 그러니 노자간(노식) 같은 인물이 마지막까지 충성을 바쳤겠지. 한번 만나보고 싶구나.'

그러던 차에 때맞춰 용운이 찾아왔다. 유우로서는 반가운

게 당연했다. 직접 보니, 과연 사람을 끌어당기는 힘과 기품이 있었다. 유우는 속으로 감탄을 금치 못했다.

"내 오늘 기주목을 직접 보니, 마치 오래 못 본 벗과 재회한 듯하여 실로 기이하구려."

"저 또한 그렇습니다."

용운의 말은 인사치레가 아니었다. 그는 유우에게서 불의의 사고로 돌아가신 할아버지와 비슷한 느낌을 받았다. 생긴 것도, 이미지도 완전히 달랐는데 이상하게 자꾸 할아버지의 모습이 겹쳐 보였다. 잠시 후, 이동한 연회장에서 용운은 그 이유를 깨달았다.

"자, 기주목. 이것도 맛보시오. 이 지역 특산물이니 아마 그쪽에선 먹어본 적이 없을 거요."

— 용운아. 자, 할애비가 너 좋아하는 아이스크림 사두고 기다렸다. 맛있지? 하하!

할아버지는 용운이 어렸을 때 돌아가셨다. 그러나 그 무렵부터 이미 순간기억능력과 과다기억증후군을 가졌던 용운은, 할아버지의 모습이며 언행을 똑똑히 기억했다. 바로 자신을 바라보는 두 사람의 눈빛. 인자하며 애정이 담긴 그것이 똑 닮아 있었다. 용운은 어쩐지 가슴이 뭉클해졌다.

'직접 만나러 오길 잘했어.'

용운과 유우는 완전히 의기투합했다. 연회가 끝난 후에도 밤늦도록 얘기를 나눴다. 난세와 정치, 백성을 다스리는 길, 복지에 관한 것 등 주제도 다양했다. 겨우 한숨 돌렸을 때는 어느새 동이 트고 있었다.

유우는 허연 수염을 쓰다듬으며 웃었다.

"허허, 이것 참. 대화로 밤새워보기도 오랜만이구먼."

"저도 시간 가는 줄 몰랐습니다."

"그리고 보니 기주목이 찾아온 원래 용건이 뭐였소?"

용운은 그제야 퍼뜩 정신이 들었다.

'이런 실수를.'

대화에 정신이 팔려 중요한 일을 잊고 있었다. 그는 황망하게 입을 열었다.

"아, 저희와 동맹을……."

유우가 대수롭지 않다는 투로 말했다.

"뭐, 그럽시다."

"예?"

"허허."

"하…….."

"허헛."

"하하하!"

용운이 이 세계에 온 후 거의 처음으로 소리 높여 웃는 자리였다. 아버지와의 만남, 위원회에 대한 두려움, 역사 속 영웅들과 대적하는 데서 오는 스트레스 등, 이 순간만큼은 그런 모든 근심이 사라졌다.

이번 유주행과 관련된 용운의 행보는 사가들에 의해 이렇게 기록되었다.

192년 3월, 기주목 진용운이 흑산적 두령 장연을 포섭하여 원소를 압박하였다. 진용운은 거기서 그치지 않고 계속 북상, 유주목 유우를 직접 찾아가 동맹을 요청했다. 유우가 거기 흔쾌히 응함으로써, 유주 계에서부터 탁군, 장연이 점령한 거록과 양국현, 위군 업성까지 이어지는, 광활한 지역에 걸친 동맹이 탄생하였다. 장연은 거록을 점령한 후 안평까지 삼키더니, 마침내 원소가 진출해 있는 평원성으로 진격하였다. 이에 원소는 조조의 사람인 제북상 포신과 고완현령으로 있던 유비 현덕에게 원군을 요청하였다.

용운이 유우와의 동맹을 성사시켰을 무렵.
평원에서는 장연이 원소와의 전투를 앞두고 있었다.

한편, 중원 서쪽의 익주 한중(漢中).

한중은 황하 유역과 양쯔강 유역을 연결하는 요충지다. 한 나라를 세운 유방은 이곳을 근거지로 삼아 천하를 통일했다. 그 지명의 한(漢) 자를 따서 국호로 정한, 유서 깊은 땅이기도 했다. 험한 지형과는 달리 물산이 풍부하여 지키기는 쉽고 침략하긴 어려운, 전략적으로도 중요한 곳이었다.

그 한중성 대전에 일련의 무리가 모여 있었다. 태사의에 앉은 사내를 포함하여 총 열 명이었다. 다양한 연령대의 남녀가 뒤섞인 구성이었는데, 하나같이 독특한 외모에 범상치 않은 기운을 뿜어냈다. 그들은 모두 위원회 천강위 멤버들이었다.

특별한 자리였기에 각자의 병마용군은 가까운 다른 장소에 대기하게 하고 모였던 것이다. 그중에는 쌍창장 동평도 포함되어 있었다. 동평이 태사의에 앉은 사내에게 물었다.

"노준의 대형, 무슨 일로 소집령을 내리신 겁니까? 위원장의 귀에 들어갈 수도 있습니다."

'노준의'라 불린 사내는 가볍게 웃으며 말했다.

"대형은 무슨. 그냥 준의 형이라고 부르라니까. 그리고 들으면 뭐, 그냥 만나서 얘기한 것뿐이잖아."

천강성(天罡星) 옥기린(玉麒麟) 노준의(盧俊義).

그는 천강 제2위, 즉 위원장인 송강 바로 다음 위치에 있는 2인자였다. 그에게서 제일 먼저 눈에 띄는 것은 고귀하게까지 느껴지는 아름다운 외모였다. 반듯한 이마에 별처럼 영롱하게 반짝이는 눈. 거기다 하얀 피부와 쭉 뻗은 콧대는 '옥으로 만든 기린(옥기린)'이란 별호를 갖기에 충분했다. 노준의는 금실이 수놓인 순백색 장포 차림에 긴 머리는 틀어 올려 금으로 된 비녀를 꽂았는데 그와 썩 잘 어울렸다.

기린이란 상상 속의 신수였다. 수컷이 기, 암컷이 인인데 두 마리를 합쳐 기린이라 불렀다. 성인(聖人)이 태어날 때 세상에 나타나며 모든 길짐승의 우두머리라 했다. 몸은 사슴과 같고, 꼬리는 소의 것이며 발과 갈기는 말 모양이었다. 또 다섯 가지 색깔의 몸이 비늘로 덮여 있다고 묘사되었다. 슬기와 재주가 남달리 뛰어난 사람을 '기린아'라 표현하듯, '옥기린'이란 외모와 성품, 능력이 출중한 이를 가리키는 말이기도 했다.

단, 이는 그를 얼핏 봤을 때의 얘기였다. 용운이 맑고 투명한 느낌의 아름다움이라면, 노준의는 불길하고 끈적한 퇴폐미를 풍겼다. 샛별 같은 눈동자 깊숙한 곳에서는 위험한 불길이 이글거렸다. 어떤 선을 넘으면 다 태워버릴 불길이었다. 그러나 평소의 그는 온화하기 짝이 없었다.

"그나저나 동평은 먼 길 오느라 고생했어. 발해에서 여기까지, 현대에서 비행기를 타더라도 몇 시간은 족히 걸릴 거리인데 말이지."

셔츠와 정장 바지 차림에, 두 자루의 창을 등에 멘 동평이 답했다.

"비행기와 맞먹는 친구가 도와준 덕에 몇 시간 만에 왔습니다."

"역시. 대종이 내 벗인 게 정말 다행스럽다니까."

점퍼를 입고 비니를 쓴 작은 체구의 청년이 투덜거렸다.

"난 쟤 데리고 오느라 꼬박 하루가 걸렸다고. 다음부턴 미리 좀 말해주든가, 이렇게 빡빡하게 일정을 잡지 말아줘."

회에서의 청년의 이름은 대종(戴宗). 별호는 '신행태보(神行太保)'였으며 천강위 서열 스무 번째였다. '귀신의 움직임'이라는 의미의 별호에서 짐작할 수 있듯 빠른 이동이 특기다. 예전에 조운에게 죽은 왕정륙의 상위 버전이라 할 수 있었다.

왕정륙은 비교적 짧은 시간에 단거리를 반복해서 이동하는 식이었다. 반면, 대종은 천기 '신행법(神行法)'을 이용하면 수백, 수천 킬로미터 떨어진 거리를 초음속으로 달리는 게 가능했다. 그야말로 살아 있는 비행기가 따로 없었다. 대종 자신과 그의 병마용군을 제외하고 한 번에 최대 두 명까지만 동행할 수 있다는 한계가 있었지만, 그래도 강력한 능력임은 분명했다.

"하하, 알았어. 다음부터는 신경 쓰지."

좋은 말로 대종을 달랜 노준의는 좌중을 둘러보았다. 그러다 한 사람에게서 시선이 멈췄다.

"고마워, 관승. 솔직히 네가 와줄 줄은 몰랐어."

'관승'이라 불린 여인은 얼핏 검후와 비슷한 인상이었다. 다만, 피부가 갈색에 가깝게 불그스름하다는 점은 달랐다. 후리후리하게 큰 키에, 허리까지 내려오는 긴 머리카락을 하나로 땋았다. 그녀는 관우의 청룡언월도와 흡사하게 생긴 무기로 땅을 짚고 서 있었다. 그 무기야말로 그녀를 천강위 서열 다섯 번째에 올려놓은 유물, '참천언월도(斬天偃月刀)'였다. 관승은 정중하지만 퉁명스러운 목소리로 말했다.

"딱히 그대가 좋아서 온 건 아니라오. 위원장이 마음에 들지 않아서 온 것이지."

"어느 쪽이든 와줬다는 게 중요한 거지. 환영해."

"흠. 그리고 전에 말했던 조건도 변함없소. 그게 지켜지지 않는다면 나는 주저 없이 이 무리를 떠날 것이오."

"물론 명심하고 있어."

관승의 등장에 노준의가 기뻐할 만한 이유가 있었다. 천강위 서열 첫 번째는 급시우 송강이며, 두 번째는 바로 노준의 자신이다. 세 번째가 조조의 모사 역할을 수행 중인 지다성 오용인데, 무사라기보다는 책사에 가까웠다. 네 번째는 송강의 명령을 받고 떠난 후, 현재 행방이 묘연한 입운룡 공손승이었다. 그는 실제 모습을 본 사람이 거의 없어 '유령'이라고도 불렸다.

그다음의 서열 5위가 바로 관승이었다. 지략이나 초능력,

도술 등을 제외한 전투력으로만 따지면 노준의의 바로 아래 나 마찬가지였다. 임충, 진명, 화영, 노지심, 무송, 삭초, 이 규, 사진 등 천강위 내에서 무력에 특화된 자들이 대부분 송 강에게 붙어 있는 상황이었다. 그러니 노준의가 그녀를 반길 수밖에 없었다.

"동평까지 왔으니 다 온 건가?"

노준의의 말에, 그의 뒤에 시립해 있던 소년이 공손히 답 했다.

"그렇습니다, 회장님."

단정하고 곱상한 생김새의 소년이었다. 머리카락은 칠흑 처럼 검었으며 피부는 옅은 갈색이었다. 턱시도 차림에 흰 장 갑까지 끼고 있어서, 마치 집사를 연상케 했다.

노준의는 소년을 향해 쓴웃음을 지으며 말했다.

"회장님은 무슨. 여긴 서기 192년이야, 연청. 내 회사도 없고. 그러니 너도 더는 내 비서 노릇을 안 해도 돼. 넌 병마용 군이 아니라 어엿한 천강위의 일원이라고."

"제게는 어디에 있든 영원히 회장님이십니다. 저 또한 영 원한 회장님의 비서고요. 당신이 계신 한은 말입니다."

소년의 이름은 '연청(燕靑)'으로, 노준의와의 말에서도 알 수 있듯 그의 비서 출신이었다. 소녀처럼 곱상한 생김새 때문 에 '낭자'란 별호를 가졌다. 영리하고 충성심이 깊어 노준의가 매우 아꼈다.

둘의 대화에, 좌중에서 비아냥대는 소리가 들려왔다.

"거참, 눈물 나는 충성심이군그래. 안 그래도 된다는데 굳이 자진해서 납작 엎드리는 건 노예근성인가? 아니면 핏줄에 밴 민족성인가?"

혼잣말처럼 했지만, 목소리가 커서 들으라고 한 거나 다름없었다. 그는 험상궂은 얼굴에, 한쪽 눈 위로 긴 흉터가 난 장한이었다. 어깨 아랫부분을 잘라낸 셔츠 때문에 울퉁불퉁한 팔 근육이 드러났다. 마치 만화에서 튀어나온 해적처럼 보였다. 그는 양쪽 옆구리에 각각 한 쌍의 채찍을 매달고 있었다.

그러자 흉터 사내의 옆에 있던 자가 히죽히죽 웃으며 그를 말렸다.

"그러지 마, 형. 쟤들 일족이 폭동을 일으켰을 때, 가족들이 몰살당하고 쟤까지 죽을 뻔한 걸 준의 형이 살려준 거잖아. 게다가 대학 보내주고 비서라는 일자리까지 줬으니 나라도 설설 기겠다."

말리는 척하면서 연청을 조롱한 이는, 흉터 사내를 빼닮아서 누가 봐도 형제임을 알 수 있었다. 얼굴에 흉터가 있느냐 없느냐 정도의 차이였다. 그는 채찍 대신 한 쌍의 낫을 옆구리에 찼다.

형의 이름은 해진(解珍), 동생이 해보(解寶)였다. 둘은 현대에서 인간 사냥꾼으로 악명 높았다. 특히, 독립운동을 벌이는 소수민족의 지도자들을 귀신같이 찾아내어 죽였다.

연청의 서릿발 같은 시선이 두 사람을 향했다. 그 눈빛은 노준의를 볼 때와는 딴판이었다.

해보가 몸을 부르르 떨며 엄살을 부렸다.

"어이쿠, 아주 눈빛만으로 사람 죽이겠어. 위구르족 쓰레기가 어디서 그딴 눈으로 쳐다봐? 콱 눈깔을 뽑아주랴? 준의 형이 예뻐해주니까 뵈는 게 없냐?"

그러자 연청의 목소리 또한 서늘하게 가라앉았다.

"할 수 있으면 해보든가. 더러운 인간 백정 주제에."

"……근데 이 새끼가……."

지켜보던 관승이 혀를 끌끌 찼다.

해보가 오른손을 옆구리의 낫에 얹고 한 발 앞으로 나섰을 때였다.

"그만. 다들 거기까지."

노준의의 목소리가 장내에 울려 퍼졌다. 여전히 온화했지만 거기에 담긴 힘은 엄청났다.

"으윽!"

"큭!"

연청과 해보가 동시에 나지막한 신음을 흘렸다. 찌릿한 충격이 전신을 훑고 지나간 것이다.

'전뇌왕(電雷王, 전기와 우뢰의 왕)······.'

해보는 입술을 깨물며 인상을 찌푸렸다.

천기는 크게 두 종류로 나뉘었다. 특별한 행동을 취하거나 일부러 발동하지 않아도 늘 적용되어 있는 자동형 천기. 게임으로 치면 패시브 스킬이다. 용운이 가진 경새전뇌(競賽電腦)나 냉정(冷靜) 등이 여기 속했다.

또 이미지를 떠올리거나 시동어를 말하는 등 인위적으로 사용해야 하는 시동형 천기가 있었다. 대부분의 천기나 특기는 이런 시동형이었다. 마치 몸의 일부나 원래 타고난 능력처럼 자연스럽게 사용할 수 있는 자동형 천기의 성능이 월등히 좋음은 당연했다.

노준의의 천기, '전뇌왕'은 바로 그런 자동형 천기였다. 그의 의지에 따라 전기에너지와 천둥 번개가 움직이는, 마치 신의 권능과도 같은 능력이었다. 그 강도를 세밀하게 조절할 수 있음은 물론, 형태도 자유롭게 사용할 수 있었다. 즉 전기에너지로 이뤄진 갑옷을 입거나 번개가 뭉친 칼을 만들어 쓰는 일도 가능했다. 그야말로 옥기린이란 별호에 걸맞은 천기였다.

"내 앞에서 형제들끼리 싸울 셈인가? 가뜩이나 회에서 따로 뭉친 우리야. 이 안에서 또 분열하면 어쩌자는 거지?"

노준의의 가벼운 질책에, 연청은 고개를 숙이고 나지막이 말했다.

"죄송합니다."

해보는 뒤통수를 긁적거리며 비굴하게 웃었다.

"장난 좀 친 거요, 준의 형."

"해보, 넌 간혹 말이 심할 때가 있어. 주의해."

"알겠수다. 헤헤."

고개를 숙인 해보의 눈이 음험하게 번득였다.

'같은 천강위끼리, 선생이 애새끼한테 하듯 잔소리하기는. 주의해? 쓰벌.'

상황이 일단락되자, 노준의는 장내의 이목을 집중시킨 뒤 입을 열었다.

"자, 다들 주목해줘. 이렇게 부른 이유가 궁금할 거야. 개인적으로 접촉하긴 했어도 소집령을 내려 다 불러 모은 건 처음이니까. 우선, 참석한 형제들의 이름을 불러보도록 하지. 대강은 알지만, 그래도 공식적인 첫 모임이니까. 용건은 그후에 말할게. 편의상 서열 순으로 호명할 테니 양해를."

노준의의 말에, 모두 동의한다는 듯 고개를 끄덕거리거나 침묵을 지켰다.

"천강 5위 대도 관승. 천강 10위 소선풍 시진. 천강 12위 미염공 주동. 천강 15위 쌍창장 동평. 천강 16위 몰우전 장청. 천강 20위 신행태보 대종. 천강 21위 적발귀 유당. 천강 34위 양두사 해진, 35위 쌍미갈 해보. 36위 낭자 연청까지.

임무 수행 중인 유당만 빼고 전원 참석이군."

노준의는 이름을 부를 때마다 대상과 눈을 마주쳤다. 호명된 사람들은 제각기 작게 고개를 끄덕이거나 눈짓을 해 보이고 정중히 묵례하기도 했다. 인원 확인을 마친 노준의는 연설을 시작했다.

"다들 알고 있겠지만, 결의를 다지는 의미에서 한번 돌이켜보자. 우리가 낯선 과거로 오겠다고 결심한 이유는 오직 조국의 영광을 위한 과업 때문이었다."

노준의가 말한 과업은 중국 공산당이 진행하던 역사 개조 사업을 의미했다.

21세기, 중국은 미국과 치열하게 패권 다툼 중이었다. 그러나 중국이 막대한 인구와 드넓은 영토를 이용하여 아무리 무섭게 경제성장을 해도 미국의 아성을 넘기란 어려웠다. 오래전부터 세계의 경찰을 자처하며 최강대국의 위치를 고수해온 나라가 아닌가. 자유시장 경제 도입 이후 빠르게 발전하고 있는 러시아도 걸림돌이었으며 한국과 일본 등 인접한 동아시아 국가들이 모두 미국의 동맹국이라는 것 또한 문제였다.

해진이 노준의의 말을 거들고 나섰다.

"맞소. 갑자기 소수민족들이 죄다 독립하겠다고 나서는 바람에 중화의 영광이 더 미뤄질 지경에 처하게 됐지."

그는 말끝에 연청을 흘끔 보았다.

연청은 모른 척 눈길도 주지 않았다.

중국 내에는 쉰 개 이상의 소수민족이 존재했는데, 그들은 전체 인구의 8.5퍼센트를 차지했다. 연청의 일족인 위구르족도 그중 하나였다. 비율로는 얼마 안 되어 보이지만, 백 명의 8.5퍼센트와 13억 5천만의 8.5퍼센트는 차원이 달랐다. 소수민족만 따져도 대한민국의 인구를 가볍게 넘는 것이다. 중국으로서는 절대 그들의 독립을 인정할 수 없었다.

대신 자치를 허용했으나, 소수민족들은 그것으로 만족하지 않았다. 그들은 끊임없이 시위하고 세계 언론 및 종교에 부당함을 하소연했다. 골치 아픈 일이었지만 그런 것들은 적어도 무시하거나 가볍게 찍어누르면 그만이었다. 문제는 일부 민족의 테러 행위였다. 관공서를 공격해 국지전을 일으키기까지 했다. 그 뒤처리와 진압에 만만치 않은 자금이며 인력이 들어갔다.

그런 와중에도 중국은 세계의 중심이 되기 위해 다양한 사업을 전개했다. 그중 하나가 바로 역사 개조였다. 이는 '중국 국경 안에서 이뤄진 모든 역사는 중국의 것'이라는 논리 아래, 2000년대 초반부터 국가 차원에서 전개해온 역사 왜곡 프로젝트다.

그 가운데 가장 대표적인 것이 동북공정이었다. 동북공정이란, 중국의 전략 지역인 동북지역, 특히 고구려와 발해 등

한반도와 관련된 모든 역사를 중국의 것으로 편입시켜, 한국이 통일됐을 때 북한 및 간도 지역과 관련되어 일어날 수 있는 영토 분쟁을 미연에 방지하려는 계획이었다. 하지만 중국 공산당은 이를, 원래 것을 찾아오는 일이라는 식으로 정당화했다. 중국은 물증을 만들기 위해 중국 내는 물론이고 북한과 티베트, 몽골 남부 지역까지 손을 뻗쳐 탐사대를 보냈다. 그때 발견된 것이 시공회랑, 성혼마석, 신병마용의 세 가지 유물이었다. 엄밀히 말하면 그것들은 한국인 고고학자 진한성이 결정적 단서를 제공하거나 혹은 발굴해낸 것이었다.

진한성은 실력은 인정받으면서도, 괴짜 같은 면모와 기존 학설이나 서열을 인정하지 않는 강직함 탓에 국내에 후원자가 없었다. 한국 정부에서는 사고뭉치인 그를 감시하고 통제는 할망정 제대로 지원해주진 않았다. 이에 진한성은 세계적인 고고학자임에도 불구하고 지방 대학의 시간강사를 뛰며 근근이 연구를 계속했다. 그러다 결국 난치병에 걸린 아내의 치료비를 대지 못해 그녀가 죽는 일까지 벌어졌다.

중국 정부, 정확히는 '역사조정위원회'가 진한성에게 접근한 것은 그때였다. 그는 아내의 죽음으로 극심한 자책감과 분노에 빠져 있었다. 위원회는 그런 그에게 거액의 연구비를 제시하며 지원을 약속했다. 또한 그 과정에서 나오는 유적이나 유물에 한국 정부 및 진한성의 공동 소유권을 인정하겠다는 파격적인 조건을 내걸었다. 그 전까지는 중국의 영입 시도를 단호히 거절해온 진한성이었으나, 인생을 포기하고 싶을 정도의 좌절에 빠져 있었던 터라 마음이 흔들렸다. 그는 반쯤 자포자기하는 심정으로 그 제안을 수락했다.

"시공 이동이 가능한 시공회랑, 초인적인 힘을 주는 성혼마석, 나노 안드로이드의 군집 신병마용. 이 3대 유적의 발견은 역사조정계획을 완전히 다른 관점에서 진행하도록 했지."

노준의의 말을 들으며, 아홉 천강위는 저도 모르게 이제까지의 일을 떠올렸다. 천강위 전원은 성혼마석에서 얻은 능력과 나노 머신의 주입으로 인해, 수백 년에 달할 것으로 추정되는 수명을 얻었다.

한족의 마지막 왕조인 명나라가 멸망한 것이 1644년이었다. 거기에 따라, 108명의 위원회와 조개를 비롯한 장로 3인, 총 111명이 1600년경으로 이동하여 명나라의 멸망을 막는다. 그리고 그 시점부터 중국이라는 나라 자체를 강력한 제국으로 만들어 동아시아 일대를 복속하고, 현대로 접어들기 전에 유럽과 미국 등 서구 열강을 씹어먹을 수 있는 국력을 기르는 것. 궁극적으로는 2000년대에 중국을 세계 제국으로 재탄생시키는 것! 이것이 위원회의 최종목표였다.

언뜻 허황하기 짝이 없는 목표였다. 그러나 위원회 111인에게는 그럴 힘이 있었다.

우선, 위원회 내에는 여러 전문가가 포함됐다. 인문학과 역사학의 오용, 군사 분야의 임충과 화영, 경제학의 시진, 기계공학의 서령, 의학의 안도전 등. 그들의 능력은 21세기를 기준으로 해도 동시대보다 훨씬 앞서 있었다. 그런 자들이 각자의 지식과 기술을 지닌 채 고스란히 서기 1600년으로 이동하는 것이다. 몇 백 년에 달하는 수명과, 병마용군이라는 충실하고도 강력한 경호원까지 거느리고. 즉 중국은 더 나은 현재와 미래를 위해 과거 자체를 바꿔버리려 한 것이다.

"제길. 원래 의도했던 시대로 이동만 잘했다면 지금쯤……."

말하는 노준의의 얼굴로 씁쓸한 기색이 비쳤다. 실패의 기억이 떠오른 까닭이었다. 진한성은 노준의가 인정한 유일한 사내였다. 그를 진정으로 설득하지 못한 것. 그리고 배신한 그가 시공회랑을 조작하기 전에 잡아 죽이지 못한 것. 이게 과업이 실패한 결정적인 이유였다.

"아무튼 그렇다고 넋 놓고 있을 수만은 없으니까, 명대에서 하려 했던 것과 비슷한 방식으로 새로이 과업을 추진하려 했지. 일단 후한은 사회 전체가 너무 썩어서 되살리기에 이미 늦었고. 자질이 가장 뛰어난 자를 찾아서 왕으로 내세운 다음, 그를 중심으로 한 통일제국을 만드는 것. 거기서부터라도 시도해보려 했는데……."

노준의는 입술 끝을 비틀며 웃었다.

"아무래도 위원장이신 우리 송강 님은 딴생각을 하는 것 같다, 이 말이지."

관승이 고개를 끄덕였다.

"그렇소. 파벌마다 천강위의 소중한 형제들을 보내 전쟁이 길어지게 만들고, 무엇보다 존경받아야 마땅할 선조들을 적대시할 수밖에 없는 상황으로 몰아가는 것도 마음에 들지 않소. 특히, 지살위 형제들을 내친 이유가 뭔지 도무지 납득할 수가 없소이다."

별호 그대로 아름다운 수염을 쓰다듬으며 듣기만 하던 '미염공(美髥公)' 주동이 처음으로 입을 열었다. 그는 점잖고 온화한 외모와는 달리 검술의 귀신이었다.

"호연작이나 이규 같은, 통제 불능인 무리를 위원장이 마냥 풀어주는 것도 문제입니다."

두 사람의 말을 시작으로, 소위 '노준의 라인'의 구성원들이 송강에 대한 불만을 토로할 때였다. 노준의의 병마용군이자 절대십천의 하나인 '넘실대는 바다', 해루(海淚)가 대전에 들어왔다.

"회장님, 잠깐 드릴 말씀이……."

대기하라는 명령을 어기고 들어왔을 정도면, 뭔가 심상치 않은 일이 벌어졌다는 뜻이었다. 그 사실을 알아챈 노준의가 미간을 찌푸리고 물었다.

"무슨 일이지?"

해루는 몸에 딱 붙는 파란 드레스를 입은, 기품 있고 아름다운 여인이었다. 은은하게 파란빛을 띤 피부마저 괴기스럽기는커녕 신비로워 보일 지경이었다. 피부뿐만 아니라 머리 색깔도 파랬다. 단, 같은 파랑이라도 조금씩 차이가 있었다. 머리카락은 군청, 피부는 하늘색, 눈동자는 맑은 파란색 같은 식이었다. 그녀는 연한 코발트빛 입술을 움직여 말했다.

"병마용군 넘버 19, 요원(妖源)과의 연결이 끊어졌습니다. 아무래도 요원의 주인인 삭초 님께서 돌아가신 것 같습니다."

죽었다는 건 곧 소멸을 의미했다. 이규와 임충 등이 중상을 입긴 했지만, 이제껏 천강위가 소멸한 적은 없었다.

대전에 무거운 침묵이 감돌았다.

17

평원성 전투

삭초는 천강위 서열 열아홉 번째 위치에 있었다. 이 세계에서는 일기당천의 장수다. 비록 육체적 능력과 천기에 의존해 싸우긴 하지만, 그렇다 해도 절대 쉽게 당할 자가 아니었다. 무엇보다 유물인 대부 '해골파쇄기(骸骨破碎機)'가 있었고 매우 상대하기 까다로운 병마용군도 있었다.

그 말에 제일 먼저 반응한 사람은 동평이었다.

"삭초가 죽었다고?"

"그렇습니다."

노준의의 병마용군 해루는 얄미울 만큼 우아하게 답했다.

동평은 이를 악물고 창대를 꽉 움켜쥐었다. 그의 손이 하얗게 핏기를 잃었다. 같이 다니면 편해서 삭초를 친구라 여기긴 했다. 그래도 그리 애착이 크다곤 느끼지 않았다. 한데 막상 그가 죽었다는 말을 듣자 걷잡을 수 없는 분노가 솟구쳤다.

해루가 노준의의 병마용군이 아니었다면, 동평의 창에 벌집이 됐을지도 몰랐다. 뭐라도 화풀이할 대상이 필요했기 때문이다. 그러나 상위 열 개의 병마용군, 통칭 '절대십천'은 천강위라 해도 함부로 대하기 어려웠다.

크게 숨을 들이마신 동평이 천천히 물었다.

"누구 짓이냐?"

"그것까진 알 수 없습니다. 아시다시피 병마용군은 대개 주인과 밀접한 관계에 있는 혼을 불러내어 움직이도록 합니다. 따라서 주인이 사망하면 큰 충격을 받고 결국 그릇을 떠나게 됩니다. 단, 삭초 님의 병마용군 요원은 좀 특별한 경우라……. 어쨌든 삭초 님이 돌아가셨다는 사실은 분명합니다."

"빌어먹을."

동평은 문득 삭초가 말했던 꿈을 떠올렸다. 피에 젖은 노인이 나타나서 준엄하게 꾸짖던 꿈. 사실 동평도 그와 똑같은 꿈을 꿨었다. 삭초가 그 얘길 하는 순간, 어쩐지 섬뜩하고 찜찜해서 모른 척 무시했을 뿐이었다. 게다가 동평은 그 노인의 정체도 알고 있었다. 제 손으로 죽인 자이니 모를 리가 없었다.

'노식 자간.'

마지막까지 진용운이 있는 방향을 바라보며 앉은 채로 죽었던 노장. 나름대로 역사에 이름을 남긴 명사여서, 원래 죽일 생각까진 없었다. 포로로 삼아 진용운을 압박하는 편이 여러모로 이득이었으니까. 한데 조자룡을 언급하며 도발하기에 홧김에 죽여버렸다. 그의 망령이 복수라도 했단 말인가?

'아니, 그럴 리 없다.'

동평은 잠깐 떠오른 생각을 즉시 부정했다. 그의 손에 죽은 사람은 다 세기도 어려웠다. 그리 따지면 이미 오래전에 망령에게 당해 죽었어야 정상이었다. 또 노식의 생명만 특별하고 이름 모를 병사들의 생명은 무가치한 게 아니지 않나.

'죽인 내가 할 말은 아니지만.'

결정적으로 동평은 오두미도의 교조 장로(張魯)를 포함한 그 일족과 지도자들을 몰살했다. 그나마 노식은 서로 적대적인 입장에서 전쟁 중에 죽인 것이었다. 반면, 장로는 송강의 명으로 익주를 빼앗기 위해 불시에 기습하여 살해했다. 솔직히 억울하기로 따지면 장로가 백배는 더했다.

'진짜 망령이 나오려면 장로의 것이 나와야지.'

아마 마지막 순간에 본 노식의 장절한 최후와 그에게 그런 충성심을 심어준 진용운에 대한 우려, 이런 것들이 복합적으로 작용하여 꾼 꿈일 것이다.

'삭초한테도 내가 몇 번이고 얘기했었으니까.'

한동안 굳어 있던 노준의가 태사의에서 몸을 일으켰다. 그러자 자연히 그에게 시선이 집중되었다. 노준의는 양팔을 벌리고 격앙된 어조로 말했다.

"마침내 우려하던 일이 터지고 말았다. 중화제국의 초석을 다질 '왕'을 찾고, 그를 위해, 우리 조국의 미래를 위해 싸우다 죽었다면 최소한 무의미하진 않았을 거야. 하지만 이렇게 되면 삭초 형제는 결국 무엇을 위해 죽은 셈이지?"

"……."

"위원장은 임충과 호연작, 동평, 삭초 등이 가 있던 원소 외에도, 조조, 유비 등 여러 군웅에게 천강위의 형제들을 보냈다. 그리고 각자 성심을 다해 그들을 보필하라는 명을 내렸어. 그러다 조조와 유비가, 혹은 원소와 조조가 싸우게 된다면? 조조에게 가 있는 오용 선생과 원소 곁의 임충 형제가 적이 되는 게 아닌가. 우리 천강위가 죽어서는 제국이고 뭐고 아무 의미가 없다고. 위원장의 구상이 무엇인지 모르겠는데, 제 목적을 위해 우릴 장기 말로 쓰고 있는 거야!"

화려한 언변은 아니었으나 노준의의 연설에는 묘한 힘이 있었다. 거기에 동화된 해진과 해보는 나직하게 욕설을 내뱉었다.

"씨벌, 그러니까. 그럴 거면 무슨 계획인지 가르쳐주기나 하든가."

"그러게 말이야. 우리가 까라면 까는 졸병도 아니고."

그때, 한 남자가 천천히 손을 들었다. 이제까지 쭉 침묵을 지키던 자였다.

"제가 한 가지 물어봐도 되겠습니까?"

남자는 자로 잰 듯한 정장 차림이었다. 같은 정장 스타일이지만 조금 더 편해 보이는 동평과 달리, 재킷과 구두, 심지어 커프스 버튼과 행거치프까지 완벽하게 갖춰 입었다. 단정하게 빗어 넘긴 머리에 반듯한 이마와 쭉 뻗은 콧대도 인상적이었지만, 무엇보다 눈길을 끄는 건 양쪽 눈동자 색깔이 다르다는 점이었다. 오른쪽은 갈색, 왼쪽은 회색에 가까운 파란색이었다. 소위 '오드아이(홍채 이색증)'라 불리는 돌연변이였다. 그의 외모로 보아 혼혈이 원인인 듯했다. 머리카락도 황색에 가까운 옅은 갈색이었다.

그를 본 노준의가 반색했다.

"그럼, 시진. 뭐든 물어봐."

천강 제10위, 천귀성(天貴星) 소선풍(小旋風) 시진(柴進). 이것이 남자의 별호와 이름이었다. 오드아이의 남자, 시진은 노준의가 한패로 끌어들이려고 매우 공을 들인 상대였다.

일단 현대에서부터 고귀한 집안의 자제였다. 재산과 학식은 물론 인맥도 풍부하여, 누구든 그를 싫어하는 사람이 없었다. 심지어 사사건건 남에게 시비 걸기 좋아하는 인간 사냥꾼

해진, 해보 형제나, 살인을 밥 먹듯이 하는 소녀 살인마 이규도 그를 함부로 대하지 못했다. 노준의에게 충성을 다하는 연청이 유일하게 따르는 사람 또한 이 시진이었다. 그렇다 보니 송강도 시진에게는 한 수 접고 들어가는 눈치였다.

시진의 그런 특징은 성혼마석의 힘으로도 발현되었다. 그는 '단서철권(丹書鐵券)'이라는 강력한 지속형 천기를 가졌다. 그의 전투력은 천강위치고 매우 약한 편이었다. 그러나 고귀한 인품과 단서철권의 위력으로, 말석일망정 십대장로의 한 자리를 차지했다.

"저는 지금 가슴이 아픕니다. 본의 아니게 위원장을 따돌리고 형제들끼리 편 가르는 꼴이 됐기 때문입니다. 혹 이런 불만들을 송강 님께 말하고 고쳐볼 생각은 없으십니까? 그나마 우리 형제들 안에서조차 나뉘어버리면⋯⋯."

시진의 말에 노준의는 낙담한 표정이 됐다.

"왜 안 해봤겠어. 내가 직접 여러 번 말했지. 지금 방식은 아닌 것 같다, 마치 이용당하는 것처럼 느껴져서 불만을 토로하는 형제들이 많다고. 또 먼저 와서 고생한 지살위 형제들을 내친 것도 납득이 안 간다고 말이야."

"그러셨더니?"

"후, 이 얘긴 하지 않으려고 했는데⋯⋯."

어깨를 으쓱한 노준의가 말했다.

"다 생각이 있어서 하는 일이니 닥치고 따르라더군. 위원장인 자신의 말에 거역할 셈이냐면서. 사실상 위원장을 견제할 만한 오용 선생이나 공손승, 강직한 임충과 화영 등을 죄다 외부로 보내버린 데다 내 말까지 귓등으로도 듣지 않아."

시진은 충격받은 기색이었다.

"그런……."

"게다가 나도 곧 출발하라더군."

"어, 어디로 말입니까?"

"요동으로."

그 말에는 성품이 온화한 편인 소선풍 시진이나 미염공 주동도 발끈했다.

"요동이라면 북쪽 구석 끝이 아닙니까? 옥기린 님을 거기까지 보내서 뭘 하시란 겁니까?"

시진의 물음에 노준의가 답했다.

"현재 요동은 공손탁(公孫度)이 다스리고 있어. 그는 동탁의 수하였던 서영의 추천으로 요동태수가 됐는데, 주동 말마따나 북쪽 구석 끝이라는 지리적 특징을 오히려 살려서 왕을 자처하는 중이야. 중원조차 제대로 다스리지 못하는 현 황실의 손길이 거기까지 미칠 리가 없으니까."

공손탁은 제법 뛰어난 군주감이었다. 그는 산둥반도의 동부 및 주변 지역을 공략하여 세를 넓히고, 부여와 동맹을 맺어 강력한 적인 고구려를 견제했다. 또 요동 내의 강성한 호족들을 대량 숙청하여 절대군주권을 확립하는 등 탄탄한 세력을 구축했다. 조정에서 공손탁에게 관직을 내릴 때마다, 그는 "내가 왕인데 어찌 한(漢)이 내리는 벼슬을 받겠는가!"라고 일갈하며 인수를 던져버렸다고 한다.

"그 공손탁을 보필함과 동시에, 그를 부추겨 공손찬이 다스리던 지역을 흡수하고 중원으로 진출하게 하는 것. 이게 위원장께서 내게 내리신 임무야. 대박이지?"

주동은 심각한 얼굴로 수염을 어루만졌다.

"흐음……. 지금 상황에서 공손탁까지 나서면 천하는 더욱 큰 혼란에 빠질 겁니다. 그야말로 전란의 시대가 되는 거지요. 대체 송강 님은 뭘 노리시는 걸까요? 정말 '왕'을 찾는 데 고독의 술(術)이라도 쓰시려는 겁니까?"

"글쎄."

노준의는 희미하게 웃었다.

"나야 모르지."

노준의의 소집은 그가 생각한 목표를 공표하는 것으로 해제됐다. 왕의 자질을 가진 자를 찾아 최대한 빨리 그를 앞세운 나라를 세우는 것. 그게 노준의의 1차 목표였다.

노준의는 이미 한 황실은 끝났다고 역설했다. 이는 그가 알고 있는 역사적 사실로 보나, 현시대에서 직접 보고 들은 정보로 보나 기정사실이었다. 이후 중국은 삼국시대와 위진 남북조에 걸친, 긴 전쟁과 분열의 시대로 들어간다. 그 시기에 대륙의 인구는 10분의 1 수준으로 감소하며, 이민족이 한족을 강남 동쪽으로 밀어내고 역사의 한 자리를 차지하는 계기가 됐다. 결국, 다음의 통일국가는 수나라가 된다.

수나라는 선비족 우문씨가 건국한 북주(北周) 왕실의 외척 양견이 세운 나라였다. 비록 40년도 채 못 간 나라지만, 위원회의 시각에서는 오랑캐가 대륙을 통일한 셈이었다. 그럴 여지를 주지 말자는 게 그의 주장이었다.

"그 전에 우리가 이상적인 나라를 만든다. 그리고 그 나라를 기점으로, 미래의 조국이 세계의 중심으로 거듭날 수 있는 기반을 마련한다. 비록 앞으로 1500년, 우리가 수명을 다할 때까지 버티더라도 1000년 가까이 남지만, 우리의 지식과 능력을 적극 활용한다면 1000년 제국을 세우는 것이 꿈만은 아닐 것이다."

노준의의 말은 처음 위원회가 목표한 과업에 가장 근접해 있었다. 어차피 이대로라면 아득한 과거에 묻혀 하릴없이 시간만 보내다 소멸할 뿐이었다. 가장 두려운 것은 실패가 아니라 허무였다. 좌중의 인물들은 모두 그의 제안에 동의했다.

이제 완전히 마음을 굳힌 시진이 노준의에게 물었다.

"그럼, 이제 우리는 앞으로 뭘 하면 됩니까?"

"크게 두 가지야."

노준의는 기쁜 기색을 억누르고 말했다.

"첫 번째는 이 자리의 형제들 외에도, 우리와 뜻을 같이할 만한 형제를 포섭하는 것. 한편이 될 수 있는데 굳이 싸울 필요는 없잖아? 천강위의 형제들은 가뜩이나 한 사람 한 사람이 소중한 인재인데 말이야."

"알겠습니다. 그 일은 저와 주동이 해보지요. 두 번째는 무엇입니까?"

"두 번째는 왕의 자질을 가진 자를 찾는 일이지. 아무리 생각해봐도 이 시대의 백성들을 다스리려면 왕정뿐이야. 그것도 왕의 권한이 철통같은 왕정. 어설프게 민주주의나 공화정 따위를 도입했다가는 발전은커녕 제대로 된 국가를 세워보기도 전에 자멸한다. 그렇다고 우리 중 누군가가 왕이 되면 제대로 과업을 이행하기도 어렵고 그 왕을 섬길 신하들과 백성들의 진정한 충성을 이끌어내지 못해. 우리는 어디까지나 배후에서 나라가 제대로 흘러가도록 통제하는 편이 훨씬 낫다."

동평이 손을 들고 말했다.

"그 전에 한 가지 반드시 해야 할 일이 있습니다."

"그게 뭐지?"

"삭초는 십중팔구 진용운의 손에 죽었을 겁니다. 제가 이리로 떠나오기 직전, 원소는 진용운을 치기 위해 출병 직전이었으니까요."

"결국 삭초 형제가 죽었을 정도면 원소가 또 그에게 졌다는 애기로군."

"아마도……. 그러니 삭초의 복수를 위해, 또 앞날의 장애를 없애기 위해서라도 진용운의 세력은 반드시 몰살해야 합니다. 그는 심상치 않은 기세로 세력을 키우고 있습니다. 이 무렵 가장 강성한 군웅이었던 원소를 두 번이나 패퇴시킨 걸로도 알 수 있습니다. 우리의 과업에 분명 큰 걸림돌이 될 겁니다."

"음……."

강력한 이상 국가를 세우려면, 어차피 통일은 필수였다. 주변 국가를 견제하기에도 바쁜데, 대륙 안에서 분열된 채 싸워봐야 답이 없다. 그렇다면 과연 진용운은 강대한 적으로 성장할 가능성이 농후했다. 송강 못지않은, 아니 어쩌면 그 이상으로. 특히 그와 진한성이 만나 손잡으면 최악이었다.

'그런데 원소에게 힘을 싣자니 송강이 보낸 천강위들과 겹치고……. 아니, 그것도 괜찮나? 송강의 눈을 속일 수 있을지도 모르니까.'

노준의는 고개를 끄덕였다.

"알았어. 방법을 생각해보도록 하지."

평원군은 낙양 북동쪽으로 약 1,300리에 있다. 한창 번성했을 때는 15만 가구에 인구가 백만을 넘었다. 군내에 있는 성의 수만도 아홉이었다. 황건의 난 등을 거치면서 인구가 많이 줄긴 했으나 그래도 여전히 규모가 컸다. 식량 문제만 해결이 된다면, 이 시대의 인구는 곧 힘이었다. 평원태수라는 자리에 유비가 괜히 혹한 게 아니었다.

그 평원에 전운이 감돌고 있었다. 십만의 흑산적이 거록을 지나 청하군까지 점령하고 평원성으로 진격해온 것이다. 말이 십만이지, 눈앞에서 보면 어마어마했다. 마치 대지 자체가 움직이는 듯했다. 검은 파도가 천천히 성을 향해 몰려왔다. 성벽 위에서 그 광경을 내려다보던 원소는 저도 모르게 침음을 냈다.

"정말 많긴 우라지게 많군."

그의 옆에 서 있던 한 사내가 대꾸했다.

"그래 봐야 오합지졸입니다. 너무 심려치 마십시오."

칠흑 같은 검은 장포에, 관모 아래로 윤기 나는 긴 흑발을 늘어뜨린 자. 허유의 추천으로 근신이 풀린 순심이었다.

"으음. 사신을 보낸 쪽에선 아직 답이 없소?"

원소는 얼마 전 세 곳으로 사신을 파견했다. 하나는 장연이 진격해온 청하국 방면으로. 또 하나는 유비가 현령으로 있는 고완현에. 마지막으로는 포신이 다스리는 제북국이었다.

그중 장연에게 갔던 사신은 목만 상자에 담겨서 되돌아왔다. 무엇보다 확실한 의사표현이었다.

원소는 노발대발했으나 한편으로는 두려웠다. 원래대로라면 흑산적 따위를 겁낼 그가 아니었다. 한데 지금은 상황이 나빠도 너무 나빴다. 정예병을 이끌고 나왔는데, 상장 문추는 관도성에서 적장 장료에게 죽고 가장 신임하는 책사 봉기는 사로잡혔다. 비록 부대를 지휘하는 데는 서툴지만, 초인적인 전투력을 발휘했던 용병 임충은 아직 부상에서 회복하지 못했다. 호연작이라는 여장수는 아예 행방불명이었다.

'머릿수도 달리는 터에 내세울 만한 장수조차 없다.'

이런 상황에서 지원군까지 오지 않는다면, 과연 십만의 적을 맞이하여 버틸 수 있을까? 저들이 아무리 도적 떼에 불과하다 하나, 지금까지 여러 성을 무너뜨리고 관리를 죽여왔지 않나.

순심이 원소의 물음에 차분하게 답했다.

"유현덕은 이미 고완현에서 출발했다 합니다. 두 의제인 관운장과 장익덕 이하 일만의 병력을 거느리고요. 제북상 포신도 직접 일만의 병력을 이끌고 진격해오는 중입니다."

원소는 유비와 포신이 오고 있다는 소식에 기뻤으나, 각각의 병력이 불과 일만이라는 말에 금세 실망했다.

"총 이만이라…… 고작 그거로 큰 도움이 되겠소?"

"유비군은 그냥 일만이 아니라, 여러 전투와 산전수전 다 겪은 일만입니다. 유비 현덕이 공손찬의 밑에 있을 때부터 데리고 다니던 병력이지요. 거기에 관운장과 장익덕이 지휘한다면 가히 오만 이상의 힘을 발휘할 겁니다. 포신의 부대 또한, 조조군과 함께 싸운 적이 있는 정예입니다."

"그렇다면 다행이오만, 그들이 도착하기 전에 우리가 패하면 말짱 헛일이 아니겠소?"

"그러니 그때까지 버텨내야지요."

순심은 흑산적 무리를 지그시 바라보았다.

'덩치 큰 소가 많이 먹는 법. 그 엄청난 수는 오히려 너희의 발목을 잡을 것이다.'

그는 이미 모종의 조치를 해둔 상태였다. 승리를 위해서라면 물불 안 가리는, 흑봉황다운 대비를.

흑산군 진영에서 험한 생김새의 거한이 욕설을 내뱉었다.

"니미럴."

옆에 있던 장연이 그의 뒤통수를 쳤다.

"수고(眭固) 이놈아, 왜 욕질이냐."

수고는 업으로 쳐들어왔다가 죽은 백요 등과 마찬가지로 흑산적 두목 중 하나이자, 장연의 수하였다. 정사에서는 백요, 우독과 함께 십만 군사를 이끌고 동군태수 왕굉을 격파하지만, 원군으로 온 조조에게 패한 후 달아나 장양의 부하가 됐다. 199년에 장양이 조조에게 포위당한 여포를 구하려고 출진했다가 부장 양추에게 살해당하자, 수고는 양추를 죽이고 장양의 남은 병사를 모아 원소에게 의탁하려 했다. 그러나 도중에 견성에서 우금, 조인, 서황, 사환 등이 이끄는 조조군의 공격으로 전사하는 인물이다.

수고는 뒤통수를 어루만지며 외쳤다.

"하지만 수령님!"

"수령?"

"아, 아니. 중랑장님!"

장연이 눈을 가늘게 뜨고 말했다.

"너, 지금 나한테 성질 낸 거냐?"

수고는 얼른 손을 내저었다.

"아닙니다. 그럴 리가요. 전 저기 성안에 틀어박힌 놈들한 테 화가 난 겁니다. 저놈들 하는 짓이 악랄하지 않습니까? 먹을 만한 건 깡그리 치워버리다니요."

"그 말에는 동감이다."

장연은 평원군 경계에 들어서면서부터 지금까지 겪은 일을 떠올리고 치를 떨었다. 흑산적은 만성 식량 부족에 시달렸다. 워낙 머릿수가 많아서였다. 장정만 수십만에, 그 식솔까지 더하면 백만 가까이 되었다. 그들을 모두 먹이자니 어마어

마한 식량이 소비됐다. 사람 먹을 것도 없다 보니, 말에게 먹일 건초 등도 당연히 모자랐다. 그래서 흑산군은 기병의 비율이 매우 낮았다. 병사들이 말을 탄다는 건 꿈도 꾸지 못했다. 이제까지는 압도적인 머릿수로 찍어눌러왔으나 기병이 부족하다는 것은 큰 약점이었다. 일찍이 곽가는 그 점을 공략하여 흑산적을 격파하기도 했다.

'그래서 원소 놈의 제안을 받아들인 것이었는데……. 감히 내 부하들은 부하들대로 죽게 하고 약속을 헌신짝 버리듯 해?'

장연은 평원성을 노려보았다. 이제 그 원소가 코앞에 있었다. 다행히 용운이 헐값에 판 식량으로 급한 불은 껐다. 하지만 그 식량을 믿고 평원까지 밀고 내려온 것은 아무래도 실수인 듯했다.

장연은 거록과 청하국을 점령한 후, 포상 개념에서 병사들을 배불리 먹였다. 필요한 식량은 평원에 들어서면 으레 구하려니 싶었다. 연이은 승전에 신이 나기도 했다.

한데 웬걸, 평원군 언저리에서부터 이곳 성까지 오는 길은 철저히 치워져 있었다. 말 그대로 깨끗했다. 먹을 만한 것은 개 한 마리에서부터 하다못해 풀뿌리조차 없었다. 민가가 텅텅 비었음은 물론, 우물에까지 독을 푼 걸로 보아 일부러 싹 치워버린 게 분명했다.

순심은 소위 '청야전술(淸野戰術, 적이 사용할 만한 군수물자와 식량 등을 없애 적군을 지치게 하는 전술)'을 쓴 것이다. 백성들은 아홉 개 성에 모두 나눠 들여보내고 식량은 밀 한 톨까지 성안 창고에 쌓아두었다. 이는 어지간히 독한 마음을 먹지 않고선 행하기 어려운 전술이었다. 청야전술을 편 지역은 당분간 사람이 살기 어려워지는 까닭이었다.

"독한 새끼들."

장연은 이를 부득 갈았다.

'여기까지 와서 하릴없이 되돌아갈 순 없다.'

이렇게 된 이상 병사들이 더 지치기 전에 성을 점령하는 수밖에 없었다. 그는 큰 소리로 수하들을 독려했다.

"자, 성이 코앞이다. 돌격하여 무너뜨려라! 성안에만 들어가면 마음껏 먹고 마실 수 있다! 노략질을 허락하니, 손에 잡히는 건 뭐든 갖고 여자는 눈에 띄는 대로 자빠뜨려라!"

우와아아아아! 대기가 무시무시한 함성으로 요동쳤다. 검은 물결은 순식간에 성난 파도가 되어 평원성으로 밀어닥쳤다.

"옵니다."

순심이 떨리는 목소리로 말했다.

성벽을 보수하고 주변에 해자(垓子, 적의 침입을 막기 위해 성 밖을 둘러 파서 만든 못)를 새로 깊게 팠다. 그리고 머리 크기의 돌이며 기름 따위도 잔뜩 비축해놓은 상태였다. 이처럼 철저히 대비했지만, 엄청난 기세의 대군을 마주하자 순심도 긴장하지 않을 수 없었다.

"저것들은 투석기나 충차를 쓸 생각도 없구려."

원소는 어이없다는 투로 말했다. 그의 말처럼 흑산적은 오로지 맨몸으로 성벽을 향해 밀려오고 있었다.

"그런 걸 만들 재료가 없기 때문입니다, 주공."

순심이 차갑게 웃었다.

"사다리를 놔라! 줄을 던져라!"

해자 앞에 선 흑산적 부장이 외쳤다. 달려오던 선두가 멈춰 서서 사다리를 걸치려 할 때였다.

"어, 어어!"

"야, 밀지 마, 새끼들아!"

"으아아악!"

해자를 건너기는커녕 건널 준비를 하기도 전에 병력이 계속해서 밀려왔다. 그 바람에 수많은 병사가 해자 아래로 추락했다. 그 수가 무려 천에 육박했다.

그러나 흑산적 장수들은 눈도 깜빡하지 않았다. 천 명이 죽었다 해도 전체 병력의 100분의 1에 불과했다. 천 명 가까운 인간이 추락하자, 성문 바로 앞의 해자는 거의 메워져버렸다.

장연은 무심히 중얼거렸다.

"다리를 안 놔도 되겠네."

시신의 산을 밟고 해자를 건너온 흑산적들이 성벽에 개미 떼처럼 달라붙었다.

"저, 저……."

원소는 이제 말도 안 나올 지경이었다. 황건의 난을 거쳐, 나름 치열한 전투를 여러 번 경험했다. 그러나 이토록 많은 수의 적을 상대로 성에서 버텨야 하는 상황은 처음이었다.

순심이 옆에 있던 기수에게 명령했다.

"끓는 기름을 부어라."

펄럭! 펄럭! 기수가 깃발을 휘두르자, 성벽 위에서 일제히 끓는 기름이 쏟아졌다.

"으악!"

"끄에엑!"

쿠르르, 쾅! 콰드득! 낙석 공격이 끓는 기름의 뒤를 이었다. 기름을 덮어쓰고 돌에 머리가 깨진 흑산적들이 여기저기서 돼지 멱따는 소리와 함께 추락했다. 하지만 추락하면 하는 대로 다른 흑산적이 곧바로 그 자리에 매달렸다. 굶주린 흑산적들은 독기에 차서 집요하게 달려들었다. 원소군은 그들을 떨어뜨리기 위해 쉴 새 없이 창을 내리찌르고 돌을 던져댔다.

그렇게 사흘이 지났다. 전투의 양상은 늘 비슷했다.

장연은 결코 우둔한 사내가 아니었지만, 평원성처럼 제대로 된 성을 공격하는 데는 딱히 묘안이랄 게 없었다. 공성 병기를 만들어보려 해도 자재가 없었다. 순심이 주먹보다 큰 돌까지 모조리 쓸어간 뒤였으니까. 흑산적이 가진 거라곤 오직 머릿수뿐이었다. 엄청난 수의 흑산적이 시체의 산을 쌓았다.

하지만 성을 지키는 원소군도 점차 지쳐갔다. 육체적으로도 지쳤지만, 매일 죽이고 또 죽이는데도 밀려오는 적을 상대하자 정신적으로도 피폐해졌다. 일대에는 탄내와 피비린내 그리고 시신이 부패하면서 풍기는 악취로 가득했다.

어느새 해가 넘어가 노을이 지고 있었다. 아침부터 시작된 사흘째 전투도 끝을 보였다.

그 광경을 지켜보던 장연이 내뱉었다.

"모두 물러나라고 해. 사흘째 제대로 못 먹였는데 애들 잠이라도 재워야지."

장연의 명으로 후퇴한 흑산적 대군은 성 앞 벌판에 진을 쳤다. 흑산적 병사들은 대충 막사를 세우고 진채를 꾸리자마자 땅바닥에 널브러졌다. 목마르고 굶주린 탓이었다.

원소군도 한숨 돌렸다. 하지만 성벽 경계를 철저히 하며 한시도 방심하지 않았다.

장연은 일이 쉽지 않을 것임을 예감했다. 적의 대응이 생각보다 빠르고 또 단단했다. 사흘 내내 전력을 다해 두들겼지만 별 성과가 없었다. 괜히 만 명이 넘는 병사만 잃고 말았다.

'답답하네, 젠장. 하다못해 먹을 거라도 있었으면.'

제대로 먹이질 못하자 달아나는 자가 속출했다. 장연은 탈영을 막고 조금이라도 사기를 돋우기 위해 진채를 순찰했다. 그러다 문득 밤하늘을 올려다보았다. 높이 뜬 반달 위로 아름다운 한 여인의 얼굴이 겹쳐졌다. 그에게 살아갈 목표를 새로 정해준 여인이었다. 장연은 그 얼굴을 우러러보며 결의를 다졌다.

'진용운. 내 이제 도적의 수령이 아니라 제대로 살기 위해, 또 그대를 위해서라도 반드시 이 성을 함락하고야 말겠소. 벌써 그대가 보고 싶구려.'

그에게서 좀 떨어진 곳에서, 마찬가지로 달을 바라보는 사람이 있었다. 녹색 장포 위에 사슬갑옷을 받쳐 입고 입가에는 여유로운 미소를 머금은, 유난히 팔이 긴 사내였다.

유비 현덕. 그가 마침내 원군을 이끌고 도착한 것이다. 야트막한 언덕에 올라 흑산적 진채를 살피던 유비가 달을 보며 중얼거렸다.

"제법 밝네. 야습하면 달빛 때문에 들키려나?"

유비의 옆에 와서 선 관우가 묵직한 목소리로 말했다.

"들키면 뭐 어떻소. 그래 봐야 도적 무리인 것을."

"개미 떼도 성나면 소를 쓰러뜨린다고, 관형."

"소는 쓰러뜨릴지 몰라도 범을 건드릴 수는 없을 거요."

자기 자신을 범에 비유하는 관우의 말에, 유비는 근처에 있던 또 다른 남자에게 쓴웃음을 지어 보였다.

"이것 참, 이해해주십시오, 제북상. 제 아우가 워낙 무용 (武勇)에 자신이 있다 보니······."

제북상 포신(鮑信)은 고개를 저었다.

"관운장의 용맹은 익히 알고 있습니다. 무능력한 자가 자기 능력을 과신하면 자만이지만, 그럴 자격이 있는 사람일 경우는 자부심이지요. 오히려 믿음직합니다."

관우는 포신에게 가볍게 포권을 취해 보였다.

"이 관 모를 알아주시니 고맙습니다."

"천만의 말씀. 나야말로 여러분과 함께 싸우게 되어 영광이오."

유비는 그런 포신을 보며 생각했다.

'조맹덕과 가까운 사이라더니 꽤 영리하잖아? 끼리끼리 어울린다는 건가?'

직접 보기 전까지는 조조의 똘마니나 하는 소인배라고 여겼다. 하지만 직접 접한 그의 인상은 사뭇 달랐다.

정사에서의 포신은 원소에게 동탁을 칠 것을 건의했다가

실망한 후, 조조야말로 난세를 평정할 사람이라고 믿었다. 이에 조조와 더불어 동탁군과 싸우다가 패배하여, 자신은 부상을 입고 아우 포도는 전사했다.

이후 조조에게 이르기를, 원소가 난을 일으키면 새로운 동탁이 될 것이니, 황하 남쪽을 지키면서 원소에게 일이 생기기를 기다리라고 했다. 과연 원소는 훗날 하북 평정의 야욕을 드러냈다.

그 후 청주 황건적 백만이 연주로 쳐들어왔다. 포신은 연주자사 유대에게, "적의 수가 많고 아군은 전의를 잃었으니 맞서 싸워선 안 된다"고 충고했다. 그러나 유대는 그의 만류를 뿌리치고 출진했다가 황건적에게 죽었다. 포신은 동군태수로 있던 조조에게 연주목의 자리를 대행하게 하고, 함께 황건적과 싸워 힘겹게 승리했다. 그러나 포신 자신은 난전 중에 전사하고 말았다.

이것으로 보아 《삼국지연의》에서 손견을 시기하는 소인배로 묘사된 것과는 달리, 원래 포신은 대의를 따르며 통찰력이 있는 인물임을 알 수 있다.

어느새 장비도 유비와 관우의 옆에 와서 섰다. 그는 좀이 쑤시는 듯 장팔사모를 휘둘러대며 말했다.

"오는 길에 포신 님의 부대와 딱 만났으니, 이거야말로 하늘이 승리를 암시하는 겁니다. 얼른 해치워버리자고요, 큰형님."

"좀 기다려봐, 인마. 제북상, 어떻습니까?"

포신은 이미 언덕 아래까지 내려가 한 차례 흑산적 진영을 살피고 온 후였다. 유비도 그 사실을 알고 그의 의견을 물은 것이다. 포신이 신중한 어조로 답했다.

"보아하니 사방에 흑산적의 시체가 가득하고 밥을 지은 흔적이 전혀 없었습니다. 이는 곧 저들이 최소 이틀 이상 제대로 먹지 못했으며 사기도 바닥에 떨어져 있다는 뜻입니다."

"오호라."

"또한 야간임에도 불구하고 야습에 대비한 경계가 허술하여, 제가 수십 보 거리까지 다가갈 수 있을 정도였습니다. 현덕 공 아우님들의 말대로 곧바로 들이친다면, 이 한 번의 싸움으로 놈들을 흩어버릴 수도 있을 것입니다."

포신의 말을 들은 유비는 근처에 있던 화영을 돌아보았다.

화영이 묵묵히 고개를 끄덕여 보였다.

유비는 양손에 검을 뽑아들고 선언했다.

"좋아. 그럼, 어디 한번 날뛰어보자고, 아우들."

장비가 환호성을 지르고 관우는 소리 없이 웃었다.

잠시 후, 유비와 포신이 이끄는 이만의 원군이 평원성을 포위한 흑산적 대군을 덮쳤다.

18

평원성 전투, 종장

흑산적 군대가 평원성의 포위공격을 시작한 지 사흘째 밤이 되었다. 진채를 돌던 장연은 점점 마음이 무거워졌다.

'제기랄.'

무수한 병사가 시체처럼 늘어져 있었다. 대부분 빈손에 맨몸이었다. 무기를 들고 갑옷을 입고 있는 것도 힘에 부친 까닭이었다. 여기저기에 병사들이 땅을 판 흔적이 보였다.

'벗겨 먹을 나무껍질조차 없으니, 뿌리나 벌레 같은 거라도 나오지 않을까 하고 파본 거로군.'

장연 자신은 그나마 수령이라고 하루 두 끼는 받아먹었다. 나머지 병사는 하루에 한 끼로 연명하고 있었다.

'더 심각한 문제는······.'

식수의 부족이었다. 사람은 먹지 않아도 한 달 정도 버틸수 있지만, 물을 못 마시면 사흘도 견디기 어렵다.

'원소의 책사가 누군지는 몰라도 실로 독한 놈임이 분명하다.'

그 독한 책사 순심은 성 근처의 강과 개울은 물론, 일대 마을의 우물에까지 독을 풀었다. 흑산적 병사 몇 명이 멋모르고 마셨다가 거품을 물고 죽었다. 그 후로는 멀리 떨어진 강 상류에서 물을 떠오고 있었다. 자그마치 수만 명분의 물이었다. 열댓 명이 왔다 갔다 하는 정도로는 입술을 축이기에도 부족했다. 자연히 그쪽에 수백의 인원이 할당됐다. 그러자 원소군은 강 상류 쪽에 복병을 숨겨뒀다가 흑산적이 물을 뜨러 올 때마다 기습하여 야금야금 죽였다.

물을 뜨러 가는 데 수천의 대군을 보낼 수도 없으니 약이올라 죽을 지경이었다. 결국, 그 문제는 물 조달부대에 장수급 인원을 여럿 끼워 보냄으로써 어느 정도 방비했다. 그래도 식수 부족 문제가 근원적으로 해결되진 않았다.

'앞으로 이틀 후, 양봉이 식량을 조달해서 후속 부대로 온다. 이틀만 더 버텨주면 좋겠는데.'

장연이 막 막사로 돌아가려던 차였다. 진채 외곽 쪽에서 비명과 굉음이 울려 퍼졌다. 그의 표정이 일시에 굳었다. 좋은 일이 아님은 분명했다. 이변이 일어난 쪽은 성문과 정반대 방향이었다.

'적의 원군이 온 건가?'

그럼에도 불구하고, 아직 장연의 주변에는 누운 채 미동조차 않는 병사들이 수두룩했다.

그는 목에 핏대를 세우며 외쳤다.

"일어나라! 정신 차리고 일어나서 무기를 집어라! 적의 야습이다!"

나란히 선 관우와 장비 그리고 조금 처진 유비를 선두로 돌격이 시작됐다. 진형은 당연히 추행진이었다. 앞부분이 뾰족한 창 모양의 진형으로, 돌파나 기습에 최적화된 모양이었다. 그 창끝 부분에 유비, 관우, 장비 삼형제가 서 있었다.

"으랴랴랴랴랴랴랴!"

장비의 사모(蛇矛)가 살아 있는 뱀처럼 구불거리며 전방을 후볐다. 일개 흑산적 졸병이 그를 막아낼 리 없었다. 하물며 지금은 죄다 못 먹고 못 마셔서 반쯤 시체가 된 상태였다. 한 차례 공격에 병사 수십이 죽어 나자빠졌다.

"이것들 뭐야? 허수아비도 아니고!"

장비의 공격이 질풍과 같다면, 관우의 그것은 번갯불을 연상케 했다.

"흠!"

묵직한 한 소리 기합과 함께 청룡언월도가 떨어지니, 여지없이 적병의 머리가 쪼개졌다. 때로는 어깨에서부터 시작하여 배까지 갈라지기도 했다.

유비의 변화무쌍한 쌍검술 또한 만만치 않았다. 원래 한 자루는 방어, 다른 한 자루는 공격용이었는데, 방어할 일 자체가 별로 없었다. 이에 유비는 두 자루를 모두 휘둘러 마음껏 찌르고 베었다.

세 사람의 무용에, 수만 병력이 늘어선 흑산적 진형의 3분의 1이 단숨에 돌파당했다.

화영의 궁술 또한 무서웠다. 그녀는 적과 거리가 아무리 가까워져도 오직 활과 화살만 썼다. 활대로 후려치고 화살로는 내리찍는 식이었다. 그러다 몇 발만 멀어지면 여지없이 화살을 날렸는데, 그 화살이라는 게 길이는 장정의 팔보다 길고 굵기는 아녀자 손목만 했다. 한꺼번에 흑산적 대여섯이 그 화살에 산적처럼 꿰여 날아가기 일쑤였다.

뒤에서 그런 광경을 보던 제북상 포신은 감탄을 금치 못했다.

'과연 본초가 일부러 원군으로 부를 만하구나.'

흑산적들은 그제야 부랴부랴 대응에 나섰다. 죽음 앞에서 마지막으로 힘을 쥐어짠 것이었다. 하지만 단지 돌파 속도를 조금 늦췄을 뿐, 상대를 멈추게 하진 못했다.

'안 좋다. 무지 안 좋아.'

돌격해오는 적을 바라보던 장연이 입맛을 다셨다. 그는 젊은 나이에 거대한 흑산적의 수령이 되면서 무수한 죽음의 위협에 봉착했다. 워낙 무도한 도적집단이다 보니, 수령 자리를 탐낸 아군이 내부에서 암살을 꾀하기도 했다. 또 정면대결로 승산 없음을 깨달은 관군이 현상금을 걸어, 자객이 찾아온 것도 여러 번이었다. 실제로 죽을 고비도 숱하게 넘겼다.

그 과정에서 '감지(感知)' 특기가 생겨났다. 물론 이는 용운의 기준에서 표현한 것으로, 장연 본인이 느끼기에는 감각이 예민해졌다는 정도로 인식되었다. 감지는 은신한 청몽의 존재를 알아차릴 만큼 능력이 뛰어났다. 정사에서의 장연은 원소의 대군과 몇 차례나 싸워 패배하면서도 끝까지 살아남아, 결국 조조의 수하가 되어 천수를 마친다. 거기에는 위기 감지 능력이 큰 역할을 했다.

지금 그 감각이 발동하여 장연에게 위험을 알리고 있었다. 유비 삼형제가 있는 쪽을 볼 때마다, 머리끝이 쭈뼛 서고 등골이 오싹해졌다. 그들이 가까워질수록 불길한 기분은 더욱 커졌다.

'절대 전면에 나서선 안 된다. 최대한 뒤로 빠지면서 놈들을 포위하여 지치게 만들어야 해. 안 그러면 승산이 없다.'

장연이 친위대와 더불어 후방으로 물러날 때였다.

"내 저 새끼들을 그냥!"

누군가가 노성을 토하면서 뛰쳐나갔다. 장연의 부장 중 하나인 수고였다.

"어? 야! 야, 인마!"

당황한 장연이 소리쳐 불렀으나 이미 늦은 후였다. 더구나 그를 데리러 갈 겨를도 없었는데, 소란이 일어났음을 알아챈 순심이 움직였기 때문이다.

"원군이 왔다. 도적 떼를 흩어버려라!"

와아아아아! 평원성 성문이 열리고 원소군이 쏟아져 나왔다. 이제 흑산적은 앞뒤로 적을 상대해야 하는 모양새가 됐다. 정확히는 거대한 규모의 흑산적 전체가 아니라 중심의 장연이 그랬다.

'이거 어디로 달아나야 하는 거야?'

혀를 찬 장연은 부대를 둥글게 뭉쳐 자신을 감싸는 형태로 만들었다. 그 인(人)의 보호막을, 유비 삼형제와 원소군이 야금야금 깨부수고 들어왔다. 그러다 마침내 수고가 장비의 앞을 막아섰다.

그는 기세등등하게 외쳤다.

"네 이놈! 내가 당장 갈가리 찢……."

수고는 말을 미처 끝맺지 못했다. 장비가 내찌른 사모에 명치를 꿰뚫린 탓이었다. 슉! 퍼억! 꿰뚫고 쳐내버리는 동작이 한숨에 이뤄졌다.

수고의 시신을 힐끗 본 유비가 말했다.

"오, 익덕! 한 건 했구나. 저거, 장수 같은데?"

"흑산적 장수 따위, 죽여봤자입니다. 큰형님."

"올. 너 많이 컸다? 안 그래, 관 형?"

"허허, 딴에는 틀린 말은 아니오."

아무리 흑산적이 무능해도 현재 수만 팔만이었다. 유비가
데려온 병력의 몇 배에 달했다. 실상 유비, 관우, 장비는 이미
흑산적 무리에 포위된 후였다. 그러나 그들은 마치 산책이라
도 나온 것처럼 여유로웠다. 셋은 틈틈이 잡담까지 나누면서
계속 전진해나갔다.

'뭐 저런 놈들이⋯⋯. 대체 어디의 누구야?'

장연은 유비 일행을 보면서 질린 표정을 지었다. 어쩌면
그는 이대로 최후를 맞이했을지도 몰랐다. 정말 기적적으로
양봉의 원군이 때맞춰 도착하지 않았다면.

"우와아!"

"적이다! 흑산적이 뒤쪽에서 나타났다!"

갑자기 울려오는 비명에 유비가 눈살을 찌푸렸다.

"어라?"

그는 이미 전군을 이끌고 돌진한 후였다. 즉 지금 난리가
난 쪽은 포신의 부대였다. 삼형제의 뒤쪽으로 따라붙은 화영

이, 유비의 옆에 다가와 보고했다.

"흑산적 쪽에도 원군이 도착한 모양입니다. 지금 성을 포위한 무리와는 달리 제법 기세등등한 놈들입니다. 이대로면 포신이 위험합니다."

유비는 칼 한 자루를 꽂아 넣고 머리를 벅벅 긁었다.

"아오, 어떡하지, 화영?"

"택하셔야지요. 되돌아가서 포신을 구하거나, 계속 진격하여 적 수령을 베거나……."

화영은 말끝을 흐렸다. 유비의 어깨너머로 얼핏 적 진영이 보였다. 거기에는 어느새 대장기가 사라지고 없었다. 대장기를 내리고 숨는 행위는 수치스러운 짓이지만, 도적 무리에 명예 따위가 있을 리 없었다. 더구나 장연은 생존에 특화된 자. 살아남는 게 곧 이기는 거라는 주의였다. 대장기를 잠시 치우는 일 정도는 그에게 아무것도 아니었다.

원진형의 흑산적은 완전히 한 덩어리가 되어 있었다. 그 모양이 마치 거대한 고슴도치와도 같았다. 그 안 어딘가에 장연이 파묻혀 있는 것이다.

유비도 그 사실을 눈치챘다.

"원군의 도착을 알고 수만 병졸 틈에 숨어버린 건가? 제법 감이 좋은 녀석이군. 지휘도 빠르고. 저래서야 잡기 어렵지."

"죄송합니다. 드러나 있을 때 저격했어야 했는데……."

"아니, 그대의 잘못은 아니야. 적 수령을 직접 베거나 붙잡고자 한 내 뜻이었으니까."

실제로 화영은 대장기로 장연의 위치를 짐작해 저격하고자 했으나 유비가 이를 말렸다. 이 전투는 아직 무명에 가까운 유비 삼형제에게는 큰 기회였다. 이에 꼭 유비 자신이 아니더라도 관우나 장비 중 누군가에게 직접 흑산적 수령을 베게 하고 싶었던 것이다.

'쳇. 아쉽지만 할 수 없지.'

한 가지가 글렀으니 다른 하나를 서둘러야 했다. 유비가 큰 소리로 외쳤다.

"옆으로 선회하여 적 진영을 뚫고 빠져나간다! 익덕과 화영은 선회하는 틈을 노리는 적군을 막아라!"

기수의 신호가 유비군 후미로 전해지고, 유비와 관우의 움직임에 따라 나머지 부대가 이동했다. 방향이 바뀌자 자연히 돌파력이 꺾였다. 하지만 흑산적들은 여전히 선두의 관우를 상대할 엄두도 내지 못했다. 대신 드러난 유비군의 측면을 노렸다.

장비는 화영과 더불어 각각 소수의 병력을 이끌고 아군 진영 외곽을 감싸듯 움직였다. 기동과 동시에 측면 공격을 차단하려는 의도였다.

성벽 위에서 전투를 지켜보던 순심이 감탄했다.

'물 흐르는 듯한 용병(用兵, 병사를 부림)이다. 그보다 유비의 의동생이라는 자들의 무력이 실로 대단하군. 저런 자들이 여태 묻혀 있었다니.'

하지만 이제는 물러나야 할 때였다. 어차피 이 싸움은 버티는 쪽이 이기게 되어 있었다. 순심은 성안에 여러 개의 우물을 파서 장기전에 대비한 차였다. 그는 신호를 내려, 원소군 또한 성안으로 퇴각하도록 명했다.

그렇다면 양봉의 원군은 어떻게 예정보다 빨리 평원성에 도달한 것일까?

그는 식량을 가지고 평원으로 오는 중이었다. 그러다 도중에 샘물을 마신 병사 몇이 죽는 일이 벌어졌다.

'어쩐지 뭔가 이상하더라니.'

오는 도중에 마을사람이 코빼기도 안 비친 건 달아나서 그렇다 쳐도, 나무 한 그루, 개 한 마리, 풀 한 포기 안 보이는 게 영 꺼림칙했다. 처음에는 메뚜기 떼라도 지나갔나 했지만, 그렇다고 하기에는 땅에 죽은 메뚜기가 없었다. 이제 그 이유를 알게 됐다. 양봉은 적의 속셈을 깨닫고 몹시 놀랐다.

'두목이 큰 고난에 빠졌겠구나.'

그는 즉각 진군 속도를 높여 그 뒤로 하루 만에 평원성 앞에 도착할 수 있었다. 그리고 그 덕에 아슬아슬하게 장연을 구해냈다.

양봉은 아군 진영 깊숙이 파고 들어간 유비군을 공격하는 대신, 후방에 있던 포신군을 쳤다. 유비군을 포위하여 섬멸할까 하는 생각도 잠깐 했지만, 그러기엔 평원성에서 나온 적이 걸렸다. 그의 예측은 적중해서 포신군이 깨지기 시작하자 유비의 병력도 선회하여 되돌아왔다.

"됐다. 무리하지 말고 빠져라!"

양봉은 즉시 병력을 빼내 본대와 합류했다.

유비 쪽도 포신군을 보호하며 뒤로 물러났다.

첫 번째 교전은 흑산적 쪽에 수천의 사상자를 내고 끝나고 말았다.

간신히 숨 돌린 장연이 양봉을 찾았다.

"때맞춰 잘 와줬다, 양봉!"

장연의 치하에 양봉은 말에서 내려 정중히 답했다.

"오는 길에 보니 상황이 심상치 않은 듯하여 조금 서둘렀습니다."

"그래, 그래. 잠깐만. 일단……."

장연은 양봉이 타던 말의 목을 대뜸 쳐버렸다.

어리둥절했다가 노호를 토하려던 양봉은, 곧이어 벌어진 일에 입을 다물었다. 병사들이 개 떼처럼 몰려들어 잘린 목에서 쏟아지는 말의 피를 허겁지겁 마시기 시작한 것이다. 사흘 내내 물 한 모금 못 마신 상태에서 땀과 피를 흘리며 격렬한 전투를 치렀다. 바짝 마른 몸을 더 쥐어짠 셈이다. 그 상태에서 액체를 봤으니 눈이 돌아갈 만했다. 이미 소변도 마셨는데 말의 피가 대수랴.

"이 싸움에선 말을 탈 일이 없어, 양봉."

양봉은 한숨 섞인 투로 장연에게 답했다.

"그래도 아끼던 말이었습니다."

"미안. 일단 말보다는 당장 애들부터 살려야 하지 않겠냐. 내가 나중에 더 좋은 놈으로 구해다 줄게."

"약속 꼭 지키십시오."

"타고 온 말들은 모조리 잡아서 피는 마시고 고기는 구워 먹을 거야. 네 말부터 잡아야 반발이 없지 않겠어?"

"과연 그런 생각이셨습니까."

장연과 양봉이 대화할 무렵, 구원받은 포신도 유비에게 감사를 표하고 있었다.

"덕분에 살았습니다. 고맙습니다, 유 현령."

"아닙니다. 갑자기 생각지도 못한 원군이 뒤를 쳤으니 당황하실 만도 하지요."

겸손하게 답한 유비가 고개를 설레설레 저었다.

"그나저나 십만이나 동원하고서도 여력이 남아서 원군까지 불렀다니……. 정말 징한 놈들이네요."

"그러게 말입니다."

"이렇게 된 이상 장기전을 각오해야 할지도 모르겠습니다. 후속으로 온 놈들이 분명 식량을 가져왔을 테니 말입니다."

그러나 유비의 예상처럼 평원 전투는 그리 길게 가지는 못했다. 직접적인 원인은 극심한 봄 가뭄이었다.

식량으로 발등의 불은 껐으나, 식수는 여전히 골칫거리였다. 아니, 양봉이 데려온 삼만 병사가 더해진 만큼 물은 오히려 더욱 부족해졌다. 거기에 순심이 보낸 전령으로 물 상황을 알게 된 유비군은 밤사이 강 상류 쪽으로 진영을 옮겨버렸다. 성내의 우물을 제외하면 일대에서 유일하게 식수를 구할 수 있는 장소였다.

마실 물도 모자라니 씻을 물이 없음은 당연지사. 이질 등의 병이 퍼지고 수만에 달하는 병사가 탈진하여 죽었다. 마침내 장연은 두 손 들고 물러났다. 평원성을 포위한 지 이레째의 일이었다.

"이러다 애들 다 잡겠다. 분하지만 이번에는 포기해야겠다, 양봉."

"제 생각도 그러합니다."

퇴각하는 흑산적을 유비군과 원소군이 쫓아와 마구 죽여

댔다. 흑산적은 전원 탈진한 보병인 반면, 적은 다수가 정예 기병이니 막을 방도가 없었다. 장연과 양봉은 겨우 수천의 병사만 거느린 채 서쪽을 향해 필사적으로 달아났다.

그나마 화영의 화살을 맞지 않은 것은 졸병으로 변장하여 무리에 섞인 덕이었다. 용케 살아남은 나머지 흑산적은 뿔뿔이 흩어져버렸다. 이리하여 평원성 전투는 장연의 완패로 막을 내렸다.

관도에서의 연패로 체면을 구긴 원소에게는 실로 다행스러운 일이었다.

한편, 용운은 계에서 꼬박 닷새를 보낸 후 돌아가려는 참이었다. 원래 훨씬 빨리 돌아갈 계획이었지만, 유우의 환대를 차마 뿌리치지 못했다. 유우와는 서로에게 도움이 되는 조건으로 성공적인 동맹을 맺었다.

세부적인 내용은 제외하고 큰 줄기만 꼽자면, '용운은 유주의 부족한 식량을 원조하고 유우는 이민족을 포함하여 북쪽에서부터의 위협을 막아준다'는 것이었다. 이로써 용운은 봉기와 순심이 구상한, 거대한 전략의 한 축을 무너뜨리는 데 성공했다. 남쪽에도 여포가 버티고 있으니, 최소한 원소의 위협은 한 방향으로 고정된 것이다. 쳐들어올 길을 미리 아는 셈이 되어 대비하기 훨씬 편할 터였다.

"좀 더 머무를 수는 없겠느냐?"

아쉬움이 가득한 유우의 말에, 용운은 진심으로 미안한 마음이 되어 답했다.

"죄송해요, 예예(爺爺, 할아버지). 가서 처리해야 할 일이 많아요."

그사이 용운과 유우는 친조손(祖孫, 할아버지와 손자) 사이처럼 친밀해졌다. 둘만 있을 때는 서로를 각각 '예예'와 '운'이라 부를 정도였다.

시무룩해진 유우가 고개를 끄덕였다.

"그래. 내가 보기엔 손자 같다만 너도 어엿한 한 성의 주인이자 주목이니."

용운은 그의 주름진 두 손을 꼭 잡고 말했다.

"급한 것들만 처리되면 꼭 다시 찾아뵐게요."

"기다리고 있으마."

이는 두 사람이 각자 96, 95라는 높은 매력 수치를 가진 데다, 성정은 물론 이해관계까지 모든 것이 잘 맞아서 생긴 일이었다. 진정으로 마음이 통하면, 유, 관, 장 삼형제의 경우처럼 하루 만에도 평생 가는 형제의 의를 맺는 법.

용운은 유우가 온화하며 백성을 아끼는, 이 시대에 거의 없는 진정한 명군감임을 알고 있었다. 하지만 실제로 이렇게까지 끌릴 줄은 미처 예상하지 못했다. 조운을 처음 만났을 때에 버금가는 끌림이었다. 거리를 두려고도 나름 노력했지만 소탈하고 따뜻한 그의 성품에 마음을 열지 않을 수 없었다.

알고 보니 유우는 외로운 사람이었다. 아내와는 사별했고 장안에 있던 아들 유화(劉和)는 돌아오는 길에 원술에게 붙잡혀 생이별 중이라고 했다.

"예전에 원본초(원소)가 날 황제로 추대하려다가 내게 거절당한 적이 있었단다. 아마도 그때부터 원공로(원술)가 날 경계하게 된 것 같구나."

"그자가 왜요?"

"야심이 있다는 뜻이겠지. 누군가를 모셔야 하는 입장이 되길 원치 않는 게야. 그러고 보니 요즘 그의 행보가 심상치 않더구나. 남쪽에서 제법 세를 넓혀가는 모양이더라만."

용운은 속으로 생각했다.

'그래 봐야 원술이지.'

원소를 질투하여 사생아라는 소문을 퍼뜨리고 다닌 자. 운 좋게 손견을 선봉으로 삼아 모처럼 승승장구했지만, 옥새에 눈이 멀어 칭제(稱帝)라는 최악의 선택을 한 자. 사치스럽고 음란하여 영지를 최악의 상태로 몰아넣는 바람에 원성이 자자했던 자. 원술에 대한 정사의 기록은 물론 용운의 기억도 이 정도였다.

'그러고 보니 원술만큼 어리석진 않다고 생각했던 공손찬도, 옥새를 얻자 결국 왕을 칭했었지. 옥새라는 건 뭔가 마력이 있는 걸까? 그럼, 지금 옥새를 소지했다고 알려진 여포도 설마…….'

어쨌든 유우의 나머지 아들과 손자들도 병에 걸리거나 난리 통에 죽었다. 다행히 그의 고독(孤獨)은 긍정적인 방향으로 작용했다. 잃은 가족들 대신, 가신과 백성들을 가족처럼 여기며 더욱 긍휼히 돌본 것이다. 말 그대로 승화(昇華)라고 할 수 있었다.

'그 상황에서 아무나 그렇게 행동하는 건 아니야. 본질적으로 할아버지의 성품이 선했기 때문이지.'

용운은 친히 성문 밖까지 나와 손을 흔드는 유우를 바라보며 생각했다.

"과연 왜 백안 공의 명성이 자자한지 알겠더군요."

곽가의 말에 용운은 고개를 끄덕였다. 마주 손을 흔들던 용운의 눈빛이 차차 예리해졌다. 예정보다 시일을 훨씬 지체해버렸다. 이제 잠시나마 행복했던 꿈에서 깨어날 때였다.

"봉효, 그사이 흑영대를 통해 들어온 새로운 정보는 없었나요?"

곽가도 진지한 눈빛으로 돌아와서 답했다.

"어젯밤에 들어온 희소식입니다. 바로 알려드리려 했으나, 시급을 다투는 일도 아니고 곤히 주무시는 중이라 오늘

아침으로 미뤘습니다."

"무슨 일이지요?"

"원소군이 역시나 관도성을 침공했지만, 장문원이 적장 문추를 베며 무사히 막아냈다 합니다."

"아! 그것참 다행이군요."

용운은 자기도 모르게 손뼉을 쳤다. 역시 장료를 믿고 맡긴 게 틀리지 않았다. 거기다 문추까지 쓰러뜨렸다니, 이제 원소는 양팔을 잃은 거나 다름없었다.

기뻐하는 용운에게 흑영대 2호가 입을 열었다.

"주공. 업성 쪽이 아니라, 다른 경로를 통해 들어온 정보가 있습니다."

"말해보세요."

"실은 흑영대주(전예)님의 명으로 3호가 저희를 은밀하게 따르는 중이었습니다. 정확히는 3호가 아니라 저희를 미행하는 7호를 3호가 다시 감시한 것입니다."

"7호가 우리를 미행했다고요? 왜요?"

"3호의 보고에 의하면, 7호가 배신했다고 합니다."

"배신?"

용운은 잠깐 혼란스러워졌다. 7호가 남기고 간 아버지의 서신이 떠올라서였다.

'그럼 그것도 가짜라는 거야? 아니, 서신 자체는 분명히 아버지의 필적이었어. 게다가 한글이었고. 7호가 배신했다면 왜 애써 여기까지 와서 진짜 정보를 주고 간 거지?'

용운이 2호에게 물었다.

"배신이라 함은 날 떠나 다른 누군가, 즉 날 적대시하는 세력에 붙었다는 건데. 그냥 흑영대를 떠난 거라면 배신이 아니라 이탈이니까요."

"그렇습니다."

"배신이라는 근거는요?"

"7호는 업성 내에 있는 동안, 대주님을 집요하게 찾았습니다. 대주님은 이상한 낌새를 채고 거처를 계속해서 옮기셨고요. 또 자신의 행동이 발각되자 3호를 죽이려 하기도 했습니다."

기분 좋던 용운의 얼굴이 굳어졌다. 동료를 죽이려 들었다는 건 명확한 배신이었다. 더구나 전예를 찾아다녔다니. 만약 그를 해치려 한 의도였다면 용서할 수 없었다.

"그럼 누구에게 붙었다는 거죠?"

"아직 그건 정확히 파악하지 못했습니다. 원소가 아니면 성혼단 쪽으로 예상하고 있습니다."

심각하게 듣고 있던 곽가가 끼어들었다.

"원소는 아닐 겁니다. 훨씬 이전이면 몰라도, 원소가 우리에게 연패한 이 시점에 그를 따를 이유가 없습니다."

"그러니까 7호가 대체 뭐가 아쉬워서요? 그 자리까지 오르는 데 엄청난 노력을 하고 전공을 세웠을 거예요. 물론 그만큼 대우도 받았고요. 게다가 그에겐 업성에 남은 가족들도 있잖아요."

"흑영대주님의 말씀에 의하면……."

감정을 드러내지 않는 2호가 잠깐 주저했다. 무심결에 정보의 신빙성을 의심한 것이다. 그만큼 믿기 어려운 추측이었다. 실수를 깨달은 그는 숨을 고르고 말을 이었다.

"그 7호는 가짜로 예상됩니다."

"가짜?"

"예. 겉모습은 완전히 같지만, 흑영대의 세세한 규칙을 무심결에 어겼다고 합니다. 처음에 흑영대주님이 7호를 의심하기 시작한 이유가 그것입니다. 또 여기까지 오는 길 내내 7호를 감시한 3호가 알려오기를, 작은 버릇 같은 것이 3호가 아는 7호에 대한 정보와 달랐다고 합니다. 말투도 미묘하게 달랐고요."

숨죽인 채 듣고 있던 청몽이 중얼거렸다.

"회……."

용운은 고개를 끄덕였다.

"아무래도 그런 모양이네."

용운과 청몽은 이미 한 차례 경험한 바 있었다. 전예와 똑

같은 모습으로 변한 위원회의 일원을. 설령 아는 사람이라 해도, 한 번씩 대인통찰을 사용하는 버릇은 그때부터 생겼다.

대인통찰은 동일 인물에게 반복해 사용할 때마다 두통이 극심해지는 부작용이 있었다. 그래서 어느 정도 기간은 두었지만, 지금까지도 이어오는 버릇이었다. 사천신녀를 제외하고. 지금도 반사적으로 2호를 향해 사용한 참이었다.

"현재 3호와 그…… 가짜 7호의 행방은요?"

"3호는 7호와 싸우는 과정에서 중상을 입어, 현재 흑산적 무리에 머무르고 있다 합니다. 그것 역시 7호가 가짜라는 증거입니다."

"그렇군요. 7번 대원은 무슨 수를 써도 절대 3번을 이길 수 없으니까요. 6번이나 5번이라면 요행으로 이길지도 모르겠지만."

"맞습니다."

장연이 평원성의 원소를 공격한 사실은 용운도 이미 알고 있었다. 흑산의 십만 대군이 파죽지세로 원소를 덮쳤다는 건 결코 작은 사건이 아니었고, 그런 만큼 그 소식이 계에까지 전해졌기 때문이다. 다만, 결과는 아직 알 수 없었는데, 용운은 장연의 패배를 예상하고 있었다.

'딱 거록군까지만 점령했으면 좋았을 것을.'

지금은 장연의 일까지 신경 쓸 여유가 없었다. 그에게 평원성을 공격하라고 지시한 것도 아니고 유우나 왕굉처럼 확실한 동맹도 아니었다. 적어도 용운이 생각하기에는 그랬다.

그보다 아버지의 서신에 어떻게 대응할지가 문제였다. 예정대로라면 망설임 없이 날짜에 맞춰 약속장소를 찾았을 터였다. 그러나 이제 그 서신을 전해준 7호의 배신이 확인된 이상, 아버지를 찾았다는 말조차 사실인지 거짓인지 알 수가 없어졌다.

'으으. 어떡하지……'

답답해진 용운은 아버지의 서신을 꺼내놓고 사천신녀 및 곽가, 화타 등과 의논했다. 마침 그들은 대부분 위원회의 존재와 그들이 가진 기이한 힘에 대해 알고 있었다. 화타에게는 이 자리를 빌려 간략히 알려주었다. 앞으로 쭉 같이 갈 사람이라 믿었기 때문이다.

화타는 놀라움을 금치 못했다.

"그런 집단이 있었다니……. 더구나 그들이 사교인 성혼단의 배후라니, 무서운 일입니다."

곽가는 서신을 읽자마자 단호하게 말했다.

"안 됩니다."

"하지만 만약 정말 아버지가 보낸 편지라면요?"

"날짜와 장소가 정해졌으니 사람을 보내 확인하면 될 일입니다. 그때 찾아가서 뵙거나 모셔와도 늦지 않습니다."

그건 너무 무례하지 않느냐고 말하려던 용운은 입을 다물었다. 그에게나 애타게 찾아 헤매던 아버지지, 곽가에겐 남이었다. 그저 주공의 혈육이란 사실만이 특별할 뿐. 당연히 확인되지 않은 정보로 용운을 보낼 리 없었다.

곽가뿐만 아니라 사천신녀도 전원 반대했다.

"당연히 안 돼요, 주공. 위원회의 눈을 피하기 위해서라고 하지만, 그 편지가 진짜라고 하면 이미 들킨 셈이잖아요?"

성월의 말에 모두 고개를 끄덕였다.

그를 가장 아끼는 이들이 이렇게 나오니, 확고하던 용운의 마음도 조금씩 흔들리기 시작했다.

'아버지한테 혼이 날지 모르지만, 함정에 빠지는 것보다는 그게 나을까? 그리고 이 세계에서 겨우 만난 아들을 설마 그런 일로 때리시겠어?'

그러다가도 문득 불안 요소가 떠올라 마음을 어지럽혔다.

'아, 그래도 어떻게 알아낸 아버지의 행방인데…… . 또 뭔가 일이 꼬여서 못 보게 될까봐 걱정이야. 그리고 장소가 발각된 거라면, 그래서 날 꼬여내기 위해 진짜 서신을 전해준 거라면, 아버지 혼자 함정에 빠지는 게 아닐까?'

무엇보다 용운은 아버지가 괴물 같은 존재라는 사실을 몰랐다. 그러니 더 걱정이 컸다. 물론 현대에서도 남달리 건장하고 강하긴 했다. 그래도 지금처럼 초인 수준까지는 아니었다. 여기까지 생각하던 용운의 마음은 마지막에 2호가 보고한 소식으로 겨우 정해졌다.

"한 가지 더, 제게도 좋은 소식이 있습니다."

"좋은 소식이요?"

"예. 조자룡 장군이 무사히 귀환했다고 합니다."

"……그게 정말이에요?"

"예, 사실입니다."

하긴 2호가 이런 일로 농을 할 리가 없었다.

"아니, 왜 그걸 이제야 말해요?"

"죄송합니다. 저희는 주공께 미치는 위협의 정도 순으로 보고하게 되어 있어서……."

"으, 그렇죠. 참. 어디 다치신 데는 없고요?"

"예. 오시자마자 관도성으로 출전, 장문원을 도와 원소군을 격퇴하는 데 일조하셨다 합니다."

"역시 형님답네요."

답하는 용운의 목소리가 떨렸다.

"난 처음부터 알았어요. 형님이 절대 돌아가시지 않았다는 걸."

그의 얼굴에 감출 수 없는 환희가 피어올랐다.

옆에 있던 곽가가 웃는 낯으로 말했다.

"주공, 경하드립니다."

"고마워요."

사린이 덩달아 신이 나서 외쳤다.

"와! 자룡 오라버니가 돌아왔다니! 헤헷! 완전 좋아!"

조운의 귀환 소식은 작은 소란을 불러일으켰다. 그 때문에 용운은 복잡하기 짝이 없는 검후의 표정과 흔들리는 눈빛을 미처 눈치채지 못했다.

검후는 용운이 진한성의 편지를 꺼냈을 때부터 동요하기 시작했다. 그러다 조운이 돌아왔다는 소식에 그녀의 혼란은 극에 달했다.

'역시 그도, 자룡도 살아 있었어. 현대에서의 그에게 나는 이미 죽은 사람이지만, 또 이곳에서 날 봐봤자 알아보지도 못할 테지만…… 정작 난 도대체 어떻게 해야 하는 거지?'

진한성이 이쪽 세계로 넘어와 살아 있을지도 모른다는 말을 들었을 때도 크게 놀랐었다. 조운을 그토록 밀어냈던 것도, 여태 적극적인 표현을 못하는 것도 그래서였다. 검후는 현대에서도 죽은 지 오래인 사람인 데다, 이곳은 완전히 다른 세상이었다. 당연히 법적으로나 도덕적으로나 문제는 없었다. 그녀 자신이 느끼는 양심의 가책이 문제일 뿐. 검후는 결국 진한성도, 조운도 포기하기로 했었다. 다시 얻은 목숨이니, 오직 용운을 위해서만 살자고 다짐했다.

'저 아이를 너무도 외롭고 슬프게 했으니까.'

그런 검후에게 사랑 따위는 사치였다. 하지만 조운의 순수한 애정과 열정에, 결국 그녀 자신이 정한 선을 넘어버렸다. 그리고 이런 상황에 처하고 말았다.

"언니, 괜찮아?"

자신의 애정 문제 빼곤 제일 예민한 청몽이, 조심스레 검후의 손을 잡아왔다.

검후는 그제야 자신이 손을 떨고 있음을 알았다. 그녀는 목소리까진 떨지 않으려고 애쓰며 간신히 입을 열었다.

"그, 그래, 괜찮아."

"그 사람이 무사히 돌아왔대. 기쁘지?"

청몽이 생긋 웃었다. 그녀는 검후의 동요가 그저 조운의 무사귀환을 들었기 때문이라고 짐작했다.

"응……. 기뻐."

검후는 서글픈 표정으로 답했다.

들뜬 마음을 겨우 가라앉히고 고심하던 용운이 선언했다.

"그러면 일단 업성으로 돌아가겠습니다. 전후의 처리도 해야 하고……. 산양성으로는 미리 사람을 보내뒀다가 정해진 날짜에 진위를 확인하도록 하죠. 정보가 거짓이라면 거기서 살아 나와야 하고 사실일 땐 아버지를 모셔와야 하니 정예군을 파견해야 할 겁니다. 이미 위원회에게 발각됐다고 가정하면 수를 지나치게 제한할 필요도 없어요. 2호, 시일이 촉박

하니 그대는 최대한 빨리 먼저 가서 흑영대주와 문약(순욱)에게 이렇게 행하라 전해주세요."

2호가 고개를 숙여 보였다.

"바로 이행하겠습니다."

그는 말을 마치자마자 사라졌다. 2호가 전예에게서 받은 정식 임무는 용운의 경호였다. 그러나 사천신녀가 있는 이상 형식에 가까웠다. 사실 경호보다는 이런 임무가 훨씬 중요했다.

용운은 말끝에 속으로 생각했다.

'봉효에겐 미안하지만, 그때는 나도 당연히 사천신녀와 함께 산양성으로 갈 거야. 만약 그게 정말 위원회의 함정이라면 우리 중 어떤 장수를 보내도, 설령 수만 대군을 보낸다 해도 아버지의 생사를 장담할 수 없으니까.'

19

·

바람이 분다

순욱은 용운의 부재 시 전권을 위임받았다. 사실 친분으로만 따지면 문관 중에서는 진궁 쪽이 용운과 심적으로 제일 가깝다고 할 수 있었다. 그러나 대리를 맡은 쪽은 순욱이었다. 이는 행정력·군사력과 같은 능력은 물론, 성격이며 인품까지 고려한 결과였다. 진궁을 포함한 용운의 가신들은 모두 그 결정에 수긍했다.

그렇다고 해서 순욱이 멋대로 일을 처리하진 않았다. 용운조차 대부분의 사안을 가신들과 의논하여 결정하는데, 대리인 그가 그럴 리 없었다. 교육 쪽은 사마랑과, 군사 업무는 순유 및 진궁과, 행정은 최염, 진림과 의논했다. 이제 거기에 새로이 가담한 희지재와 종요도 포함됐다. 그들의 업무는 용운이 정해줄 터였다.

순욱이 그 가신들을 모조리 불러 모으는 일이 벌어졌다. 심지어 문·무관을 다 포함해서였다. 이는 그의 성격상 극히 드문 일이었다.

"어찌하면 좋겠습니까?"

순욱의 물음에, 대전에 모인 내로라하는 가신들도 한동안 입을 열지 못했다. 그들도 무슨 일이 벌어졌는지는 알고 있었다. 바로 흑산적 수령 장연과 부장 양봉이 오백여의 병력을 데리고 의탁을 청해온 것이다. 3월이 얼마 남지 않은 어느 날의 일이었다.

"함정이라기엔 너무 무모한 데다 갑작스럽고……."

순유의 중얼거림에 진궁이 말했다.

"주공은 일전에 흑산적 무리와 크게 싸운 적이 있습니다. 복수하려 들 가능성이 전혀 없다곤 할 수 없……."

희지재가 비웃듯 그의 말을 끊었다.

"큭, 멍청한 소리. 복수를 하려고 흑산적이 분장까지 하고 와서 연극을 한단 말이오? 그리고 그럴 거라면 아예 병력을 데려오지 않았거나 십 수 만을 끌고 와서 성을 포위했겠지."

분명 장연과 양봉이란 자의 외양은 엉망이었다. 그들의 말대로라면 원소군에게 어찌나 지독하게 쫓겼는지, 병사도 고작 수백 명이 남았을 뿐이었다. 장연의 배신(?)에 분노한 원소가 끝까지 추격하여 잡아 죽이라고 명령한 탓이었다.

"뭐요? 멍청?"

진궁이 발끈했다. 그도 희지재가 말한 바를 모르지 않았다. 아니, 흑산적과의 전투를 직접 겪어본 만큼 오히려 더 잘 알고 있었다. 그러나 워낙 신중을 기하는 면이 있어 불안요소를 언급한 것뿐이었다.

"아아, 흥분하지 마쇼. 멍청하다고 한 건 사과하리다."

희지재가 능글거리며 말했다.

"나와 비교해선 안 되는 거였는데."

그의 옆에 있던 종요가 나직하게 말했다.

"어허, 이 사람."

진궁은 순욱의 눈짓을 받고 애써 분을 참았다.

"끙!"

그간 용운의 가신들은 화기애애한 분위기를 유지해왔다. 모두 용운을 중심으로, 그에게 끌려 모여든 까닭이었다. 또 그들에 대해 이미 잘 아는 용운이 가장 능력발휘를 잘할 수 있는 적재적소에 배정했기에, 업무에 대한 불만이 거의 없었다. 심지어 녹봉이나 복리후생도 좋아서 마음이 여유로웠다. 서로의 재능을 인정하고 있기 때문이기도 했다.

그런 분위기에서 오직 추천만으로 들어온 데다 천상천하

유아독존의 성격까지 곽가 이상으로 괴팍한 희지재는 이질적인 존재였다. 결국, 순욱이 나서서 상황을 정리했다.

"그만하시지요, 희지재 님."

"장난한 거요, 장난."

그런 희지재가 유일하게 존중하는 대상이 바로 순욱이었다.

"아무튼 무슨 영문인지는 모르겠으나 저건 진짜요. 원소한테 깨지고서 뭔 생각인지 일전에 싸웠던 기주목에게 달려온 거요."

희지재의 말에 사마랑이 무심코 대꾸했다.

"이유라면, 주공과 친우의 관계를 맺었다고 하던데요?"

진궁이 그에게 버럭 소리를 질렀다.

"그 무슨! 주공께서 흑산적 따위와 벗이 되셨을 리가 있습니까?"

"아니, 전 그냥 들은 대로……."

"사마랑 님, 놈들이 급한 김에 내뱉은 소리를 곧이곧대로 들어서야 되겠습니까?"

사마랑은 그만 입을 다물었다.

'모르겠다. 난 닥치고 가만히 있어야겠다.'

모처럼 드러낸 그의 존재감은 다시 옅어졌다.

용운의 가신들이 회의를 거듭하는 사이. 성 밖에 대기하고 있던 장연은 점점 부아가 치밀었다. 가뜩이나 먼 길을 제대로 먹지도, 쉬지도 못하고 쫓겨오느라 지칠 대로 지친 상태였다. 수하들이 점령하고 있는 청하국이나 거록 방면으로 달아나려 했지만, 그의 행보를 이미 예측한 순심의 지휘로 교묘히 가로막혔다. 이에 장연은 어쩔 수 없이 도주 방향을 비스듬히 남쪽으로 틀었다. 용운이 생각나서이기도 했고, 그와 싸워 패한 원소군이 함부로 못 들어오리라는 예상에서였다. 과연 장연의 예상이 적중하여 간신히 추격에서는 벗어났다. 그때는 이미 수많은 부하를 잃은 후였다.

　　'사람을 대체 언제까지 여기 세워둘 셈인가! 믿지 못하는 건 이해하는데, 사실이란 말이다.'

　　마침내 장연은 최후의 수단을 꺼냈다.

　　"나는 기주목의 비밀을 알고 있소! 들여보내주지 않으면 그 사실을 만천하에 알려버릴 것이오!"

　　그는 성벽 위를 향해 고래고래 소리쳤다. 물론 진짜로 떠들 생각은 전혀 없었다. 그랬다가 용운의 눈 밖에 나기라도 하면 큰일이었다. 어디까지나 협박용이었을 뿐이다.

　　'최측근의 신하는 기주목이 여인이라는 사실을 알 것이고, 그 정도의 최측근이라면 성내에서의 입김 또한 당연히 셀 터.'

그렇게 몇 차례 떠들어대자, 드디어 성문이 열렸다. 그리고 귀한 용모에, 한눈에 보기에도 똑똑하다고 얼굴에 쓰여 있는 듯한 젊은이가 모습을 드러냈다. 그가 목청을 돋워 외쳤다.

"현재 주공께서는 부재중이십니다. 저는 주공을 대신하여 업성을 책임지고 있는 순욱 문약이라 합니다. 귀공은 중랑장 장연 님이 아니십니까?"

"맞소. 내가 장연이오."

성문에서 제법 멀리 걸어 나온 순욱이 재차 말했다.

"보시다시피 저는 수행원 둘뿐입니다. 이 정도 거리라면 성에서 병사를 불러내 귀공을 암습할 수도 없고요. 그러니 얘기하기 전에 귀공께서도 병사들을 물려주시지요."

"뭐, 그럽시다."

장연은 순순히 병사들을 물렸다.

가운데 지점에서 장연과 양봉 그리고 순욱과 두 수행원이 만났다. 수행원은 사실 종자로 변장한 장합과 마초였다. 순욱이 누군데, 험악한 흑산적 두령들 앞에 단신으로 나가겠는가.

장합은 긴 소매 안에 소도 한 자루를 넣었다. 마초는 끝에 백기를 묶어 깃대로 꾸민 탁탑천왕을 세워 들고 있었다.

먼저 순욱이 장연에게 말했다.

"그래, 귀공께서 말하는 주공의 비밀이란 게 대체 무엇입니까?"

"말해도 괜찮겠소?"

"이 종자들은 둘 다 입이 무겁습니다. 제가 알아서 해결할 테니 염려 마십시오."

"그럼, 내가 기주목의 벗임을 증명하는 의미에서라도 말하겠소. 우선 기주목은 얼마 전에 우리의 영역이었던 양국현을 지나면서 나와 교감이 있었소. 둘 다 원소 놈에게 원한이 있기도 했고."

"음……."

그러고 보니 용운이 흑산적의 눈을 속여 양국현을 무사히 통과했다는 보고를 받았다.

'하지만 손잡았다는 말은 없었는데.'

순욱은 의문을 내색하지 않고 자연스레 물었다.

"실례지만 귀공은 지난날에 원소의 사주를 받아 기주를 침공했던 걸로 알고 있습니다. 한데 원소에게 원한이 있다니요?"

"그랬지. 그런 일이 있었소. 뭐, 어차피 난세란 이익에 따라 움직이는 게 아니겠소? 한데 그 새끼가……."

분한 듯 이를 부득 갈아붙인 장연이 말했다.

"아무리 이익에 따라 움직여도, 그렇기에 더욱 약속을 지켜야 하는 법. 아는지 모르겠으나 우리 형제들은 늘 식량 부족으로 고생하고 있소."

"압니다. 워낙 수가 많아서겠지요."

이때 순욱의 뇌리로 뭔가 스쳐 지나갔으나, 그는 잠자코 장연의 이야기를 들었다.

"그때도 원소가 식량을 주기로 해서, 솔직히 별로 안 내켰지만 기주를 친 거요. 하지만 아시다시피 우린 패배했고. 그래도 약속 내용은 업성을 함락시키라는 게 아니라 공격만 해주면 식량을 주겠다는 거였으니까, 더구나 장수들이 여럿 죽고 수만의 형제가 포로로 잡히는 등 우리 쪽 희생도 제법 컸고."

흥분한 장연의 목소리가 점점 커지고 내용도 두서없어졌다. 그래도 순욱은 끈기 있게 그의 말을 듣고 있었다.

"그래서 말한 식량을 달라고 했더니, 원소 그놈이 시치미를 뚝 떼는 게 아니겠소? 오히려 찾아갔던 부하를 두들겨 패 쫓아내기까지 했소. 알고 보면 기주목이나 나나 피해자란 말이오. 그런 부분에서 교감이 있었소."

'아하. 주공께서 그 부분을 언급하여 이자를 회유하셨나 보구나. 주공의 언변이라면 능히 그러실 만하다.'

속으로 추리한 순욱이 물었다.

"거기까진 알겠습니다. 그런데 주공의 비밀이라는 건 아무리 생각해도 모르겠군요."

"과연 충신이구려. 보아하니 당신이 기주목의 최측근 심복이 맞는 듯하고 종자들도 문제없다니 말해주겠소. 내 얘기

가 당신이 아는 바대로라면 나와 내 부하들을 들여보내줘야
할 것이오."

"생각해보겠습니다."

마초와 장합은 저도 모르게 침을 꿀꺽 삼켰다.

몸을 낮춘 장연이 순욱의 귓가에 대고 말했다.

"기주목이 여자라는 것, 나도 알고 있소."

쨍그랑! 갑자기 소음이 울렸다. 동안의 종자가 깃대를 놓
쳐 땅에 떨어뜨린 소리였다. 마초는 허겁지겁 깃대를 주워들
며 말했다.

"죄, 죄송합니다. 그만 손이 미끄러져서……."

장연이 의기양양하게 말했다.

"후훗. 내가 정곡을 찔렀나 보군."

창 속의 조개는 어이없어하며 중얼거렸다.

'저건 또 웬 새로운 미친놈이냐.'

잠깐 당황했던 순욱이 말했다.

"아니, 대체 왜 그런 생각을 하신 겁니까?"

"허허. 역시 최측근답게 끝까지 비밀을 지키려 하는구
려. 왜 그런 생각을 하긴. 직접 내 눈으로 봤으니까 그러는 거
지!"

쿨럭! 이번에는 장합이 기침을 했다. 생각하기에 따라 상
당한 오해를 부를 말이었다. 용운이 여장했던 걸 모르는 이들

에겐 더더욱. 그러고 보니 아무도 용운의 벗은 몸을 본 사람이 없었다.

'그러고 보면 주공은 남자치곤 지나치게 아름다우시다. 음성도 미성이고. 무엇보다 주변에 늘 사천신녀를 거느렸는데도……'

장합은 성월과 함께 술을 마시던 중 그녀가 투덜거리듯 푸념했던 말을 떠올렸다.

―말도 마요. 우리한테 손끝 하나 안 대신다니까. 이제 포기했어.

그 말에 크게 안심했기에 똑똑히 기억했다.

설마 하는 생각이 장합과 마초의 마음속에서 일어나기 시작했다. 마초의 마음을 읽은 조개가 당황하여 외쳤다.

'아니야, 아니라고! 이건 뭔가 큰 착각이야!'

순욱은 어이없다는 표정으로 고개를 저었다.

"분명 뭔가 오해하신 듯하군요."

하지만 그런 그의 목소리에서도 조금씩 힘이 빠지고 있었다. 아주 조금씩. 장연의 태도가 너무나 당당했으며, 마초는 그렇다 쳐도 장합의 동요를 느낀 까닭이었다.

장연은 더욱 의기양양해졌다.

"오해라고 해두지. 이제 내 말을 믿겠소? 또 한 가지 더 말하자면……."

그는 장합과 마초를 번갈아 보며 툭 내뱉었다.

"저 두 사람은 시종이 아니라 무인이구려."

"……."

"그것도 상당한 실력자. 솔직히 말하면 나도 이길 자신이 없을 정도로."

장연의 감지 특기가 발동한 것이었다.

순욱은 깜짝 놀랐다. 분명 철저히 변장했는데.

"그걸 어찌……."

"허허. 이래봬도 수십만 대군을 거느렸던 몸이오. 몇 가지 재주는 있소이다."

그럼, 두 장군이 마음만 먹으면 자신을 해치울 수 있다는 사실을 알면서도 대화에 응했다는 소리. 순욱의 경계심이 많이 풀어졌다. 사실 장연이 용운에게 포섭됐다는 몇 가지 증거는 있었다. 그가 곧장 흑산으로 숨어들어가지 않고 굳이 업성까지 찾아온 것 자체도 증거였다. 워낙 상대가 상대인지라 믿기 어려웠던 것뿐.

순욱은 조금 전 스쳐갔던 생각을 다시 떠올렸다.

'만약 정말 주공께서 흑산적을 포섭하신 거라면……. 어차피 수만의 흑산적 포로도 붙잡은 상태에서 이는 엄청난 힘

이 될 수 있다. 이들을 믿을 수만 있다면.'

고심하던 순욱이 입을 열었다.

"알겠습니다. 성안으로 들여보내 드리지요. 대신, 몇 가지 조건이 있습니다."

"그게 뭐요?"

"죄송하지만 아직 귀공을 완전히 믿긴 어렵습니다. 그러니 주공께서 돌아오실 때까지, 저희가 내드리는 저택에서 출입을 금하고 한동안 쉬셔야겠습니다. 또 데리고 오신 병사들도 마찬가지로 따로 격리하겠습니다."

한마디로 장연을 자택연금하겠다는 소리였다. 이는 행여 그가 흑산적 포로들과 접촉하여 성내에서 반란을 일으키는 일을 막기 위해서였다.

"이자가……."

버럭 화를 내려는 양봉을, 장연이 막았다.

"내가 방금 말했잖아, 양봉. 저 두 무사는 나도 못 이긴다고. 너, 나보다 약하잖아."

"그, 그렇지만……."

"됐고. 기주목이 돌아오는 때가 언제요?"

순욱은 차분하게 답했다.

"늦어도 이달 안으론 오겠다 하셨습니다."

"그럼, 길어야 열흘 이내로군. 알겠소. 그 정도 두문불출하는 거야 쉽지. 안 그래도 지칠 대로 지쳐서 좀 쉬고 싶었소. 대신 나도 한 가지 청이 있소."

"그게 뭡니까?"

"그 열흘 동안 배불리 먹고 마실 수 있게 해주시오. 그리고 이틀에 한 번, 다른 여자를 넣어주고. 그럼 열흘 아니라 백일이라도 칩거해주겠소."

"……닷새."

"사흘. 거참, 그래 봐야 세 명 아니오?"

"알겠습니다. 그리하지요."

내키지 않는 일에 순욱은 한숨을 내쉬었다.

업성은 하북의 중심상권으로 거듭나 있었다. 이는 곧 환락가의 규모도 커졌음을 의미했다.

'여염집 규수는 당연히 말도 안 되고. 괜찮은 보수를 제시하여, 지원하는 기생 중에서 골라봐야겠군. 그나저나……'

순욱의 미간이, 천재인 그로서도 풀 수 없는 난제로 찌푸려졌다.

'설마 주공이 정말 여인이셨단 말인가?'

"응?"

용운이 갑자기 새끼손가락으로 귀를 후볐다.

"귀가 왜 이렇게 가려워?"

청몽이 그를 놀리듯 말했다.

"에이, 주군. 더럽게. 안 씻어서 그런 거 아니에요?"

"아닌데? 아니, 확실히 자주 좀 못 씻긴 했지만……."

유우와 작별한 용운은 부지런히 남하했다. 3월이 얼마 남지 않아 마음이 급했던 것이다.

'어서 가서 아버지를 만날 준비를 하고 또…….'

조운을 하루라도 빨리 만나고 싶었다. 그가 무사귀환했다는 보고는 들었지만, 직접 눈으로 봐야 실감이 날 것 같았다.

'흑산적도 해결했으니까 이대로만 가면 만사형통이야. 확실히 북쪽에는 성혼단의 활동이 적은 것 같네. 방해해온 적도 없고 할아버지의 가신 중에도 성혼단이나 위원회는 없었어.'

용운의 생각대로 북부 끝에는 성혼단 지부의 세가 약했다. 단, 아예 없는 건 아니었다. 노식을 죽음으로 몰아넣은 성혼단 부부가 있었듯이. 그런 자들이 먼발치에서 용운을 포착했다. 이제 대륙의 눈이라고까지 불리는 성혼단이었다. 용운의 행보는 이미 송강에게 알려진 후였다.

하간국 악성현.

원소의 근거지인 발해 서쪽에 인접한 지역이다. 국(國)은 황실에서 황족에게 하사한 행정구역. 따라서 후한 황실의 일족이 다스리고 있었으나, 황실의 권위가 땅에 떨어진 만큼 통치가 유명무실한 곳도 많았다.

장합의 고향이기도 한 하간국 또한 그런 지역 중 하나였다. 특히, 황건의 잔당이 종종 출몰하여 백성들을 공포에 떨게 했다.

깊은 밤, 쏟아지는 별빛을 받으며 그런 하간국 변경을 한가로이 거니는 여인이 있었다. 이는 자살행위나 마찬가지였는데, 여인은 조금도 두려워하는 기색이 없었다. 동그란 눈에 허벅지를 반쯤 가리는, 나풀거리는 짧은 치마 차림. 그녀는 바로 호연작이었다.

무려 위원회 천강 제8위에 빛나는 여자. 용운이 노식의 복수전을 행했을 때 원소군 편에 서서, 임충과 더불어 용운과 사천신녀를 위기에 몰아넣은 인물이었다.

호연작은 수청 들 것을 요구한 원소에게 한바탕 깽판을 친후, 멋대로 일대를 외유 중이었다. 그런 그녀의 뒤를, 조각처럼 잘생긴 사내가 툴툴거리며 따르고 있었다. 절대십천의 하나이자 '흰 강철 같은 얼음'이라 불리는 병마용군 백금이었다.

"여자. 이제 그만 돌아갈 때도 되지 않았냐?"

짜증 섞인 백금의 말에, 호연작이 대꾸했다.

"거절……. 가봐야 할 일도 없는걸."

"할 일이 없긴 왜 없어! 네가 안 하는 거지."

"헐, 대박……. 나더러 그 변태를 도우라고? 나빴어, 백금. 임충 아저씨가 곧 회복할 테니까……. 그 아저씨더러 하라고 해. 아, 이럴 때는…… 그 성격 나쁜 의사 언니가 필요한데. 송강 언니는 왜…… 지살위를 싫어하는 걸까."

"그거야 약해빠졌으니까 그러겠지. 아무튼 네가 받은 명령은 원소의 세력을 강하게 만들라는 거잖아. 보니까 걔 엄청 깨지는 것 같던데? 진짜 가봐야 하는 거 아니야?"

"괜찮아. 임충 아저씨만 일어나면…… 세력은 다 회복할 수 있어. 무지 강한 아저씨니까. 난 그래도 나의 존잘……. 치명적인 매력의 소유자인 치매 백금이 더 좋지만……."

"너, 내가 그렇게 부르지 말라고 했지."

으르렁대던 백금이 한쪽으로 고개를 돌렸다. 황무지 저편, 끝없는 어둠만 펼쳐진 쪽이었다. 호연작의 시선도 그리로 가 있었다. 그녀의 눈동자가 반짝반짝 빛났다.

"우와, 또 온다. 안 그래도 심심했는데……."

"멍청한 인간들이 또 제 발로 죽으러 오는구먼."

호연작은 왼손 검지 끝을 입에 물고 고개를 갸웃거리다 말했다.

"음. 매번 똑같으면 심심하니까…… 이번엔 기회를 줘볼까?"

"무슨 기회?"

"사실대로 두 번 말해준 다음…… 순순히 들으면 그냥 보내줌……."

백금은 휘휘 손을 내저었다.

"그러시든가. 아무튼 나는 귀찮으니까 구경만 할 거다. 알아서 처리해."

"힝, 매정……. 하지만 그게 백금의 매력……."

잠시 후, 한 무리의 사내들이 모습을 드러냈다. 대략 백여 명 정도 되었다. 그들은 야음을 틈타 근처 마을을 노략질하러 가던 황건적 잔당이었다. 맨 앞에 서 있던 자가 호연작을 보고 말했다.

"아오, 쓰벌. 깜짝이야. 난 또 정의야객(正意夜客) 그놈이라도 나온 줄 알았네. 하도 태평스레 어슬렁거리길래."

'정의야객'이란, 최근 악성현에 출몰하기 시작한 정체불명의 무사였다. '정의'란 단어가 붙은 이유는, 그가 밤에 백성들을 노리는 강도나 황건적 잔당들만을 처단해서였다. 두려움 속에서 고단하게 살아가던 백성들은 새로운 영웅의 출현에 열광했다. 관군도 못해주는 일을 그가 해냈으니까 말이다.

반면, 황건적 잔당들 입장에서는 찢어 죽여도 시원치 않을 원수였다. 한때 백성이었던 그들은 이제 완전한 악도(惡徒)로 변해 있었다. 그렇다고 정의야객이 두려워 대낮에 집단으로 마을을 털자니, 아무리 변변찮은 관군이라 해도 제법 매서운 반격을 가해왔다. 전쟁과 도적질은 얘기가 다른 것이다.

황건적 사내의 중얼거림을 들은 백금이 말했다.

"여자 너, 심심풀이로 히어로 놀이 하더니 꽤 유명해진 것 같다."

"후훗, 후후. 좋아. 기회를 한 번 더 줘야지."

자신들을 보고도 달아날 생각은 않고 뭔가 중얼거리는 호연작을 이상하게 쳐다보던 황건적 무리가 일제히 입을 떡 벌렸다.

"오!"

좀 떨어져 있을 때는 한밤중이라 미처 몰랐는데, 거리가 가까워지자 그녀의 몸매며 옷차림이 드러났다. 뽀얀 맨다리를 훤히 내놓은 차림새라니. 이 시대의 기준으로는 알몸이나 마찬가지였다. 황건적 잔당들은 행여 달아날세라 재빨리 남녀를 둘러쌌다.

그때 호연작이 입을 열었다.

"안녕하세요. 저기…… 그 정의야객이라는 게 바로 저예요. 전 진짜 무지 세고…… 일단 손을 쓰면 나 자신도 제어가 안 돼요. 진짜 세요. 그러니까 도망가세요. 오늘은 특별히…… 기회를 주는 거예요. 기분이 좋아서. 후훗."

멍하니 듣던 황건적들은 일제히 박장대소했다.

"저 계집이 뭐라는 거야?"

"네년이 정의야객이면 나는 원소를 이겼다는 기주목 진용운이다! 껄껄."

자신이 진용운이라며 웃던 사내의 모습이 갑자기 사라졌다. 정확히는 목 아래까지가 땅에 파묻혔다. 그래서 갑자기 사라진 것처럼 보인 것이다.

그의 옆에 호연작이 서 있었다. 사내의 정수리를 내리쳐서 핏물이 떨어지는 철편을 든 채로. 그녀는 무시무시하게 웃는 얼굴로 말했다.

"감히 누구랑 비교하는 거야? 못, 못생긴 주제에……."

팔짱을 끼고 있던 백금이 어이없다는 투로 말했다.

"여자. 분명히 두 번 기회를 준다고 하지 않았어?"

"아, 몰라……. 짜증났어……."

"하여간 제멋대로지."

잠깐 주춤했던 황건적들이 노성을 질렀다.

"이년, 무슨 짓을 한 게냐?"

동료가 쪼개진 머리만 내놓은 채 땅에 파묻혀 있었다. 머리를 내리찍어 몸뚱이 전체를 으스러뜨림과 동시에, 대지에 말뚝 박듯 박아버린 것이다. 도저히 인간이 할 수 있을 만한 행위가 아니었다. 게다가 그 일을 행한 것은 가냘픈 여자였다. 슬프게도 사람은 눈으로 본 것과 선입견에 상당히 휘둘리는 존재였다. 황건적들은 호연작의 가냘픈 외양만 보고 객관적 판단력을 상실하고 말았다. 그들은 오직 동료가 어이없이 당했다는 정보만 받아들였다.

"붙잡아서 너덜너덜하게 만든 다음 죽여주마!"

황건적들이 일제히 그녀에게 달려들었다. 뒤이어 그곳엔 피보라가 일었다. 말 그대로 피보라였다. 용운을 호위하던, 타 세력의 그것보다 월등히 강한 오천의 철기도 장난처럼 돌파한 호연작이었다. 장료와 장합에게서 이상한 예감을 느낀 백금이 퇴각을 종용하지 않았다면 다 죽였을 것이다. 하물며 오백의 황건적 따위는 그녀에겐 심심풀이도 안 되었다.

호연작이 마지막 황건적의 등뼈를 부러뜨렸을 때였다. 어둠 속에서 갑자기 소년의 미성이 들려왔다. 그것도 상당히 뜬금없는 내용으로.

"야레야레. 후후. 여전히 거칠군, 소녀여."

"……"

호연작의 얼굴이 못 볼 것을 본 것처럼 일그러졌다. 우뚝 멈춰 선 그녀가 힘겹게 입을 열었다.

"갑자기 성혼마석의 기운이 접근해와서 누군가 했더니, 너였어?"

"나여서 반가운가? 훗."

호연작은 주먹을 쳐들었다. 조건반사였다.

"잠깐! 재회의 포옹은 잠시 미뤄두지. 먼저 알려줄 것이 있어서."

매우 중2병스러운 대사를 날리며 모습을 드러낸 것은, 일본식 교복 차림의 소년이었다. 그냥 교복이 아니었다. 허리에는 은빛의 가느다란 사슬을 달고 왼쪽 가슴엔 해골 모양의 엠블럼을 부착했다. 또 바짓단 끝은 나팔바지처럼 넓혔다. 한마디로 허세 가득한 개조 교복이었다.

그를 본 백금의 표정도 호연작과 비슷하게 변했다.

'큭. 여자의 천적이자 위원회의 양대 덕후⋯⋯. 하지만 여자보다 훨씬 짜증나고 골치 아픈 녀석이 왜 여기에?'

소년을 보며 심호흡을 한 호연작이 말했다.

"진명, 너도 원소를 도우라는 명을 받은 거야?"

벽력화(霹靂火) 진명(秦明). 위원회 천강위 일곱 번째 서열이자, 심각한 중2병 증상을 보이는 소년이었다. 그 증상은 성혼마석의 힘을 받고 더 심해졌다. 그가 꿈꾸던 것이 현실로 이뤄졌기 때문이다.

호연작의 물음에, 왼손가락 끝을 모아 가볍게 이마에 얹은 진명이 대꾸했다. 물론 그 손에는 손가락 부위를 잘라낸, 징박힌 가죽장갑을 끼고 있었다.

"후후, 잠깐만. 내 손 안의 흑염룡이 날뛰려 해서⋯⋯."

"⋯⋯."

콰르릉! 그 순간, 진명의 오른손에서 검은 용 모양의 투기가 뻗어 나왔다. 꿈틀대며 뻗어 나간 시커먼 용은, 호연작의

뒤쪽에서 몸을 일으키던 황건적 사내에게 적중했다. 간신히 목숨을 건진 그는 비명도 못 지르고 그대로 증발하고 말았다.

문제는 이것이었다. 소년, 진명의 중2병은 모조리 사실이라는 것. 게다가 종잡을 수 없는 잔혹성과 충동을 보인다는 것.

호연작은 마음속으로 외쳤다.

'아니, 왜 황건적 따위 처리하는 데 천기인 흑염룡기(黑炎龍氣)씩이나 쓰냐고!'

'흑염룡기'는 투기를 용 형태의 검은 불꽃으로 형상화한 것으로, 진명의 절기였다. 그 위력은 회 내에서도 감히 맞서려는 자가 없을 정도로 가공했다. 임충조차 맞서기보단 피하려 들 게 뻔했다. 흑염룡기는 금속을 포함한 대부분의 물질을 증발시켜버렸다. 거기에는 당연히 인간도 포함됐다.

약점이라면 엄청난 기가 소모되기에 함부로 난사하지 못한다는 것. 손가락 하나로도 처리할 수 있는 황건적을 죽이는 데 그 흑염룡기를 쓴 것은 순전히 '허세'였다.

오른손을 가볍게 턴 진명이 말했다.

"후, 피로하군. 대신 전달해줘, 윤하."

"알겠습니다, 도련님."

도련님이라는 말에 호연작과 백금은 동시에 몸을 부르르 떨었다.

'그 주인에…….'

'그 병마용군……. 한데 재도 나보다 강해서, 망할.'

진명의 뒤에서, 주변의 빛을 흡수하는 듯한 재질의 시커먼 드레스를 입은 여인이 홀연히 나타났다. 진명의 병마용군이자 절대십천의 하나. '검은 강철의 무희'라 불리는 윤하(鈗嵩)였다. 그녀는 체구가 작은 데다 가뜩이나 캄캄한 밤에 검은 옷까지 입어 눈에 띄지 않았다.

윤하가 작은 입술을 오물거리며 말했다.

"성혼단 및 적발귀 유당이 정보를 전해왔습니다. 진용운이 유주자사 유우를 만나고 남하하는 중이라고 합니다. 양쪽 보고가 일치하므로, 유당의 말이라 해도 신뢰도는 98퍼센트 이상으로 판단됩니다. 이는 곧 유당도 거짓을 보고하지 않았다는 의미입니다."

호연작이 중얼거렸다.

"유당……. 양다리를 걸친 건가."

노준의와 송강 사이를 왔다 갔다 하는 유당의 행동을 이미 송강은 파악하고 있었다.

진명이 코웃음을 쳤다.

"흐흥. 그 적발 박쥐 같은 녀석. 그러다 큰코다치지. 이쪽 얘긴 저쪽에 나르고, 저쪽 얘긴 이쪽에 나르고."

가볍게 고개를 끄덕인 윤하가 말을 이었다.

"호연작 님께서는 진명 도련님과 함께 중도에서 진용운을 습격, 그를 말살하고 사천신녀, 아니 도둑맞은 병마용군들을 회수하시면 됩니다. 이게 위원장님의 명령입니다."

진명이 고개를 설레설레 저으며 피식 웃었다.

"고작 하위 넘버의 병마용군 넷과 진용운 하나를 처리하려고 이 몸을……. 이건 반칙 아닌가? 후훗. 비록 적이지만 동정심이 생기는군."

호연작은 이미 그의 말을 듣고 있지 않았다. 기대와 광기에 찬 그녀의 눈동자가 번들거렸다. 정의의 사도 놀이도 슬슬 지겨워지던 차에, 그야말로 재미있을 것 같은 명령이 도착한 것이다.

"진용운……. 감히 내 공격을 두 번이나 피했었지. 이번에야말로 그 고운 얼굴을…… 뭉개주겠어요."

"좋은 표정이야, 소녀. 후훗."

"제발 좀…… 닥쳐요."

낭야군, 양도현의 한 마을.

언덕 위에서 한 여인의 무릎을 벤 채 낮잠을 즐기던 소년이 눈을 떴다. 대략 열 살에서 열두 살 정도 되어 보이는 소년이었다. 반듯하고 맑은 이마와 신비로운 빛을 머금은 눈동자가 인상적이었다.

여인이 소년의 머리를 어루만지며 물었다.

"표정이 왜 그래요? 악몽이라도 꿨어요?"

"……바람이 불어."

"바람이야 늘 불지요. 바람 때문에 깬 거예요?"

"나쁜 바람이 불기 시작했어, 월영(月英)."

'월영'이라 불린 여인이 웃었다.

"또 알 수 없는 말을 하네. 내가 가르쳤지만, 당신은 아무래도 원래부터 신기한 사람인 것 같아요."

그녀는 말끝에 애정을 듬뿍 담아 소년의 자(字)를 불렀다.

"공명."

20

움직이는 조조와 원술

예주, 패국 상현.

한 사내가 성벽 위에서 아래를 내려다보며 깊은 한숨을 내쉬었다. 사내의 뒤에서, 그를 호위하듯 서 있던 거한이 물었다. 태산 같은 기도를 풍기는 자였다.

"어디 편찮으십니까, 주공?"

"아닐세, 전위."

사내는 뒤를 돌아보며 말했다.

"그저 나만 뒤처지고 있는 것 같아서 말이야."

그는 바로 조조 맹덕이었다.

조조를 경호하던 거한은 맹장 전위다.

조조는 복양성을 공격하여 함락하기 직전, 원군으로 온 용운에게 패배했다. 그 탓에 근거지인 진류로 퇴각할 수밖에 없었다. 한데 하필 그때 여포가 쳐들어오는 바람에 극심한 피해를 입고 간신히 달아났다. 기반을 잃고 막막하던 차에, 패국상 진규의 호의로 의탁하길 벌써 몇 달째였다.

그러나 좀체 출구가 보이지 않았다. 주변의 황건적 잔당을 소탕하거나 산적을 잡아주며 밥값을 하려고 애썼지만, 그것도 하루 이틀이었다.

"그사이 진용운은 원소를 격파하는 등 엄청나게 성장한 모양이더군. 손책, 그 애송이도 어느새 일가의 주인이 되어 강동을 차근차근 평정 중이라 하고. 심지어 유비마저도 평원을 공격한 흑산적 대군을 격퇴하여 이름을 떨쳤다고 하더군. 그런데 난 이게 무슨 꼴인가?"

전위는 조조가 얼마나 애썼는지 봐왔기에 그의 좌절이 안타까웠다. 그러나 말주변이 없어 묵묵히 듣기만 했다.

조조는 패국에 머무르면서도, 재기를 위해 자기가 할 수 있는 일들을 최대한 하려 했다. 그중 한 가지가 천하의 정세 파악이었다. 눈치 빠르고 영악한 조홍과 기마술이 뛰어나며 냉정하고 침착한 하후연에게 그 일을 맡겼다. 두 사람은 수하를 부리기도 하고 때로는 직접 뛰어다니기도 했다. 그리하여 부지런히 중원 곳곳의 소식을 모아왔다. 그런 소식을 들을 때마다 조조는 오히려 기분이 가라앉는 느낌을 받았다.

'정보만 잔뜩 모으면 뭐한단 말인가? 괜찮은 기회가 보여도 실행할 힘이 없는데.'

얼마 전, 사촌동생인 조인이 그를 찾아와 은밀히 권한 적이 있었다.

"형님, 마냥 이렇게 있다간 자칫 재기하기 어려울 수도 있소."

"영토도, 자금도, 병사도 없는데 뭘 어쩌란 말이냐?"

조인은 조조의 짜증 섞인 대꾸에도 아랑곳하지 않고 나직하게 속삭였다.

"차라리 진규를 쳐서 여길 빼앗읍시다."

조조는 그 말을 듣자마자 벌떡 일어서서 조인을 내쫓았다.

"내가 네놈을 잘못 봤구나. 어찌 은인을 해치고 그의 것을 차지한단 말이냐! 그랬다간 나는 천하에 망종으로 소문이 날 것이다."

"무기력한 군자보다는 망종이 낫지 않소!"

"그래도 이놈이……."

급기야 조조는 벽에 걸려 있던 검을 향해 손을 뻗쳤다. 그러자 조인은 부리나케 달아나버렸다.

사실 조조가 검까지 쥐려 할 만큼 분노했던 대상은 바로 자기 자신이었다. 아무것도 하지 못하고 있는 주제에, 조인의 말에 마음이 흔들렸던 자신 말이다. 고심하던 조조는 나름의 결론을 내렸다.

'제일 큰 문제는 참모진이 없는 것이야. 오용은 분명 뛰어난 책사지만, 스스로 말했다시피 정치에 서툴고 시국을 보는 눈이 없어. 어떤 쪽에서는 깜짝 놀랄 정도로 깊은 학식을 가졌는데 말이지……. 그러나 나 혼자 아무리 끙끙대봐야 답이 안 나와. 어떻게든 재사를 구해야 한다.'

조조는 기이하리만치 인재, 특히 문사를 구하기 어렵다는 생각이 들었다. 마치 누군가가 자신에게 올 인재들을 싹 쓸어가버리기라도 한 것처럼. 그는 쓴웃음을 지으며 고개를 저었다.

'이제 별생각을 다 하는군. 앞날을 미리 알지 않고서야, 그런 일이 가능한 사람이 있을 리가 있는가.'

그때, 오용이 성벽 위로 올라왔다.

"주공, 여기 계셨습니까."

"오, 군사. 날 찾았소?"

"예. 긴히 드릴 말씀이 있어서……."

"무슨 일이오?"

그래 봐야 뭔 일이 있으려고. 심드렁한 조조에게 오용이 말했다.

"먼저 하나 여쭙겠습니다. 주공께서는 참모진이 부족한 게 아쉽지 않으십니까?"

조조의 표정이 살짝 변했다.

미세한 표정 변화를 읽은 오용이 말을 이었다.

"아마도 그러시겠지요. 송구합니다. 제가 깊은 산에 틀어박혀 혼자 공부한 반쪽짜리 책사이다 보니 모자란 부분이 많습니다. 특히, 세상 돌아가는 일에 대해선 문외한에 가깝습니다."

이는 천기 심안(心眼)을 이용하여 조조의 마음을 읽은 오용이 선수를 친 것이었다. 간접적으로나마 그의 내력을 처음 들은 조조는 고개를 끄덕였다.

"그랬군. 어쩐지, 그대의 학식에 비해 이상하게 물정에 어둡다 싶었소. 기상(氣象, 날씨)이나 역사, 또 좁은 지역에서의 전투에는 귀신같으면서 말이오."

"하하, 예. 제가 좀 그렇습니다."

"한데 이렇게 찾아왔다면 혹 그 문제를 해결할 방도라도 있는 거요?"

간절한 조조의 눈빛을 보며, 오용은 새삼 마음을 다졌다.

'이 남자를 이대로 버려둘 수는 없다.'

진용운은 물론 송강까지 나서서 분탕질 치는 바람에, 어차피 역사는 바뀔 대로 바뀌었다. 원래 이 무렵부터 비상하기 시작했고 마지막까지 제일 강성한 세력을 자랑했던 조조였다. 원래 힘을 되찾게 해준다고 해서 큰 반동이 돌아오진 않으리라. 오용이 보기에, 회가 찾는 진정한 왕의 재목은 바로 조조 맹덕이었다.

'나는 회의 두뇌이자 자문 담당이다. 내가 강력하게 미는 후보가 곧 왕이 될 가능성이 높다. 어차피 정해질 것, 미리 좀 도와준다고 무슨 일이 나진 않겠지.'

사실 지난 몇 주간 오용은 원래 조조에게 왔어야 할 책사들의 행방을 탐색했다. 복양성에서의 패배에 충격받고 자존심이 상해서였다. 제한적이라곤 해도 기상을 바꾸는 능력이란 얼마나 대단한가. 특히, 이 시대의 전투에서는. 하지만 천기, 천변(天變)을 사용했음에도 불구하고 결과적으로 패배했다. 자신만 있으면 충분하다는 생각은 오만이었다.

'후한 무렵의 문물과 학문, 행정, 전투에 대해 더 잘 아는 조력자를 구해야 한다.'

그래서 시작한 탐색의 결과는 가히 놀라웠다. 대부분 진용운의 휘하에 들어가 있는 게 아닌가. 제일 큰 문제는 조조 인맥의 핵심인 순욱이었다. 그가 용운에게 가버리면서 모든 게 꼬였다. 게다가 역사를 아는 진용운은, 순욱으로부터 곽가, 순유, 사마랑 등을 모조리 소개받아 영입했음을 확인했다. 심지어 최근에는 조조의 초대(初代) 책사인 희지재는 물론 내정의 기둥 중 하나였던 종요까지 끌어들인 모양이었다.

가로채인 건 문관뿐만이 아니었다. 장합이 용운에게 갔다는 사실은 예전부터 알고 있었다. 관도성에서 원소군을 막아 낸 장수의 이름이 장료라는 얘길 들었을 때는, 평소 언행이 점잖은 오용이었지만 자기도 모르게 욕설이 튀어나왔다.

"진용운, 이 지독한 자식. 인재 콜렉터 같은 어린놈의 새 끼……. 부자가 쌍으로 우리 일을 방해하는군!"

순욱에 곽가, 거기에 장합과 장료까지. 조조는 완전히 차 와 포를 떼고 장기를 두는 거나 마찬가지였다.

더구나 회 내에서 오용의 제자 격이었던 주무마저 심상치 않은 행보를 보였다. 그는 아무래도 오용 자신은 물론, 위원 회와도 결별하려는 낌새였다. 분명히 병마용군 '경'을 보내 경 고했는데도, 최근에 여포군이 양국을 점령한 게 그 증거였다.

양국은 진류와 패국 사이에 있는 황실 영지였다. 여포와 주무의 속셈은 안 봐도 뻔했다. 그대로 패국을 압박하여 조조 를 치겠다는 것.

"배은망덕한 놈. 기어이 해보겠다 이거냐? 어디 여포 따위 를……."

욕을 한다고 해결될 일이 아니었다. 이제 발 빠르게 움직 여야 할 상황이었다. 아니, 이미 늦어도 한참 늦었다.

'비록 장합과 장료를 뺏겼지만, 그래도 불행 중 다행으로 장수 자원은 넉넉한 편이다. 하후돈, 하후연, 조인, 조홍, 악 진, 이전, 우금, 전위 등……. 유사시에는 병마용군 경도 동원할 수 있으니, 이 정도면 어느 세력에도 꿀리지 않는다. 서황과 허저의 행방도 찾아보도록 명해놨다. 이제 내가 할 일은 두 가지다.'

첫 번째는 지금 염두에 둔 이들을 조조와 만나게 하여 반드시 끌어들이는 것. 두 번째는 청주 황건적을 격파하되, 지휘부만 괴멸시켜 그 병력을 조조가 흡수하는 것이었다.

"군사?"

오용은 조조의 부름에 퍼뜩 정신을 차렸다.

'아차, 잠깐 딴생각을 했군.'

목소리를 가다듬은 그가 말했다.

"주공, 여포가 패국까지 압박해오기 전에 인접한 팽성과 하비, 남쪽의 여강으로 사람을 보내 반드시 초빙해야 할 이들이 있습니다. 특히, 여강 쪽은 원술과 손책의 세가 강성하다 하니 은밀히 행하셔야 합니다."

"팽성과 하비는 오늘 당장도 되고 여강은 다소 거리가 있으니 묘재(하후연)를 보내면 될 거요. 한데 거기에 대체 누가 있단 말이오?"

"주공께선 혹 노숙, 장소, 장굉, 우번, 제갈근이라는 이름들을 들어보셨습니까?"

잠시 생각하던 조조는 고개를 저었다.

"부끄럽지만 내가 아는 이름은 없구려."

이는 당연한 일이었다. 오용이 언급한 이들은 모두 훗날 오나라의 중신이 되는 인물들이었으니까. 지금은 그들 모두 하나같이 두각을 드러내거나 세상에 알려지기 전이었다.

정확한 이유는 알 수 없지만, 진한성은 오나라 쪽에서 손책을 지원하고 있었다. 그런 주제에 적극적인 개입은 꺼렸다. 진용운이 위나라의 인재들을 다 빼갔으니, 대신 그 아비인 진한성이 밀고 있는 오나라 인재들을 빼오자는 것이 오용의 생각이었다. 아직 형주를 치기에는 힘이 부치니, 당장은 다른 대안이 없기도 했다.

정치, 경제, 군사 등 다방면에서 활약한 노숙은 갓 약관이 되어 지방 관리로 있었다.

오나라의 대정치가이자 기둥이라 일컬어질 장소는, 얼마 전 서주자사 도겸의 추천을 거절했다. 그 탓에 옥에 갇혀 죽을 뻔했으나 조욱이란 인물 덕에 구출된 후, 동생 장굉과 함께 은둔 중이었다.

우번은 지모가 뛰어난 학자로, 현재 회계태수 왕랑의 밑에서 일하고 있었다.

손권이 가장 신임한 중신인 제갈근은 머지않아 부모를 여의고 숙부 제갈현이 태수로 있는 예장으로 올 터였다. 그는 바로 제갈량의 형이기도 했다.

"모르시는 게 당연합니다. 방금 말한 이들은 제가 그간 심혈을 기울여 찾아낸 인재들로, 말하자면 웅크린 용이나 날개를 펴지 않은 봉황입니다. 그들을 모두 맞아들이신다면 가히 천하를 논해볼 만합니다."

오용의 말에, 조조는 크게 기뻐하며 즉시 가신들을 불러 모아 사람을 보내도록 했다. 용운은 역사적인 사건을 적절히 이용하며 인재들이 자연스럽게 자신을 찾아오게 했다. 그러나 일단 역사에 개입하기로 마음먹은 오용은, 좀 더 적극적이고 직접적인 방법을 취했다. 그 결과가 어떻게 될지는 두고 볼 일이었다.

조조가 재기를 꿈꾸고 있을 무렵. 용운과 사천신녀는 중산국까지 남하해 있었다. 한데 거기서 문제가 발생했다. 허약한 곽가가 기어이 앓아누운 것이다. 그 탓에 용운 일행은 객잔 하나를 잡아서 이틀째 쉬는 중이었다.

"끙끙. 어이구······."

너른 방 가운데 곽가가 앓는 소리를 내며 누워 있었다. 그 왼쪽 옆에는 걱정스러운 표정의 용운이 앉았고, 오른쪽 옆에서는 화타가 곽가를 살피고 있었다.

그리고 근심에 빠진 용운의 뒤에, 낯선 사내가 정좌하고 있었다. 그는 2호와 교대하여 온 흑영대원 4호였다. 진중하며 강철같이 단단해 보이는 2호와는 달리, 겉으로는 얌전한 청년으로밖에 보이지 않았다.

"도저히 움직일 상태가 아닙니다. 이대로 무리했다가는 죽을 수도 있습니다."

한참 곽가를 진찰한 화타가 단언했다.

그 말에 용운은 내심 자책을 금치 못했다.

'다 내 잘못이야. 처음부터 곽가를 데려오지 말았어야 하는 건데. 나 없을 때 무슨 일이 생길까봐 보이는 곳에 두려고 동행한 부분도 있는데, 그게 오히려 곽가의 몸을 상하게 하다니…….'

영지의 주인이 자리를 오래 비워선 안 되었기에, 최대한 빨리 일을 마치고 돌아갈 계획이긴 했다. 하지만 어차피 순욱부터 시작해서 순유, 최염 등 뛰어난 인재들이 업성을 돌보고 있었다. 용운이 처음에 생각한 '최대한 빠르게'란, 곽가의 몸에 무리가 가지 않는 한에서의 빠르기였다.

하지만 변수가 생겨버렸다. 바로 4월 1일. 아버지가 서신에서 언급한 날짜였다. 용운은 꼭 그 전에 업성에 도착하고 싶었다. 거기다 계에서 생각 이상으로 시일을 지체한 것도 한몫했다. 그러다 보니 자연히 강행군하게 된 것이다.

"미안해요, 봉효. 내가 너무 서둘렀어요."

용운은 까맣게 타들어간 얼굴로 누워 있는 곽가를 내려다보며 안타깝게 말했다.

곽가는 갈라진 입술을 열어 힘겹게 말했다.

"전…… 괜찮으니, 어서 가보십시오. 더 늦어져선 안 됩니다……."

"하지만 봉효를 여기 두고 어떻게……."

난감해하는 용운에게 화타가 말했다.

"제가 여기 남겠습니다."

"화 선생이요?"

"예. 어차피 환자를 돌보려면 의원이 곁에 있어야지요. 계까지 가는 길에 보아하니 주공은 뜻밖에 매우 건강하신 듯하고 사천신녀들이야 더 말할 것도 없고요. 그러니 남은 여정에는 굳이 제가 동행하지 않아도 될 듯합니다. 전 여기서 봉효 님의 병을 다스린 다음에, 함께 천천히 돌아가겠습니다."

"그래 주겠어요? 고마워요, 화 선생. 성에 도착하면 곧장 하인과 병사 몇을 보내도록 조치할게요."

조용히 곁에 있던 흑영대원 4호가 말했다.

"저도 남아 의원님과 군사님을 경호하도록 하겠습니다."

그는 업성으로 향한 2호를 도중에서 만나 이리로 왔다. 흑영대의 정보 계통은 중간중간 징검다리처럼 이어져 있었는데, 그중 현재 일행과 제일 가까운 연락책과 접선하는 식이었다. 다소 엉성해 보이지만 통신의 개념이 없는 시대에 이런 연결망을 구축한 것만도 대단한 일이었다. 단, 4호가 여기 남아 화타와 곽가를 밀착 경호하게 되면, 앞으로 업성 쪽에 용운 일행에 대한 정보를 전하기 어려워질 터였다. 제일 가까운 연락책이라고 해서 옆집이나 한동네에 있는 게 아니라, 비밀 표식을 봐가며 몇 리 밖으로 이동해야 했기 때문이다. 두 사람은 무력이 거의 바닥 수준이었기에 더 그랬다. 이왕 경호할 거면 철저히 해야 했다.

"아! 4호가 남는다면 안심할 수 있죠."

용운이 대인통찰로 확인한 바에 의하면, 4호의 무력 자체는 89였다. 절대 약하진 않지만, 뛰어난 장수들만큼 강한 것도 아니었다. 대신 수련 중에 체득한 것인지 원래 타고난 소질인지는 몰라도 암습 및 은신 관련 특기가 도배되어 있었다. 전체적인 무력은 2호가 강하나, 4호도 만만치 않을 듯했다.

무력(武力) 89
통솔력(統率力) 75
지력(智力) 64
정치력(政治力) 45
매력(魅力) 72
호감(好感) 96

원수화령(元帥火靈)

기습(奇襲)
암습(暗襲)
은신(隱身)
감지(感知)
회피(回避)
함정(陷穽)

'처음 봤을 땐 깜짝 놀랐지. 소위 네임드도 아닌데 무슨 특기가 여섯 개나 있어. 게다가 이름도 특이하고.'

절대 한나라식의 이름은 아니었다. 북방 이민족 중 하나의 피를 이은 듯싶었다. 숨기고 있는 이름의 유래에 대해 용운이 물어보는 것도 어색할 듯하여 호기심을 억눌렀다.

'이제 호칭은 그냥 4호로 충분하니까. 어쩐지 익숙한 이름 같아서 마음에 걸리긴 하는데……. 기분 탓이겠지.'

아무튼 화타가 곽가를 간호하고 그 화타와 곽가를 4호가 살피기로 한 덕에, 용운은 다시 발길을 재촉할 수 있게 되었다. 오백의 호위대도 주변에 남겨 세 사람을 지키라고 명했다. 어차피 사천신녀가 있는 한 오만도 아닌 오백의 호위대는 무의미했다. 또 그래야 제 속력을 낼 수 있었다.

객잔 주인에게 넉넉히 선금까지 지불한 용운은 숙소를 나와 사천신녀에게 말했다.

"이제 우리 다섯만 남았네?"

미소를 떠올린 검후가 그의 말에 답했다.

"그러게요."

"처음에 숲에서 만났을 때 생각난다. 그때는 자룡 형이 있긴 했지만."

자룡이란 이름에 검후가 움찔했다. 그것을 느낀 용운이 웃으며 말했다.

"곧 만날 생각하니까 좋지?"

"예……."

"자, 그럼 어서 가자고!"

"주군, 지금 우리 일정이 많이 늦었지요?"

"좀 그렇지?"

"저, 그럼 제가 업어드릴까요?"

"으잉? 아냐, 절대 아냐!"

손사래 치는 용운을 향해, 청몽이 검후를 거들고 나섰다.

"주군이 업히시는 게 제일 빠르거든요!"

"수, 수레를 타면 되잖아."

"언니가 주공을 업고 다 같이 뛰는 게 수레의 열 배는 빨라
요."

"……그 정도야?"

"그렇다니까요. 멀미만 안 하신다면야."

잠시 고민하던 용운은 마음을 정했다.

"알았어. 그럼 부탁할게."

검후는 용운을 조심스레 업고 양팔로 허벅지 아래를 단단
히 받쳤다.

"으, 부끄러워. 이 나이에 여자한테 업히다니."

중얼거리는 용운의 목소리를 들으며 검후는 생각했다.

'정말 오랜만에 업어보는구나. 이제 다 컸네.'

그녀의 눈가에 살짝 눈물이 맺힌 것을, 업혀 있던 용운은 미처 보지 못했다. 진한성에 대한 얘기를 들어서일까. 검후는 묘하게 감상적이 된 자신을 깨달았다. 눈물을 들키지 않으려고 헛기침한 그녀가 말했다.

"주군, 양팔을 둘러서 제 목을 단단히 잡으세요. 생각보다 상당히 빠를 테니까요."

"이렇게?"

"예. 얼굴도 제 목덜미에 대고 꽉 붙이세요. 자칫 목이 뒤로 꺾일 수도 있습니다."

"어어, 아, 그래."

목이 꺾일 수도 있다면, 상당히 빠른 정도가 아닌데? 용운은 이런 생각을 하며, 양팔로 검후의 목을 꽉 안고 얼굴을 그녀의 목덜미 뒤쪽에 파묻었다. 그나마 이성으로 느껴지지 않고 제일 푸근한 그녀였기에 마음은 조금 덜 불편했다. 아니, 오히려 이상할 정도로 포근했다. 뭔가 아주 오래된 기억 속에 남은 듯한 기분……

'뭐지?'

왜 이런 기분이 드는지 의아할 때였다.

"자, 그럼 다들 준비해요."

활을 단단히 고쳐 멘 성월이 자세를 잡고 말했다.

용운은 깜짝 놀라 물었다.

"헐, 바로 가는 거야?"

"그렇죠. 잠도 푹 잤겠다, 밥도 먹었겠다, 지체할 이유 있나요?"

"그건 그런데, 여긴 아직 마을……."

용운이 말끝을 흐리며 주위를 두리번거렸다. 안 그래도 벌써 행인 몇이 이상하다는 눈길로 용운 쪽을 보고 있었다.

사린이 한 손을 들고 자신만만하게 대꾸했다.

"걱정 안 하셔도 돼요, 주군!"

"꼬맹아, 내가 무슨 걱정을 하는 건지 알기나 하니?"

"칫, 알거든요. 남들이 보고 웃을까봐 그러시는 거잖아요."

"어, 아네? 응. 맞아……."

"그러니까 그 걱정을 안 하셔도 된다고요."

"어째서?"

"아무도 우릴 제대로 못 볼 테니까요."

용운이 그 말의 뜻을 이해하기도 전이었다.

"그럼, 출발하겠습니다. 사람과 건물은 달리는 데 방해가 되니, 인적이 드문 산길을 통하도록 하겠습니다. 일단 목적지를 상당군으로 잡고 거기서부터는 평범하게 수레를 이용, 동진하여 곧바로 업성으로 가는 경로입니다."

"어?"

마치 내비게이션 안내 같은 검후의 말이 떨어짐과 동시에, 네 여인은 질풍이 되어 그 자리에서 사라졌다.

"으와아아아아아아아아앙!"

길게 꼬리를 끄는, 용운의 묘한 비명만을 남긴 채.

"제 불찰입니다."

주무는 여포 앞에서 깊숙이 고개를 조아렸다.

그들이 있는 곳은 망탕산 자락의 진채였다. 망탕산에서 패국까지는 하루도 걸리지 않았다. 패국상 진규는 예상대로 조조를 추방하라는 여포의 요구를 거부했다.

"선비이자 군자로서 어찌 내 집에서 보호하고 있는 손님을 사지로 내쫓겠는가!"

그의 태도에 조인은 눈물을 흘렸다. 진규를 쳐서 패국성을 빼앗으려던 자신이 부끄러워서였다. 아무튼 조조 일행은 감격했으나 여포는 열을 받았다. 거부당할 것 자체는 예상했는데, 사신에게 들려 보낸 진규의 서신에서 여포를 무도한 짐승취급한 탓이었다. 동탁을 모시며 만행을 저질렀다는 꼬리표는 언제까지고 여포를 따라다녔다.

"차라리 잘됐습니다. 이 김에 조조까지 붙잡아서 후환을 없애는 편이 낫습니다."

덩달아 분노한 주무의 조언으로 여포가 단숨에 들이치려

던 차에, 뜻밖의 전갈이 날아왔다.

"급보입니다. 원술이 남양에서부터 군사를 일으켜 낙양을 점령했습니다!"

그 전갈을 받은 게 대략 한 시진 전이었다. 한 시진 동안 여포와 주무, 가후는 머리를 맞대고 고민했다. 이미 여포의 근거지는 낙양이 아니었다. 그는 물자 대부분과 수하를 진류성으로 옮겼다. 더구나 낙양은 아직도 복구가 끝나지 않았다. 빼앗겨도 큰 타격을 입을 영지는 아니었다. 문제는…….

"황제가 원술의 손에 들어갔겠군. 어쩌면 그자도 그걸 노린 것이고. 허어, 원술이 이 정도로 똑똑하고 행동력 있는 줄은 몰랐는데."

가후가 그로서는 드물게 낭패한 투로 중얼댔다.

주무도 침중한 어조로 말했다.

"아무래도 유능한 책사와 장수를 거둔 듯합니다. 우리가 원술에게 너무 방심했습니다."

"밑에서 야금야금 먹어 들어가기에 빈 땅 따먹기만 하고 있는 줄 알았지."

"이제라도 세작을 파견해서 알아봐야겠습니다."

묵묵히 있던 여포가 분기 서린 기색으로 말했다.

"돌아간다. 낙양으로. 가서 원술을 격파한다."

"주공, 그래도 여기까지 와서……. 먼저 패국을 친 후, 다음에 낙양을 도모하는 게 어떨까요?"

주무의 조심스러운 물음에 대한 답은 가후가 대신했다. 그는 이미 답을 정한 후였다.

"그건 안 되지, 아우."

"죄송하지만 제가 우매하여 이유를 잘 모르겠습니다. 알려주실 수 있겠습니까?"

"아우가 많이 놀란 모양이군. 총명한 자네가 이런 걸 모르다니. 여기에는 세 가지 이유가 있네."

손가락 세 개를 펴 보인 가후가 하나씩 접어가며 말했다.

"첫 번째, 진규의 반응에서도 새삼 알 수 있듯 세간에서 주공의 평가는 여전히 동탁을 따르던 개…… 엇, 송구합니다, 주공."

"알고 있다. 역적을 아비로 모시다가 그 아비 또한 죽였다. 할 말은 없다. 개 후레자식이란 욕을 먹어도."

여포는 무덤덤하게 말했다. 조금 전까지만 해도 활화산처럼 끓어오르던 분노는 그새 가라앉힌 모양이었다. 이것 또한 그의 달라진 면모 중 하나였다. 지살위들이 모두 모인 자리에서 그들을 거둔 후, 여포는 정신적으로 또 한 단계 성장했다.

머쓱해하던 가후가 말을 이었다.

"으흠, 아무튼 그러네. 그 평판을 조금씩 지워주던 게 바로, 황제를 동탁의 손에서 구하여 보호하는 충신이라는 것이었지. 한데 이 시점에서 황제를 포기하고 어질다고 소문난 진규를 치면 어찌 되겠나?"

"음…… 이제까지 한 일이 다 허사가 되겠군요."

주무는 입술을 질끈 깨물었다. 여포를 진정한 왕으로 세우기 위해 세간에 퍼진 평판을 뒤엎는 일이 얼마나 중요한지는 그도 잘 알았다. 점령하는 지역마다 약탈을 금하고 세금을 감면하는 것도 그래서였다. 후한의 황제라는 이름은 아직 백성들에게 큰 영향력이 있었다. 이대로 황제를 버려두면, 민심은 일시에 다시 돌아설 터였다.

"두 번째, 하필 이 시점에 전국옥새 또한 주공의 수중에 있네. 여기서 낙양으로 돌아가지 않으면 여지없이 딴마음을 품었단 말이 나올 테고, 심하면 역적이라는 소리까지 듣겠지."

"휴……."

그랬다. 공손찬이 가지고 있던 옥새는, 그를 참한 여포의 손에 들어왔다.

"마지막 세 번째는 좀 더 현실적인 거로 하세. 아우, 자네는 하내태수를 믿을 수 있나?"

"왕광 말입니까?"

왕광은 강직하긴 하나, 원래 원소의 사람이었다. 여포가 하내를 지날 때도 힘으로 눌러 복종시킨 거나 마찬가지였다. 공손찬과 전투 중이던 왕광으로선 손해 볼 일은 아니었다.

이제 바로 옆 동네에서 원술이 을러댄다면, 거기 따르지 않을 이유가 없었다. 왕광의 입장에서 여포보다는 그래도 명문가의 원술을 따르는 편이 모양새가 훨씬 나을 테니. 게다가 그 원술이 황제까지 확보했다면 말이다.

여기까지 생각한 주무는 고개를 저었다.

"아니, 못 믿……."

말하려던 그가 뭔가 떠올리고 깜짝 놀라 외쳤다.

"아! 진류도……."

"그래, 그게 바로 마지막 세 번째 이유일세. 당장 왕광이 원술에게 붙어서 딴마음을 먹는다면 인접한 진류성이 위험해. 더 나아가 원술이 왕광을 부추기거나 도와줄 수도 있겠지. 패국 먹자고 안방을 내줄 수야 없지 않나."

가볍게 한숨을 내쉰 가후가 말을 이었다.

"조조 맹덕, 운이 좋군."

이로써 여포군은 패국을 눈앞에 두고 회군하기로 했다. 그러나 갑자기 물러난다면 원술이 여포의 귀환을 눈치챌 우려가 있었다. 패국의 진규와 조조가 뒤를 쳐올지도 몰랐다. 이에 주무는 여포와 똑같이 생긴 그림자 무사이자 지살위의 일원인 '여방'을 양국성에 남겼다. 적들에게 혼란을 줌과 동시에, 함부로 움직이지 못하게 하기 위해서였다.

'낙양의 일만 처리되면, 곧장 양국성으로 돌아와 패국을

다시 도모할 것이다.'

주무는 분한 마음을 누르고 낙양으로 향했다.

여포군이 귀환을 결정했을 무렵.

낙양성 대전에서는 원술이 가신들을 치하하고 있었다.

"수고했소. 이게 다 그대들의 덕이오."

원소의 동생 원술은《삼국지연의》내에서도 암군(暗君, 어리석은 군주)으로 손꼽는 인물이었다. 반동탁연합군 때, 실제로 그와 접한 용운도 명불허전임을 실감했었다. 그러나 간혹 사람은 작은 계기로도 변하게 마련. 평생 조금도 변하지 않는 이는 없다고 해도 틀린 말이 아니었다.

젊은 시절 정의롭고 자부심 넘치던 청류의 대표주자, 원소는 우유부단하고 탐욕스러워졌다. 무뢰배들과 어울려 다니며 자경단 노릇이나 하던 유비는, 오랜 시간에 걸쳐 영웅의 풍모를 닦았다. 그런 일이 원술에게 일어나지 말라는 법은 없었다. 더구나 역사가 많이 바뀌어, 옥새가 원술을 비껴갔다. 옥새를 입수한 뒤 황제를 칭한 것이 몰락의 결정적인 계기가 된 그가 아닌가. 그럴 때 옆에서 도와줄 사람까지 있었다면.

"별말씀을. 주공께서 폐하에 대한 충성으로 결단을 내리신 덕이지요."

180센티미터가 넘는 장신에, 수염을 아름답게 가꾼 장년인이 말했다.

원술은 그를 향해, 믿음이 듬뿍 담긴 눈빛으로 답했다.

"그대가 늘 옆에서 도리를 말해주며, 갈 길 몰라 방황하던 날 이끌어준 덕이오. 그대를 초빙한 것이야말로 내 평생 가장 잘한 일인 듯싶소, 중덕."

'중덕(仲德)'은 순욱과 더불어 조조를 보좌한 최고의 책사 중 한 사람, 정욱(程昱)의 자였다.

원래는 탐욕스러운 소인배로서 역사의 뒤안길로 사라져 갔던 원술이, 난세의 전면에 나서는 순간이었다.

(6권에 계속)

외전

1

운명이 부르는 소리

곶곶에서 벌어지는 전쟁과 황건적, 흑산적 등 도적떼의 준동으로 천하가 어지러웠다. 그러나 거의 유일하게, 이런 혼란에서 비껴나 있는 곳이 있었다. 바로 한 제국 북쪽의 유주였다. 이 유주를 다스리는 유주자사 유우는 광무제의 장남인 동해공왕 유강(劉彊)의 5대손이다. 황실의 혈족이긴 했으나 촌수가 멀어, 젊은 시절에는 현의 하급 관리로 일하기도 했다. 하지만 그 학식과 능력을 인정받아 승진을 거듭한 끝에, 관직이 유주자사에 이르렀다.

유우는 민심을 다스리는 데 능하고 온후했으며 사려 깊었다. 명성과 관직에 연연하지 않고 늘 겸손했다. 거기다 검소하기까지 하여, 그의 가신들과 백성들뿐만 아니라 국경을 접한 이민족들까지 유우를 신뢰하고 따랐다. 그야말로 인덕의 화신이라 할 만한 인물이었다.

이런 유우의 통치하에 있는 유주는 안정되고 평화로웠으나, 세상일이 늘 그렇듯 근심거리가 없지는 않았다. 유주의 두 가지 문제는 바로 척박한 토지로 인한 식량 부족과 북평태수 공손찬의 횡포였다.

유주의 치소인 계성 집무실.

온후한 인상의 백발노인이 붓글씨를 쓰는 중이었다. 살쪄서 둔해 보이지도, 지나치게 말라 강퍅해 보이지도 않는 체구에 이마가 환했으며, 맑은 눈에서는 현명함이 엿보였다. 그가 바로 유주목 유우다.

유우는 얼마 전부터 서예에 취미를 붙였다. 붓글씨를 쓰면서 복잡한 현안들에 대해 생각하는 것이다. 명품이라 불리는 비싼 붓과 먹을 사용하거나 천금의 가치를 지닌 명필들의 글씨를 구입하는 것도 아니었으므로, 검소한 그에게 딱 어울리는 취미였다.

지금도 유우는 어지러운 정치 사정과 일부 제후들의 전횡에 대해 고민하고 있었다. 부족한 식량을 사들여야 할 상황인데, 믿고 거래할 만한 사람이 없었다. 이를 빌미로 유주를 침공해오지나 않으면 다행이었다.

'요즘 같아서는 오히려 오환이 훨씬 신의가 있으니 참.'

유우가 가볍게 혀를 찼을 때였다. 문관 한 사람이 헐레벌 떡 뛰어들어왔다.

"주목님! 주목님, 계십니까?"

유우는 의아하다는 표정으로 고개를 들었다.

"어쩐 일인가, 위유."

위유는 유주의 동조연(東曹掾)이었다. 동조연은 품계 2천 석 이상의 관원 및 관리의 선발, 승진, 임명을 맡은 인사관이 다. 품계는 400석에 불과하나, 이 동조연이 부패하면 국가의 기강이 무너지게 되므로 정직하고 청렴한 자를 선발했다. 또 한 위유는 신중하기도 했으므로 유우는 그의 말을 신뢰하고 따랐다. 그런 위유가 이처럼 허둥대는 모습은 처음 보았다.

위유가 유우에게 말했다.

"주, 죽었습니다."

"갑자기 누가 죽었다는 말인가? 진정하고 차근차근 말해 보게."

"백규, 백규가 죽었답니다."

유우의 표정이 굳었다. 과연 위유가 허둥댈 만한 사건이었다.

백규(伯圭)는 북평태수 공손찬의 자다. 수려한 용모에 말 재주가 뛰어나고 총명한 데다, 군무에도 밝아서 따르는 이

들이 많았다. 특히, 활 잘 쏘는 이들을 선발하여 백마에 태운 '백마의종'이라는 부대로 동북방의 이민족들을 격파하여 백마장군이라는 명성을 얻었다.

북평은 유주에 속했으므로, 공손찬 또한 유우의 휘하였다. 하지만 공손찬은 유우와 심각하게 대립하고 있었다. 바로 얼마 전까지만 해도 유우가 그를 치려고 군사를 일으키는 일을 심각하게 고민했을 정도로. 이 위유의 만류가 아니었다면 정벌에 나섰을 것이다.

둘이 가장 크게 충돌하는 부분은 오환족에 대한 태도의 차이였다. 공손찬은 그들을 눈에 띄는 대로 몰살해야 한다고 여기는 반면, 유우는 은혜와 신망을 보여 회유해야 진정으로 평정할 수 있다고 생각했다. 공손찬은 그런 유우를 겁쟁이라 여겨, 그의 재가를 받지 않고 사적으로 무리를 모아 세를 키웠으며, 거친 수하들이 백성들에게 피해를 끼치는 행위도 제대로 단속하지 않았다.

얼마 전에는 이런 일이 있었다. 공손찬이 운용하는 기병 부대가, 북평에서 서쪽으로 제법 먼 노현 인근까지 오환족 정벌 겸 훈련을 나왔다. 어양을 지난 오환족 부락 하나가 포구수를 타고 침범했다는 첩보를 입수한 것이다. 그러나 실상은 유우의 허락을 받은 오환족 상단이 노현에서 장사를 하러 온 것이었다.

북부 국경지대인 어양의 태수 추단(鄒丹)은 공손찬의 사람인 데다, 평소 오환족을 증오했으므로 이 사실을 몰래 공손찬에게 알렸다. 이에 공손찬은 그들이 노략질을 하러 온 것이 아니라 상인임을 알고서도 수하를 보내 몰살토록 했다.

그 결과는 참혹했다. 유우를 믿고 변변한 무장조차 없이 들어온 오환족 상단은, 일행에 끼어 있던 노인부터 여자까지 모조리 도륙당하고 말았다. 더 큰 문제는 피와 광기에 취한 공손찬의 부하들이 거기서 그치지 않고 노현의 아녀자들까지 강간하고 죽인 것이었다.

이 일을 보고받은 유우는 크게 노했다. 이에 어양 출신의 장수 선우보를 보내, 그들을 모조리 잡아들이게 했다. 유우는 평소 온화했지만 그릇된 일에는 엄격하게 대처했다. 공손찬의 부하들 중 저항하던 자들은 죽고 살아남은 자들은 오라에 묶여 계로 끌려왔다. 그런 처지에서도 공손찬을 믿고 오만방자했으므로, 유우는 국법에 따라 그들을 모조리 참하였다.

당연히 공손찬 또한 격분했고 이 일로 둘의 사이는 걷잡을 수 없이 벌어졌다.

잠시 후 유우가 위유에게 물었다.

"오환족에게 당한 것인가?"

공손찬은 오환족에게 매우 가혹하여 오환은 그를 철천지

원수로 여겼다. 공손찬의 형상을 그려서 과녁으로 삼을 정도였다. 그러나 전쟁으로는 도저히 이기기 어려워서 종종 자객을 보내곤 했다.

그 물음에 고개를 저은 위유가 답했다.

"아닙니다. 여봉선의 손에 죽었습니다. 백규뿐만 아니라 그 일족이 모두 몰살당했다 합니다."

"허어……."

유우는 충격과 놀라움을 금치 못했다. 여포는 본래 공손찬과 적대하는 사이였다가, 우연히 옥새를 손에 넣은 공손찬이 야심을 품자 칭제했다는 이유로 그를 공격했다. 역모는 삼 대를 멸하는 죄였으니 명분은 여포에게 있었다.

유우는 예전부터 공손찬이 무력을 남용하는 일을 걱정했다. 점차 그가 통제를 벗어나고 있다고 여겼다. 이에 출병을 불허하고 군량 지급과 녹봉을 줄였으나 공손찬의 반발심만 키우는 역효과를 낳았다. 언젠가 그를 처단해야 할 것이라고 생각했지만, 막상 죽었다 하니 안타까운 마음도 들었다. 공손찬의 재주와 무력은 잘만 다스리면 분명 한 황실에 큰 도움이 될 것이었기 때문이다.

잠시 생각하던 유우가 물었다.

"진용운은?"

어째서 그가 갑자기 떠올랐는지 모른다. 이미 기주목으로 있는 데다 공손찬에게서도 독립한 지 오래이므로 아무 상관도 없었다. 한데 문득 걱정이 되었다. 행여나 옛 주인인 공손찬의 복수를 하겠다고 여포를 공격하지나 않을지 신경이 쓰였던 것이다. 그 반대로 여포 쪽에서 같은 이유를 빌미삼아 그를 칠 수도 있었다.

"예? 기주목 말씀이십니까?"

"그래. 기주목은 어떻게 하고 있는가?"

이 질문을 달리 해석한 위유가 말했다.

"아무리 공손찬의 공백이 생겼다 해도 그는 유주를 도모할 형편이 못 됩니다. 원소와 연일 힘겨운 싸움을 벌이고 있기 때문입니다. 얼마 전에도 주목께서 원군을 보내주셨지 않습니까? 거기에 대해 제대로 된 인사도 아직까지 없다니, 도리를 모르는 자가 분명합니다."

"허허, 그럴 겨를이 없었겠지."

유우는 여러 경로로 진용운에 대한 정보를 입수하고 있었다. 이상하게 그에게 관심이 갔다. 그런 정보들이 쌓일수록 그에 대한 호감과 기대가 커졌다. 진용운은 유우와는 다른 방식으로 백성들을 위한 통치를 하고 있었다. 확실한 것은 공손찬과는 분명히 다른 종류의 인물이라는 사실이었다.

최근 유우에게는 한 가지 화두가 생겼다. 바로 자신이 죽거나 유주를 떠나게 된 뒤에 이곳을 맡을 인재가 누구냐 하는 문제였다. 물론, 현재 한 제국의 상황은 어느 곳 하나 만만하지 않았다. 특히, 익주라는 광대한 지역이 거의 통제를 벗어나다시피 한 것은 심각했다. 현재 익주 쪽으로는 아예 황실의 손길이 미치지 못할 뿐만 아니라 들어오는 정보도 거의 없었다.

그러나 유주도 결코 만만치 않은 땅이었다. 무엇보다 국경선을 접한 이민족을 어떻게 다룰 것인가. 방침에 따라 그들은 무서운 적이 될 수도, 친근한 아군이 될 수도 있었다. 유우는 오환족을 유화정책으로 다스려, 결국은 제국에 편입해야 한다는 입장이었다. 아쉽게도 그의 이런 방침을 진심으로 이해하는 자는 몇 되지 않았다.

'진용운. 그와 만나서 한번 얘기해보고 싶구나.'

유우는 문득 이런 생각이 들었다.

그로부터 얼마 후 밤이었다. 잠자리에 든 유우는 꿈속에서 한 소년을 보았다. 매우 어여쁘며 총기가 엿보이는 소년이었다.

소년이 말했다.

"할아버지!"

그는 소년 앞에 쪼그리고 앉아 머리를 쓰다듬으며 물었다.

"너는 누구냐?"

"에이, 할아버지. 너무하시네. 손자도 못 알아보세요?"

유우가 고개를 갸우뚱했다. 그에게는 손자, 손녀가 몇 있었지만 이 아이는 그중 누구도 아니었다. 무엇보다 차림새가 이상했다.

'그러고 보니 복색이⋯⋯.'

생전 처음 보는 형태와 색깔의 옷이었다. 유우는 제 몸을 내려다보았다. 아이뿐만 아니라 자신도 마찬가지였다. 이상하게 몸에 밀착된, 자수나 무늬가 없는 낯선 단색의 옷이었다. 그런데도 옷감은 매우 고급스럽게 느껴졌다. 의복뿐만 아니라 장소도 기묘하고 낯설었다. 사방이 막힌 방이었는데, 한쪽 벽에는 네모난 구멍이 크게 뚫려 있었다. 벽은 옅은 색의 반복적인 무늬로 가득할 뿐 따로 장식은 없었다. 방 안에는 어디에 쓰는지 알 수 없는 물건들이 가득했다.

잠시 주위를 둘러보던 유우가 소년에게 물었다.

"네가 진정 내 손자란 말이냐?"

"지금은 아니지만, 아주 먼 훗날에 제 할아버지로 만날 거예요. 그 전에 한번 찾아뵈려고요. 제가 마침 그리로 가 있거든요."

유우는 소년의 말이 무슨 뜻인지 이해하기 어려웠다. 그런데도 묘하게 뭉클한 감정이 일어, 손을 뻗어 아이의 머리를 쓰다듬었다.

소년이 속삭였다.

"운명이에요."

그때 소년의 뒤편 벽에 뚫린 커다란 구멍을 통해 눈부신 햇살이 비쳐들었다. 유우는 그 빛에 눈을 떴다. 주위를 둘러보니 익숙한 자신의 방 침상이었다. 자고 일어나서도 꿈의 내용이 생생했는데, 손자를 자칭한 소년의 얼굴만은 아무리 애써도 떠오르지 않았다. 신기한 꿈이었다고 그는 생각했다.

　　그날 오후, 탁현에서 보낸 사자가 유주성에 도착하여 알현을 청했다. 선우보가 보낸 사자였다. 유우 앞에 부복한 사자가 보고했다.

　　"주목님께 아룁니다. 기주목 진용운이 지난번 원군에 대한 감사도 표할 겸 주목님을 뵙기 위해 탁현에 다다랐다고 합니다. 통과시켜도 좋을지 여쭈라는 말이 있었습니다."

　　"진용운?"

　　유우는 이상하게 가슴이 두근거렸다. 그가 무의식중에 중얼거렸다.

　　"운명…… 인가."

　　"예? 송구하오나 소신이 잘 못 들어……."

　　되묻는 사자에게 유우가 말했다.

　　"아니, 아니다. 선우 태수에게 일러라. 기주목을 탁현에 잠시 머무르게 하되, 그의 행동이나 사람됨을 상세히 관찰해서 내게 보고해달라고."

"그리하겠습니다."

얼마 뒤, 유우는 계를 찾은 진용운과 마주했다. 유우는 그 순간 깨달았다. 진용운이 자신이 꿈에서 본 소년의 얼굴을 하고 있음을. 하지만 그에게는 굳이 그 사실을 말하지 않았다.

유우는 온화하게 웃으며 말했다.

"어서 오시게, 기주목. 드디어 보게 되는구먼. 환영하오. 내 오늘 기주목을 직접 보니, 마치 오래 못 본 벗과 재회한 듯하여 실로 기이하구려."

기분 탓일까. 진용운 또한 유우가 자신의 얼굴에서 좀체 눈을 못 떼는 것처럼 느껴졌다.

"저 또한 그렇습니다."

훗날 유비, 관우, 장비 삼형제의 도원결의에 비견되며, 후한 역사상 가장 끈끈하고 신의 있는 동맹으로 평가받는 유–진 동맹이 맺어지는 순간이었다.

기록에 의하면 진용운이 유주에 식량을 원조한 흔적이 있을 뿐, 둘 사이에는 어떤 공물이나 혼약 등이 오가지 않았다. 즉 둘을 단단하게 묶을 외부적 요인이 딱히 없었다는 의미다. 그런데도 유주목 유우와 진용운은 매우 친밀한 관계를 유지했다. 이는 유우가 수명을 다하는 날까지 계속되었다.

5권의 주요 사건 연표

 191년

12월

- 기주목 진용운, 복양성을 공격 중이던 조조에게 마초와 방덕을 앞세 워 반격. 성을 지켜냄.
- 여포, 하내에서 공손찬을 처형.
- 여포, 진류성을 공격하여 함락. 조조 퇴각.

 192년

1월

- 순욱, 진용운에게 종요와 희지재를 천거.

2월

- 능조, 단양의 손책에게 임관.

- 여건, 관도의 장료를 통해 진용운에게 임관.

- 원소, 관도성을 공격하여 진용운의 세력을 재침공.

- 감녕, 여포에게 임관.

- 장료, 관도를 침공해온 원소군을 격파.

3월

- 원소, 유비와 밀약.

- 기주목 진용운, 십만 흑산적의 두목 장연을 포섭.

- 기주목 진용운, 유주목 유우와 동맹을 맺음.

- 장연, 거록과 안평을 점령하고 평원성의 원소를 공격.

- 원소, 흑산적을 맞아 청야전술로 대응.

- 유비와 포신, 원소의 원군으로 평원성 전투 참전.

- 양봉, 장연을 도와 평원성 전투 참전.

- 장연·양봉 연합군, 평원성에서 패배하여 퇴각한 끝에 진용운에게 의탁.

- 원술, 군사를 일으켜 낙양성 점령. 헌제를 확보함.

주요 관련 서적

• **삼국지 정사(三國志 正史)**

중국 서진의 역사가이자 학자인 진수(陳壽)가 저술한 삼국시대의 역사서. 위서 30권, 촉서 15권, 오서 20권, 총 65권으로 이뤄졌으며 위나라를 정통 왕조로 보는 시각에서 쓰였다. 내용이 엄격하고 간결해 정사 중의 명저로 손꼽히나, 인용한 사료가 지나치게 간략하거나 누락되어 훗날 남북조시대에 배송지(裴松之, 372~451)가 주석을 달았다.

• **삼국지연의(三國志演義)**

중국 명나라 말기에서 원나라 초의 사람 나관중(羅貫中, 1330?~1400)이 진수의 《삼국지》를 바탕으로, 전승되어온 설화 등을 더하여 재구성한 장편소설이다. 후한 말의 혼란기를 시작으로, 위, 촉, 오 삼국의 정립시대를 거쳐 진나라가 천하를 통일하기까지, 유비, 관우, 장비 삼형제의 무용과 의리 그리고 제갈공명의 지모를 중심으로 서술했다. 《수호전》, 《서유기》, 《금병매》와 함께 중국 4대 기서의 하나로 꼽힌다. 중국인들에게 오랫동안 애독되었고 한국에서도 16세기 조선시대부터 매우 폭넓게 읽혔다. 현대에도 영화, 게임, 애니메이션 등으로 활발히 재생산

되고 있다. 정사와 다르다는 지적이 많은데, 그 이유는 애초에 정사를 참고한 소설인 까닭이다.

• 한서(漢書)

중국의 역사학자 반고(班固)가 편찬한 전한의 역사서. 한 고조 유방이 한나라를 세운 기원전 206년부터 왕망의 신나라가 망한 서기 24년까지의 역사를 다루었다. 총 100편, 120권으로 이뤄졌다.

• 후한서(後漢書)

남북조시대 송나라의 학자 범엽(范曄)이 후한의 역사와 문화를 정리한 책. 서기 25년부터 220년까지의 시기를 다루었으며 본기 10권, 열전 80권, 지 30권으로 이뤄졌다. 후한서 동이열전에 '동이'에 대한 언급이 있는데, 고구려, 부여와 더불어 일본이 동이로 분류되어 있다.

• 수호지(水滸志)

중국 명나라 때 시내암(施耐庵)이 처음 쓴 것을 나관중이 손질한 장편소설. 북송시대 양산박에서 봉기한 호걸들의 실화를 바탕으로 각색하였다. 우두머리 송강을 중심으로, 별의 운명을 이어받은 108명의 협객들이 호숫가에 양산박이라는 근거지를 만들어, 부패한 조정 및 관료에 대항해 싸워 민중의 갈채를 받는 이야기다. 특히, 《금병매》는 이 《수호지》의 일부를 부분적으로 확대하여 재생산한 것이다.

호접몽전 5

1판 1쇄 발행 2017년 11월 20일

지은이 최영진
펴낸이 윤혜준
편집장 구본근
고 문 손달진
본문 디자인 박정민

펴낸곳 도서출판 폭스코너 | 출판등록 제2015-000059호(2015년 3월 11일)
주소 서울시 마포구 성미산로16길 32(우 03986)
전화 02-3291-3397 | 팩스 02-3291-3338 | 이메일 foxcorner15@naver.com
페이스북 www.facebook.com/foxcorner15

종이 광명지업(주) 인쇄 수이북스 제본 국일문화사

ⓒ 최영진, 2017

ISBN 979-11-87514-13-8　(04810)
ISBN 979-11-87514-00-8　(세트)

• 이 도서의 국립중앙도서관 출판예정도서목록(CIP)은 서지정보유통지원시스템 홈페이지
  (http://seoji.nl.go.kr)와 국가자료공동목록시스템(http://www.nl.go.kr/kolisnet)에서
  이용하실 수 있습니다.(CIP제어번호: CIP2017027939)